변경

10

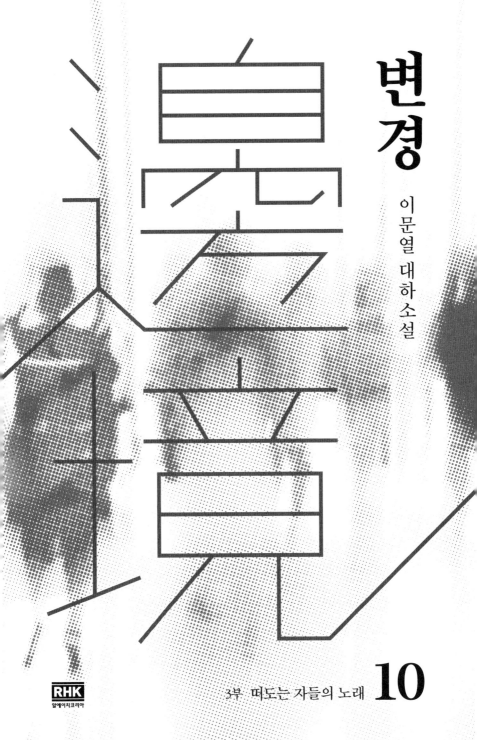

변경

이문열 대하소설

RHK
알에이치코리아

3부 떠도는 자들의 노래

10

어디서 무엇이 되어 다시 만나리

'내가 공연한 짓을 하고 있는 것은 아닌가……'

버스에서 내리면서도 명훈은 속으로 그런 자문을 되뇌었다. 서울 인근이라고는 하지만 면 단위로 내려가면 지역의 규모나 풍경은 아직 전국이 거의 비슷했다. 버스 정류장을 중심으로 (실은 버스 정류장이 그 때문에 그곳에 자리 잡게 된 것일 테지만) 면사무소와 지서, 농협이 몰려 있고 그 사이로 고향에서는 장터 거리라고 불리는 시골 상가가 들어서 있었다.

명훈이 찾고 있는 국민학교는 면 소재지에서 한 3백 미터 떨어진 들 끄트머리에 있었다. 학년마다 네댓 학급은 있을 성싶은 꽤 큰 국민학교였다.

담장은 측백나무 수벽으로 되어 있었는데 뒤틀린 측백나무 줄

기가 제법 팔뚝만 한 게 결코 짧지 않은 그 학교의 연조를 말해 주고 있는 듯했다.

'정말 내가 올 곳에 왔는가……'

정문 대신 선 두 그루의 아름드리 버드나무 사이를 지나면서 명훈은 다시 한 번 자신에게 물었다. 이제 가까웠다고 생각할수록 자신이 없어지는 발길이었다. 이런 모습으로 경진을 찾아도 되는가…….

명훈이 숨어 있던 절을 떠나 청화사(靑華寺)를 찾아간 것은 배석구와 만난 지 일주일 뒤쯤이었다. 그 전날 명훈의 방을 들른 해원(海元)이 귀띔처럼 말했다.

"아무래도 지서에서 일간 누가 올라올 모양이던데…… 차라리 청화사로 옮기는 게 어떻습니까?"

그가 시키는 대로 며칠 전 장날 읍내로 내려가 공무원 시험 준비서 몇 권을 사다 놓은 뒤라 명훈은 그 제의가 좀 뜻밖이었다.

"저 책 가지고 안 되겠어요? 다짜고짜로 수갑부터 채우고 덤비지 않는 담에야 피할 시간은 얼마든지 있을 것 같은데. 주민등록증을 보고 번호를 적어 간다 해도 신원 조회까지는 한참 걸리니까 눈치 봐서 그때 옮기지요, 뭐."

"그건 그렇지만 이왕에 법현 스님을 안다면 여기서 궁상 떨 거 뭐 있어요?"

"여기가 안전하지 못하다면 거기도 마찬가지 아뇨?"

"그건 다르죠. 우선 거긴 세상에서 한참 떨어져 있어 쉽게 수색에 들어가지 못하고 관할 서(署)와 협정 같은 것도 있어서……."

"협정이라뇨?"

"거기 있는 분들 모두 왕년에 한가락 하던 사람들이라고 하지 않았습니까? 경찰과는 서로 알아서 기는 사이라, 경찰도 함부로 건드리지 않지만 그쪽도 수배자를 숨겨 자기들한테 해롭게 하지는 않지요."

"그럼 더욱 내가 가서는 안 될 것 같은데요. 뭐 대단한 혐의는 아니지만."

"법현 스님이 마음먹으면 다르죠. 살인, 간첩질 안 했으면 몇 달 쉬기는 불편하지 않을 겁니다. 어쨌든 나 같으면 벌써 그리로 옮겼을 겁니다."

그런 말을 듣자 명훈도 마음이 흔들렸다. 해원에게서 청화사로 가는 길을 자세히 들은 뒤에 다음 날로 길을 떠났다.

청화사는 양산박(梁山泊)이란 별명만큼이나 깊고 험한 산속에 있었다. 문경(文慶)에 내려서도 세 시간이 넘도록 타고 걷기를 한 뒤에야 겨우 찾아들 수 있었다. 배석구는 마침 경내(境內)에 있었다. 명훈이 배석구의 법명(法名)을 대고 찾자 금세 나타난 그가 명훈을 지객실(知客室) 대신 사찰 뒤의 나무 그늘로 끌었다.

"결국 왔구나. 거기서 무슨 일 있었어?"

승복을 입은 사람 같지 않은 말투로 그렇게 묻는 그의 표정에는 착잡해하는 데가 있었다.

"제가 잘못…… 찾아왔습니까?"

그가 반겨 줄 줄만 알았던 명훈은 갑자기 머쓱해져 그렇게 말을 더듬었다.

"그게 아니고, 그저 너와 나의 인연이란 것에 대해서 잠깐 생각했다. 저번에 이리로 오라고 하기는 했지만 네가 또 무슨 인연에 이끌려 나를 찾아왔는가 하고."

그때는 제법 스님 같은 데가 있었다. 그제야 명훈은 조금 마음을 놓았다.

"일간 지서의 임검 같은 게 있다길래, 귀찮아서. 해원 스님도 권하고요."

"저번에 그것까지는 묻지 않았다만…… 그래, 무슨 일이냐? 기소중지(起訴中止)라도 돼?"

"그것까지는 모르지만 당분간은 경찰과 만나서는 안 될 것 같습니다. 여론조사소 할 때 몇 가지 찜찜한 일이 있어서요."

여론조사소에 관해서는 배석구도 들어 아는 게 있는 듯했다.

"정말 그 정도야? 더 큰 건 없어?"

"형님, 저 잘 알지 않습니까? 이래 봬도 아직 호적은 깨끗해요."

그러자 배석구의 얼굴이 좀 밝아졌다. 다시 스님 같은 말투가 되어 받으며 몸을 일으켰다.

"하기야…… 네가 무슨 짓을 저질렀든 부처님의 자비가 못 이를 곳이 어디 있겠느냐. 더구나 그것도 인연이라고 그 끈 따라온 것을……"

그리고 방장실로 가면서 한마디 덧붙였다.

"여기서 조금만 기다려라. 곧 돌아오마."

배석구는 얼마 뒤에 상좌승인 듯한 젊은 스님과 함께 돌아왔다. 상좌승이 명훈을 경내 후미진 곳에 있는 객방으로 안내해 그날부터 명훈의 청화사 생활이 시작되었다.

명훈의 짐작과 달리 청화사는 겉보기에는 지극히 평범한 절이었다. 눈썹 하얀 노승(老僧)이며 그윽한 독경이나 엄숙한 참선(參禪) 같은 것은 없었지만 아침 예불(禮佛)에서 저녁 공양까지 거의 모두가 다른 사찰과 별다름 없이 진행되었다. 그런데 며칠 있으면서 보니 명훈에게도 차츰 이상한 것들이 눈에 띄었다.

첫째는 사흘도 안 돼 알아볼 만큼 명확히 구분되는 스님들 간의 역할 분담이었다. 스님들은 크게 두 부류가 있었는데, 흔히 말하는 이판(理判)과 사판(事判)이 아니라 속판(俗判)과 승판(僧判)이라 할 만했다. 절을 절답게 만드는 역할을 맡은 스님들은, 곧 승판은 언제나 일정했다. 그들 대여섯이 예불과 독경을 하고 가물에 콩 나듯 찾아드는 신자들을 맡는 반면 나머지는 모두 하루 종일 무얼 하는지 모를 스님들이었다. 그들은 공양 때만 함께 모일 뿐 불사(佛事)에 끼어드는 일이 거의 없었다.

다음으로 이상한 것은 사찰의 규모에 비해 신도 수나 관광객이 너무 적은 일이었다. 찾아들기 어려워서였겠지만 명훈이 그곳에 머무르는 두 달 동안 신도들이 시주를 바치러 오는 일은 거의 없었고, 관광객도 근처 명산에 올랐다가 길을 잘못 들어 찾아온 등산객 몇이 고작이었다. 거기다가 보통 절에는 흔히 있게 마련인 칠성각(七星閣)이나 산신각(山神閣)을 찾는 무속인(巫俗人)도 그곳에서는 전혀 볼 수 없었다.

그다음은 유달리 빈번한 객승(客僧)들의 출입이었다. 신도와 관광객이 적은 만큼이나 객승들이 많았는데, 대개는 그야말로 운수(雲水)로 떠돌다가 찾아든 것이 아니라 무언가 일이 있어 오는 스님들 같았다. 그리고 떠날 때는 대개 불사에 관여 않는 스님들 몇과 동반하게 마련이었다.

수입이 전혀 없어 보이는데 절의 살림이 풍족해 뵈는 것도 이상한 일이었다. 이미 말한 대로 시주하는 신도도 많지 않고 관광객도 없는 데다 특별히 수입이 될 만한 재산을 가지고 있지 않건만 절 살림에는 전혀 군색함이 내비치지 않았다. 명훈에게 숙식비조의 시주를 요구하지 않는 것도 반드시 배석구가 뒤 보아 준 때문만은 아닌 듯했다.

그 밖에 이상한 것들은 배석구를 통해 알게 된 것들로, 몇 가지는 명훈의 추측과 맞아떨어졌다. 이를테면 술 같은 것은 남의 눈에 띄지 말라는 주의가 있기는 했지만 그 사찰 스님들은 거의 원하는 대로 마실 수 있었다. 가끔씩 사찰 주위에서 보게 되는 스님들의 체력 단련도 불교 무술의 한 갈래이기보다는 실전용(實戰用) 격투기 연습 같았다.

거기다가 명훈에게 더욱 좋은 것은 그들의 대인 관계였다. 나이 든 몇몇끼리는 은밀한 수군거림이 있는 눈치였지만, 일반적인 인간 관계는 최소한의 표면적인 예의뿐 누구도 상대방에 대해서 깊이 알려고 하지 않았다. 따라서 명훈도 자신에게 허락된 평온과 휴식에 만족할 뿐 절 안의 일을 깊이 알려고 하지 않았다.

그렇게 달포가 지나간 어느 날이었다. 전날 어떤 객승이 찾아와 명훈이 속판(俗判)이라 이름 붙인 스님들을 태반이나 데려가는 바람에 경내가 유난히 조용했다. 명훈이 슬슬 무료해지기 시작하는 시간을 죽이려고 객방을 굴러다니는 철 지난 대중잡지를 뒤적이고 있는데 배석구가 굳은 얼굴로 찾아왔다.

"뭐 해?"

"아, 네. 심심해서요."

명훈이 뒤적이고 있던 잡지를 들어 보이며 대답했다.

"그래애……?"

배석구가 그렇게 말꼬리를 끌다가 갑자기 마음을 정한 사람처럼 단호하게 말했다.

"너 일 있으면 한번 우리 따라가 볼 테냐?"

"무슨 일인데요?"

그러자 배석구는 더 에둘러 말하고 할 것도 없다는 듯 바로 말했다.

"짐작은 했겠지만 사찰 분규 대리전(代理戰)이다. 동도사(東度寺)라고 제법 먹을 게 있는 사찰이 있는데 비리(非理)로 쫓겨난 전(前) 주지가 힘으로 탈환을 시도하는 모양이야. 우리에게 도움을 요청해 온 것은 현(現) 주지 쪽이고. 그런데 난감한 것은 우리 식구들이 모두 나가 있다는 점이다. 너 알다시피 어제 모두 강원도로 떠나고 여기 남은 사람은 나까지 다섯뿐이다. 부산 쪽에서 좀 동원해 올 수 있지만 전 주지 측도 만만찮은 모양이야. 신도 포함해서 백여 명은 몰고 올 거라는데…… 어때? 한번 가 보겠어?”

명훈은 너무 갑작스러운 제안이라 얼른 대답을 하지 못했다. 그 무렵 명훈은 갑자기 머리가 텅 비어 버린 사람처럼 아무 생각 없이 날을 보내고 있었고 배석구는 또 그런 제안이 낯설게 들릴 만큼 명훈을 정중하게 대해 왔다.

“실은 네가 왔을 때 이번에는 악연으로 나와 얽히지 않기를 바랐다. 그냥 네가 원하는 만큼 푹 쉬고 가게 해 주고 싶었다. 조금이라도 마음 내키지 않으면 그만둬라.”

그런데 오히려 배석구의 그런 말이 명훈을 자극했다. 명훈은 그때껏 죽 같이 해 온 일을 다시 하는 기분으로 배석구를 따라나섰다.

그날 저녁 명훈은 배석구네 패거리 넷과 함께 분규를 앞둔 사찰로 이동했다. 대도시에 가까운 꽤 큰 절로 산문(山門) 앞에 음식점과 기념품 가게가 줄지어 들어설 정도는 아니었지만, 그래도 주변에 나름의 현대적 사하촌(寺下村)이 형성되어 있을 만큼은 되었다. 절의 생리에 밝지 못한 명훈이 보기에도 걸린 이권(利權)이 많아 보였다.

명훈은 부산에서 동원되어 온 다른 여남은 명의 건달과 함께 어쩌다 그 절에 묵게 된 등산객으로 가장해 객방에 들었다. 배석구네 패거리는 다른 연줄로 동원돼 온 비슷한 승려들과 함께 원래 그 절에 있던 현 주지파의 승려들 속에 끼어들었다. 듣기로는 다음 날 동원될 지지파 신도들 사이에도 주먹들이 끼어들 것이라 했다.

이튿날 양편의 충돌은 꽤나 치열했다. 속세 같은 피투성이 칼부림은 없었지만 그래도 이런저런 흉기가 동원되고 각목이 튀는 대규모 패싸움이었다. 하지만 방어 태세가 잘돼 있는 현 주지 측의 일방적인 승리로 그 사찰 분규는 끝이 났다. 워낙 현 주지 측이 우세해 명훈은 세력을 과시하는 역할 정도로 구경만 했다.

그런데 청화사로 돌아온 그다음 날 새벽이었다. 일이 잘 처리됐다고 자축(自祝) 술까지 마시고 잠든 명훈의 방에 배석구가 새벽같이 찾아왔다. 그의 얼굴은 전날 밤과 달리 어둡기 그지없었다.

"일이 고약하게 됐다. 전 주지 측의 그 살짝곰보 있지? 그날 등산 도끼 들고 설치던 그 돌중 놈 말이야. 그 자식이 기어이 뒈져 버렸다는구나."

누가 죽었다는 말을 듣자 명훈은 찬물이라도 뒤집어쓴 듯 정신이 홱 돌아왔다. 가만히 머릿속을 가다듬어 기억해 보니 그게 누구인지 알 것 같았다. 전 주지와 여남은 명의 그 문중 사제를 호위해 가며 앞장서 뛰어든 자였다.

"그런데 그 자식을 가꾸목(각목)으로 재운 게 누구지?"

배석구가 아무래도 궁금하다는 듯 앞서와 다른 어조로 물었다. 명훈은 아직도 휑한 머리로 기억을 더듬어 대답했다.

"여기 계신 분은 아니었고…… 맞아요, 부산 쪽에서 왔다는 친구들 중 하나 같습니다. 아마 신도를 가장한 친구들 중에서 염색한 야전잠바를 걸치고 있던 사람 같은데요……."

그러자 배석구가 걸치고 있는 승복이 무색하게 왕년의 가락을 내비치며 말했다.

"그럼 부산서 끌어모아 온 신마이(신참)들 중에 하나인 모양이군. 새끼들, 이런 일에는 신마이들 쓰지 말라고 내 그만큼 일렀는데……."

"그런데 정말 죽었어요? 내 보기에는 엄살 떠는 것 같았는데. 피도 별로 흘리지 않았다고요."

"너 그동안 이 바닥 떠나 있었다더니 그 말이 맞기는 맞는 모양이구나. 머리는 말이야, 피를 많이 흘리는 게 더 안전한 거야. 겁나는 게 바로 피 한 방울 흘리지 않는 뇌진탕이라고. 보나마나 천방지축 가꾸목을 휘둘러 급소를 친 거라고. 엄살떠는 것처럼 기절했을 때 이미 그 친군 간 거야. 그걸 병원에 데려갈 생각은 않고 더 밟아 놔? 불새 그 새끼, 애들 데리고 일을 어떻게 하는 거야?"

"지명 스님은 없었어요. 진작에 그쪽 오야붕하고 담판에 들어갔다고요."

"담판을 하려면 애들 단속부터 해 놓고 봤어야지. 주먹을 써야만 밥값이 나오는 줄 아는 천둥벌거숭이들을 떼로 모아 놓고 저희끼리 돌아앉아 담판한다고 쑥덕대고 있으면 어떡해?"

"그래도 올 때는 멀쩡했는데……. 그 살짝곰보 스님 우리하고 화해 술까지 마셨다고요."

"어제 새벽에 인사불성이 돼 김천으로 실려 갔다더군. 그리고 조금 전에 숨진 거야. 이제 개값 톡톡히 물게 됐어."

그러다가 배석구는 문득 자신이 걸치고 있는 승복을 의식했는지 비로소 스님다운 감회를 한마디 덧붙였다.

"가련한 중생이 고해는 힘 안 들이고 건넌 셈이 됐다만 끼친 업은 또 어찌할꼬……."

"그래, 어떻게 될 것 같습니까?"

명훈이 걱정이 되어 물었다. 구경하는 셈치고 따라가 난투극에 끼어들지는 않았지만 공범의 범위를 확대하면 자신에게도 불똥이 튈 것 같았다. 상대방은 틀림없이 그를 현재의 주지 쪽 사람으로 보았을 것이고, 이쪽은 이쪽대로 그를 잠정적인 우군(友軍)으로 믿고 있었을 것이기 때문이다.

"우리가 사찰 분규에 개입하고 있다는 것쯤은 여기 경찰서도 다 알아. 웬만한 일은 모르는 척해 주지. 하지만 이번은 그냥 넘어가기 어렵게 됐어. 사람이 죽고, 그것도 외부 폭력 세력이 개입했다는 기사가 나갔으니 전처럼 적당히 봐줄 수는 없을 거야. 어쨌든 너는 여기 더 있기 어렵게 됐어. 경찰은 안면 때문에 우리에게 덤비기 어려우면 바로 일당 받고 동원된 송사리들을 덮칠 게고, 그러면 너도 같이 달려 가게 될 거야."

"전 정말 구경만 했는데요……."

"너 기소중지 건(件)은 어쩔래? 그러지 말고 얽혀 들기 전에 튀어. 서울로 가. 도치 주소 줄 테니 거기 가서 길을 찾아봐."

배석구는 그러면서 미리 준비해 온 듯한 편지 봉투 하나를 내밀었다.

"걔 지금 미아리 쪽에서 꽤 큰 잡화점을 하고 있어. 하지만 가끔은 뒷골목 쪽으로도 기웃거리는 모양이더라. 손 씻었다지만 그게 잘 안 되는 모양이야. 거기 가 봐. 걔가 널 못 봐주면 어디 적당히 연결이라도 시켜 줄 거야. 기소중지되어 드러내 놓고 일자리 구할 수 없는 처지에 별수 있어? 그런 데서라도 밥벌이 할 자리를 찾아봐야지. 지금 바로 내려가."

하지만 서울역에 내리자 명훈은 갑자기 경진을 떠올렸다. 지난 3년 실패를 거듭하면서 애써 잊은 그녀였다. 그녀가 자신의 불행에 얽혀 드는 게 싫어 되도록 그동안 기억조차 억누르며 지내 왔는데 막상 서울역에 내리자 무엇이 명훈을 자극했는지 눈앞에 치솟듯 떠오르는 그녀 얼굴에 콧머리가 시큰할 지경이었다.

'쓸데없는 짓. 새삼 만나서 무얼 해? 이제 3년이나 지났으니 저도 철이 들고 어쩌면 나를 잊었을지도 모르는데……'

그런 생각으로 그녀의 영상을 다시 지워 버리려고 애썼으나 한편으로는 다른 내면의 목소리도 있었다.

'어차피 나는 그녀에게서 쉽게 지워질 존재가 아니다. 우리가 다시 만나지 않게 된다 하더라도 그 까닭 정도는 그녀에게 일러 주어야 하지 않을까?'

그러다가 결국 두 번째 목소리에 지고 만 명훈은 먼저 경진의 집부터 찾게 되었다. 하지만 경진을 만나는 일은 쉽지 않았다. 새벽차에서 내려 마포로 간 명훈은 저만치 경진의 집 대문이 보이는 대폿집에서 오전 내내 기다렸으나 경진이 드나드는 모습은 볼 수가 없었다.

그런데 명훈이 줄곧 경진네의 대문께만 바라보고 있음을 알아본 주인아주머니가 뜻밖에도 귀중한 정보를 일러 주었다.

"누굴 기다리슈? 보아하니 저기 철 대문 집 사람을 보러 온 모양인데."

처음 명훈은 당황했으나 가만히 생각하니 그때까지 그녀를 이용할 생각을 못 한 게 오히려 미련스럽게 느껴졌다.

"아주머니 여기서 장사하신 지 오래됩니까?"

"한 10년 되나……."

"그럼 동네일 웬만하면 잘 아시겠네요."

"이 근처라면 좀 알지. 저 철 대문 집 누굴 만나려고 하는데?"

"실은 저 집 셋째 딸을 만났으면 하는데 어째 통 보이지 않는군요. 요즘은 직장에 안 나갑니까?"

"아, 경진이 처녀? 전에 무슨 회사 다니던 건 벌써 그만뒀지. 지금은 소학교 선생이 되어 나가 있어."

"국민학교 선생님이라고요? 갠 사범학교를 안 나왔는데……."

"작년에 교원 양성손가 뭔가를 마쳐 선생 자격을 땄다지 아마. 지금 덕손가 팔당인가 서울 근처 어디 소학교에 있다는 말을 들었어. 토요일에나 가끔씩 집에 들르는 모양이더라고."

"그게 어딘지 알 수 없을까요?"

"그 처녀 연애한단 소리는 못 들었고……. 왜 그러슈? 남의 처녀 있는 곳 수소문해 뭘 하려고?"

"뭘 하려고 그러는 게 아니라…… 전해 줄 말이 좀 있어서요."

"그럼 저 집에 가서 물어보면 될 거 아뇨? 아니면 부모들에게 좀 전해 달라고 부탁하든지."

대폿집 아주머니가 갑자기 삐딱하게 나왔다. 명훈의 태도가 어딘지 수상스럽게 여겨진 듯했다. 그런 아주머니들에게 익숙한 명훈은 손쉽고도 그럴듯한 거짓말을 짜냈다.

"실은 제 친구가 경진 씨 애인이었는데 아시는지 몰라도 경진 씨 집에서 반대하는 바람에 연애가 깨지고 말았죠. 그 친구 몇 해 실의에 빠져 헤매다가 이번에 외항선을 타고 나갔어요. 그러면서 내게 전하라는 말이 있어서."

대폿집 아주머니는 이내 감동한 눈길이 되었다.

"그런 일이 있었구면. 하긴 몇 해 전인가 저 집이 경진이 처녀 때문에 떠들썩한 적이 있었지. 얌전한 저 집 바깥양반이 경진이 처녀 머리를 깎아 놓겠다고 펄펄 뛴 적이 있었는데…… 그게 그 땐가……."

그렇게 기억을 더듬다가 큰 인심이나 쓰듯 말했다.

"어쨌든 총각 인상을 보니 그리 나쁜 사람 같지는 않아 내 알아봐 주지. 저 아래 편물점 아가씨가 잘 알 거야. 둘이 비슷한 또래고 왕래도 잦은 거 같으니까. 기다리슈."

그런데 막상 경진이 근무하는 국민학교를 알아내고 보니 다시 망설임이 일었다. 전에는 대단찮게 본 국민학교 교원이라는 신분이 갑자기 아득히 우러러보이고 그만큼이나 자신의 영락은 처참하게 느껴졌다. 제 한 몸 건사하기 힘든 빈털터리 건달에다 언제든 전과자로 바뀔 수 있는 기소중지자……. 그런 자신으로부터 경진은 아주 멀리 떠난 사람 같았다. 하지만 더 강하게 명훈을 몰아댄 것은 그럴수록 커지는 그리움이었다. 그녀가 손 닿을 수 없는 곳으로 가버렸다는 생각이 들자, 주관적인 감정으로뿐만 아니라 객관적인 신분으로도 이제 다시 만날 수 없으리라는 생각이 들자, 명훈은 미친 듯이 경진이 보고 싶었다. 청화사를 떠나 서울로 향할 때까지도 전혀 예측하지 못했던 감정의 변화였다.

'정히 그렇다면 먼빛으로라도 한 번만 보고 가자. 그게 혼자만의 쓸쓸한 이별의 의식이 되더라도 그녀의 모습을 한 번 더 내 눈에 담아 보고 싶구나.'

명훈은 마침내 그렇게 중얼거리며 양평으로 가는 버스에 오르고 말았다.

그 학교도 전국적으로 공통된 교실 부족에 시달리고 있는지 운동장은 야외 수업을 받는 코흘리개들로 소란스러웠다. 교정 한편에 줄지어 선 플라타너스 그늘에 아예 칠판을 내다 걸고 수업을 받는 반도 있었고 운동장을 나누어 체육이나 무용 지도를 받는 반도 여럿이었다. 거기다가 창문을 열어 놓고 음악 수업을 받는 반의 풍금 소리와 아이들의 제창 소리, 일찍부터 학교에 나와 구석구석을 뛰어다니는 오후반 아이들의 웃음소리도 소란을 보탰다.

'너는 어디 있느냐. 어디서 너를 찾지……'

교정 모퉁이의 아름드리 느티나무 아래 자리를 잡은 명훈은 갑자기 망연해져 중얼거렸다. 경진을 만나려면 교무실로 가야겠지만 갑자기 그게 싫고 두려워진 까닭이었다. 그곳에 있는 경진의 동료 교사들이 단번에 자신의 영락을 꿰뚫어 볼 것 같아서였다.

'차라리 이쯤에서 돌아설까……'

망연히 교정을 바라보던 명훈에게 불쑥 그런 생각이 들었다. 그런데 바로 그때였다. 명훈이 앉아 있는 운동장 모퉁이에서 대각선으로 맞은편이 되는 곳에서 무언가 번쩍 하듯 명훈의 시선을 끄는 사람의 뒷모습이 하나 있었다.

그해의 신입생인 듯한 조무래기들에게 행진을 가르치는 여교사였다. 하얀 반소매 셔츠에 역시 흰 체육복 바지를 입고 차양이 넓은 운동모를 쓴 채 호루라기를 불며 뒷걸음치는 그녀의 모습이 왠지 눈에 익은 듯 느껴졌다.

그녀는 이제 막 어머니의 품을 벗어난 그 꼬맹이들을 데리고 이미 다른 반이 쓰고 있는 부분을 피해 가장자리로만 운동장을 한 바퀴 돌 생각인 듯했다. 그녀가 호루라기를 두 번 짧게 불고 손짓을 하면 아이들은 제비같이 입을 벌려 "셋, 넷" 하고 소리치며 따라왔다. 그녀가 다가올수록 명훈의 가슴은 세차게 뛰었다. 못 본

지 오래고 그것도 뒷모습밖에 볼 수 없었지만 그 여교사는 틀림없이 경진이었다.

경진은 용케도 뒤 한 번 돌아봄 없이 뒷걸음질로만 아이들을 이끌었다. 그게 명훈을 방심시켜 제법 가까이 다가올 때까지도 명훈은 온몸을 드러내고 그녀의 뒷모습을 바라보고 있었다. 그러다가 그녀가 갑자기 무엇에 끌린 듯 뒤를 돌아볼 때에야 명훈은 황급하게 운동장 한구석 느티나무 등걸 뒤로 몸을 감추었다.

명훈은 그때 진심으로 그녀가 아무것도 알지 못하고 그 느티나무를 지나쳐 가 주기를 빌었다. 그런데 갑자기 호루라기 소리가 뚝 그치고 제비 떼 같은 아이들의 응답도 그쳤다. 이어 다급하게 뛰어오는 가벼운 운동화 발소리가 나더니 온통 반가움으로만 찬 목소리가 귓전으로 파고들었다.

"명훈 씨죠? 명훈 씨 맞죠?"

그러나 명훈에게는 그 목소리가 그대로 온몸을 얼어붙게 하는 것 같았다. 대답은커녕 손가락 하나 까닥 못 하고 굳어 있는데 어느새 느티나무 뒤를 돌아온 경진의 눈동자가 빠안히 명훈을 올려보고 있었다.

"역시 찾아오셨군요. 가만있어 봐요."

경진은 그렇게 말해 놓고 손목을 젖혀 시계를 바라보았다. 잠깐 무언가를 가늠하느라 그녀의 이마가 살폿 찌푸려지더니 이내 마음을 정한 듯 짧게 말했다.

"여기 일 분만 그대로 계세요. 금방 돌아올게요."

그러고는 아이들에게 돌아가 상냥한 목소리로 지시했다.

"여러분, 오늘 연습은 끝났어요. 모두 교실로 돌아가 옷 갈아입고 선생님을 기다리세요."

"예!"

코흘리개들은 일제히 그렇게 대답하고 흩어지더니 다투어 교실 쪽으로 달려갔다. 그 아이들만큼이나 급한 종종걸음으로 되돌아온 경진이 명훈의 옷자락을 끌듯 하며 말했다.

"됐어요. 이제 저와 함께 가요."

"음, 나는, 나는 말이야……."

그제야 겨우 말문이 열린 명훈은 그렇게 우물거리며 거부의 뜻을 나타내려고 애썼다. 그러나 경진은 그 뜻을 아는지 모르는지 서두르기만 했다.

"교무주임 선생님께 말씀드리고 종례 끝내는 데 십 분이면 돼요. 그때까지만 저희 교실 밖에서 기다려 주세요."

"그, 그럼 여기서 기다릴게."

명훈이 얼른 그렇게 받았다. 만약 그날 명훈이 그 느티나무 아래 혼자 남겨졌다면 그대로 돌아서 사라져 버렸을 것이다. 경진은 그걸 알아본 듯했다.

갑자기 그녀의 눈에서 반짝하고 불꽃 같은 게 이는가 싶더니 강한 도리질과 함께 말했다.

"안 돼요! 지금부터는 제가 보이는 곳에 계셔야 해요. 함께 가요."

그러고는 정말로 명훈의 옷자락을 잡았다. 명훈도 그때부터는 거역 못 할 힘에 이끌려 그녀의 명령에 조종되는 인형처럼 그녀를 따랐다.

　자신의 말대로 경진은 실제 그로부터 십 분 안에 교무주임에게 조퇴 허가를 받아 내고 담임하고 있던 1학년 아이들을 교실로 데려가 종례까지 끝냈다. 교무주임의 어리둥절해하는 눈길도, 평소보다 이십 분은 빨리 집에 돌아가게 된 아이들의 호기심으로 반짝이는 눈빛도 전혀 의식되지 않는 듯했다. 대신 명훈의 움직임에만 모든 주의를 집중해 명훈이 발걸음 한 번만 크게 떼어 놓아도 화들짝 놀라며 따라붙곤 했다.

　명훈이 그런 최면과도 같은 상태에서 조금씩 깨어나기 시작한 것은 학교에서 멀지 않은 경진의 자취방에 이르러서였다.

　"인사드리세요. 저의 주인집 아주머니예요."

　시골집치고는 비교적 깨끗한 ㄷ 자 기와집으로 명훈을 안내한 경진은 마당에서 나물을 다듬고 있던 중년 여자를 소개시키고 다시 명훈을 그녀에게 소개했다.

　"제 약혼자예요. 오늘 여기서 같이 묵고 내일 토요일 날 저희 집으로 함께 갈 거예요."

　그 말투가 얼마나 자연스러운지 명훈까지도 쑥스러움을 느끼지 못할 정도였다. 하지만 한 번 그녀의 방 안으로 들어가자 그로부터 해 질 녘까지는 광기 어린 신문과 추궁의 연속이었다.

　"어찌 그러실 수 있어요? 사람을 이렇게 괴롭혀도 되는 거예요?

그동안 어디 계셨어요? 무얼 하셨어요?"

그렇게 시작한 그녀의 물음은 점심 식사조차 잊은 듯 되풀이
이어졌다. 그러나 명훈의 변명은 어느 것도 용인되지 않았다. 아니,
오히려 그녀의 원망과 분노를 키우는 것 같았다.

"제가 가장 싫어하는 유행가 가사가 무언지 아세요? 사랑하기
때문에 헤어진다는 따위 너절한 신파 조의 변명이에요. 진정으로
사랑한다면 무슨 수를 써서라도 그 난관을 극복하고 같이 가는
거지, 왜 헤어져요? 그건 비열한 속임수거나 잘돼야 허약한 패배
주의를 분식하는 싸구려 감상이라고요. 사랑으로 이겨 내지 못할
게 무어 있어요?"

그렇게 몰아대다가 제 감정을 못 이겨 줄줄이 눈물을 쏟았다.
그 눈물을 멈추게 하는 길은 조건 없는 승복밖에 없었다.

그녀가 겨우 진정된 것은 해가 뉘엿할 무렵이 되어서였다. 그제
야 점심조차 잊고 몰아낸 것이 미안했는지 울음으로 푸석해진 얼
굴을 찬물로 가라앉힌 뒤 명훈을 면 소재지에서 하나뿐인 정육
식당으로 데려갔다. 그리고 이번에는 여러 해를 함께 산 아내처럼
자상하게 시중들었다.

"아무리 집주인에게 나를 약혼자라고 소개는 했지만 그래도 잠
잘 방은 역시 따로 구하는 게 좋지 않을까? 명색이 선생님인데 혹
나쁜 소문이라도 나면……."

식사를 마치고 나오면서 한층 더 차분해진 그녀를 보고 명훈이
말했다. 그런데 그게 다시 강박관념과도 같은 불안을 자극한 모양

이었다. 갑자기 그녀의 목소리가 강경해졌다.

"안 돼요, 그건. 내일 저녁 함께 집으로 돌아갈 때까지는 한 발자국도 떨어질 생각 마세요."

그러고는 다시 옷깃을 잡듯 하며 명훈을 자신의 셋방으로 이끌었다. 그럴 때 경진의 눈길에는 어떤 광기까지 번득이는 것 같았다. 그녀와의 만남이 의도한 바와는 전혀 다르게 진행되고 있어도 전혀 거부할 수 없게 하는 광기였다.

그 광기는 한 이불 아래 나란히 눕게 되면서 다소 사그라지는 듯했다. 그걸 느낀 명훈이 조심스레 물었다.

"나와 함께 집으로 간다고 했는데 그건 왜지?"

"아버지 어머니께 결혼 승낙을 받을 거예요. 이젠 저도 결혼할 나이가 됐어요."

"그건 안 돼!"

거기서는 명훈도 강경해질 수밖에 없었다.

"왜 안 되죠? 무엇 때문에요?"

"내겐 그럴 자격이 없어. 나는 경진과 결혼을 하러 온 게 아니라 작별하러 온 거야. 이제는 널 풀어 줄 때가 된 것 같아."

"그게 무슨 말씀이세요. 자격이 없다니, 결혼에 무슨 자격이 있어요?"

경진도 차츰 강경해지기 시작했다. 그러나 낮의 광기가 되살아난 것은 아니었다. 이번에는 제법 명훈의 말에 귀도 기울이고 이치를 따져 설득하려는 태도까지 있었다.

"최소한 배우자 될 사람을 불행하게 만들지는 않을 자격……."

명훈이 그렇게 대답하자 손가락으로 가만히 명훈의 입술을 눌러 말을 중단시키고 말했다.

"또 그 얘기 하시려고요. 나는 너를 먹여살릴 수 없다. 아무것도 가진 게 없는 백수건달이다."

그러는 말투가 다소 억지는 있어도 차분하게 따져 보자는 의도를 드러내고 있었다. 그럴수록 성급하고 거칠어지는 것은 명훈의 반응이었다.

"그 정도가 아니야. 지금 당장 공갈·폭력 혐의로 수배 중인 기소중지자야. 잘돼야 도시 빈민에 편입돼 가망 없는 인생을 끌어가야 하고, 재수 없으면 감옥이나 들락거리다가 끝장을 보고 말 거란 말이야. 그게 어떤 건지 알기나 알아?"

"그게 어떤 건지 잘 알지는 못하지만 한 가지는 분명해요. 결혼은 상대방이 있는 행위라는 거 말예요. 혼자서 결정할 수는 없는 일이라고요."

"최소한의 자격에조차 미달되는 경우에는 혼자의 일이 될 수도 있어. 더구나 참으로 상대방을 사랑한다면."

"그런 게 어딨어요? 진정으로 상대방을 사랑한다면 더욱 그쪽의 의견을 존중해 줘야 하잖아요?"

"사람이 모두 성숙되고 언제나 냉정한 이성으로 사는 건 아냐. 남녀의 일은 더욱 그래."

"그럼 제가 아직 철이 덜 들고, 그래서 감정적으로 이 일을 처리하고 있다는 거예요?"

거기서 경진의 목소리도 조금씩 높아지기 시작했다.

"내가 보기엔 그래."

"그래서 모든 결정은 더 철이 들고 이성적인 명훈 씨에게 맡겨야 한다는 거예요? 둘의 결혼인데도?"

"그게 내가 참되게 널 사랑하는 방법이야."

명훈은 내친김이라 깊이 생각할 것도 없이 대꾸했다. 갑자기 경진의 말투가 심하게 뒤틀렸다.

"이봐요, 명훈 씨. 서른을 넘겼으니 나이를 앞세울 만도 하지만 이쪽도 세상 물정은 알 만한 스물여섯의 여자랍니다. 삶에서 물질적 조건이 얼마나 큰 비중을 차지하는지도 잘 아는 직업여성이고요."

"그러니 어렸을 적의 환상과 성급한 판단에 더 이상 매달려 있지 말란 말이야."

"하지만 그 때문에 그 여성은 더 빨리 철이 들어 나름대로 대비했다면요? 그래서 일찍부터 직장에 나가 돈을 벌고, 마침내는 상대방의 벌이가 없더라도 일생을 꾸려 갈 수 있는 일자리까지 확보했다면요? 그래서 상대방이 성급하게 절망하지 않고 진정으로 가치 있다고 믿는 일에 자신을 몰두할 수 있게 한다면요?"

그러면서 명훈을 바라보는 경진의 두 눈에는 금방이라도 줄지어 흘러내릴 듯 눈물이 고였다. 그걸 본 명훈은 하마터면 감동할 뻔했다. 하지만 마지막 말에 담긴 의미가 오래 잊고 지냈던 명훈의 상처를 파헤쳤다.

'너는 아직도 내 시(詩)를 기억하고 있구나. 설익은 감상과 과장으로 시 비슷하지만 시는 아닌 내 넋두리를. 그것도 이미 3년째 단 한 줄도 떠올려 본 적이 없는 그 허망한 말놀음을. 만약 그게 너를 지금까지 내게 붙잡아 둔 그 무엇이었다면 그건 아니야. 더욱 너는 내게서 떠나야 해…… 나 자신도 속이지 못하는 그걸로 너를 계속 속일 수는 없어…….'

그러자 그 아픔은 마음에도 없는 악의가 되어 쏟아졌다.

"진정으로 가치 있다고 믿는 것, 내겐 그런 게 아무것도 없어. 그저 이 한 몸 먹고 입는 일이 막막할 뿐이야. 네 말은 내가 너의 기둥서방으로 살아도 좋다는 뜻이지만, 그리고 국민학교 선생님의 기둥서방이 갈보의 기둥서방보다야 훨씬 품위가 있겠지만, 그건 안 되겠어. 때로는 정직한 비참이 훨씬 편할 수도 있지."

그때 흑, 하는 소리와 함께 경진이 울음을 터뜨렸다. 참고 참은 울음인 듯했다.

"제 말을, 제 진실을 그렇게밖에 이해하지 못하시겠어요……."

경진은 그러면서 명훈의 가슴을 주먹으로 콩콩 두드리다가 무슨 일을 떠올렸는지 한동안이나 섧디섧게 울었다. 그리고 다시 목멘 소리로 덧붙였다.

"제가 여기까지 오는 데 얼마나 힘들고 어려웠는지 아세요? 얼마나 외롭고 슬펐는지……."

그쯤 되자 명훈의 가슴속에 부글거리던 악의는 무력해질 수밖에 없었다. 경진이 다시 발작적인 흐느낌과 함께 명훈의 가슴을 콩콩 쥐어박자 자신도 모르게 백기를 들고 말았다.

'이건 견딜 수 없구나⋯⋯.'

명훈은 그런 그녀를 가만히 쓸어안고 그녀의 젖은 눈가를 입술로 닦아 주며 달래지 않을 수 없었다.

"알지, 알고말고. 실은 나도 너만큼 힘들고 가슴 아파했다⋯⋯."

뿐만 아니라 그녀가 그래도 울음을 그치지 않자 근원적인 부분까지 양보하고 말았다.

"그래, 미안하다. 내가 잘못 생각했는지도 모르지. 속절없는 열패감으로 비뚤어졌는지도 몰라."

경진은 명훈의 그같이 완전한 항복을 받고서도 한참이나 더 울먹이다 울음을 그쳤다. 그때 부근 지서의 통금 사이렌이 울렸다.

"뭐 하시는 거예요. 그대로 입고 주무실 거예요?"

눈물을 훔친 경진이 아무 스스럼없이 겉옷을 벗어 개면서 명훈을 나무라듯 말했다. 그녀의 말투가 얼마나 자연스러운지 명훈은 아무런 거부감도 느끼지 못했다.

"으응, 벗고 자야지. 그래, 그만 자자고."

그러면서 속옷 바람으로 다시 누웠다. 불을 끈 경진은 오래 함께 산 사람처럼 명훈 곁에 누웠다. 그게 자연스럽게 명훈의 욕망을 자극해 자신도 모르게 경진을 끌어안게 했다. 그녀를 보내야 한다, 또는 떠나야 한다는 장한 결의에도 불구하고 끊임없이 명훈의 가슴속에서 꿈틀대던 욕망이었다.

헤어져 보낸 동안 성숙한 정신만큼이나 그녀의 몸과 욕망도 성숙해 있었다. 이게 그때의 그 아이인가 싶을 정도로 경진은 당연하고도 적극적으로 명훈을 받아들였다. 옛날의 그 다분히 충동적이고, 그래서 억지스러울 수밖에 없었던 성합과는 달리 뜨겁게 매달려 오고 신음조차 감추려 들지 않았다.

그래도 마음 한구석에 남은 결벽대로라면 명훈은 그런 경진의 대담함과 적극성을 의심쩍게 보거나 못마땅해해야 옳았다. 하지만 그날은 왠지 그녀의 성숙을 확인하는 것처럼 대견스러울 뿐이었다. 따라서 두 사람의 성합은 진정한 의미로는 첫 번째임에도 불구하고 풍성하기 그지없는 것이 되었다. 다음 날 경진이 그토록 쉽게 전날의 불안을 털어 버릴 수 있었던 것도 그렇게 몇 번이나 되풀이된 성합 덕분이었을 것이다.

"푹 쉬고 계세요. 오늘은 토요일이라 열두 시 반이면 돌아와요. 한 시 버스로 나가 점심은 서울에서 먹어요."

늦잠에서 깨어나 다급히 출근하면서 경진은 늘 해 오던 일을 깨우쳐 주듯 그렇게 말했다. 전날 명훈이 잠시라도 보이지 않으면 불안해하던 것과는 아주 달랐다.

명훈도 처음에는 그 같은 그녀의 암시에 걸려 별생각 없이 모자란 잠을 채웠다. 하지만 열 시쯤 되어 다시 눈을 뜨자 독한 술에서 깨어나듯 그런 암시에서 놀라 깨어났다.

'아니야, 이건 아니야. 나는 아직 너와 함께할 수 없어.'

명훈은 급히 옷을 걸치고 종이와 볼펜을 찾아보았다. 마침 그녀의 앉은뱅이책상에는 양면 괘지와 볼펜이 가지런히 갖춰져 있었다. 명훈은 무엇에 쫓기는 사람처럼 양면 괘지 맨 윗장에다 급하게 휘갈겼다.

경진에게.

헤어져 슬퍼하면서 사느니보단 마주 보며 우는 별이 되자 ─. 이건 네가 즐겨 부르는 고운 노래지만, 살 만한 삶은 아니다. 떠나야겠다. 그러나 이제는 나를 잊어 달라고 강요하지는 않으마. 오히려 기다려 주기를 간청하며 떠난다. 되도록이면 빨리 돌아오마. 미안하다. 명훈.

그리고 정말로 큰 죄나 지은 사람처럼 발소리까지 죽여 가며 경진의 방을 나왔다. 학교를 멀찌감치 돌아 국도로 나간 뒤 때마침 지나가는 서울행 버스에 쫓기듯 몸을 실었다.

성남 가는 길

56번 버스 천호동 종점은 시내버스 종점이라기보다는 작은 읍의 통합 정류장 같았다. 거기서 서울시 남쪽으로 빠지는 몇 갈래 시외버스 노선에 묻혀 서울 시내로 되돌아가는 56번 시내버스가 오히려 잠시 정차한 시외버스 가운데 하나처럼 보였다. 버스에서 내린 인철은 휑한 공터 같은 정류장에서 가만히 사방을 둘러보았다. 시외버스들에도 제대로 된 출발점이거나 도착지는 아닌 듯 반듯한 대합실 하나 없었다. 한결같이 여차장들이 버스 옆구리에 붙어 서 광주, 이천, 하남 같은 부근 읍면의 지명을 외치며 승객을 부르는 것이 서울 시내버스 정류장이나 다름없었다.

성남 가는 버스라 그랬던가 ─. 인철은 그렇게 중얼거리며 행선지를 외치는 여차장들의 목소리에 귀를 기울이는 한편 저만치 버스 이마에 띠처럼 두른 행선지 안내판을 하나하나 천천히 살펴보았다. 그러나 어디에서도 성남이라는 지명은 잘 눈에 뜨이지 않았다. 잘못 들었나……. 그제야 인철은 간밤 별로 감이 좋지 않은 전화로 들은 옥경의 목소리를 되새겨 보았다.

"접때 말대로라면 이제 오빠네 학교도 기말고사 때 다 돼 가지? 방학은 언제 시작되고 집에는 언제쯤 오게 될 것 같아?"

열 시쯤이나 되었을까. 월말고사 중인 아이들을 데리고 한창 과외수업을 하고 있는데 옥경이 집주인네 번호로 전화를 걸어와 그렇게 물었다.

"방학 전에라도 오늘내일 되는 대로 한번 들렀으면 하는데."

"기말고사 끝나면 곧 방학이잖아? 그때 집에 와서 한참 있다 갈 거 아냐? 입주 가정교사들도 방학에는 얼마간이라도 아르바이트를 쉰다고 하던데. 오빠한테 오늘내일 집에 뛰어와야 할 무슨 급한 일이라도 생겼어?"

"5월에 아르바이트 집 옮긴 뒤로 아직 한 번도 집에 못 가 봤잖아? 같은 서울에 있으면서 한 달 넘게……. 그런데 네 말투는 왜 그러냐? 어쩐지 내가 집으로 가지 않았으면 하는 것 같네. 왜 또 집에 무슨 일 있어?"

"뭐 그런 건 아니지만…… 나는 오히려 오빠에게 뭔가 그렇게 허둥지둥 집에 돌아올 급한 일이 생긴 것 같아서."

옥경이 그렇게 말해 놓고 별것 아닌 것처럼 덧붙였다.

"그럼 나하고 같이 만나서 집으로 가. 모레 정오쯤 천호동 종점에서 만나. 56번 버스 종점. 성남 가는 버스 서는데."

"그냥 영등포로 가면 되지, 천호동은 왜? 거기 무슨 일 있어? 너하고 나하고 같이 가야 할. 게다가 성남 가는 버스라니 그건 또 무슨 소리야?"

인철이 그렇게 물으면서도 이상하게 암담한 느낌으로 직감되는 게 있었다. 전화기 저쪽에서도 인철의 그런 느낌을 감지한 듯 옥경이 갑자기 젖어드는 듯한 목소리로 대답했다.

"집으로 가려면 우리가 거기서 만나 함께 가야 하니까. 경기도 광주 군 성남 출장소가 우리 주소 마지막에 쓰이는 행정구역이고, 서울서 그리로 가는 시외버스 출발지와 경유지는 대부분 천호동에 모여 있으니까."

"뭐? 그게 무슨 말이야? 지난번 집에 갔을 때 동네가 수런거리더니 그새……."

"그래, 영등포 집은 철거됐어. 온 동네가 깨끗이. 그리고 우리 집은 열 사람이 쓰는 군용 천막 한구석이 되어 광주 대단지에 부려졌지. 벌써 스무 날 전이야."

"전에 광주 대단지 어쩌고 하는 것 같더니 결국 그리로 간 거야? 그런데 성남은 또 뭐야?"

"광주 대단지라고 하지만 광주가 몽땅 철거민 이주지가 된 건 아니고, 광주 군 중부 면의 성남 출장소란 행정구역이 광주 군 성남 출장소로 승격되어 그 요란스러운 광주 대단지를 열게 되는가 봐. 오빠는 신문도 안 봐?"

그러고는 울먹이지 않으려고 애쓰며 전화를 끊었다.

"내일 동대문 시장에 버선 전해 주고 정오쯤 시내버스 천호동 종점으로 갈게. 거기서 만나 함께 성남 가는 버스 타고 집으로 가면 어머니와 함께 좀 늦은 점심은 먹을 수 있을 거야. 자세한 이야기는 내일 만나서 해."

하지만 막상 듣고 보니 몇 달 불안하게 여기던 일이라 그런지 오히려 개운한 느낌이 들었다. 올 것이 왔구나. 결국 일이 그렇게 흘러가게 되어 있었던 거라면, 그 또한 어쩔 수 없는 일이지…….

운명이라면 정해진 제 갈 길을 가고 있는 건가. 그래, 이제 다시 우리 외롭고 고단한 일가를 기다리는 게 무엇인지 어디 한번 지켜보자. 간밤의 일을 떠올린 인철이 그 마지막에 떠올린 상념을 이어 가듯 그렇게 중얼거리는데, 저만치 시내버스 한 대가 종점 광장으로 들어왔다. 급브레이크를 걸며 난폭하게 차를 세우는 게 도착 시간을 맞추려고 몹시 서두르는 듯했다. 차 안 사람들도 운전사 못지않게 다급한 듯 버스 문이 열리자마자 쏟아져 나와 시외버스들이 모여 있는 곳으로 달려갔다.

그들을 기다렸다는 듯 시외버스 정류장에서 시동을 걸고 서 있던 버스 한 대가 옆문을 연 채 달려오는 사람들 쪽으로 슬금슬금 다가오는가 싶더니 갑자기 차 문 밖으로 상체를 내민 남자 차장이 큰 소리로 외쳤다.

"성남 가요. 성남. 열두 시 십오 분 출발 광주 종점. 어서 타세요.

여주 이천 연결됩니다."

그러자 선두의 사람들이 한층 서둘러 그 버스로 뛰어갔다. 그들 가운데서 낯익은 모습이 다가와 빠르고 급한 목소리로 인철을 자기만의 상념에서 끌어냈다.

"오빠, 저 차야. 우선 저 차부터 타고 얘기해."

그 소리에 퍼뜩 깨난 인철은 옥경의 모습을 확인조차 않고 그 사람들 사이에 끼어 성남 가는 버스에 올랐다. 차 안은 그리 복잡하지 않아 뒤쪽으로 몇 발짝 옮기기도 전에 그들 남매가 나란히 앉을 수 있는 자리가 있었다. 얼결에 달려와 먼저 차에 오른 인철은 그 좌석 통로 쪽에 자리 잡은 뒤에 옥경을 불러 창 쪽 좌석에 앉혔다.

"오빠, 좀 기다렸지? 시내에서 차가 많이 막혔어. 내가 타고 온 29번 버스 원래 여기 도착이 열두 시 정각인데, 또 무슨 데모라도 있는지 종로 쪽부터 죽 막히는 바람에……."

옥경이 지금까지 함께 있었던 사람처럼 말했다.

"요사이 서울은 어디 가나 시도 때도 없이 차가 막히지. 그런데 여긴 왜 이렇대? 서울 변두리하고도 종점인데, 이것도 그 성남 때문이야?"

"응, 어제 말한 대로 아직까지는 서울 시내에서 성남으로 가는데 가장 빠른 길이 이 길이거든. 대중교통이 연결되는 길로다가……."

"그런데 여기 버스 어디에도 성남 간다고 써 붙인 데는 없던데?"

인철이 이제 막 공터 같은 버스 정류장을 벗어나는 버스 차창으로 지나가는 차들을 내다보면서 아무래도 알 수 없다는 듯 물었다.

"없긴. 저기 봐. 저렇게 써 붙였잖아."

옥경이 맞은편에서 정류장으로 들어오는 시외버스 앞 유리 차창을 가리키며 말했다. 하지만 거기서도 '광주 대단지'나 '성남 출장소' 같은 명칭은 보여도 성남만을 행선지로 밝히고 있는 버스는 눈에 띄지 않았다. 성남이 광주 시 중부 면 성남 출장소에서 광주 시 성남 출장소로, 그리고 다시 경기도 성남 출장소로까지 승격됐다가 마침내 성남 시로 자립하게 되는 것은 그로부터 네 해 뒤인 1973년도가 되지만, 그곳을 아는 사람들의 의식 속에서는 그때 이미 독립성을 가진 지명이 되어 있었던 듯싶다.

"그래 거긴 어때? 네 말마따나 우리 집이 부려진 성남 말이야. 우리 집이 군용 천막 한 모퉁이가 되었다는 것은 거기서 천막 생활을 한다는 뜻 같은데, 어때? 견딜 만해?"

철이 화제를 바꾸어 궁금한 것부터 물었다. 그런데 옥경이 갑자기 민망스러울 만큼 눈물을 흘리며 그 말을 받았다.

"견딜 만하냐고? 글쎄 어디까지가 견딜 만한 건지. 어디까지를 견뎌 내야 하는지……."

그러면서 한동안 말을 잇지 못했다. 누가 좌석 등받이 너머로 자기들 남매를 힐끗거리는 듯해 난감해진 인철이 옥경을 진정시켜 보려고 달래듯 말했다.

"집이 뜯겼다지만 우리 집이 뜯긴 것도 아니고, 그렇다고 그 철로 변에 우리 땅이 있어 빼앗기듯 헐값으로 수용된 것도 아니잖아? 왜 그래? 뭐 철거 통에 전세금이라도 날렸어? 아니면 거 뭐야 딱지, 아니 분양증이라도 취소된 거야?"

"그건 아냐. 집 문제라면 엄마는 오히려 꿈이 커졌지. 연초에 미리 챙겨 둔 전세금으로 제대로 된 딱지 한 장 더 사서 번듯한 집 한 채 지을 거라나."

"제대로 된 딱지는 또 뭐야?"

"우리가 가진 것은 흔히 무딱지라고 하는 세입자용 열 평짜리 권리증이야. 말하자면 지정된 지번이 없는 분양증이지. 제대로 된 분양증은 철거민들한테 나오는 토지 분양권 같은 거야. 한 필지가 스무 평짜리고 나중에 추첨해 봐야 나오게 되지만 지번도 있어. 아직은 한 2만 원이면 살 수 있는데, 엄마는 우리 무딱지와 그걸 합쳐 대지 한 필지로 어우를 생각인 것 같아. 여기선 한 서른 평이면 우리 같은 무허가 판잣집 세입자에겐 나랏님 대궐 못지않은 집을 지을 수도 있어."

"그럼 뭐 울고불고 할 것도 없네. 영등포 철길 가 셋방 철거되고 무딱지 분양증 생긴 거 차라리 잘된 일 아냐?"

인철이 별생각 없이 그렇게 받자 옥경이 갑자기 싸늘한 눈길로 쏘아보았다. 언제나 어리게만 보아 온 여동생이었는데 그때는 꽤나 성숙해 보였다. 그러고 보니 옥경도 벌써 열아홉이었다.

"오빠, 정말 지난 3년 고생하며 도시 밑바닥을 떠돈 거 맞아?

밑바닥 못 가진 사람들의 삶이 어떤 건지 제대로 알기나 하는 거냐고?"

"그게 무슨 소리야?"

"오빠는 그들이 어떻게 살아가고 있는지 전혀 알지 못하는 것 같아. 그것도 오빠의 행운인지 모르지만, 그저 돈 있는 사람에게 빌붙어 험한 꼴 안 보고 제 길만 간 사람처럼. 그들이 던져 준 푼돈에 감지덕지하며 앞도 뒤도 돌아보지 않고 공부만 한······."

"어째서 그렇게 생각하니?"

"세상을 보는 방식이 그래. 좋게 보면 너무 순진하다고 할까, 아무튼 없는 사람들의 실정을 몰라도 너무 몰라. 겨우 세끼 밥과 하룻저녁 발 뻗고 누울 방 한 칸을 얻어 내기 위해 그들이 얼마나 처절하게 몸부림쳐야 하는지, 그리고 세상은 또 그들을 얼마나 모질고 정 없이 다루는지. 실은 자신도 그들 가운데 하나면서 그저 오빠는 강 건너 불 보듯, 생판 남의 일처럼 그들의 삶을 바라보는 것 같아서······."

어어, 얘 봐라. 인철은 자신도 모르게 터져 나오는 감탄을 억지로 감추며 가만히 옥경을 살펴보았다. 3년 전보다 더 조용하고 차분해졌다는 느낌은 받았지만, 다시 만난 뒤로 둘이 정색을 하고 얘기해 보기는 이번이 처음이었다.

"글쎄, 이거 온전히 파렴치한 출세주의자란 얘기 같은데, 어째서 그렇지?"

"차라리 잘됐다는 말, 그게 지난 4월에 그만둔 서울 시장 김현

옥이 말이나 그걸 곧이곧대로 믿고 기사라고 써 대는 어용 신문과 너무 비슷해서."

"그럼 실상은 어떤데?"

"그전에 오빠에게 하나 더 물어볼 게 있어. 우리가 성남으로 갈 때 서울 시는 가구당 돈 5천 원과 밀가루 두 포대, 그리고 열 가구에 대형 천막 하나씩을 나눠 주었어. 머지않은 일자리 약속까지 가외로 얹어서. 그 조치는 어때?"

"것도 상당하네. 그렇게 이주시킨 게 영등포 쪽만 해도 수천 가구는 되었을 텐데."

인철이 특별히 어깃장을 놓는다는 기분 없이 그렇게 받았다. 그런 인철을 한 번 더 살핀 옥경이 한층 각져 보이는 얼굴로 인철을 마주 보다가 깨우쳐 주듯 말했다.

"그런데 우리가 짐짝처럼 부려진 광주 대단지라는 곳이 어떤지 알아? 겨우 길만 뚫어 놓은 개울가 야산 비탈을 부르도자(불도저)로 몇 번 긁어 둔 허허벌판이야. 제대로 된 일자리는 말할 것도 없고 막노동할 공사판 하나 제대로 없는 데서 식구가 둘 뿐인 가구라도 돈 5천 원과 밀가루 두 포대로 얼마나 버티겠어? 그리고 그 주거 환경……. 아무리 크다고 해도 한 천막 안에 여러 집이 제대로 된 칸막이도 없이 함께 사는 광경, 상상이나 해 봤어? 수도도 하수도 없을 뿐만 아니라 공동변소조차 턱없이 모자라. 식수는 말라 빠진 개울가에 파 둔 웅덩이에서 퍼다 거르지도 소독하지도 않은 채 쓰고, 천막과 천막 사이는 개숫물과 생활하수로 질펀거리지. 천막 수십 개에 하나 돌아오는 공동 화장실에 아침마다 어릴 적 본 구호품 배급 때보다 더 긴 줄이 굽이굽이 늘어서고……."

그러면서 옥경은 지그시 이를 사리물었다. 줄줄이 눈물을 흘리는 것보다는 덜했지만 아직도 옆 좌석의 눈길을 의식해야 할 만큼 예사롭지 않은 격앙을 드러내고 있었다. 인철은 그제야 몇 달 사이에 급속하게 진행된 어머니와 옥경의 어려운 처지를 으스스하게 실감할 수 있었다. 하지만 아직도 옥경에게는 무언가 상대의 분발을 이끌어 내기 위한 과장의 혐의가 있어 인철은 다시 어깃장을 놓듯이 옥경을 자극해 보았다.

"그거야 일시적이겠지. 철거를 걱정하며 무허가 하꼬방을 폭탄 돌리기처럼 주고받거나 그 방 한 칸에 세를 얻어 눈비를 피하던 사람들이 떳떳하게 살 집 한 칸을 장만하는데 그만한 고생이야 없겠어? 그리고 신문에서 읽은 게 이제 기억나는데…… 상하수도나 도로 같은 도시 기반 시설은 곧 해결될 걸로 아는데. 일자리도 그래. 거기다가 무슨 산업 시설을 갖춰 신도시 이주민들에게 일자리를 만들어 주고, 뭐라더라, 그래 광주 대단지 자체로 자급자족하는 단일 생활권을 형성한다는 것 같던데, 그게 말처럼 그리 쉽겠어? 아무래도 시간이 좀 걸리겠지."

"일시적이라고? 오빠 그것도 너무 쉽게 말하지 마. 지금 우리에게 분양될 땅이라는 게 어떤 건지나 알아. 대부분 서울 시의 토지 수용에 묶여 있는 논밭이거나 야산 비탈인데, 우리는 아직 그 땅이 어디 붙어 있는지조차 몰라. 추첨을 해야 지번이 나온다는 거야. 그런데 아직 그 추첨조차 언제할지 모른다고. 그래서 우리 분양증은 이름조차 무딱지란 거야. 추첨 뒤에도 그게 정지(整地)되어 집을 지을 수 있을 때까지 얼마나 기다려야 될지도 모르고. 또 제대로 정지된 대지(垈地)가 있다 해도 대부분 하루 벌어 하루 먹기 바쁜 사람들이 무슨 수로 거기다가 집을 지어? 시멘트 블록으로 대강 막아도 칠팔만 원은 든다는데. 그런데 그게 일시적인 어려움이고 그저 기다리면 풀릴 일이야?"

옥경은 그렇게 말해 놓고 길게 숨을 내쉬더니 잠시 말에 뜸을 들이듯 입을 다물었다. 그런 옥경에게서 옛날의 철부지 흔적은 찾아볼 수 없었다. 인철이 눈치라도 보듯 반문조차 미루고 살피는 사이에 옥경이 다시 비틀린 목소리로 띄엄띄엄 말을 이어 갔다.

"자급자족하는 단일 생활권? 그것도 그래. 언젠가는 정부가 그리는 청사진대로 그런 날이 올지 모르지만 당장 급한 이들에겐 아무 소용없어. 오빠, 그 얘기 알지? 하루살이랑 모기랑 놀다가 헤어지면서 모기가 하루살이에게 '내일 또 봐' 그랬대. 그런데 하루살이에게 내일이 어딨어? 마찬가지야. 오늘이 당장 급한 사람들에게는 그런 장구한 청사진 같은 것은 별 의미가 없어. 당장 급한 것은 오늘이라니까…… 추운 천막에서 떨다가 일어나 터질 듯한 만원버스를 타고 한 시간이나 걸려 천호동이나 송파에 도착하고, 거기서 또 식구대로 하루 입에 풀칠이라도 할 벌이를 찾으려면 또 한 시간 가까이 출근 버스에 끼어 한강을 건너야 돼. 벌이 신통찮은 일일수록 일은 고되고 노동 시간은 길지. 축 처진 채 온 길을 되짚어 천막에 돌아가면 하마 밤 아홉 시, 저녁 밥숟가락 놓는 대로 자리에 들어도 대여섯 시간 뒤에는 깨어나 다시 만원버스 짐짝이 되어야 해. 그런 생활이 얼마나 오래 갈 수 있겠어? 우리와 함께 들어온 무딱지 가구 중에 절반은 이미 서울로 돌아갔다고. 헐값에 분양 권리증 팔아넘기고……. 게다가 오빠도 말했지만, 상하수도, 전기, 도로 같은 기반 시설은 그야말로 기약조차 없어. 거긴 새 삶의 터전이 아니라, 가진 것 없는 죄로 서울특별시에서 내몰린 밑바닥 사람들의 유배지라고. 혁명정부의 위업으로 이룩된 아름다운 서울을 더욱 위대한 문화 도시를 만들기 위해서, 아니, 아직 많지도 않은 외국 관광객의 안목을 산뜻하게 해 줄 미화 작업으로, 흉측한 버러지 같은 가난뱅이 빈털터리들을 집단으로 쓸어내다 버린 거대한 쓰레기통 같은 거라고."

옥경이 광주 시 성남 출장소가 있는 단대리(丹垈里) 정류장에 버스가 닿을 때까지 쏟아 낸 말을 정리하면 대강 그랬다. 왠지 가만히 옥경의 이야기를 들어주어야 할 것 같아 귀 기울이며 거기까지 듣자 갑자기 가슴 한구석이 섬뜩해 오는 듯한 느낌이 들었다. 어릴 때부터 옥경은 유복녀 막내답게 재잘거리는 것을 좋아했고, 또 자신이 본 것을 듣는 사람도 함께 본 것처럼 느끼게 만드는 묘사의 재능이 있었다. 그러나 그날 인철이 섬뜩함을 느낀 것은 그런 옥경의 말재간에서 비롯된 것이 아니라, 그 말투에 실린 증오와 분개의 어두운 그림자 때문이었다.

"그런데 말이야. 좀 전에 네가 말한 것들 모두 너 혼자 생각한 거야? 모두 네 말이냐고."

버스에서 내려 옥경이 이끄는 대로 발길을 옮기면서 인철이 가만히 옥경에게 물었다. 그제야 옥경이 살풋 미소를 띠며 되물었다.

"왜 중학교밖에 못 나온 내가 너무 유식해 보여? 실은 여기저기서 들은 것도 있고, 혼자 생각해 보니 그런 것 같아 그걸 더 다듬어본 말도 있어."

"여기저기서 듣다니, 그럼 여기도 사람들 모아 놓고 그런 걸 가르쳐 주는 사람도 있어?"

"무식한 사람들은 대개 가난하지만, 가난한 사람들이 모두 무식한 것은 아니야. 우리 이웃 천막만 해도 두 가구 식구 열한 명 가운데 대학물 먹은 사람이 둘이나 있었어. 그중에 하나는 딱지 팔고 다시 서울로 올라갔지만, 하나는 아직 남아 있지. 청룡부대로 월남전에 갔다가 된통 다쳐 막노동도 못 하게 된 아저씨야."

"그럼 그들에게 들은 거야? 네가 한 말 모두?"

"아니, 그 사람들에게서는 쬐끔. 그들 말고도 우리 주변에 있는 사람들에게서도 듣지만 그것도 그저 현장의 불만 정도지. 그러나 요즘은 원론적으로 이야기하는 사람들도 늘어나고 있는 듯해. 여러 가지 봉사 활동 내걸고 찾아오는 대학생들도 있고, 교회 쪽도 처음 들어 보는 종파부터 보수적인 교단까지 희끗희끗 모습을 드러내고. 신부님이나 스님들도 이따금씩 노동 현장이나 철거민 주변을 기웃거리지."

"원론적이란 어떤 걸 말하지?"

"특정한 정치색이 있거나 투쟁적인 용어를 쓰지 않고, 어찌 보면 뻔한 소리를 되뇌는 듯하지만 가만히 새겨들으면 뼈가 있는 말……."

"그게 어떤 건데? 분배의 불평등. 도시 빈민 문제 같은 소리도 하든?"

"그건 아니지만, 가난한 사람들과 함께해야 한다든가, 도시로 흘러든 이농민들을 근대화 산업화에 '뿌리 뽑힌 자'로 부른다든가……."

거기까지 듣자 인철은 짐작보다 강도가 높은 의식 상황에 노출된 옥경이 걱정스러워졌다.

"조심해라. 진실을 알게 되는 것은 귀한 일이지만, 근거 없는 증오와 원한까지 배울 필요는 없다. 너를 찾아온 그 사람들, 어쩌면 불을 지르러 온 사람들일지도 모르지. 그 사람들과 마찬가지로 원래 네 것이 아닌 증오와 원한까지 네 것으로 받아들여 너 자신이 그을리지 않도록 해라."

인철은 갑자기 아득하게 손위 오빠라도 된 것처럼 그런 충고를 해 놓고, 너무 추상적인 것 같아 한마디 덧붙였다.

"더구나 이 사회 내부의 모순은 우리와 무관하다. 그것이 어떻게 전개되고 어떻게 부패해 가든 우리 같은 골수 빨갱이 월북자의 가족에게는 거기에 대해 발언권이 없다는 뜻이다."

그런 단정적인 설명은 어떤 정치적인 논의가 자신 없는 주제로 이탈해 갈 때 인철이 흔히 쓰던 기법이기도 했다. 옥경도 인철이 느닷없이 상기시킨 가족의 이데올로기적 신분에 의식이 움츠러든 탓인지 선선히 그때까지의 주제에서 떠났다.

"알겠어. 나도 덩달아 비뚤어지지는 않을게. 하지만 오빠도 한 번 가서 봐. 보면 아무리 우리처럼 이 사회의 정치적 시비에서 내몰린 신분의 사람들이라도 느껴지는 게 있을 거야. 어쨌든 어서 가. 엄마가 기다리겠어."

버스가 선 성남 출장소 단대리는 말 그대로 벌건(丹) 집터(垈) 동네(里) 단대리였다. 버스에서 내려 옥경이 손짓하는 곳을 보니 단대천의 개울가와 이어진 비탈을 벌겋게 벗겨 놓은 언덕배기 한 곳에 바둑판같은 통로로 줄지어 선 천막들이 커다란 상처의 딱지처럼 꺼멓게 덮여 있었다. 도심의 철도변에서, 청계천 개울가와 숭인동 창신동의 무허가 판자촌에서 밀려난 사람들이 고단하고 서러운 삶을 의탁하고 있는 수천 동의 천막이 어우러져 만들어 낸 대규모 철거민 촌이었다.

인철이 옥경의 안내를 받아 찾아간 천막은 시외버스 정류장에서 삼십 분쯤 걸어 들어가는 곳에 있는 7지구 5번 거리 세 번째 대형 10인용 천막이었다.

"우리 집은 이리로 들어가. 발밑 조심하고."

천막 줄로 만들어진 골목 입구로 들어서면서 옥경이 주의를 곁들였다. 인철이 무심코 발밑을 보니 천막과 천막 사이에 난 좁은 통로에 발 디딜 곳이 만만찮을 만큼 질척한 하수구가 흐르고 있었다. 점심때가 지난 지 얼마 되지 않아 집집마다 쏟아 내는 개숫물로 더욱 질척해진 것 같았다. 천막 골목 안으로 들어갈수록 고약해지는 시궁창 냄새에 점점 더 거침없이 천막 밖으로 드러나는 주민들의 비참한 삶이 인철을 메스껍게 했다. 함부로 내건 지저분한 빨래, 파리가 윙윙거리는 간이 쓰레기장, 거기다가 어떤 골목 모퉁이 공터에는 생계의 일부로 끌어다 모은 것 같기도 한 고물과 폐품까지 쌓여 그 주변을 더욱 황폐하게 보이도록 만들었다.

"야들이 늦었구나. 어예(어쩌)다가 이래 늦었노?"

폐품 더미 맞은편 천막에서 어머니가 불쑥 나와 그들 남매를 맞으며 그렇게 물었다. 인철로 보아서는 지난번 입주했던 가정교사 집에서 마지막으로 영등포 셋방을 들여다본 지 한 달이 훨씬 넘어 오랜만에 어머니를 본다는 느낌이 있었다. 그러나 어머니는 아침에 함께 집을 나갔다 돌아온 남매를 맞는 것처럼이나 별다른 감정이 느껴지지 않는 목소리였다.

"응, 내가 동대문시장에서 천호동 종점 쪽으로 가는 버스를 한 파스(차례) 놓쳤어. 그래서 열두 시 십 분 성남 오는 버스를 탔는데 이렇네."

옥경이도 어머니와 같이 무덤덤한 목소리로 받으며 아직도 머뭇거리는 인철을 천막 안으로 이끌었다.

"여긴 10인용 천막 한 동에 두 가구가 함께 살아. 천막 한가운데를 갈라 반씩 나눠 쓰는데, 저쪽은 식구가 여섯이지만, 이쪽은 우리 둘 뿐이라 조금 여유가 있어. 반은 부엌과 엄마 작업실로 쓰고 반은 거처방으로 쓰고 있어."

그러다가 천막 저쪽에서 누군가 내는 인기척에 옥경이 머리를 까닥하고 인사를 했다.

"아저씨, 전에 말씀드렸죠? 우리 오빠예요. 가정교사로 입주해 있는 대학생……."

옥경은 인철의 이름에다 다니고 있는 대학교 이름까지 대고 싶은 걸 간신히 참고 있는 표정이었다. 아직 어둠이 눈에 익지 않은 인철에게는 같은 어둠처럼 느껴지는 천막 휘장 가운데가 언뜻 열리더니 무언가 희끗하게 비쳤다 사라지며 나이 든 남자의 신음 같은 대답이 들려왔다.

"음, 으음, 그으래에. 반갑겠다……."

그때 어머니가 한쪽 천막을 들치자 사방이 천막 천으로 된 넓은 방이 밝은 백열등 아래 드러났다. 반을 갈라 입구 쪽에는 몇 개의 뚜껑 있는 물통과 풍로, 밥솥, 연탄 화덕, 설거지통으로 쓰는 듯한 양은 다라(큰 대야)와 식기 같은 부엌살림이 가지런히 놓여 있었고, 다른 반쪽은 가마니 위에 군용 담요를 덮어 작업실로 쓰는 듯했는데 어머니는 여전히 버선 깁는 일을 하고 있는 듯 낯익은 손 재봉틀 곁에는 하얀 포플린 더미가 보였다. 버선을 주문하는 거래처에서 고급 버선감으로 대 주는 미제 침대 시트 천이었다. 그 앞으로 본을 뜨다 한쪽으로 싸 말아 둔 버선감과 거기에 얹힌 유난히 날이 넓고 긴 미제 가위가 비로소 인철에게 어머니가 있는 집으로 돌아왔다는 걸 실감 나게 해 주었다.

"그쪽 틀 옆 빈자리에 앉거라. 우선 밥부터 먹자."

어머니가 그렇게 말하고 부엌 쪽 석유 곤로 곁에서 진작부터 보아 두었던 듯한 작은 알루미늄 두레상을 들고 나왔다.

"오랜만에 니 온다꼬 일부로 장까지 봐 상을 채맀(렸)는데, 이거다 안 식어 뿌랬나? 그래도 시장이 반찬이라 카이 우리 맛있게 먹자. 옥경이 니도 얼릉 와 앉고."

어머니가 상보를 걷으며 그렇게 말할 때에야 인철은 자신이 집으로 돌아오는 걸 어머니가 기다리고 있었음을 알 수 있었다. 그러나 돌아올 걸 알고 있는 듯했지만, 오는 길에 옥경에게서 들은 말 때문에 어머니에게 품게 된 어두운 예감은 아직도 쉽게 확인할 수 없었다.

천막촌의 점심 한 끼로는 과분한 상을 물리고 과일까지 깎아 낸 뒤에도 어머니의 어딘가 허세나 과장이 감춰진 듯한 평온과 태연함은 유지되었다. 인철의 눈에는 어머니가 서울 변두리에서도 한참을 벗어난 광주 골짜기에 기약 없이 내몰려 있으면서도 5년 전 돌내골의 벌건 개간지에서 하늘만 쳐다보고 있을 때보다 오히려 더 활기차고 낙천적으로 보였다. 마침내 참지 못한 인철이 먼저 어머니의 진심을 건드려 보았다.

"정말 다행입니다. 나는 어머니가 몹시 상심하고 계실까 걱정이었는데……."

"뭘?"

"이 산 설고 물 선 광주 골짜기까지 밀려난 거. 정부에서 내준

천막 한 모퉁이를 빌려 기약 없이 기다려야 하는 거…… 오는 동
안에 옥경이 기집애 울고 짜고 안 해도 그 막막한 심사, 진작부터
짐작은 하고 있었습니다."

"뭐시라? 조(저) 물팅이(물컹이) 같은 기집아, 그게 그새 또 청승
을 떨었구나. 물팅이 같은 게, 울 곳도 많다. 아무리 연들아(계집애)
라도 그저 아무데나 쩔쩔…… 눈에 재를 뿌려 뿔라."

어머니가 갑자기 성난 눈길로 옥경이를 노려보며 평소 같지 않
게 꾸짖다가 마치 주문이라도 외듯 인철의 말을 받았다.

"니 그거 무신 소리고? 내가 왜 상심하고 내가 뭐시 막막해? 전
에 식구대로 돌내골로 내려가 개간할 때 나는 우리가 이제 바닥
까지 다 내려선 기라꼬 생각했디라. 글치만 아니라. 그때는 그래도
위토(位土)지만 파 뒤벨(뒤집을) 내 땅도 있었고, 서슬 푸른 혁명정
부 보조금까지 나왔지마는 이제는 참말로 아무것도 없대이. 죽지
못한 몸땡이(몸둥아리)뿐이라. 그래서 이거야말로 참말로 시작이라
꼬. 우리가 완전히 빈손으로 바닥을 구분(뭥군) 뒤에 다시 일나는
(일어서는)……. 우리 인제 집도 절도 없이 떠댕기는 거 여다서 끝
내자. 뿌리 뽑해(뽑혀) 산지사방 밀래 댕기는 거 인제는 참말로 치
워 뿌자꼬. 나라도 글타. 전쟁 끝난 지 벌씨로 20년, 하마 산천이
두 번 바꼈다(바뀌었다). 미우이(미우니) 고우이 캐 싸도 대한민국
이거 인제는 우리나라 됐다. 죽이니 살리니 해도 기댈 곳은 결국
대한민국뿐이라. 우리 여다서 나라가 시키는 대로 기다려 보미 다
시 한 분(번) 뿌리 내라 보자. 비록 사대문 안은 아니지만 서울에

서 멀잖은 곳에 집 한 채 우부려(얽어) 보자꼬. 여덟 평 무허가 하꼬방 집에 단칸 사글세 방도 얻어 살았는데, 서른 평 대지에 허가받아 지은 내 집이 어디로? 길이사 서울서 좀 멀다마는 나라에서 가까운데 일자리까지 맹글어(만들어) 줄라 안 카드나? 우리 식구대로 지금부터 아는 정 모르는 정 안 돌아보고, 죽기 살기로 대들믄(대들면) 세상에 안 될 게 뭐 있겠노? 거다가 너어 형 맘 잡고 돌아와 일자리 구하고 니 학교 마쳐 좋은 데 취직이라도 하믄 촌 열 부자 하나도 안 부러울따."

황금 알을 찾아서

새로운 도시의 건설에는 여러 가지 원칙과 조건 들이 필요하다. 그것은 무엇보다도 국가의 종합적인 개발 정책이어야 하며 그에 따른 법제적 지원과 재원(財源) 확보가 있어야 한다. 거기에는 중산층뿐 아니라 민간 기업의 참여가 있어야 하고, 그 경우 개발 이득이 보장되어야 한다.

1960년대 말의 광주 대단지 개발은 겉으로 보아서는 그런 원칙과 조건 들이 구비되어 있는 듯했다. 그러나 그 내막은 당시의 일반적인 정책들과 마찬가지로 졸속과 미비를 벗어나지 못한 것이었다. 계획은 다분히 구호적이고 법제적(法制的) 지원과 재원 확보도 지극히 형식적이었다. 특히 개발비는 장기의 저리(低利) 금융이어야 하고 충분한 경제적 뒷받침이 있어야 하는데도 그 부분은 거의 고려되어 있지 않았다.

거기다가 단순한 주거 도시로서가 아니라 복합적인 위성도시로 계획되었으면서도 거기 따른 건설의 순서는 철저하게 무시되고 있었다. 철거민의 강제 입주는 철저하고 정교한 계획이 있어야 하고 주민의 자발적인 기구가 먼저 설립되어야 한다. 교통·통신·용수(用水) 등 도시 기능에 필요한 사회간접자본이 갖춰져야 하며, 주택보다는 상업 및 공업 시설이 먼저 갖춰져야 한다. 그런데도 수목이 무성한 구릉지대를 벌겋게 밀어 놓은 곳에 철거민부터 먼저 실려 와 부려져 있는 것이 1969년 여름의 광주 대단지였다.

하지만 서울의 팽창과 더불어 부동산 가격의 급등을 경험한 사람들에게는 그 개발이익이 좋은 투기의 대상이었다. 그래서 정작 그 신도시의 주민이 될 사람들에게는 재앙과도 같은 미비와 졸속이 오히려 투기꾼들에게는 한 기회를 주었다. 개발이익이 실현될 때까지 기다릴 수 없는 궁박한 철거민들의 기대 이익을 헐값으로 사들이는 길이었다. 다만 그때만 해도 뒤에 보게 될 것처럼 전국민의 투기꾼화(化)는 일어나지 않아 아직 그들은 그런 쪽으로 눈 밝은 소수에 지나지 않았다.

영희가 택시에서 내렸을 때 단대리는 벌써 외지에서 온 그런 투기꾼들로 적잖이 붐비고 있었다. 벌써 조금씩 비만의 기미를 드러내는 몸 때문에 유달리 더위를 타는 영희에게 벌건 황토 바닥에서 피어오르는 열기는 마치 뜨거운 모닥불 곁에 다가선 듯한 느낌을 주었다. 영희는 파라솔을 펴기에 앞서 수건으로 이마의 땀부터 훔쳤다.

영희가 단골로 드나드는 복덕방은 그곳에서 몇 발짝 되지 않았다. 겨우 거적을 면한 가건물에 턱없이 크고 화려한 간판이 새삼 영희에게 쓴웃음을 자아내게 했다. 검붉은 바탕의 '황금부동산'이란 금빛 글씨가 유혹적이기보다는 위압적이었다.

영희가 문을 대신한 발을 들치고 안으로 들어서자 주인아저씨는 보이지 않고 낯선 젊은이 둘이 나무 탁자에 불량한 자세로 앉아 있다가 몸을 일으켰다.

"어서 옵쇼오."

그중에 하나가 습관적으로 그렇게 소리쳐 놓고 영희를 훑어보다가 갑자기 어조를 바꾸며 퉁명스럽게 물었다.

"무슨 일이슈?"

영희가 손님으로는 너무 젊어 보였는지 당연히 보여야 할 공손함이 전혀 없었다. 아마도 찻값 수금 온 다방 아가씨쯤으로 여기는 것 같았다. 영희는 그런 그들의 느물거리는 듯한 눈길이 불쾌했으나 애써 내색하지 않고 되물었다.

"주인아저씨는 어디 갔어요?"

"볼일 보러 갔시다. 그런데 무슨 일이슈?"

그때까지 앉아 있던 조금 나이 든 쪽이 다시 몸을 일으키며 이번에는 좀 업자답게 물었다.

"며칠 전에 물건 부탁해 둔 게 있어서요."

영희가 군말 달지 않고 간단하게 대답해 주었다. 그제야 그들도 사람을 잘못 보았다는 걸 느꼈는지 태도가 달라졌다.

"물건…… 이라니요? 어떤 물건을 부탁하셨는데?"

대략 영희와 비슷한 또래로 보이는 나이 든 쪽이 제법 복덕방 주인 티를 내며 물었다. 보다 어린 쪽도 처음의 불손한 태도가 새삼 미안하다는 듯 뒤늦게 두 손을 모으며 일어났다. 그런 그들의 태도로 보아 그냥 복덕방에 놀러 온 건달들은 아닌 듯했다. 그것도 복덕방 주인으로부터 적잖은 닦달과 단련을 받은 눈치들이었다.

"무딱지하고 딱지 중에 조건 좋은 것 나온 게 없나 해서……."

"무딱지는 거의 추첨이 끝나 가는 판이라 물건으로 나올 게 없을걸요."

나이 든 쪽이 다시 업자로서 알은체를 했다. 무딱지는 대개 철로변의 무허가 건물을 철거할 때 발행한, 결정된 지번(地番)이 없는 토지 분양증을 말한다. 나중에 추첨으로 지번을 얻게 되는데, 운 좋은 경우에는 대로변이 걸려 분양가의 몇십 배가 될 수도 있었다. 따라서 무딱지를 거래하는 손님은 이미 그 방면에서 아마추어가 아니라는 뜻이 되기도 했다.

"유보지(留保地) 관계도 좀 알아봐 주시기로 되어 있어요."

영희가 다시 일격을 가하듯 덧붙였다. 유보지는 신도시의 중심 상가나 간선도로의 교차 지점, 또는 38미터 대로변 같은 데의 요지로 서울 시가 당장은 분양 대상에서 제외한 땅을 말한다. 나중에 차례로 입찰에 부칠 예정으로 되어 있는데, 그 땅값이 일반 대지와 비교되지 않을 만큼 비쌀 것은 뻔했다. 일반 대지가 평당 2천 원 내외에 거래되는 것에 비해 유보지는 최저 3만 원이 예상되고 있었다. 거기다가 유보지의 또 다른 특징은 분할 단위가 크다는 것이었다. 한 필지가 최하 80평은 넘어 적어도 3백만 원은 가지고 있어야 손을 대 볼 수 있는 게 유보지였다. 아직 입찰은 시작되지 않았으나 그 유보지를 알아본다는 것은 영희가 그만큼 큰손이라는 암시이기도 했다. 그 말의 효과는 나이 든 쪽에서 먼저 나타났다. 그가 자리에서 일어나며 말했다.

"그렇다면 사장님께서 돌아와 봐야겠는데요. 저희들은 아직이 바닥에서 경험이 적어서…… 우선 앉으시죠. 사모님, 여기 앉아서 기다리십쇼."

그러면서 자신이 앉았던 의자를 내어주고 어린 쪽을 향해 냅다 소리쳤다.

"뭐 해? 선풍기라도 켜지 않고. 사모님이 더워하시잖아."

"아, 네, 네."

갑자기 날벼락을 맞은 셈인 어린 쪽이 사무실 구석에서 선풍기를 꺼내 영희를 향하게 하고 스위치를 틀었다. 후텁지근하던 사무실이 한결 견딜 만해졌다.

하지만 더운 날씨 탓인지 그들의 긴장은 그리 오래가지 못했다. 영희가 자리를 잡고 앉은 지 오래지 않아 나이 어린 쪽이 먼저 나는 길가를 내다보다 갑작스레 감회에 젖은 얼굴로 말했다.

"세상 차암 많이 변했다. 천지개벽이 따로 있나……"

이제 스물두엇이나 되었을까, 게 바가지처럼 덮어쓴 여드름하며 사람 몸통 하나가 넉넉히 들어갈 만큼 넓은 바짓가랑이에 손바닥만큼 넓은 가죽 혁대가 건달 티를 줄줄 흘리고는 있어도 어딘가 순박한 데가 있어 뵈는 얼굴이었다. 그곳 부동산에 대해 몇 마디 주워들은 대로 더듬거리다가 영희가 자신보다 더 훤하게 그곳 형편을 꿰고 있다는 걸 알아차리고 입을 다문 나이 든 쪽도 어색한 침묵을 더는 못 견디겠다는 듯 그 말을 받았다.

"뭐가, 인마?"

"옛날 우리 단대리가 오늘날 이 모양으로 될지 누가 알았겠수?"

"아, 참. 너 여기 출신이라 했지? 여기 옛날에는 어땠는데?"

그러자 나이 어린 쪽은 더욱 감개 어린 눈빛으로 햇볕이, 8월의 뜨거운 햇볕이 내리쬐는 도로 쪽을 내려다보며 말을 이었다.

"5년 전 내 중학 졸업할 때만 해도 여긴 밀림이었다고요, 밀림."

"짜샤, 여기가 아프리카냐? 밀림이 있게."

나이 든 쪽이 그건 못 참겠다는 듯 그렇게 핀잔을 주었다. 그러나 나이 어린 쪽은 정말로 억울하다는 표정이었다.

"형, 정말이라니까. 저기 보이는 저 언덕배기 있죠? 나중에 시청이 들어선다던가, 하는 데 말이오. 저긴 형들이 나뭇가지에서 나뭇가지로 옮겨 갈 수 있을 정도였다니까요. 어린 우리도 소 먹이러 오면 새끼줄로 이 나무 저 나무 얽어 놓고 타잔 놀이를 했지. 지금은 골재 채취로 여기저기 파 뒤집고 빨래다 오물이다 더럽혀져서 그렇지 단대천(丹大川), 대원천도 그림 같았수."

"그때 시골치고 그림 같지 않은 곳 어디 있어? 하지만 짜샤, 공 갈치지 마. 그래도 여긴 서울에 가까워서 그때도 발랑 까진 곳이 었을 거라고."

"그게 그렇지가 않아요. 거리야 가까운지 몰라도 길이 어땠는 지 아세요? 큰길이란 게 저기 갈마치 고개를 넘어 광주로 가는 길 과 수진리 고개를 넘어 복정리, 문정동을 거쳐 천호동에 이르는 외통수였수. 서울 다녀오는 게 거의 하루 일이었으니까, 실제로는 대전만큼이나 멀었다고요."

"마, 차로 가면 사대문 안까지도 한 시간이 안 걸리는데, 어째서 하루 길이야? 여긴 버스도 안 다녔냐?"

"버스야 다녔죠. 그러나 그게 하루 두세 번이 고작이었다고요. 그것도 텅텅 비어서 다녔는데……."

"짜샤, 그 많은 여기 사람 다 어디 가고?"

"지금 원주민 행세하는 사람들 따지고 보면 대개는 이 근래 신 도시 개발한다는 말 듣고 흘러든 사람들이라니까. 그때는 산비탈 양지바른 곳에, 그것도 큰길따라 여기 몇 집 저기 몇 집이 고작이 었다고요."

"이렇게 사방이 넓은 들인데?"

"햐, 정말 모르시네. 지금은 도자(불도저)로 여기저기 깎고 파 뒤 집어 놓아서 그렇지 그때는 밀림이었다니까, 밀림. 개골짝에 손바닥만 한 논뙈기를 빼면 밭농사가 전부인 산골짜기에 어떻게 사람이 그리 많이 살 수 있겠어요?"

그러자 나이 든 쪽이 갑자기 무언가를 떠올리고 정색을 했다. 자신의 식견을 드러내 보일 기회를 잡았다는 그런 표정이었다.

"하기야 그러고 보니 들은 말이 생각나는군. 처음 서울 시가 신도시 개발을 계획할 때 여기저기 후보지를 물색했다는 거야. 그러나 고양·의정부 쪽은 휴전선이 가까워 안 되고, 하남·안양 쪽은 농경지 훼손이 심해 제외됐다더군. 그랬다면 네 말이 맞겠지. 사람이 적게 살고 농경지도 좁은 언덕배기 잡목 숲이 제격이었을 거야. 게다가 여기저기 개울이 있어 물 문제도 걱정 없을 테고……"

그렇게 아는 척을 하고 있는데 누가 발을 걷고 들어섰다. 복덕방 주인아저씨였다.

"더운데 사무실에 틀어박혀 무슨 잡담들이 그리 많아? 할 일 없으면 사무실 앞에 물이라도 좀 뿌리지 않고."

그렇게 핀잔을 주며 들어서던 그는 영희를 보자 반색을 했다.

"아이고, 영동 사모님이 연락도 없이 오셨구먼. 오신 지 오래되셨습니까?"

"접때 오늘 온다고 하지 않았어요? 이제 한 삽십 분 됐어요."

영희는 그렇게 대답해 놓고 공연히 분위기가 딱딱해지는 것 같아 웃음기를 띠며 물었다.

"요즘 많이 바쁘신가 보죠? 재미 좋으세요?"

"이걸 식소사번(食小事煩: 먹는 것은 적고 일은 많음)이라고 하나?

생기는 거 없이 바쁘기만 합니다. 이제 여기 장사도 옛날 같잖아
요."

복덕방 주인이 어울리지 않게 문자까지 써 가며 영희의 말을
받았다. 업자들이 흔히 그러듯 한번 해 보는 소리는 아닌 듯했다.

영희가 부동산에 관심을 갖게 된 것은 고참이기는 하지만 아
직 색시로 있던 백운장에서였다. 어느 날인가 거나하게 취한 기
자 몇이 둘러앉은 술상에 끼게 되었는데, 그게 한 계기가 되었다.

"새끼, 그거 아무리 군바리 출신이지만 더럽게 무식하데. 뭐, 여
의도를 창조한다고? 지가 하느님이야, 뭐야? 창조하긴 뭘 창조해?"

그중에 성말라 보이는 안경잡이가 그렇게 빈정거릴 때만 해도
영희는 심드렁히 듣고만 있었다. 기자와 세무서 직원과 학교 선생
이 모인 술자리는 술값 낼 사람이 없어 색시가 술값을 문다는 당
시의 농담대로, 초저녁 기자들만의 술자리는 그리 반갑지 않았
다. 그런데 그 말을 받는 주먹코 기자의 태도가 안경잡이와 너무
달라 영희의 관심을 끌었다.

"어이, 이 기자. 어휘 선택 약간 잘못된 거 가지고 너무 그렇게
막말하지 마. 김 시장, 그 사람 그래도 오늘 우리한테 큰 인심 쓴
거야. 공연히 우릴 헬리콥터에 태운 거 아니라고."

"기껏해야 군바리 식으로 폼 한번 잡은 거겠지. 여의도든 강남
이든 지들 뭐 꼴리는 대로 개발하면 되는 거지, 구태여 우릴 끌고
가 일일이 손가락질하며 떠먹이듯 할 건 뭐야?"

"그게 바로 김 시장의 깊은 뜻이라고. 그것도 모르고 자발없이 벤장(빈정)거리기만 하니 잘 나가는 일간지 기자 10년에 전셋방도 못 면하지."

"깊은 뜻 좋아하네. 어디에 무슨 다리가 들어서고, 어디가 무슨 부지란 게 우리하고 무슨 상관이야? 그거야 도시계획 한 장만 떼어보면 되지."

"이 기자, 정말 기자 생활 10년 한 거 맞아? 아니, 경제부처 출입한 적 있단 말 정말이야?"

주먹코 기자는 이제 한심하다는 표정을 넘어 약간의 감탄까지 섞인 표정으로 그렇게 되물었다. 듣고 있는 나머지 셋도 어느 정도 주먹코의 말을 알아들었는지 빙글거리며 안경잡이를 바라보았다. 그래도 안경잡이는 뻣뻣하게 맞섰다.

"사쓰말이(경찰 출입) 끝내고 얼마 안 돼 상공부 두어 해 나갔지. 그런데 그게 어때서?"

"아무래도 바로 말해 줘야겠군. 경제개발이 어느 단계에 이르면 필연적인 것이 땅값 변동이지. 땅은 그 생산력으로서가 아니라 지가(地價) 급등으로 황금 알을 낳는 거위가 되는 거란 말이야. 그런데 오늘 김 시장은 그 황금 알을 낳는 거위가 어디 있는지를 손가락질까지 해 가며 우리에게 알려 준 거라고."

영희에게는 황금 알을 낳는 거위란 말이 무엇보다도 강렬한 인상으로 머릿속에 새겨졌다. 색시로서는 술상 머리에 앉기가 조금씩 민망스러워질 무렵이어서 더욱 그랬는지도 모를 일이었다. 하지만 상대인 안경잡이는 끄떡도 않았다.

"으흥, 그 얘기? 로스톤(로스토우. 미국 경제학자)가 뭔가 하는 양키 허풍쟁이가 말한 도약 이론(跳躍理論)을 정말로 믿으란 거야? 그래서 우리 경제가 정말 도약 단계에 이른 것을 믿고 땅장사라도 벌이란 말이야?"

"어쨌든, 이봐. 늙어 집 한 칸이라도 장만하려면 내 말대로 해. 당장 사글셋방으로 옮기고 전세금 빼 오늘 김 시장이 손가락질한 근처 아무 데나 땅마지기 사 놓으라고. 정 모자라면 처갓집 잡히고 은행 빚이라도 얻어. 지금은 논밭이고 진뻘이지만 나중에는 다 황금 알을 낳는 거위가 될 거야."

그들의 입씨름은 그 뒤로도 한동안 더 이어졌지만 그날 영희의 머릿속에 남은 것은 오직 한마디, 이제 땅은 황금 알을 낳는 거위가 될 거라는 말이었다. 그리고 그날 이후 그쪽으로 눈떠 살피기 시작한 영희에게 땅의 그런 용도 변화는 먼저 복덕방을 통해 나타났다. 학생들의 자취방 월세나 신혼부부 전세방 소개로 담뱃값이나 뜯어 쓰던 동네 토박이 늙은이들의 소일거리였던 그 일은 이제 젊은이들도 부끄러움 없이 뛰어드는 전문 직종으로 변해 갔고, 취급 대상도 크게 바뀌었다. 그때까지도 영희의 스승 노릇을 하고 있는 정 사장은 오히려 예외적으로 살아남은 쪽이라고 보는 편이 옳았다.

그곳 '황금부동산' 사장도 살아남은 점에서는 정 사장 못지않은 성공을 거둔 사람이었다. 그런데 불과 보름 사이에 머리보다는 어깨가 훨씬 쓸모 있어 보이는 두 젊은이를 더 끌어들여야 한 것으로 보아 그도 그곳 나름의 또 다른 변화를 강요받고 있는 듯했다.

"그게 무슨 말씀이세요? 들으니 이곳 땅장사 재미는 이제부터라고 하던데. 제 눈에도 이 몇 달 새 천막 부동산만 해도 배는 는 것 같은데요."

영희가 약간 빈정거리는 투로 그렇게 말하자 복덕방 주인은 더욱 정색을 하고 받았다.

"그건 구경꾼들 얘기고 우리 같은 토박이들에게는 바로 그게 탈이죠. 나도 이 바닥에서는 어지간히 날고 긴다는 말을 듣는 편이지만 요즘 들어오는 전문꾼들에게는 못 당하겠어요. 가만히 앉아서 찾아오는 사람 짝 지어 주는 장사는 점점 옛날 얘기가 돼 가고 있다 이겁니다. 발 넓고 지역 사정에 밝다는 것만으로는 당할수 없는 사람들이라고요."

"그게 어떤 사람들인데요? 우리 홍 사장님 같으신 분이 쩔쩔매는 걸 보니 꾼은 꾼인 모양이군요."

"알고 보니 여기 새로 들어오는 복덕방 대부분은 전에 서울서 이 비슷한 장사로 한번 재미를 본 적이 있는 치들입디다. 거 왜, 상계동이나 봉천동, 난곡동 같은 데서……."

"아, 그 달동네들."

"그게 바로 이 광주 대단지의 원형이란 거 아닙니까? 철거민 집단이주지(集團移住地)로서. 그런데 그때도 토지 분양을 놓고 온갖

야료가 있었던 모양이고, 이 사람들은 모두 거기서 짭짤한 재미를 본 사람들이라 하더라고요. 말하자면 실전 경험을 쌓고 들어온 사람들이죠. 그러니 지역 출신 텃세 하나 가지고 버텨 오던 내가 무슨 수로 당해 내겠습니까?"

애기가 그쯤 흐르고 보니 그 같은 그곳 부동산 시장의 판도 변화에 대한 영희의 관심 방향은 달라질 수밖에 없었다. 그런 변화는 영희가 추구하는 것과 실제적인 관련을 맺고 있었기 때문이다.

몇 년 전 그 밤 술자리 이래로 땅은 황금 알을 낳는 거위라는 영희의 믿음에는 여전히 변함이 없었다. 그러나 그 봄부터 실제 땅에 손대기 시작하면서 영희는 이내 모든 땅이 황금 알을 낳아 주지는 않는다는 것을 깨닫게 되었다. 시아버지를 설득해 끌어낸 돈과 자신이 마련한 자금으로 영희가 처음 손댄 곳은 여의도였다. 정 사장의 권유로 도시계획상 상가가 들어설 곳이라는 땅콩 밭 한 뙈기를 샀지만 영희가 생각하는 장사로는 막차였다. 그곳 땅값은 단기간 급등이 한 차례 끝나 빨리 자본을 회전시켜야 하는 영희로서는 언제 올지 모르는 다음 상승을 기다릴 수 없었다. 그래서 두 달 만에 손해 겨우 면하고 손을 털 수밖에 없었다.

그런데 정 사장이 다시 권한 곳이 그곳 광주 대단지였다.

"무슨 종합 도시다, 위성도시다 어쩌고 떠들어 대지만 서울시 속셈은 뻔해. 결국은 골치 아픈 철거민 처리가 우선이지. 전시 행정의 번지르르한 프로그램에 지나지 않아. 상계동, 봉천동 재판일 거라고. 하지만 투자 대상으로는 당분간 거기 이상 없을 거야.

규모가 커서 입맛대로 손댈 수 있거든. 작은 것으로는 딱지 장사도 괜찮을 거고, 크게는 몇천만 원 단위 노른자위 유보지도 노려볼 만해. 나도 여의도에 찔러 넣은 것 빠지면 그리로 갈 거야. 그러니 그쪽으로 가 보라고. 우선 딱지나 사 모으면서 살펴봐. 거래선 잘 잡고……."

영희는 그 말에 광주 대단지로 오게 되었지만 솔직히 처음에는 뭐가 될 것 같지 않았다. 선(先)이주 후(後)건설이라는 유례없는 도시 건설 방식에 따라 산등성이를 불도저로 밀어 놓은 허허벌판에 철거민들의 천막만 빽빽히 들어선 그곳에서 황금 알을 낳는 거위를 그려 보기는 어려웠다.

그러나 두어 번 드나들면서 느껴지는 변화는 경험 적은 영희에게도 무언가 희미한 낌새 같은 것을 느끼게 했다. 그것은 서서히 그쪽으로 몰려들고 있는 외지의 자본이었다.

지난 6월 영희가 처음 단대리를 찾았을 때만 해도 복덕방은 발 넓고 눈치 빠른 토박이들 위주로 몇 군데 안 됐다. 그러나 그다음에 왔을 때는 비록 천막 사무실이지만 서울 식의 거창한 간판을 단 부동산이 배는 늘어 있었다. 그다음에는 다시 그 배가 되는 것 같았고 네 번째가 되는 이번에는 복덕방 골목을 이룰 만큼 크고 작은 부동산 거래소가 큰길을 따라 빽빽히 들어서 있었다.

영희는 그들이 늘어나는 것을 보고 비로소 자신을 가졌다. 파리가 몰리는 곳에는 썩은 생선이 있다. 거기다가 나는 저 사람들보다 먼저 왔다. 이번에는 막차가 아닐 것이다. 이 거리가 온통 파리 떼로 웅웅거릴 때 나는 뜬다……

그래서 지난번 세 번째로 왔을 때 영희는 '황금부동산'의 홍 사장을 거래선으로 잡고 무딱지 여섯 장을 과감하게 사들였다. 현지의 땅값은 대지도 아직 2천 원이 안 되는데 평당 2천 원 가까운 돈을 쳐 주고 아직 지번조차 결정되지 않은 토지 분양증을 모아들인 것이었다. 홍 사장을 거래선으로 잡은 것은 그때만 해도 그의 사무실이 그 지역에서 가장 뿌리 깊어 보인 까닭이었다. 그런데 이제 홍 사장의 푸념을 들으면서 영희는 문득 자신이 고른 거래선에 의심이 들었다.

"아무렴 외지에서 들어온 사람들이 뭘 알겠어요? 그래도 여기서 나고 자란 홍 사장님이 여기 물건에 제일 밝지……."

영희는 되도록 자신의 가슴속에 이는 의심을 드러내지 않고 그렇게 부동산 시장의 변화 내용을 추적해 들어갔다. 홍 사장은 영희의 속셈도 모르고 자신에게 불리한 실토를 푸념 삼아 계속했다.

"그게 그렇지 않다니까요. 우선 요즘 주로 거래되는 물건은 이 지역 사람들의 것이 아닙니다. 지역 사람들 물건은 단위가 큰 반면에 많은 것이 이미 결정되어 있는 것이라 기대 이익은 크지 못합니다. 손 큰 실수요자나 어지간한 전문가가 아니면 잘 손대지 않아요. 대신 딱지는, 특히 무딱지는 평균적인 땅값 상승 외에도 추첨에 따른 부가 이익의 폭이 커요. 이를테면 추첨으로 16미터 대로변이나 도로 교차점에 있는 지번이 걸리면 그것만으로 다른 땅보다 몇 배 장사가 되니까요. 자연 거래는 그런 물건을 위주로 할 수밖에 없는데 그것들은 모두 철거민들 거란 말입니다. 따라서 그 물건을 사들이는 데는 나나 외지에서 들어온 아이들이나 마찬가집니다. 신용이나 안면 같은 게 따로 힘을 쓰지 못하고 마구잡이 도떼기시장같이 된다 이겁니다. 그리고 그때는 한번 이런 장사를 해 본 패가 훨씬 많은 수단을 가지고 있죠. 사는 사람도 마찬가집니다. 딱지를 사러 오는 현지인은 없어요. 따라서 내가 토박인지 아닌지 알 길도 없거니와 그런 것은 중요하지 않다 이겁니다. 그들은 좋은 물건 많이 가진 사람한테서 원하는 것만 사면 되니까."

"그렇다고 홍 사장님이 특별히 불리해진 건 아니잖아요?"

"아니죠. 나는 여기 앉아 나오는 물건이나 기다리고 있지만 그 사람들은 그렇지 않다고요. 별로 팔 생각이 없는 사람들을 술잔깨나 먹여 꼬드기기도 하고 어떤 때는 팔지 않겠다는 사람에게서 강제로 뺏다시피 하기도 해요. 또 천막촌 통반장을 매수해서 건당 얼마씩 쥐어 주고 거둬들이기도 하고…… 그러니 나 같은 것한테 나올 물건이 남아돌 리 없죠."

"그럼 아까 저 젊은 분들이 물건이 없다고 한 건 그 뜻인가요?"

"거의 그런 셈이죠. 그래서 나도 수단 좀 부려 보겠다고 젊은 사람들을 데려다 놨는데 영 성과가 없어요. 오토바이 끌고 다니며 구석구석 뒤지기도 하고 저녁마다 뚝방 포장마차에 나가 작업한다고 해 보지만…… 거기다가 딱짓값이 뛰는 것도 문제라고요. 무딱지 처음에 2만 원 하던 게 벌써 3만 원이 넘었다고요. 4만 원이라도 물건만 나오면 마구 사들이는 치들도 있다는 겁니다. 그렇지만 나는 2만 5천 원 선이 넘으면 벌써 사들이기 겁나요. 거기다 내 구전 붙이면 사는 사람 쪽에서는 3만 원 가까이 되는데, 아무리 오르는 땅값이라지만 보름 사이에 5할이나 튀겨져도 되는 겁니까? 그래서 망설이다 보면 그치들이 후딱 채 가는 식이에요."

이 영감은 틀렸다, 거기까지 듣자 영희는 결론처럼 속으로 말했다. 영감, 보름에 5할이 아니라 두 배도 오를 수 있고 세 배도 오를 수 있기 때문에 땅을 황금 알을 낳는 거위에 비유하기도 하는 거야. 그 땅을 요구할 수 있는 딱짓값이 가파르게 오르는 것은 당신 같은 사람들이 걱정할 일이 아니라 기뻐할 일이야……. 그렇지만 영희는 그런 속마음을 드러내지 않고 말했다.

"그렇다면 헛걸음이겠네요. 나는 딱지 나온 거 있으면 더 거둬 두려고 있는데…… 정말 한 장도 없으세요?"

"지금 작업하고 있는 건 몇 장 있지만 값이 자신 없어서……."

"얼마나 달라고 그러는데요?"

"3만 원은 줘야겠다고 버티는 친구들인데, 것도 돈 들고 가면 딴소리할지 몰라요. 그때가 좋았지. 2만 원에도 거둬 달라고 사정하던 때가."

"값은 너무 걱정 마세요. 오르면 그만한 까닭이 있지 않겠어요?"

"까닭은 무슨 까닭. 다 그 야바위꾼들의 장난 때문이지. 즈들이 꾀고 어르느라 든 경비 전부 딱짓값에 얹으니 그 모양이 난 거란 말이오. 그렇잖으면 땅은 매양 그 땅인데 두 달 만에 곱쟁이로 뛸 수 있소?"

'영감, 그것도 틀렸어. 땅값은 그 자체의 값으로 매겨지는 것이 아니라 다른 것들과의 관계로 결정된다고 들었어. 그리고 서로 관계하고 있는 땅의 값은 언제나 동일해지려는 경향이 있다더군. 그것도 그들 중에 가장 높은 값으로. 이 대단지의 어느 한 부분이 올라가면 나머지 다른 부분도 따라 오르게 되어 있는 거야. 그들이 그렇게 올렸다면 이곳의 땅값이 언젠가는 그 이상으로 오른다는 믿음이 있기 때문일 거야. 물론 거기에도 한계는 있겠지. 소위 막차라는 것 말이야. 그러나 아직은 아닐걸. 내가 보기에 지금은 아직 초장이야. 파장에도 반짝 경기라는 게 있다지만 여긴 아직 멀었다고요.'

그러나 이번에도 영희는 여전히 내색 없이 말했다.

"그러니까 투자라고 하지 않고 투기라고 하지 않아요? 앉아서 큰돈 버는 데 위험도 각오해야죠. 좋아요. 그 3만 원짜리 둘 다 맡아 주세요. 구전으로 5부 얹어 드리죠."

"전에 여섯 장이나 사지 않았습니까? 그런데 그렇게 비싸게 또?"

"대신 단위가 작잖아요? 단위가. 다 합쳐야 기껏 20만 원인데 뭘 그러세요? 걱정 마시고 3만 원짜리는 나오면 무조건 거둬 두세요. 몇 장이 되든 내가 다 사 드릴 테니."

그러자 홍 사장은 좀 질린 표정이 되었다 조금 있다가 걱정스러운 표정으로 일깨워 주듯 말했다.

"철거민 딱지는 원칙으로 전매 금지인 거 아시죠? 거기다가 아직 정부 분양가가 확정되지도 않았고……."

'영감, 것도 걱정 말아요. 내 정 사장한테서 다 알아보고 왔다니까요.'

영희는 속으로 그렇게 핀잔을 주어 놓고 한판 훈수 두는 기분으로 차분히 일러 주었다.

"전에 봉천동이나 난곡동에서도 딱지는 전매 금지였지만 결국은 그대로 안 됐어요. 솔직히 무허가 판잣집에 사는 사람들에게 땅을 준들 무슨 돈으로 집을 짓겠어요. 아무리 내 집에 포한이 진 사람들이라 하더라도 실제 집을 지을 수 있는 사람은 절반이 되지 않을 거예요. 그런데 여기는 더 나빠요. 봉천동이나 난곡동만 해도 서울이 가까워 벌이를 할 수 있었지만 여기는 그것도 어렵잖아요? 집만 가지고 살 수 있어요? 정부가 그들에게 장기 저리로 빌려 줄 돈을 넉넉히 가지고 있지 않는 한 결국은 팔고 떠나기 십상일 거예요. 여기서 집을 짓고 도시를 일굴 사람들은 대부분 그 사람들이 아닌 다른 사람들일 거라고요. 곧 전매된 딱지의 최종적인 수매자는 철거민보다는 조금 나을지 모르지만 겨우 아등바등 살아가는 서울 변두리의 서민들일 거란 말이에요. 여기로 옮겨 올 철거민이 30만이라 그러던가요? 그중에 그런 사람들이 3할만 섞여 봐요. 10만이에요. 아무리 정부라 해도 그들의 한 맺힌 내 집 마련의 꿈을 함부로 무시할 수 있겠어요? 거기 편승하면 얼마든지 보호받을 수 있어요. 서울 시가 나중에 발표한다는 분양가도 그래요. 돈이 모자라는 서울 시로서야 한 푼이라도 올려 받고 싶겠죠. 하지만 쉽지 않을걸요. 서울 시가 이 부지를 원주민들에게서 얼마에 매입했고 얼마에 수용했는지 모두가 다 알아요. 열 배 스무 배까지는 몰라도 백 배 이백 배는 안 되겠죠. 그것도 수십만 서민들을 상대로. 잘해야 지금 시세 정도밖에 매길 수 없을 거예요. 그 이상 하면 일 난다고요."

"정부나 서울 시가 어디 그렇게 차분히 따져 보고 속 깊게 헤아려 일하는 사람들이야? 군바리 곤조(근성)로 또 부르도자처럼 밀어붙일 텐데……."

홍 사장이 그래도 믿지 못하겠다는 듯 어두운 얼굴로 받았다.

영희도 이번에는 길게 말하지 않았다.

"그때는 그때대로 무슨 수가 나겠죠. 정히 재수 없으면 손해 볼 수도 있는 거고……. 어쨌든 앞으로도 되는 대로 모아 주세요. 그때 시세가 올라 있으면 3만 원에 얼만큼은 귀가 달려도 좋아요."

그러고는 자리에서 일어났다. 나는 황금 알을 찾아서 이곳에 왔다. 나는 되도록이면 많은 황금 알을 모아 나를 짓밟고 욕보인 세상에 앙갚음을 하려 한다. 혜라의 말투로 좀 더 점잖게 표현한다면, 일찍이 내가 세상을 해석한 게 마침내는 틀린 것이 아니었음을 증명하려 한다. 그런데 이 거래선은 내게 넉넉한 황금 알을 모아 줄 것 같지 않다…….

'황금부동산'을 나온 영희가 다시 찾아간 복덕방은 '현대개발'이란 독특한 상호를 가진 곳이었다. 다 같이 가건물이지만 정면은 알루미늄 섀시를 써서 유리를 박아 넣고 간판에는 '내 집 마련과 재산 증식의 꿈은 현대개발에서!'란 구호까지 써 넣은 게 벌써 주위의 다른 복덕방들과는 인상을 달리했다. 사무실 앞에 석 대나 줄지어 서 있는 오토바이며 수시로 들락거리는 선글라스 낀 청년들도 기동력과 활기를 과장하고 있었다. 사람을 맞는 태도도 달랐다.

　"아이고, 어서 오십쇼."

　영희가 들어서자 한 해사하고 붙임성 있어 뵈는 젊은이가 자리에서 일어나 꾸벅 머리까지 숙였다. 영희가 젊은 여자란 걸 두고 엉뚱한 추측이나 고객이 아닌 방문객으로 의심하는 눈치는 전혀 없었다. 사무실 구석에서 무언가를 키들거리고 있던 젊은이들도 입을 다물고 자세를 바로 했다. 험한 인상들과는 전혀 다른 정중함이었다.

　"많이 더우시죠? 우선 이것부터 한 병 드세요."

　영희를 맞아들인 젊은이는 공손하기 그지없는 어조로 얼음물에 담가 둔 박카스 한 병을 내밀었다. 당시로는 아주 귀하고도 효험 좋은 피로 회복제로 여겨지던 음료였다. 영희는 그 지나친 친절에 잠시 망설이다가 공연히 쭈뼛거리는 듯한 인상을 주기 싫어 받아 마셨다. 젊은이는 영희가 그 박카스를 다 마시기를 기다린 뒤에야 용건을 물었다.

"사모님, 그런데 어떻게 오셨죠?"

"네, 땅 좀 알아보려고요. 딱지도 나온 게 있으면 좀 거두고……."

영희는 기세 싸움이라도 하듯 애써 당당함을 가장했다. 받아들이기에 따라서는 거만하게 느껴질 수도 있는 말투였으나 그 젊은이는 전혀 개의하지 않았다.

"그렇다면 잘 오셨습니다. 솔직히 말해 근처에서는 저희만큼 다양하게 물건을 갖추고 있는 업소도 드물죠. 그런데, 여기는 처음이십니까?"

"아뇨, 봄부터 다녔어요. 투자 좀 할까 해서……."

영희가 다시 자신의 이력을 과장하듯 그렇게 대답했다.

"그럼 단골이 있으시겠네."

"몇 군데 있긴 한데 영 시원치 않아서…… 안목이 없는 데다 간까지 작아 어떻게 여기서 부동산을 하려는지 몰라……."

영희는 그렇게 말끝을 흐려 놓고 한 번 더 상대의 기를 꺾으려는 듯 물었다.

"그런데 사장님은 안 계세요?"

"아, 네. 사장님은 방금 다른 손님과 나가셨습니다. 하지만 제게 말씀하셔도 됩니다. 발로 뛰는 일은 제가 동생들 데리고 도맡아 하고 있죠. 여기 제 명함이 있습니다."

젊은이가 그러면서 명함을 내밀었다. 이름 앞에 있는 개발부장이란 직함이 왠지 속으로 쓴웃음을 짓게 했다.

그때 구석에 있던 젊은이들 중 하나가 그런 영희의 속을 들여

다본 듯이 영희가 상대하고 있는 젊은이에게 다가와 두 손을 모았다.

"탄리(炭里) 쪽으로 한번 다녀오겠습니다, 부장님."

여간 공손한 말씨가 아니었다. 거기에 걸맞게 받는 사람의 말투는 사뭇 고압적이었다.

"작업 확실하게 해. 어영부영하지 말고…… 특히 인상 관리 잘하고."

"알겠슴다, 부장님."

튀어나온 광대뼈와 각진 턱이 어우러져 만든 험한 인상과는 달리 젊은이는 허리까지 거의 직각이 되도록 굽혔다. 영희는 그런 그들을 보면서 다시 지금 자신이 하고 있는 일에 강한 확신 같은 걸 느꼈다. 너희들이 누군지 알 듯하다. 아마도 형님이란 말이 부장님으로 바뀌었겠지. 너희들이 할 수 있는 일이 무엇인지 모르지만 너희들이 꼬여 드는 것만 보아도 여기에 황금 알이 있다는 것쯤은 믿을 수 있겠다. 영희는 그날따라 도통한 기분이었다.

그러고 보니 길 건너 맞은편에 비록 가건물이지만 비어홀이 새로 생긴 게 눈에 들어왔다. 단대천 둑을 따라 포장마차가 늘어날 때만 해도 영희는 심드렁하게 보았다. 없는 사람들끼리 뜯어먹고 사는 방법이다. 그러나 비어홀이라면 달랐다. 여자가 얼마나 있고 어떤 형태로 서비스하는지는 모르지만 이미 상대는 철거민이 아니다. 방금 죽치고 앉았던 주먹들처럼 앞으로 더 많은 여자가 이리로 꼬여 들겠지. 돈이 풍기는 독특한 향기에 이끌려. 여기에 황금 알이 있다…….

그날 영희가 그곳에서 3만 5천 원에 딱지 두 장을 사고 4만 원을 한도로 열 장을 더 주문하게 된 것은 아마도 그런 확신에서였을 것이다. 개발부장이란 친구도 영희의 거침없는 거래 솜씨에는 약간 질린 표정이었다. 그러나 한편으로는 영희의 태도 어딘가에 남아 있는 과거를 냄새 맡은 듯했다.

"정말 대단하십니다. 아무래도 내가 큰손 만난 것 같습니다. 앞으로 잘 부탁드립니다, 누님."

그러면서 은근히 감겨드는 태도였다.

"제겐 동생이 여럿 있어요. 사모님이라 부르는 게 맘 내키지 않는다면 그냥 영동 아줌마라고 불러 주세요."

영희는 그렇게 새침을 떨고 일어났지만 적어도 그의 기를 꺾어 놨다는 점에서는 유쾌한 기분도 없지 않았다. 곱상한 얼굴에도 불구하고 왠지 그 개발부장이란 젊은이의 뒷골목 이력은 꽤나 화려할 것 같았다.

서두른다고 서둘렀는데도 택시가 잘 잡히지 않아 영희가 집에 도착한 것은 해가 뉘엿할 무렵이었다. 저녁 준비에 그리 늦은 시간은 아니건만 일찍 들에서 돌아온 시어머니가 입을 한 발이나 빼물고 있었다.

"잘한다. 늙은 애비 에미는 땡볕에서 등골이 휘어지는데 젊은것들은 코빼기도 뵈지 않으니…… 억만이는 요즘 어디 가 자빠져 있다든? 그리고 넌 또 참도 안 내오고 어딜 갔다 왔냐?"

"아침에 말씀드렸잖아요? 병원에 좀 다녀온다고……."

"아 참, 그래, 어떻든? 의사가 뭐래?"

시어머니가 금세 안색이 변해 다급하게 물었다. 영희는 이때라 생각했다.

"임신이래요. 석 달째라더군요."

사실 영희가 임신을 안 것은 벌써 보름이 넘었다. 창현의 배신 이후 험한 세월을 살아오는 동안 그녀에게 임신은 재앙에 다름 아니었다. 수술에 따르는 고통이나 비용도 그러하려니와 무엇보다도 또 자궁을 긁어 내다가는 그대로 돌계집이 되어 버리는 게 아닌가 하는 공포가 그녀를 괴롭게 짓눌렀다. 따라서 그걸 피하기 위해서는 그만큼 거기에 민감하지 않을 수 없었는데, 보름 전부터 그녀가 느끼는 모든 조짐은 한결같이 자신의 임신을 확인해 주는 듯했다.

그래서 혼자 찾아가 본 병원에서 처음 자신이 임신한 것을 알았을 때, 그것도 걱정하지 않고 낳을 수 있는 아기를 가졌음을 알았을 때 그녀는 적잖이 감격했다. 그러나 세상에 대한 반격을 시도하면서 다져 온 그녀의 매서운 결의는 그 감격조차도 자신이 설정한 목표 안에서 통제할 수 있게 했다. 가장 필요할 때, 가장 효과적일 때 이 카드를 쓰겠다. 그녀는 그런 속셈으로 억만에게조차 자신의 임신을 알리지 않았다.

"뭐? 그게 정말이야?"

자식 잡아먹는 범이 없다고 시어머니는 금세 눈길이 달라져 그렇게 물었다. 영희는 짐짓 피곤한 기색까지 지어 보이며 대답했다.

"네, 틀림없대요. 나도 긴가민가했는데……."

"잘됐다. 늬 시아버지가 기뻐하시겠다. 이제부터는 몸 조심해라."

그다음부터는 집안이 두루춘풍이었다. 남편과 며느리 사이에서 벌어지고 있는 무언가 심상찮은 일에 대한 의심도, 며느리가 오후 내내 집을 비운 것에 대한 불만도 모두 잊은 시어머니가 앞장서 집안의 불길이 될 만한 일은 모두 잡아 나갔다. 그 바람에 저물 무렵에야 술에 취해 들어온 억만의 흉까지 모두 묻혀 버릴 정도였다.

하지만 영희가 마음 놓고 황금 알을 찾아 나서기 위해 은밀하게 처리해야 할 일은 아직 하나 더 남아 있었다. 그날 저녁 영희는 여기저기서 주워 모은 비닐 조각으로 사랑방에서 홀로 노끈을 꼬고 있는 시아버지를 찾아가 그동안에 모은 여덟 장의 광주 대단지 토지 분양증을 내놓았다. 억만은 초저녁부터 곯아떨어지고 시어머니는 이웃 마실을 나간 뒤였다.

"아버님, 이거 잘 치워 두세요."

영희가 그러면서 토지 분양증을 내밀자 시아버지가 물었다.

"으응, 그게 뭐냐?"

"토지 분양증이에요."

"토지 분양증? 등기 권리증이 아니고?"

"곧 등기 권리증이나 마찬가지가 될 거예요. 추첨만 있으면 지번과 지목이 생길 테니까요."

"추첨이라니?"

"제비뽑기 말이에요."

"제비뽑기라고? 그럼 이제는 땅을 제비뽑기해서 주는 데가 있다는 거냐?"

"서울시(市)가요, 무허가 판잣집 사람들을 광주 대단지라는 골짜기로 옮기면서 나눠 준 거예요. 잘 갈무리해 두세요."

"가만있자. 그럼 너 땅장사한다면서 사들인 게 이거냐?"

그제야 시아버지가 의심쩍은 눈길로 영희를 보며 물었다. 영희는 길게 설명하기가 귀찮아졌다. 평소에 쌓아 둔 신임에 의지해 애교로 넘기기로 했다.

"아버님, 저번 여의도 장사 보셨죠? 겨우 한 달 남짓 만에 3할 장사가 됐잖아요? 그런데 이번에는 그 정도가 아니에요. 시간이야 좀 걸리겠지만 몇 배가 될지 모르는 장사라고요. 그러니 아무에게도 말하지 마시고 깊이 감춰 두세요. 특히 억만 씨는 눈치도 못 채게 하셔야 해요."

실은 저번 여의도 장사 때 3할이라는 것도 영희가 생돈을 물어 만든 명목상의 차액일 뿐이었다. 그러나 평생의 농사꾼에다 며느리를 철석같이 믿고 있는 시아버지는 얼마 전 눈앞에서 실현된 급속하고도 엄청난 이익에 금세 의심을 풀었다.

"알았다. 니가 하는 일이니 믿어 보마. 하지만 무리는 하지 마

라. 우리 그런 돈 아니라도 살기는 걱정 없다. 억만이 저놈 정신만 차리면 열 부자 안 부럽지. 말죽거리 배 밭만 도지(賭地) 놔도 너희들 양식 걱정은 없을 게다."

그러면서 꼼꼼하게 장수를 헤아린 뒤 토지 분양증을 문서 넣어 두는 궤짝 깊숙이 감추었다. 그때는 한 순박한 농사꾼이라기보다는 조심성 있는 부동산 투기장 물주에 가까운 태도였다. 그 조심성과 엄밀함은 영희가 지금 운용하고 있는 자금이 바닥나면 얼마든지 필요할 만큼의 자본을 구해 줄 것이었다.

변경의 아이들

"개강이 늦어지니 오히려 좋기만 하네 뭐. 아니면 이럴 때 이렇게 한가하게 경복궁을 산책할 수 있겠어? 까짓 거, 겨울방학 좀 밀리면 어때."

앞서 가던 정숙이 생글거리며 인철을 돌아보고 말했다. 평일이라도 늦은 오후여서인지 경복궁 안에는 제법 많은 사람이 오가고 있었다. 더위도 한풀 꺾여 고궁을 어정거리기에는 꼭 알맞은 날씨였다. 풀어진 구두끈을 고쳐 매느라고 몇 발 뒤져 있던 인철은 그런 정숙의 말을 잘 알아듣지 못했다.

"뭐라고?"

"삼선(三選) 개헌도 괜찮은 일 같단 말이야. 그 시비 덕분에 개강이 늦춰져 중간고사로 한창 바쁠 우리한테 이렇게 느긋이 함께 보낼 시간이 생겼으니까."

정숙이 여전히 재미있다는 표정으로 그렇게 받았다. 하지만 인철은 전처럼 그런 그녀에게 맞장구쳐 줄 기분이 아니었다.

처음 공화당이 대통령직 삼선 허용을 골자로 하는 개헌안을 내고 거기에 대한 반대 열기가 강의실을 달구어 갈 때만 해도 인철은 그런 그들의 논의에 초연할 수 있었다. 2학기가 시작되고 마침내 아이들이 "삼선 개헌 반대"를 외치며 교문을 박차고 뛰어나가기 시작한 뒤에도 마찬가지였다. 나의 일이 아니다, 그 어떤 논리의 매개도 없이 인철은 그렇게 단언하였다.

하지만 냉정히 분석하면 인철의 의식 내면을 전혀 설명할 수 없는 것은 아니다. 현실의 정치적 현안에 대한 그런 초연함은 일종의 둔감 혹은 무관심 같은 것으로서, 그의 의식이 성장한 과정이나 배경과 깊이 연관되어 있다. 특히 아버지로부터 비롯된 원죄(原罪) 의식과 많은 시간을 또래 집단으로부터 격리되어 보내면서 키워 온 의식의 주관화(主觀化) 경향은 나이에 걸맞지 않은 그런 초연함을 해석하는 데 중요한 열쇠가 될 것이다.

남한에서 살아가야 하는 월북 공산주의자의 아들들이 앞 세대의 선택에 대해 느끼는 것은 기묘한 복합 심리다. 하나는 핏줄로 강요받는 계승의 소명감이고, 다른 하나는 전후의 엄혹한 반공 이데올로기와 연좌제에서 비롯되는 여러 가치박탈의 체험이 은연중에 길러 내는 원죄 의식이다. 그들은 그 두 가지 상반된 심리의 충돌 속에 자라 가지만 필경에는 어느 한쪽으로 자신의 의식을 정리할 수밖에 없다.

그들 중에는 엄혹한 반공 이데올로기의 홍수를 거슬러 용케 앞 세대를 계승해야 한다는 소명감을 길러 간 사람도 없지는 않다. 그들은 은밀하게 대항(對抗) 이데올로기를 주입받으면서 혹은 어렵게 앞선 세대의 길을 더듬어 가면서 그 확대 계승을 꿈꾼다. 그러나 인철처럼 주변에서 이렇다 할 대항 이데올로기를 제공받지 못하고 폭력적인 반공 이데올로기에 노출된 채 의식의 눈을 뜨고 걸음마를 시작한 세대에게는 원죄(原罪) 의식이 더 크게 자리 잡을 수밖에 없었다. 거기에다가 연좌제로 되풀이 아버지 세대의 책임이 강조되면 그 의식은 거의 본능적인 수준으로 자라 가게 마련이었다.

핏줄은 책임도 잇는다. 아버지 세대의 실패는 그 핏줄을 이은 내게도 책임이 있다. 나는 정치, 특히 이데올로기의 측면에는 생래적(生來的)으로 권리를 박탈당한 사람이다. 그것을 따지고 다투는 일은 그들, 이른바 자유민주주의를 위해 싸웠거나 싸운 이의 후예인 흠 없는 사람들의 몫이다 —. 인철은 그렇게 이데올로기에서 한 발 물러나 있다가 정의나 공동선(共同善) 따위 이데올로기보다 상위임을 주장하는 가치의 강요가 있게 되면 이번에는 교묘하면서도 비약된 현실론 뒤로 숨었다.

(그래, 너희들이 옳고 그것이 우리 모두를 위한 것이라 할지라도 나는 끼어들어서는 안 된다. 어떤 종류의 주장이고 무엇을 위한 운동이든 내가 끼어드는 날로 그것은 용공 조작(容共造作)의

무서운 칼날 아래 놓이게 된다. 반공이 국시(國是)가 된 이런 사회에서는 너희들을 위해서도 나는 그 시비에 끼어들어서는 안 된다…….)

의식의 주관화는 인철의 지성이 형성된 특수한 환경과 관련이 있다. 오랜 기간 또래 집단과 사회에서 분리되어 스스로를 길러 오는 동안에 외부의 사물은 관념화와 추상화 경향을 띠어 갔다. 그래서 그 인식 대상이 무엇이든 그의 자아 속으로 들어와 주관적으로 한번 더 정리되지 않으면 아무런 현실감도 구체적인 의미도 가질 수가 없었다. 그런데 그때 인철의 자아는 대학 신입생이 일쑤 과장되게 겪기 쉬운 혼란과 갈등에 빠져 있었다.

그런 과목이 가능한지 모르지만 대학의 첫 학기에는 가치학(價値學) 강의가 반드시 있었으면 좋겠다. 가치학의 내용은 세상의 여러 가치에 대한 인식과 측정과 선택의 방법을 지도하는 것이다. 인문과학 일반의 중요한 내용은 가치 판단에 기초하고 있지만, 여기서는 현실의 삶에서 구체적으로 기능하고 존재하는 가치들을 대상으로 해야 한다. 오늘날의 입시 교육은 대학에 갈 때까지 모든 가치 판단을 유보하도록 가르친다. 아이들은 가치에 대한 막연한 동경만 품은 채 치열한 입시 경쟁에 자신을 맡긴다.

그리하여 어렵사리 진학한 그들에게 공통된 기대 중의 하나는 대학에만 가면 그동안 미루어 두었던 가치 판단이 일거에 자명(自明)해지리라는 것이었다. 그러나 막상 가 보면 선택의 대상만 턱없이 넓어질 뿐 가치를 어떻게 측정하고 선택해야 할지는 더욱 막막해진다. 교수들은 저마다 자신이 선택한 가치의 전도사가 되어 그것이 지상임을 선전할 뿐 가치들 상호간의 관계에 대해 말해 주는 이는 적고 선택 주체의 개성에 대한 배려는 더욱 기대하기 어렵다.

물론 스스로 가치관을 정립하고 거기 따라 가치를 선택하는 과정의 중요성은 부인할 수 없다. 그 과정의 혼란과 방황은 '의미 있는 소모'로 승인되어도 좋을 것이다. 하지만 적절한 지도와 안내 없는 방황은, 특히 삶 전체와 연관을 가진 가치를 선택하는 과정에서의 방황은 종종 젊은 열정과 재능을 지나치게 소모시켜 삶 자체를 황폐케 한다…….

뒷날 인철은 어떤 대학 신문에 보낸 기고문에서 그런 견해를 말한 적이 있다. 아마도 의식의 지나친 주관화로 자신이 치러야 했던 세월과 열정의 낭비를 추체험한 결과일 것이다. 그때 이미 그의 의식은 무엇이든 내면에서 해결되지 못하면 외부로는 한 발도 나올 수 없는 극단한 주관화에 빠져들고 있었다. 동일시도 자기투척(自己投擲)도 먼저 그 대상의 세밀하면서도 엄중한 주관화를 거친 뒤에야 가능했다.

그런 면에서 당시의 사회적 현안에 대한 인철의 냉담은 오히려 당연한 것일 수도 있었다. 우선 그의 의식을 사로잡고 있는 것은 가치 선택과 관련된 존재의 본질적인 문제였고, 그다음은 하루하루 힘겹게 이어 가야 하는 삶이 있었다. 삼선(三選) 개헌이 궁극적으로는 그의 삶에 영향을 미치는 일이라 할지라도 시급하게 처리해야 될 주관화의 대상으로는 뒤로 밀릴 수밖에 없었다.

그런데 그 며칠 전 그런 인철의 두터운 무관심 혹은 둔감의 벽을 뚫은 사건이 하나 일어났다. 예고되지 않은 개강 연기라 지방에서 이미 귀경한 학생들은 물론 서울에 집이 있는 학생들마저 마땅히 시간을 죽일 곳이 없으면 학교에서 어정거리는 경우가 많았는데, 그날 인철도 그랬다. 도서관에서 점차 진지함도 열정도 시들어 가는 책 읽기보다는 정숙과의 잡담으로 더 많이 시간을 보내다가 교정으로 나와 보니 학교 담장 밖 대로가 묘하게 수런거렸다.

처음 인철은 다른 단과 대학에서 삼선 개헌 반대 데모 단독출정이라도 있는 줄 알았다. 그 정보가 새어 나가 경찰이 교문 밖에 깔렸는 줄 알았는데 나가서 살펴보니 그게 아니었다. 무언가 중요한 행렬이 지나가는지 경찰과 사복 형사 팀이 먼저 도로변을 정비하고 있는 중이었다. 이미 구경을 시작한 셈이라 인철은 별 흥미도 없이 교문께에 붙어서서 다음에 일어날 일을 기다렸다.

한 십 분쯤 뒤에 먼저 나타난 것은 놀랍게도 고위층의 경호 행렬이었다. 헤드라이트를 켠 경찰 오토바이가 횡대로 맞추어 천천히 지나가고, 이어 역시 비상등을 켠 경호 차들이 도로를 휩쓸고 지나갔다. 이어 어느 것이 고위 인사가 탄 차인 줄은 알 수 없었으나 검은 외제 승용차들이 몇 대 줄지어 나타났다. 그런데 그때였다. 맨 앞 승용차 왼편 타이어에서 몇 미터 떨어진 길가에 무언가가 풀썩 떨어졌다.

허옇게 가루 같은 것이 날리는 것으로 보아 인철은 그게 무슨 가루 봉지 같은 것으로 알았다. 그런데 알고 보니 한 장의 질 나쁜 시멘트 벽돌이었다. 시멘트 함량이 모자라 형편없는 강도(强度) 때문에 아스팔트에 떨어지면서 맥없이 부스러져 부연 먼지가 풀썩이는 것처럼 보인 듯했다.

그때 지나간 고위 인사가 누구인지는 모르지만 적어도 그 벽돌토막을 위협적으로 보기는 어려웠다. 아스팔트도 견뎌 내지 못해 부스러지는 그 강도도 그렇거니와 고위층의 승용차 근처에도 이르지 못했기 때문이다. 근처에 공사장이 없었기에 망정이지 만약 그런 게 있었다면 누구든 그 벽돌은 공사 중 실수로 굴러떨어진 것으로 짐작했을 것이다.

그런데 알 수 없는 것은 그것이 떨어지자 일변한 거리의 분위기였다. 짧은 호각 소리와 함께 근처에 깔려 있던 사복(경찰) 몇이 벽돌이 날아온 방향으로 뛰어갔다. 그사이에도 자동차 행렬은 아무 일 없었다는 듯 도로를 통과했는데 그 뒤가 묘했다. 사복들이 학교 담장으로 뛰어올라 혐의자를 찾다가 포기하고 내려올 무렵 멀찍이서 행렬을 뒤따라오던 검은색 코티나 한 대가 길가에 멈춰 섰다. 사복들에게 무언가 보고 받고 사라진 것뿐이었지만 그동안에도 도로 양편은 얼어붙은 듯 굳어 있었다. 인철의 착각인지는 몰라도 그 갑작스러운 행차를 구경하고 섰던 행인들은 물론 인철처럼 학교 울타리 안에서 보고 있던 몇몇 학생들도 마찬가지였다.

하지만 그뿐이었다. 마치 기계 고장으로 일시 정지했던 영화 화면이 다시 돌아가듯 거리는 곧 이전의 움직임을 회복해 얼핏 그 작은 사건은 그대로 일상 속에 묻혀 버리는 듯했다. 인철도 조금 전의 야릇한 긴장과 경직을 오히려 까닭 몰라 하면서 다시 도서관으로 돌아갔다.

그런데 그로부터 한 시간쯤이나 지났을까. 갑작스러운 바깥의 소란이 조용한 도서관 안을 휘저어 놓았다. 그 정도가 너무 심하고 또 이례적인 것이라 공부를 하던 학생들은 평소의 습관된 조심성을 잃고 우르르 창가로 몰려갔다. 벌써 교정 안은 공수부대의 얼룩무늬 군복으로 가득 차 있었다. 교문 밖 대로변에는 그들이 타고 온 트럭들이 줄지어 서 있었다. 군인들은 학교를 봉쇄하고 먼저 교내에 있던 여학생들을 모조리 내쫓았다.

남녀를 구분해 줄 줄 알았다는 점에서는 뒷날보다 훨씬 신사적인 셈이지만 그런 면에서는 1960년대 말의 여대생들도 마찬가지였다. 그녀들 대부분은 겁먹은 비둘기 떼 모양 군인들이 가리키는 방향으로 종종걸음 쳐 학교를 빠져나갔다. 하기는 1980년대에 가서야 선뵐 처절한 공방의 조짐은 이미 그때도 보이고 있었다. 아주 드물게 군인들의 명령을 무시하거나 항의하는 여학생들이 있었는데, 그녀들은 곧 가차 없는 대가를 받았다. 군인들은 그런 그녀들에게 듣기 민망한 욕설을 퍼부으며 준비해 온 몽둥이를 위협적으로 휘둘렀고, 아주 드물게는 항의하는 여학생의 머리채를 잡아끌며 겁을 주기도 했다.

그런 한편 군인들은 학교 안에 있는 남학생들을 모조리 한 군데로 집결시켰다. 모두 2백 명 남짓이었는데 인철도 그 안에 있었다. 그리고 그로부터 세 시간, 인철은 난생처음으로 폭력이란 게 어떤 것인지를 충분히 맛보았다.

"새끼들, 휴교라면 휴곤 줄 알지, 왜 강의도 없는데 학교에 나와 지랄들이야, 지랄들은. 5열 횡대로 정렬!"

얼룩무늬 전투복에 진압봉을 든 대위 하나가 표독스레 소리쳤다. 그때는 1학년들이라도 교련(敎鍊) 맛을 한 학기 본 터라 그런 그의 군대식 구령이 자연스럽게 먹혀들었다. 거기다가 거의 비슷한 숫자의 공수부대원들이 붙어 서서 몽둥이로 마구 후려쳐 대니 교련 분열식 때보다 몇 배나 더 정제된 대열이 갖춰졌다.

"어떤 놈이야? 감히 각하께서 타신 자동차를 향해 벽돌 던진 놈, 솔직히 나와! 학생 신분이라 솔직히 자수하면 특별히 관대하게 봐주겠어!"

대위는 그렇게 시작했지만 처음부터 자수나 밀고를 기대하고 있는 것 같지는 않았다. 다만 그것은 그 뒤 두 시간이나 계속된 가혹 행위의 구실에 지나지 않았다.

뒷날 군대를 경험한 뒤에야 인철은 그날 당한 일이 과잉 충성이란 군대식 고질과 시범 케이스란 나쁜 관행이 어우러진 폭력임을 알게 되었다. 그들은 각하에게 '감히' 불경한 놈들에게 한번 '본때'를 봬 줌으로써 각하에 대한 자기들의 충성을 드러냄과 아울러 다른 대학생들에게 경고를 주려 했음에 틀림없었다.

하지만 기실 그것이 얼마만 한 불충이며, 역효과를 내는 경고인지 그들은 알지 못했다. 그들의 과잉 충성은 20년 뒤 광주에서 그들이 충성하고자 한 정권의 목을 겨누는 칼이 되었으며, 그런 방식의 경고는 수많은 1980년대 대학가의 운동권 원로(元老)들이 그 이력의 첫발을 내디딘 동기가 되었다. 그리고 철판 같은 인철의 둔감과 관심을 뚫은 것도 그런 불합리한 폭력이었다.

거기다가 전날 또한 인철이 그 같은 주변의 소란에 마냥 초연할 수만은 없게 하는 일이 벌어졌다. 대학에 와서 얻은 유일한 친구인 삼수생 노광석의 연행이 그랬다. 제대병인 한 형과 함께 '노틀 삼총사'를 이루며 술만 마셔 대는 것 같던 그가 어느새 무슨 일에 가담했는지 알 수 없었지만 하숙집에서 소속이 분명찮은 사람들에게 끌려갔다.

어쩌면 이 사태는 강 건너의 불이 아닐지도 모른다 —. 노광석이 연행되었음을 알게 된 순간 인철은 무슨 대단한 깨달음처럼 그런 생각을 하게 되었다. '더불어 사는 우리'라는 개념까지는 아니더라도 의식의 철저한 고립에서 조금씩 깨어나고 있었던 셈이다. 따라서 데모를 철이 덜 든 아이들의 위험한 장난 정도로만 보고 있는 정숙의 말투에 전처럼 자신 있게 동조할 수가 없었다.

"왜 그래? 시인, 무슨 고민 있어?"

정숙이 비로소 인철의 기분을 감지한 듯 그렇게 물었다. 그녀는 인철이 심각해지면 곧잘 시인이라고 장난스럽게 불러 제동을 걸었다. 하지만 그날은 별 효과를 내지 못했다. 인철은 왠지 또래

들이 열중하는 일에 초연한 척함으로써 자신의 성숙을 과장하고 싶지는 않았다.

"실은 노광석을 생각하고 있어. 참, 너 걔 어제 사복들한테 끌려간 거 알아?"

"그 사람이? 데모에도 잘 안 끼어드는 그 모주꾼이 뭘 했기에?"

"그건 나도 잘 몰라. 하여튼 끌려갔는데 왠지 그게 남의 일 같지 않아."

"어두운 열정의 전염인가. 우리 이인철 씨에게도 그런 데가 다 있었어?"

"어두운 열정이라니? 그리고 내가 어째서?"

"사람의 열정에는 두 가지가 있대. 하나는 긍정적이고 창조적인 방향이고 다른 하나는 부정적이고 파괴적인 방향이래. 그리고 모든 혁명가를 내모는 열정은 바로 그 어두운 열정이래. 그들 스스로는 부정과 파괴 뒤의 긍정과 창조를 더 강조하는 경향이 있지만 사실 그들의 주된 관심사는 부정과 파괴라는 거야. 그런데 인철 씨의 피에는 아버지 세대의 과도한 발산(發散)으로 부정과 파괴의 에너지가 더 남아 있지 않다며?"

"아하, 그거⋯⋯."

거기서 인철은 잠시 평소의 담소적인 분위기로 돌아갔다. 하지만 이내 마음이 변해 웃음기를 거두고 말했다.

"그렇지만 한 개인과 사회의 관계는 피 같은 게 결정하는 관념이 아니라 피부에 닿아 오는 현실인지도 모른다는 생각이 들어.

어제 그제까지 이마를 맞대고 술잔을 기울이던 친구가 어느 날 홀
연히 사라진다든가 하는 거 말이야."

그래도 그녀는 인철의 분위기로 쉽게 끌려 들어오지 않았다. 어
쩌면 그녀는 심각해지는 것에 대한 무의식적인 두려움 같은 게 있
는지도 모를 일이었다.

"오늘 우리 시인이 왜 이래? 노광석 씨 그제 밤쯤 고주망태가
되어 사고 쳤을 수도 있는 일이잖아? 일반 형사범으로 연행되었
을 수도 있다고."

"그게 아니니까 그렇지. 하숙집 아주머니에게 들으니까, 사복
둘이 연행해 갔는데 까닭을 묻자 '사상범이오!' 하더라는 거야."

"무슨 사상범이 대학교 1학년짜리가 있어? 더구나 그 사람 혈
관에서 모든 피를 빼내고 알코올만 채워 다니고 싶다고 말한 진
짜 모주꾼 아냐?"

"나는 그렇게 말하고 싶은 기분이 아냐. 인신(人身)의 구속이란
언제나 심각한 문제라고."

"그럼 뭐, 그 사람이 답설무흔 용삼풍이나 위스키 신부라도 된
다는 거야?"

용삼풍은 그 무렵 상영하던 무협 영화에 나오는 무림 고수로 '눈
위를 걸어도 발자국이 남지 않는다(踏雪無痕)'고 할 정도의 무예를
지녔으면서도 술로 자신을 위장하고 있던 인물이었다. 또 위스키
신부는 그들이 같이 읽은 어떤 미국 소설에 나오는 인물로 늘 위
스키에 취해 있으면서도 남미의 반체제운동을 이끈 신부였다. 그

들을 끌어들인 걸로 보아 정숙은 여전히 노광석의 연행을 심각하게 받아들이고 싶지 않은 눈치였다. 인철은 은근히 짜증이 일었으나 그 때문에 그녀와의 만남을 망치고 싶지는 않았다. 자란 뒤 현실감이 있는 여자와의 접촉은 처음이라 그런지 인철은 그녀에게 꽤나 열중해 있었다. 그게 갑자기 그와 그녀 사이에 가로놓인 느낌의 차이의 한 절충을 생각해 내게 했다.

"오늘 저녁에 시간 어때?"

인철이 불쑥 그렇게 묻자 그걸 자기들만의 달콤한 분위기로 돌아가자는 제안쯤으로 여긴 정숙이 살포시 웃으며 대답했다.

"나야 우리 시인의 요청은 언제나 최우선으로 고려하지. 그런데 뭘 하려고?"

"그럼 나하고 같이 가 줄래?"

"어딜?"

"세종로에 있는 신문사. 거기 가서 한 사람을 만나면 광석에 대해서 알 수 있을는지도 몰라."

"그게 누군데?"

"형님 친군데, 정치면(政治面) 하면 펄펄 나는《동양일보》사회부 기자야. 경찰 출입을 한다고 들은 것 같은데, 출입처가 바뀌었어도 내가 알고 싶은 것 정도는 알아줄 수 있을 거야. 시간이 있어 술이라도 한잔 사 주면 더 고맙고……."

그러면서 인철은 5년 전 황량한 개간지에서 본 황석현을 떠올렸다. 스스로를 '변경의 낭인'이라고 하며 짓던, 자조적이어서 오히려 강렬한 이끌림을 느끼게 하던 그의 일그러진 미소를.

"어쩌면 초연하게 보아 넘기려고 해도 묘하게 사람의 온몸을 스멀거리게 하는 이 사태에 대해 정확한 해석을 들을 수 있을는지도 몰라."

"피이, 기자가? 기자 상대를 주로 하는 공무원인 우리 고종 오빠 말로는 기자 그 사람들 정말 큰일 낼 사람들이라 그러던데? 가장 진보적인 것 같으면서도 실은 가장 보수적이고, 가장 넓게 사회를 보는 것 같으면서도 실은 가장 심한 편견에 빠져 있는 사람들이 바로 그 기자들이래."

"기자에게 많이 시달린 고급 공무원의 험구겠지. 하지만 내가 알고 있는 이 사람은 그런 기자가 아니야. 4·19부터 6·3 사태까지 학생운동의 주도적인 위치에 있던 사람이야. 어쩔래? 같이 갈 거야, 안 갈 거야?"

그러자 정숙도 조금 솔깃해지는지 더는 딴청을 부리지 않았다.

"접때 인철 씨가 생판 처음 보는 우리 아버지 문병을 함께 가주었으니까 빚은 갚아야겠지. 상당히 존경하는 투사 같은데…… 좋아, 한번 가 보지 뭐."

그러면서 인철을 따라 주었다.

둘은 곧 경복궁을 나와 세종로에 있는 그 신문사로 향했다. 걷기에는 너무 먼 길이라며 정숙이 택시를 타기를 원했지만 인철이 고집을 부려 걷기로 했다. 그러나 막상 신문사 앞에 이르자 인철은 갑자기 자신이 없어졌다. 형님의 친구라지만 어렸을 적부터 집을 드나들어 알고 지낸 사이가 아니어서 자신을 알아봐 줄지조차 걱정이 되었다. 5년 전인가, 어느 여름 오후 거의 스쳐 가듯 본 것이 전부였기 때문이다. 믿는 것은 다만 두 달 전에 만난 형의 자신에 찬 당부뿐이었다.

"무슨 어려운 일이 있거든 황 형을 찾아가 봐라. 너 알지? 황 형, 전에 우리 돌내골 개간지로 찾아왔던 황석현이 말이야. 거 왜, 변경의 낭인……. 지금은 《동양일보》 기자로 있다. 길을 도느라 좀 늦기는 했지만 거기서는 꽤나 인정을 받는 모양이더라. 기자로 들어간 지 몇 해 안 되는데 벌써 경찰청 출입을 하고 있다나 어쩐다나. 전에 서울 가서 만났을 때 술 한잔 참하게 사더라. 급할 때는 네게 적잖은 힘이 되어 줄 수 있을 게다."

거기다가 인철을 더 주눅 들게 한 것은 신문사 수위의 고압적인 태도였다.

"으응, 황 기자 그 친구 아직 안 들어왔을걸……."

인철이 황석현의 이름을 대자 새카만 후배 말하듯, 하고는 인철과의 관계와 용건을 진땀이 날 만큼 꼬치꼬치 캐물었다. 그러다가 인철의 학생증까지 보고서야 선심 쓰듯 말했다.

"여기서 기다려. 보자, 지금이 네 시 반이라…… 늦어도 한 삼십 분 안에는 들어오겠네."

인철은 신문사란 곳이 그렇게 위압적이고 관료적인 냄새가 나는 기관이라고는 생각지 못했다. 형 명훈을 통해 주로 지방 도시

지국의 무보수 기자만 본 탓이겠지만 인철에게 인상 지어진 신문사는 다분이 희극적이면서도 사기성 짙은 인적(人的) 결합에 지나지 않았다. 그런데 그날 그 수위가 보여 준 것은 자신이 속한 집단의 힘에 대한 흔들림 없는 믿음과 자부심이었다.

그 바람에 황석현을 만나는 게 더욱 자신 없어진 인철은 거기서 그만 돌아갈까 싶은 생각이 들었다. 그러나 정숙의 오기가 그걸 막았다.

"아저씨, 그럼 삼십 분 동안 여기 서서 기다리란 말이에요?"

처음부터 그런 수위의 태도를 못마땅해하던 정숙이 뾰족한 목소리로 그렇게 물었다.

"올라가 봤자 마땅히 기다릴 만한 곳이 없으니 그렇지."

수위가 그렇게 퉁명스레 받았다. 그러자 그녀가 먼저 그 수위의 말투를 걸고 들었다.

"아저씨는 싸라기 밥만 드셨어요? 말투가 왜 그래요? 우리가 아저씨 자식들도 아닌데 처음부터 아주 반말이네. 신문사 수위가 그리 대단해요?"

"어, 이 아가씨 봐라. 어른한테 무슨 말버릇이 그래?"

수위도 지지 않고 소리를 높였다. 그래도 정숙은 눈도 깜짝하지 않았다.

"정말 이 아저씨 안 되겠네. 그래도 반말이야. 이 신문사 근무 수칙은 아무에게나 반말 짓거리 턱턱 하는 건가."

그때 마침 황석현이 돌아오지 않았더라면 둘 사이에는 제법 심한 말싸움이 벌어졌을 것이다. 이내 눈길이 험해진 수위가 맞받아치려다가 인철과 정숙 뒤에서 무얼 봤는지 갑자기 목소리가 누그러졌다.

"어, 마침 들어오는구먼. 황 기자, 여기 황 기자 찾아온 학생들이 있는데……."

인철이 퍼뜩 돌아보니 옷차림과 혈색 외에는 예전과 별로 달라진 게 없는 황석현이 무슨 수첩 같은 것을 끼고 정문으로 들어서고 있었다. 그도 인철을 조금은 알아본 듯 걸음을 멈추고 기억을 더듬었다.

"가만있자, 이게 누구더라……."

"저 인철입니다, 형님. 64년 돌내골 개간지에서, 이명훈이……."

"아, 그래. 명훈이 동생. 6·3사태 끄트머리에…… 돌내골 거기 참 대단한 시골이더니……. 그런데 벌써 어른이 다 됐네. 그래, 갑자기 여긴 웬일이냐? 두어 달 전에 명훈이는 잠깐 만났다마는 그때 중고등학교 모두 검정고시로 때운 동생이 내 후배가 되었다고 입에 침이 마를 지경이더니."

그제야 인철을 정확히 기억해 낸 황석현은 5년 만에 보는 친구의 동생을 대하는 사람 같지 않게 친숙한 어조로 물었다.

"형님이 틈나면 한번 찾아뵈라고 해서요. 말씀드릴 것도 있고……."

"그래? 알았다. 그럼 요 뒤 작은 사거리 향수다방에서 기다려라. 신문사 건물을 돌면 바로 간판이 보일 게다. 내 이것 좀 써 넘기고 곧 갈게."

황석현이 조금도 망설임 없이 그렇게 말했다. 열여섯 소년 시절의 기억 속에 남아 있는 강렬한 인상이 어떤 끌림으로 자라 간 것일까, 인철도 오래 왕래하던 사람을 대하듯 그 말을 받았다.

"그러죠. '향수'로 가서 기다리겠습니다. 마침 함께 온 과(科) 친구도 있고 하니 천천히 일 보고 나오십시오."

황석현은 한 시간 가까이나 뒤에 다방으로 나왔다. 그의 늑장이 마음에 없는 만남 때문일지도 모른다는 지레짐작으로 다시 풀이 죽어 있던 인철은 그가 늦게라도 나와 준 게 감격스러울 정도였다. 그런데 그의 사과는 인철의 지레짐작과는 달리 정중했다.

"이거 늦어서 미안하구나. 방금 마감한 기사 사안이 좀 미묘한 게 돼 놔서……."

"아닙니다. 바쁘신데 연락도 없이 불쑥 찾아와 제가 오히려 죄송합니다."

인철이 공연히 송구한 마음이 들어 그렇게 받자 석현이 맞은편에 자리를 잡고 앉으며 물었다.

"그런데 아까 내게 무슨 볼일이 있다고 했지? 무슨 일이냐?"

인철은 석현이 바로 용건을 물어 준 게 오히려 고마웠다. 드디어 자연스럽게 말할 수 있게 된 까닭이었다.

"실은 제 친구 하나가 경찰에 연행돼 가서요. 하숙집에서 사복형사들에게 끌려갔다는데 어느 서(署)에 있는지, 무슨 혐의를 받고 있는지 전혀 알 수가 없습니다. 형님이 어떻게 알아봐 주실 수 있을까 해서요."

"그 친구 데모 주동자냐?"

황석현이 가볍게 이맛살을 찌푸리며 물었다. 자신의 지난날 경력과는 달리 데모 주동자들에 대해 호감을 가지고 있는 눈치가 전혀 아니었다.

"그렇지도 않은데 끌려가서 더 궁금합니다. 그저 술꾼일 뿐이라고요."

"그건 모르지. 요즘은 어째 아이들이 점점 영악해져 가는 느낌이다. 우리 때는 1학년을 데모에 앞세우는 법이 없었어. 적어도 학생 데모에서는 주동자와 고학년 핵심들이 앞섰지. 그런데 요즘은 달라. 주동자와 핵심 세력은 뒤로 숨고 아무것도 모르는 신입생이나 단순한 가담자들만 앞세우고 있어. 전략이라고는 하지만……왠지 쓸쓸하네. 학생 데모가 그 순진성을 잃고 닳고 닳은 어른들의 못된 전술 전략만 배우는 것 같아서……"

"단언하지만 그 친구는 그런 음모가도 못 됩니다. 며칠 전 데모 때도 나와 막걸리나 마시며 구경만 했단 말입니다."

"이름이 뭐냐? 어쨌든 알아는 보지."

"노광석입니다. 올해 입학했고요. 형님 후배도 되는 셈이니 한번 알아봐 주십시오."

그러자 황석현은 수첩을 꺼내 그 이름을 적으며 물었다.

"그런데 걔는 가족도 없나? 어째서 네가 나섰지?"

"시골에 있어요. 그것도 아주 늙은 할아버지, 할머니뿐입니다. 이제 제가 알아보고 연락해 줘야 합니다."

인철은 광석의 아버지가 6·25 발발 직후 보도연맹 관련 검속에 걸려 마구잡이 처형 때 목숨을 잃은 좌익이라는 말을 하려다가 그만두었다. 그가 인철과 마음을 터놓는 사이로 발전하게 된 데는 그런 아버지 세대의 동지 의식이 은연중에 작용했는지도 모르는 일이었다. 석현은 자신 없다는 투로 말했다.

"그런 아이라면 하긴 좀 이상하네. 그렇지만 잘 찾을 수 있을지 모르겠어. 요즘은 정식 영장 없는 임의동행이 많아 공식 라인으로는 체크가 안 되는 경우가 있어."

그때 곁에서 가만히 듣고 있던 정숙이 끼어들었다.

"별로 관심이 없으신 거 같네요. 우린 말씀만 드리면 한달음에 달려가서 알아봐 주실 분인 줄 알았는데."

인철은 정숙의 그런 당돌함에 적잖이 당황했다. 그러나 황석현은 별다른 내색 없이 반문했다.

"어째서?"

"선배님도 왕년의 투사셨다면서요."

"제가 형한테 듣기로는……."

인철은 정숙의 정보원(源)이 자신임을 황급하게 고백했다. 인철의 그런 쪽으로 유달리 예민하게 발달한 감각은 그런 전력이 현재의 황석현에게는 상처로 작용할 수도 있다고 걱정한 때문이었다. 형 명훈은 그가 대우 좋은 일간지에 자리 잡은 것을 타협이나 전

향쯤으로 해석하는 눈치였다.

"여학생이라 이 말을 이해할지 모르지만 호된 졸병 시절을 보낸 고참이 반드시 좋은 고참이 되는 것은 아니다. 내가 한때 데모 주동자였다고 해서 모든 데모에 동정적이 되리라는 것은 너무 단순한 추리 같은데."

황석현은 여전히 별 내색 없이 그렇게 답했지만 내심으로는 그때 이미 어떤 특별한 동요를 느끼고 있었음에 틀림없었다. 용건이나 듣고 일어설 것 같던 자세가 갑자기 이건 좀 얘기해 볼 일이로구나, 하는 듯한 눌러앉음의 자세로 변한 느낌이었다. 의도된 것인지는 알 수 없지만 정숙이 그런 그의 속을 한 번 더 건드렸다.

"그런 걸 사상적으로 말하면 청산주의(淸算主義)라고 하나요?"

"인철과 동기라면 신입생일 텐데 이 아가씨가 별 용어를 다 아네. 그래도 변절이나 전향이라고 말하지 않으니 고맙군."

그렇게 대답하는 황석현의 얼굴에는 내심의 동요를 억지로 숨기려는 기색이 뚜렷했다.

"쟤가 원래 저래요. 물에 빠져도 입은 동동 뜰 애라니까요."

인철이 다시 끼어들어 그런 농담으로 어색해진 분위기를 바꾸어 보려 했다.

정숙도 그제야 자신이 좀 지나쳤다고 생각했던지 살포시 웃으며 애교를 떨었다.

"실은 저도 인철이처럼 초월파(超越派)예요. 무슨 악의가 있어 한 말이 아니니까 너무 꺼듣지 마세요."

"초월파?"

"데모에 초연하다는 뜻이에요. 강건너파라고 하기도 하죠."

그러자 황석현의 얼굴에도 미소가 떠올랐다. 하지만 이미 발동된 자의식을 다 씻어 낸 그런 미소는 아니었다.

"이 후배 아가씨 재미있네."

그렇게 농담처럼 받아 놓고는 시계를 보더니 이내 마음을 정한 듯 말했다.

"모처럼 나를 찾아왔으니 저녁이나 먹고 가라. 그러잖아도 명훈이 말을 듣고 널 한번 찾아볼까 하던 참이었다. 후배 아가씨도 다른 일 없으면 함께 가고."

인철에 대한 호의를 앞세우고는 있어도 그보다는 갑자기 무언가 할 말이 생긴 사람 같았다. 저녁까지는 바라지 않았지만 그가 그렇게 나오자 인철은 은근히 반가웠다. 처음 그를 만나려고 마음먹었을 때 내심의 기대 중에 하나는 점점 강하게 자신의 의식을 건드려 오는 삼선 개헌에 관한 기성세대의 온당한 해석이었다. 그런데 이제 그 기회가 자연스럽게 주어진 셈이었다.

인철의 짐작대로 황석현은 먹는 일보다는 길게 이야기할 자리를 찾고 있었음에 분명했다. 다방을 나와 무교동 쪽으로 방향을 잡던 그가 갑자기 청진동 쪽으로 발길을 돌리며 말했다.

"밥보다는 막걸리나 한잔하며 얘기나 좀 하는 게 어떠냐? 원래는 낙지볶음으로 저녁이나 먹을까 했는데 너희들 보니 생각이 달라졌다. 청진동으로 가서 전라도식 막걸리나 한 상 받자."

"전라도식 막걸리가 어떤 건데요?"

그때까지 말없이 따라오고 있던 정숙이 호기심 어린 말투로 물었다.

"선술집보다는 좀 비싸지만 막걸리 한 되를 사면 열두 가지 안주가 따라 나오는 집이 있다. 그것도 아주 정성 들이고 맛깔스러운 음식들이 안주로 나오는데, 사람들은 그걸 전라도식이라고 그러더구나. 내가 가려는 집은 그중에서도 어떤 유명한 월북 시인의 아내인가 애인이었다던가 하는 여자가 경영하는 집이다."

월북한 시인의 아내란 말이 인철을 턱없이 감동시켰다. 그런 점에서는 정숙도 크게 다르지 않은 듯했다. 벌써 기대된다는 듯 말했다.

"말하자면 사상과 문학을 안주 삼아 취해 가는 곳이군요."

"아니, 그냥 주막이야. 값에 비해 술과 안주가 좀 풍성하고 맛날 뿐이지. 너무 기대하지 마라."

황석현은 그런 그들의 감동에 일침을 주고 앞장을 섰다. 그 '주막'은 그때만 해도 청진동 일대에 흔하게 남아 있던 구식 한옥 중의 하나였다. 그러나 근처의 요정들과 달리 박리다매를 위주로 하는 집이어서 그런지 관리는 허술하기 그지없었다. 기와는 비가 새지 않을까 싶을 정도로 오래 손본 흔적이 없고 나무 기둥들도 표면이 풍우에 허옇게 삭아 있었다. 회벽은 때 묻고 그을은 데다 군데군데 거뭇한 흙벽을 드러내고 있는 게 북적대는 술꾼들이 아니면 영락없는 폐가(廢家)였다.

"우리가 일찍 와서 그런지 바깥마당 거적 신세는 면하게 되었구나. 들어가자."

황석현이 ㄷ 자집 구석진 방으로 인철과 정숙을 안내하며 말했다. 그리고 보니 차일 친 마당에는 멍석이 깔려 있었다. 손님이 넘칠 때는 거기에도 앉히는 것 같았다.

오래잖아 중년 안주인이 나와 황석현에게 반갑게 인사했다. 그렇게 들어서 그런지 말투에는 제법 교양미가 풍겼으나, 시인의 아내나 애인으로는 별로 어울리지 않는 인상이었다.

"1930년대 모더니스트 시인의 애인치고는 영 아닌데요. 소박데기 아내였다면 모를까."

정숙이 제대로 청소되지 않은 방바닥을 손으로 더듬어 먼지 없는 곳을 골라 앉으며 소감을 말했다. 그러나 황석현은 애초부터 그런 안주인에게는 별다른 관심이 없었던 듯했다.

"애인은 무슨……. 잘해야 허름한 요정 술상 끄트머리에서 먼발치로 얼굴 몇 번 올려보았겠지. 그 시인과는 나이로도 벌써 20년 이상 층이 지는데."

그렇게 받으면서 술과 기본 안주에다 특별히 불고기 한 접시를 주문했다. 방 안에 놓여 있는 술상은 사과 상자를 겨우 면한 판자 평상 같은 것이었는데, 거친 대패질로 우툴두툴한 표면 여기저기 음식 찌꺼기들이 거멓게 껴 있었다.

인철을 따라 시장통 순대국집까지 드나든 적은 있지만 유복한 환경에서 마뜩하게 자라 온 정숙으로서는 견디기 어려운 불결함이었으리라. 그러나 인철은 그게 차라리 편안했다. 나중에 다른 아주머니가 그 위에 흰 모조지를 깔자 오히려 서먹한 기분이 들 지경이었다.

황석현의 말대로 술과 안주는 일품이었다. 막걸리도 쌀로 빚은 밀주까지는 못 됐지만 다 마시고 사발 바닥을 보면 일쑤 카바이드 찌꺼기가 거멓게 가라앉아 있던 그 무렵의 조악한 선술집 막술은 아니었고, 안주는 기본 안주만 해도 인철 같은 가난한 신출내기 술꾼에게는 호화판이라 할 만했다.

황석현은 처음 한동안 인철을 상대로 명훈과의 이런저런 회고담에 곁들여 의례적인 것들을 물었다. 나머지 가족들은 어디에 있는가, 그동안 인철은 어떻게 지냈는가 따위였다. 그러다가 막걸리 한 주전자를 비워 갈 무렵 불쑥 내비친 감회가 인철에게 그날 밤이 쉬 잊을 수 없는 밤이 되게 했다.

"실은 말이다. 오늘 청(廳)에 나갔다가 데모 진압 상황을 알아보기 위해 서 몇 군데를 들러 보았는데 세상 참 많이 달라졌더구나. 병아리 같은 대학생 몇을 잡아 놓고 흉악범이나 간첩 다루듯 하는 데 감회가 묘했다. 이게 바로 변경의 아이들이 당하는 수난이구나 하는 생각이 들며 다시 한 번 우리 행복했던 때를 돌아보게 됐어……."

"우리 행복했던 때라니요?"

주는 대로 받아 마셔 숫기가 살아난 인철이 주저없이 물었다.

"너희들 말마따나 나도 데모꾼이었지. 하지만 4·19의 후광이 남아 있을 때만 해도 데모에는 언제나 축제의 일면이 있었다. 특히 나처럼 6·25 때 전사한 국군 장교의 동생이고 자유 민주가 구호인 데모꾼은 주모자로 몰려 연행되어도 그렇게 마구잡이로 다루지는 않았어. 그런데 이제는 아니야. 단순한 반공이 아니라 체제 방어의 논리로 때려잡는데, 김가가 말한 변경의 비극이 이제 드디어 그 참모습을 드러내는구나 싶더군."

"김가라면 음, 김가라면 혹시 그 김시형 씨……."

"너도 알고 있구나. 한때는 너희 형과 꿀꿀이죽 동기였다. 네가 기억할지 모르지만 네 형이 용산 미군 부대 보일러 맨으로 일할 때……. 하지만 아니야. 지금은 엄연한 하버드 피에이치디(P.H.D)야. 다음 학기쯤에는 귀국해 어쩌면 너희 대학 강단에 서게 될지도 모르지."

그때 다시 정숙이 끼어들었다. 잘 못 마시는 막걸리를 그 사이에 석 잔이나 비워 낸 탓인지 볼이 발그레했다.

"그런데 변경이 무슨 뜻이에요? 국어사전적인 의미는 알지만 뭔가 다르게 쓰이는 듯해서요. 선배님도 한때 변경의 낭인을 자처하셨다면서요? 낭인이라는 말에 담긴 왜색조가 좀 껄끄럽기는 하지만."

"변경의 낭인? 푸웃. 하하하하……."

무엇이 그리 우스운지 황석현이 그새 들어찬 옆 술상의 사람들이 쳐다볼 만큼 소리내어 웃었다. 그러다가 인철을 돌아보며 물었다.

"그것도 너냐? 이 아가씨에게 말해 준 게. 정말로 네가 그 말을 아직 기억하고 있었어?"

"네, 하지만 실은 저도 변경이 무엇을 뜻하는지는 잘 모릅니다. 우리가 처해진 정치적·사회적 상황을 말하는 것 같은데 이따금씩 홀로 곰곰이 생각해 봤지만 그게 어떤 건지 쉽게 짐작이 가지 않는군요."

그러자 황석현의 얼굴에 묘한 감회 같은 것이 떠올랐다.

"실은 그 개념을 처음 불러낸 것은 너희만 한 나이 때의 나였다. 그러나 그걸 세밀하게 갈고닦은 것은 김가야. 녀석은 박사가 된 지금도 그 개념을 활용하고 있는 것 같았어."

"어떤 건데요?"

"그건 먼저 제국(帝國)의 개념을 정의하고 나서야 설명할 수 있지. 너희 세대에서 제국을 말하는 애들도 있니?"

"제국주의의 제국 말입니까? 잘은 모르지만 별로 없는 것 같은데요. 그거 사회주의 쪽의 개념 아녜요?"

인철이 그렇게 받자 황석현이 잠깐 머뭇거리는 표정이더니 이내 작심한 듯 말했다.

"19세기 후반 이후 독점자본주의의 정치적·경제적 구조에 대응하는 개념이라면 그렇게 말할 수도 있겠지. 로자 룩셈부르크와 카우츠키에서 레닌에 이르기까지 가장 정밀한 제국주의 이론은 그쪽에서 나왔으니까. 하지만 우리가 말하는 제국은 그보다는 좀 느슨하고 통시대적인 개념이다. 거칠게 말하자면 그 정치적·경제적 지배권을 원래의 국경을 넘어 다른 민족 혹은 다른 국가의 영토로 확장시키려는 국가 정도가 될 거야. 그래야만 얼치기 역사주의가 개입할 수 있으니까."

황석현은 그렇게 말해 놓고 옛날 생각이 나는지 잠시 회고적인 표정으로 담배를 빨았다. 그러다가 잔이 넘치게 인철에게 막걸리 한 잔을 권하고서야 갑작스레 지난 열정을 회복한 사람처럼 말했다.

"제국의 특성은 여러 가지 측면으로 말해질 수 있지만 변경의 개념과 연관된 것은 시장경제에 적용되는 일물일가(一物一價)의 원칙에 착안해 찾아낸 특성이다. 곧 제국적 관리가 가능한 지역 안에서는 하나의 제국만 존재하려는 경향이 그렇다. 여기서 관리 가능한 범위는 시대에 따라 달라진다. 그것은 기본적으로는 거리의 문제지만 실제로는 중앙에서 파견되는 주력부대(主力部隊)가 보급선(補給線)을 유지한 채 도달할 수 있는 시간에 비례한다. 정확하지는 않지만 보병이 주력인 고대 제국의 판도를 보면 대개 한 달 내외가 되는 것 같다. 주력부대가 기병으로 바뀌면 그 판도는 훨씬 넓어지지만 역시 날짜로 계산해 보면 비슷하다."

자신도 모르게 그 얘기에 빨려 들어가던 인철이 거기서 불쑥 물었다.

"알렉산더의 제국이나 몽골제국은 좀 다를 것 같은데요."

"병참선을 아주 협의로 해석하면 그럴 수도 있지. 하지만 세계 제국의 병참선에는 식민이나 체계적인 현지 수탈도 포함되어야 한다. 병참선이 본국과 직접 이어지지 않은 진격이라면 하필 알렉산더와 칭기즈 칸의 군대뿐이겠어? 그 이전에도 그런 예는 많지. 이를테면 고대 이집트 같은 나라. 그들은 틀림없이 자신의 영토와 민족을 넘어 정치적·경제적 영향력을 행사하려 했고 성과도 상당했지만 이집트 학자들은 고대 이집트에서 세계 제국의 성립을 인정하기를 꺼려. 바로 병참선이 이어지지 않을 뿐만 아니라 식민이나 그에 준하는 현지 조달 체계를 갖추지 못해서일 거야. 마구잡이 약탈은 세계 제국의 병참 개념에는 들어갈 수 없으니까. 하지만 알렉산더나 칭기즈 칸의 군대에는 병참선이 이어지지 않았더라도 식민이나 약탈 기타 그에 준하는 관리가 있었다고 봐야 돼. 물론 그래도 지나치게 확대된 판도를 감당하지 못해 이내 여러 개의 관리 가능한 권역으로 분열되고 말지만……."

"그래서 언제나 제국주의란 말과 식민주의란 말이 나란히 붙어다니는군요."

그때까지 가만히 듣고만 있던 정숙이 고개를 까닥이며 끼어들었다. 평소의 드러내는 정치적 무관심과는 달리 인철보다 더 빨리 분위기에 동화된 느낌이었다. 눈길에도 그녀 특유의 호기심을 내비치는 반짝임이 엿보였다.

"때로는 동의어로 쓰이기도 하지. 그런데……."

황석현은 그렇게 말해 놓고 목마른 사람처럼 자신의 술잔을 비웠다. 술잔을 다시 채우면서 보니 그의 표정에도 얼른 이해하기 어려운 흥분과 고양의 기운이 내비쳤다. 10년 저쪽 인철 또래 때부터 갈고닦아 온 개념을 두 사람뿐이지만 충실하기 그지없는 청중을 상대로 토로하면서 과장된 감상인지, 아니면 여러 굴곡을 거쳐 제도권 언론에 몸을 담고는 있어도 안주하기에는 아직 이른 서른두 살의 나이 때문인지는 알 길이 없었다.

"문제는 우리 시대의 제국이 둘이라는 거야. 현대 과학 문명의 진보는, 특히 교통과 통신의 발달은, 세계를 하나의 관리 가능한 권역으로 만들었어. 병참을 아주 협의로 해석해도 한 달이면 세계 어느 곳에든 주력부대를 파견할 수 있지. 그런데도 오늘날의 세계는 아메리카와 소비에트라는 두 개의 제국이 반분하고 있어. 그리고 이 땅은 대립하는 그 두 제국이 가장 첨예하게 마주친 변경이 되었어. 곧 북은 소비에트 제국의 변경이고 남은 아메리카 제국의 변경이란 말이야. 따라서 우리의 정치적·사회적 상황을 정확하게 이해하고 합당한 목표를 설정하기 위해서는 변경에 대한 인식이 그 바탕이 되어야 해."

"소비에트 제국이라고요? 미 제국주의라는 말은 들어 봤지만
……."

반감까지는 못 돼도 무언가 얼른 받아들일 수 없는 구석이 있어 인철이 그렇게 우물거렸다.

"이제 와서는 모택동도 그런 용어를 쓰고 있지만 우리가 어렵게 변경 개념을 짜 맞춰 갈 때만 해도 그런 것은 없었어. 워낙 제국주의론이 그쪽에 독점되어 있고 그것은 또 자본과 밀접한 이론이라

사회주의 종주국(宗主國)인 소련에 제국이란 말을 갖다 붙일 엄두들이 안 났겠지. 실은 내가 처음 변경이란 말을 쓰기 시작했을 때만 해도 내가 염두에 둔 것은 아메리카 제국뿐이었어. 정확히 말하면 주변이란 말에 더 가까웠을 거야. '핵심'에 대비된 용어로서의 '주변' 말이야. 하지만 그걸로는 우리 상황을 다 설명할 수 없었어. 단순히 한 제국의 변경일 뿐이라면 우리 선택은 훨씬 간단하고 명료해. 말하자면 현재의 부조리한 상황에서 벗어나는 길은 제국화(帝國化) 또는 '핵심화'와 '이탈' 둘 중에 하나가 되겠지. 즉 빨리 제국에 동화(同化)하여 세계적인 착취 구조의 핵심에 끼어드는 길과 제국과는 무관한 독자의 발전을 모색하는 것 말이야. 그런데 우리의 현실은 그렇지가 못해."

"어째서 그렇습니까?"

"또 다른 제국의 경계선이 우리와 닿아 있기 때문이지. 그것도 아메리카 제국이 가장 경계하는 소비에트란 대항 제국이. 이 경우 이탈은 단순한 이탈이 아니라 다른 제국으로의 편입이란 형태로 변질될 가능성이 훨씬 높아. 만약 우리가 속한 권역(圈域)에 하나의 제국뿐이고 이탈도 말 그대로 제국의 판도에서 떨어져 나가는 것으로 끝난다면 제국은 그 이탈에 좀 관대할 수도 있을 거야. 그러나 강력한 대항 제국이 있고, 그 이탈이 대항 제국으로의 편입으로 이어진다면 엄격할 수밖에 없어. 자신에게서 하나가 덜어지는 것이 아니라 대항 제국에 하나를 더 보태게 됨으로써 결과적으로는 둘을 덜어 내는 효과를 내기 때문이야. 대항 제국에 둘을 보태거나…… 바로 쿠바에서 미국이 쓰라리게 경험한 거고 지금은 월남에서 어렵게 막고 있는 상황이야."

"그렇지만 미국의 대항 세력이라고 해서 소련을 제국으로 규정하는 것은 좀 무리가 아닐까요?"

인철이 아무래도 소비에트 제국이란 말이 억지스럽게 느껴져 물었다.

"처음부터 그런 의도가 있는 것은 아니었겠지만 제국주의론이야말로 마르크시즘이 소련을 위해 고안한 가장 교묘한 프로파간다야. 주도적으로 제국을 정의하고 규정함으로써 앞으로 세워질 자신들의 제국을 성공적으로 은폐했지. 나도 그 프로파간다에 넘어가 너처럼 소련의 제국주의적 성격을 간과했던 거고……. 하지만 현란한 논리나 용어의 수식을 털어 버리면, 다시 말해 국어사전적인 용어로 돌아가면 사회주의 소비에트의 제국적 특성은 금세 드러나. 바르샤바에서, 부다페스트에서 붉은 군대가 수행했던 역할이 그걸 잘 보여 주지. 김가 — 그, 김시현이란 친구. 네 형과 나를 합쳐 셋이 반년 가량 한솥밥을 먹은 적이 있다는 그 하버드 박사는 아마도 진작부터 그런 점에 착안하고 있었던 것 같아. 나도 처음에는 그런 김가에게 맞서 보려고 했지만 마침내 두 개의 제국론에 동의하지 않을 수 없었어. 거기다가 '동(東)로마 제국의 유산'은 그 두 제국의 역사적 배경까지 확연하게 해 주는 느낌이었어."

"동로마 제국의 유산이 뭔가요?"

이번에는 정숙이 끼어들었다. 인철도 '동로마 제국의 유산'이란 말 그대로는 황석현의 결론과 얼른 연결이 되지 않아 물어보려던 참이었다.

　"미국에 간 김가가 몇 년 전에 열심히 권하기에 힘들여 찾아 읽은 토인비의 논문이야. 동서(東西) 냉전의 근원을 1천 5백 년 전에 있었던 동–서 로마의 분열에서 찾고 있는 낡은 역사주의의 한 결정(結晶)이라고 할까⋯⋯. 5세기경 로마가 동서로 분열될 때 실은 통일 로마가 가지고 있던 이질성도 두 로마에 골고루 분배되었다는 거야. 곧 민족적으로 서로마는 게르만족이 주도하고 동로마의 정통을 잇게 되는 것은 슬라브족이 되며, 종교적으로 서로마는 가톨릭을, 동로마는 그리스정교를 채택해 가톨릭의 수장은 로마법왕(교황)이 되고, 그리스정교의 수장은 콘스탄티노플 함락 이후 제정러시아의 차르에게 돌아가는 식이야. 그래서 소련은 결국 동로마제국의 현대적 변형이라는 게 내 시원찮은 영어 실력으로 읽은 그 논문의 골자였어."

　"낡은 역사주의란 게 어떤 건지 모르지만 듣고 보니 그럴듯한데요."

　"기회 있으면 너도 한번 읽어 봐라. 내가 잘못 이해한 게 있으면 일러 주고⋯⋯. 어쨌든 우리가 처한 게 단순히 제국의 핵심에서 떨어진 '주변'이 아니라 두 제국이 첨예하게 맞선 변경이란 것을 인식한다면 우리의 선택은 한층 어려워지지. 그리고 그때 의지할 수 있는 것은 좀 낡았더라도 역사주의밖에 없을 거야. 다시 말해 우리 민족이 현재의 이 부조리한 상황에서 벗어나는 길은 지난 시대와 같은 처지였던 다른 민족의 예에서 찾아보는 수밖에 없을 거란 얘기야."

"거창한 세계 제국사(帝國史) 통론이 되겠네요."

"세계 제국사 통론? 그렇지 굳이 이름을 붙이자면 그렇게 될 수도 있겠지."

황석현은 그렇게 말해 놓고 이제 완연히 취해 가는 목소리로 치열했던 한때의 기억들을 더듬었다.

"강력한 제국의 흥망을 보고 있으면 언제나 주변 혹은 변경의 핵심화란 공식으로 진행되는 것 같은 느낌을 받는다. 비교적 요연하게 되어 있는 서구 제국의 변천사는 특히 그런 공식을 잘 입증하는 예가 될 거다. 아테네가 그리스를 중심으로 한 제국적 권역의 핵심이었을 때 마케도니아는 한 주변에 가까웠다. 아테네의 관점에서 보면 왕정(王政) 마케도니아는 그들이 같은 헬레네스라는 것을 인정하기조차 어려울 정도로 야만적이었을 거야. 하지만 필립 왕 때에 절정을 보이는 헬라화(化), 곧 핵심화 노력은 마침내 알렉산더에 이르러 제국의 핵심을 마케도니아로 옮겨 놓는다. 이러한 제국의 변천은 로마와 알렉산더의 헬레니즘 제국 사이에도 반복된다. 알렉산더가 살아 있을 때는 물론 사후 그의 제국이 분열된 뒤 얼마간도 로마는 헬레니즘 제국의 한 주변으로 존재한다. 하지만 로마가 기울인 헬라화의 노력은 곧 로마를 제국의 핵심으로 자리 잡게 한다. 로마가 자신감을 얻게 된 뒤에도 로마 문화의 근저에 깊이 깔려 있는 것은 그리스 콤플렉스고, 그것은 이 두 제국 사이의 승계에도 '주변의 핵심화'란 공식을 적용할 수 있는 근거가 된다.

게르만족의 야만성은 시저의 『갈리아 전기』에 잘 나타나 있다. 전공(戰功)을 내세우기 위한 과장도 있겠지만, 시저는 전쟁을 하고 있는 것이 아니라 자신이 이끄는 군단의 몇십 배가 되는 만족(蠻族)을 사냥하거나 도살하고 있는 듯한 인상이다. 흘러내리는 장발에 버터를 발라 시야를 확보하고 벌거숭이로 내닫는 게르만의 전사(戰士)는 로마의 중장보병(重裝步兵)에 비하면 한 마리 표한한 짐승처럼 비쳤을 것이다. 하지만 곧 저항을 멈추고 로마화(化)를 시작함으로써 그들은 제국의 핵심으로 접근한다. 용병이든 토병(土兵)이든 로마의 숨통을 끊은 것도 게르만족이고 신성로마제국으로 그 승계를 자처하는 것도 게르만족이다……."

완연히 취한 어조인데도 황석현의 말은 준비된 강연처럼 정연하였다. 듣고 있는 것이 겨우 대학 신입생 둘임에도 그 같은 열변을 토해 낼 수 있는 게 그가 정말 취했다는 걸 알 수 있는 유일한 징표였을 것이다. 하지만 그것도 두 청중 역시 취해서 느끼지 못하고 있었다. 인철과 정숙은 자신들이 황석현 같은 논객에게 대등한 취급을 받고 있다는 느낌에 우쭐해 있을 뿐이었다.

"제가 읽은 어떤 책은 로마가 망하지 않았다고 주장하고 있던데요. 말하자면 로마는 망한 것이 아니라 신성로마제국으로 이어지고, 신성로마제국은 다시 그것을 해체한 보나파르트 가의 프랑스 제국으로 이어지며, 프랑스 제국은 짧은 번성 뒤에 로마의 왕홀(王笏)을 대영제국으로 넘겼다는 식이었습니다. 그리고 20세기 중반에 이르러 로마의 법통은 마침내 아메리카 제국으로 넘어갔다는 겁니다."

인철이 그렇게 끼어든 것은 단순한 청중을 넘어 자신도 한 논객으로 끼어들고 싶은 충동에서였다. 인철 나름으로는 제법 용기를 내어 반론을 펴 본 것이지만 황석현은 유연하게 받아넘겼다.

"서로마제국의 법통이겠지. 하지만 그렇게 설명한다 해도 제국의 승계 방식이 '주변의 핵심화'란 내 공식을 부인하지는 못한다. 내 거친 공식이 증명하려는 것은 한 제국에서 다른 제국, 혹은 한 문명에서 다른 문명으로의 전이(轉移)가 그야말로 평지 돌출한 이질(異質) 간에 이루어지기는 어렵다는 것이다. 전 문명, 전 제국과 무관한 문명 혹은 제국은 어느 날 느닷없이 나타나는 것이 아니라 주변의 의도적인 핵심화 노력을 통해 승계하거나 대체하게 되지. 세계 제국의 역사를 멸망과 창설의 되풀이로 보건, 네가 말한 것처럼 민족을 달리한 승계로 보건 말이야. 그리고 거기서 지금 주변에 속해 있는, 그것도 두 제국의 변경이 마주친 곳에 살고 있는 우리 선택의 한 참고를 삼으려는 거야."

황석현은 그래 놓고 다시 자신의 논리를 이어 갔다.

"주변이 빨리 제국에 동화하여 핵심에 끼어드는 형태는, 그리하여 마침내는 새로운 제국으로 자라 간 예는 현대에도 얼마든지 찾아볼 수 있다. 아메리카 제국과의 관계만 본다면 그 대표적인 성공 사례는 일본이 될 것이다. 서구 열강의 관리 능력이 처음 동북아에까지 미쳤을 때 일본은 다른 동북아 여러 나라들과 마찬가지로 대영제국으로 대표되는 서구 제국주의의 한 주변 혹은 변경이었다. 하지만 그들은 이웃 나라들과는 달리, 서너 배 재빠른 동화(同和)와 그 뒤의 집요한 핵심화 노력으로 이제는 은 쟁반과 금 스푼으로 차려진 신흥 아메리카 제국의 식탁 한 모퉁이에 끼어 앉았다. 박정희 정권이 말하는 선진화, 공업화란 것도 다른 말로 바꾸면 궁극적으로는 아메리카화란 말이 될 것이다. 우리 나름의 제국화, 핵심화 노력이고. 어설픈 역사주의로 추출된 내 공식이 맞다면 상당한 성공을 거둘지도 모른다."

인철은 거기서 비로소 형을 통해 한 자유주의자로만 인상 지어져 있는 황석현의 변절을 어렴풋이 예감했다. 한때 급진적인 민족주의 운동에 깊숙이 참여했던 그가 유력한 보수 일간지의 기자로 눌러앉은 자신을 어떻게 다독일 수 있었는지도. 빈정거리는 투가 섞여 있기는 했지만 어쩌면 그는 마지막으로 덧붙인 예측이 맞기를 진심으로 빌고 있는지도 모른다는 생각이 들었다. 그런 예감과 짐작에다 술기운에 충동된 오기로 인철이 물었다.

"이 또한 어설픈 역사주의일지 모릅니다만 반대의 성공 사례도 그리 드물지는 않을 것 같은데요. 이를테면 사라센 문명 같은 것, 서구 문명과는 이질적이고 거의 독자적인 성장을 했지만 한때 세계를 반분하지 않았습니까? 이탈과 자립은 독자성과 창조성의 바탕이 될 수도 있고, 그래서 그 성취는 더욱 값지고 빛난 것일 수도 있지 않겠어요?"

"사라센 문명은 틀림없이 서구와 이질적인 데가 있고 그 출현도 돌연스러워 보이는 데가 있다. 하지만 그것이 서구와 온전히 절연되어 있고 그래서 독자적인 것으로만 파악하는 것은 단견(短見)이다. 그 둘을 가장 뚜렷하게 변별시켜 주는 종교만 해도 그렇다. 서구의 헤브라이즘이 이스라엘(야곱)의 자손들이 갈고닦은 신앙 체계라면 이슬람은 이스마일(에서)의 자손들이 발전시킨 신앙 체계이다. 이스라엘과 이스마일의 아버지가 공히 아브라함인 것같이 그들의 신앙은 특별히 사이가 나빴을 뿐, 같은 부모에게서 갈라져 나온 형제다. 그들 문화도 연원을 거슬러 올라가면 메소포타미아나 이집트쯤에서는 만나게 될 것이다. 그들은 서구 제국의 관리가 불가능한 권역에서 자라난 동부이복(同父異腹)이거나 동모이부(同母異父)의 형제 문화야. 거기다가 변변한 자식도 없이 시들어 갔고…… 내가 말한 이탈이나 자립의 예로는 부족해."

황석현은 일단 그렇게 반박해 인철의 입을 막아 놓고 자신의 견해를 펼쳐 나갔다. 그쪽 역시 나름으로는 오랜 천착이 있었던 듯했다.

"내가 제국으로부터의 이탈과 자립의 사례로 주목한 것은 오히려 유대사이다. 어떤 사람들은 유대인들을 여섯 개의 강력한 문명, 혹은 제국과 싸워 살아남은 민족이라고 한다. 또 다른 사람들은 세계 제국사를 논하면서 유대인들에게 우호적인 문명과 제국은 흥했고 가혹했던 것들은 망했다고 단언하기도 한다. 그들은 기독교를 만들어 여러 세계 제국에 통합의 이데올로기를 제공했고, 어떤 때는 그 시대의 제국에 재빠른 동화 또는 핵심화의 노력도 했다. 하지만 기껏해야 '솔로몬의 영화'에 그치고 한 번도 제국의 핵심이 되어 본 적이 없는 것처럼 그 어떤 제국에도 패배한 적이 없다. 수많은 강력한 제국이 그들을 휩쓸고 지나갔지만 언제나 그들은 그들로 남았다. 흥하고 망하고 사라져 간 것들은 그 제국들이었다."

"하지만 그들은 2천 년 동안이나 나라도 없이 떠돌지 않았습니까? 얼마 전 「영광의 탈출」이란 영화는 감동 깊게 보았습니다만 제 느낌에는 아직도 이스라엘이란 나라가 억지스러운 허구 같습니다."

"아마도 그 때문에 슈펭글러는 유대인을 무시했고, 토인비는 유대사를 '화석의 역사'로 규정했을 것이다. 그러나 그렇지 않은 해석도 있다. 곧 그들은 한 번도 국가와 교회와 법률 없이 산 적이 없다는 주장이다. 다만 그들이 거기에 깃들어 산 것이 아니라 그들이 그것들을 휴대하고 떠다녔을 뿐이다."

"국가와 교회를 휴대하고 다녔다고요?"

"그들은 율법 두루마리 속에 신뿐만이 아니라 국가와 교회와 법을 함께 담고 다녔다. 그게 그들에게 적대적이었던 여러 세계 제국의 잿더미 속에서 그들이 되살아날 수 있었던 비결이고 소멸된 지 2천 년 만에 그들의 국가가 부활할 수 있었던 비결이기도 하다. 로마는 그들을 멸망시켰다고 믿었지만 따지고 보면 그들이야말로 두루마리 속의 국가로 후기 로마와 뒤이은 중세에 지배와 맞먹는 영향력을 행사했다. 하지만 그 길을 우리가 선택하기 위해서는 두 가지 전제가 필요하다. 그 하나는 유대사가 한 민족사의 성공 사례가 될 수 있어야 하고, 다른 하나는 율법 두루마리 속에 국가까지 담을 수 있는 종교적 천재성이 있어야 한다. 그러나 내가 보기에는 그 두 가지 전제는 모두 성립하기 어려울 것 같다. 특이하고 인상적이기는 하지만 유대사를 성공적인 민족사라고 결론짓기에는 아무래도 무리이고, 또 우리에게는 국가와 신앙까지 담아낼 수 있는 율법 두루마리가 없다."

황석현의 유대사 이해는 특이했지만 어딘가 인철에게는 석연찮은 데가 있었다. 자신의 패배주의를 분식하기 위한 혐의도 짙었다.

"그렇지만 다른 방식의 이탈도 있을 텐데요. 이를테면 스웨덴이나 스위스 같은 길……."

"그것은 오늘날 두 제국의 변경에 처한 나라들이 할 수 있는 선택의 한 방식이라기보다는 지난 시대의 역사와 연관된 일시적이고 예외적인 현상일 뿐이야. 특히 '스웨디시 모델'에 매력을 느끼는 사람이 많은 모양이지만 현재 두 제국의 변경이 첨예하게 맞닿아 있는 이 한반도에서는 아이들의 개꿈이나 다름없다."

"형님은 자신 있게 아메리카 제국에서의 이탈이 곧 소비에트 제국의 편입이라고 단정하셨지만 쿠바의 성취나 월남의 지향도 반드시 형님의 단정과 같지는 않는 것 같습니다. 특히 쿠바를 단순한 사회주의 위성국가로 보기에는 좀 지나치지 않을까요?"

"너도 '체 게바라'의 환상에 빠져 있냐? 하지만 두고 봐라. 쿠바의 성공은 한 번 있은 요행수가 되고 말 거다. 아메리카 제국은 두 번째, 세 번째의 카스트로나 체 게바라를 결코 용서하지 않을 것이다. 또 월남이 성공한다 해도 월남이나 쿠바의 선택이 우리가 본받을 만한 성공 사례가 된다는 보장은 없다. 민족의 통일 혹은 세계 최강의 제국과 싸워 이겼다는 정치적 허영은 충족시킬 수 있을지 모르지만 한 국가나 민족 단위의 종합적인 복리 증진에는, 특히 구체적이고 실질적인 삶의 조건을 개선하는 데는 무관한 성공일지도 모른다."

"그럼 우리의 길은 제국화, 핵심화밖에 없다는 것이 되고 그것은 결국 박정희 정권이 말하는 공업화, 선진화와 맞아떨어지는데…… 혹시 그거 정당성도 정통성도 없는 군사정권이 보상의 목적으로 내세우는 경제 우선 이데올로기의 변형 아닐까요? 모르긴 해도 요즘 데모하는 애들에게는 어용 이데올로기나 패배주의로 비판 받기 십상이겠는데요."

그때까지 황석현의 거창한 논리에 취해 듣고만 있던 정숙도 제법 뾰족한 목소리로 끼어들었다. 무엇 때문인지 완연히 취해 건들거리던 황석현이 잠깐 긴장의 눈빛을 드러냈다. 그러나 그것도 잠시였다. 이내 취한 사람 특유의 허허거림으로 받았다.

"어용 이데올로기? 패배주의? 하긴 나도 한때 김가를 그렇게 몰아붙인 적이 있지. 그게 변경 지식인의 고뇌라는 걸 이해하기 위해서는 좀 더 늙고 지쳐야 했다. 무슨 대단한 운동가가 아니더라도 너희 나이쯤이면 반발은 당연한 것일지도 모르지. 하지만 잊지 마라. 우리가 살고 있는 이 땅은 어쩔 수 없는 변경이고, 헤롯이 아무리 학정(虐政)을 한다 해도 로마에 충성하는 한, 로마는 그들을 지켜 주기 위해 많은 군병을 보낼 것이다. 반공을 국시로 삼는 한, 군사정권이 우리 모두의 껍질을 벗긴다 해도 아메리카 제국은 그들을 지지할 수밖에 없어. 특히 멀지도 않은 곳에 소비에트 제국의 변경이 잇닿아 있는 이 땅에서는."

또 다른 세상 끝

"윤도중 씨요? 우리 사장님인데요."

명훈이 도치의 이름을 대자 이제 갓 스물을 넘겼을까 말까 한 점원이 그렇게 대답해 놓고는 가게 안을 향해 소리쳤다.

"사모님, 손님 찾아오셨는데요."

그러자 어두운 가게 안쪽에서 아이를 업은 부인네 하나가 천천히 걸어 나오며 퉁명스레 말했다.

"손님이라면 김 군이 받지, 왜 날 불러?"

도치라면 여드름 충충 난 고등학교 시절의 얼굴이 더 익숙하게 떠오르는 명훈에게 그의 아내로는 그녀가 너무 늙어 보였다. 거기다가 시마지 천으로 만든 값싼 띠로 아이를 업고 있는 폼도 그때까지 품어 온 상상과는 너무 달랐다. 아마도 그들 부부의 둘째 아이쯤 되는, 업혀 있는 아기도 여기저기 물것에 물린 붉은 흉터를 드러내고 있는 것이 정성스러운 보살핌으로 자라고 있는 아기 같지는 않았다.

"가게 손님이 아니고요, 사장님을 찾으시기에……."

점원이 하던 일을 멈추고 그녀 쪽을 바라보며 변명처럼 말했다. 그래도 그녀는 여전히 찌뿌드드한 표정인 게 손님을 반기는 눈치는 전혀 없었다.

"애 아버지를 찾아오셨다고요? 어떻게 되시는데……."

"아, 친구 됩니다. 오랜만에 한번 만나 볼까 하고."

그러자 그녀의 얼굴에 드러나게 긴장과 의심의 기색이 떠올랐다.

"지금 일 나가고 없는데요……."

그렇게 말끝을 흐리는 것이 왠지 남편과 명훈을 만나게 해 주고 싶지 않아 하는 느낌을 주었다. 그걸 알아본 명훈은 새삼 당황스러운 기분이 되었다. 배석구가 도치의 주소를 일러 줄 때만 해도 명훈은 온통 반가운 마음뿐이었다.

그러나 이제 다시 생각해 보니 도치는 이미 10년 저쪽 사람이었다. 강산도 변한다는 그 세월이 바꾸어 놓았을 여러 가지를 헤아려 보지 않고 배석구가 시킨 대로 그를 찾은 자신이 문득 어설프기 그지없게 느껴졌다.

"멀리 나갔습니까?"

"네, 도매상에 물건 받으러 갔어요. 누구라고 전해 드릴까요?"

바로 내쫓는 거나 다름없는 말이었다. 언제 돌아올 것인가를 물어보려던 명훈은 그런 그녀의 말에 입을 다물고 돌아섰다. 그제야 그녀도 좀 심했다 싶었던지 뒤따라오듯 하며 다시 물었다.

"그래도 저, 누구시라고 전해 드릴까요?"

"이명훈이라고 옛날 친구가 왔다 갔다고 전해 주십시오."

명훈은 되도록이면 상한 기분을 드러내 보이지 않으려고 애쓰며 그렇게 대답하고 가게를 나왔다. 도로변에서 보면 겨우 구멍가게나 면한 듯한 잡화점이었지만 들어와서 보니 기차 안처럼 속이 깊어 물건이 많고 따라서 실속도 있어 뵈는 상점이었다.

그런데 가게를 나온 명훈이 거기 몇 발 떨어지지 않은 골목 모퉁이를 돌아설 때였다. 저만치서 누군가 낯익은 사람이 자전거 짐칸에 까마득하게 물건을 싣고 기우뚱거리며 오고 있었다. 몸이 불고 나이가 들어 보이기는 했지만 틀림없이 도치였다. 그도 이내 명훈을 알아본 눈치였다. 둘이 마주칠 무렵 해서 어렵게 자전거를 세운 그가 먼저 반갑게 손을 내밀었다.

"이게 누구야? 천하의 간다 아냐?"

"도치, 오랜만이다."

조금 전 그의 아내에게서 느낀 서운함이 아직 남아 있어서인지 명훈의 목소리가 절로 굳어졌다. 그러나 도치는 기대한 이상으로 반가움을 드러냈다.

"햐, 여기서 너를 만나다니. 참 보고 싶었는데. 그래 여기는 웬일이냐?"

"실은 널 찾아왔는데……."

"그래? 그럼 가게에서 기다리지 않고."

그러다가 문득 생각나는 게 있는지 눈살을 찌푸렸다.

"또 밥쟁이 짓이구나. 그 여자, 그거 정말 죽이지도 살리지도 못하고……."

도치도 아내의 퉁명스러운 손님 맞이를 잘 알고 있는 모양이었다.

"역시 네 마누라였구나. 뭐 무던해 뵈던데……."

"응, 사는 일에는 그런 셈이지. 하지만 친구들이라면 공연히 심통을 부려."

"그럴 까닭이 있겠지."

"하긴 세상이 달라졌어. 옛날 야쿠자 시절의 의리 하나만으로는 살지 못하는 세상이 되었단 말이야. 그 의리 앞세우고 찾아오는 녀석들치고 사는 데 도움되는 녀석은 드물지. 몇 번 당하다 보니 그 미욱한 여편네가 옛날 친구라면 지레 겁을 먹고……."

그 말을 듣자 명훈은 조금 막막해졌다. 배석구가 준 주소에 남아 있는 녀석이라고는 도치뿐이었는데 말을 들어 보니 그는 이미 옛날의 도치가 아니었다. 의리에 죽고 사는 주먹이 아니라 계집자식 거느리고 살이에 찌들어 가는 가장일 뿐이었다.

"알뜰한 여자인 모양이네. 장가 잘 든 거야. 돌개 형님 말씀으로 네가 맘 잡고 따스분하게 산다더니 다 마누라 덕이었구먼, 그래. 어쨌든 잘됐어."

명훈은 그렇게 말하면서 돌아서려 했다. 아직도 건달 시절의 눈치는 남았는지 작별의 말을 하지 않았는데도 그런 명훈의 속마음을 읽은 도치가 갑자기 손을 내밀어 명훈의 팔을 잡았다.

"아하, 돌개 형님을 만났구나. 그런데 간다, 너 지금 어딜 가려는 거야?"

"이제 가 봐야지. 네 얼굴도 보았고 하니……."

"그게 무슨 소리야? 10년 만에 만나 술 한잔 안 하고 헤어진다는 거야?"

"됐어. 너도 바쁘고, 나도 가 봐야 할 데가 있어."

"안 돼, 짜샤. 너 우리 마누라한테 단단히 삐친 모양인데 사내새끼가 그러는 거 아니다. 제깟 게 뭐래도 가장은 나야. 잔소리 말고 따라와."

그리고 그때부터는 옛날보다 더한 호기로 나왔다. 끌다시피 명훈을 데리고 가게로 돌아간 도치는 자전거를 세우기 바쁘게 소리부터 질렀다.

"이봐, 뭐 하는 거야? 시아주버님이 오셨는데. 빨리 나와 인사드려!"

하나뿐이지만 점원에게도 거드름 섞인 고용주 티를 냈다.

"어이, 김 군. 여기 물건 좀 부려. 오늘 떼 온 건데, 풀어서 제자리에 갖다 놓으라고!"

도치가 워낙 기세 좋게 나오자 그의 아내도 좀 전과 달라졌다. 억지로 짓는 것이기는 하지만 미소도 보이고, 더듬더듬 사죄도 했다. 그걸 본 도치가 더욱 기세를 올렸다.

"이봐, 나 이 친구하고 좀 나갔다 올게. 당신 솜씨에 점심상이라도 제대로 차리겠어? 길 건너 송정옥에 있을 테니 급한 일 있으면 그리로 연락하고."

짐작으로는 평소와 다른 허세인 듯했지만 그 바람에 그의 아내는 더욱 저지할 엄두를 못 내는 것 같았다. 제법 웃음까지 지으며 그들을 전송했다.

"재작년에 돌개 형님 만났을 때 너를 가장 궁금해하시더니 기어이 만났구나. 그래, 형님은 아직도 중 노릇이냐?"

송정옥에서 대낮부터 수육과 소주를 시켜 놓고 마주앉자 도치가 먼저 그렇게 물었다. 그도 배석구에게는 아직까지 경의를 품고 있는 듯했다.

"노릇이 아니라 거의 스님이 되었어. 좀 특별한 일을 하고 있을 뿐이지."

"특별한 일?"

"세상에는 주먹이 쓰이지 않는 구석이 없는 모양이더라. 형님은 거기서도 필요한 사람 같더라고."

"나도 말은 들었지만 거 참 묘한 이치네."

"세상에 묘한 일이 어디 그뿐이냐? 나는 네가 맘 잡고 장사나 하고 있다는 게 도통 미덥지 않았다."

"아, 그거?"

도치가 그래 놓고 복잡한 표정을 지었다. 나름대로는 감회가 깊은 듯했다.

"그때 참 세상 막막하더구나. 하늘 같은 오야붕들이 '나는 깡패입니다.'란 팻말을 목에 걸고 백주 대낮에 줄줄이 엮여 거리를 끌려다닐 때 말이야. 그래도 그 바닥에 미련을 못 버려 어릿거리다가 뒤늦게 국토개발단에 끌려갔지. 국토개발단 너 그거 알아? 하기야 알 턱이 없지. 너는 그때 처억 대학생이 되어, 그것도 의거(義擧) 부상 학생이 되어 있었으니까. 어쨌든 거기서 짐승 같은 2년을 보내고 돌아오니까 다시 뒷골목은 쳐다보기도 싫더라. 그래서 죽은 셈치고 뒤늦게 장사를 배웠지. 스물다섯에야 삼촌 잡화점에 점원으로 들어간 거야. 그리고 이제 6년쨀가. 기를 쓰고 하니까 그럭저럭 먹고살 만은 해지데. 마누라는 점원 시절에 만났는데 그때는 무던한 또순이였어. 악착같이 모은 돈도 좀 있고…… 가게 차릴 때도 보탬이 되었지. 그래서 이제 겨우 내 점포라고 하나 가지기는 했는데 앞으로는 어떨지 몰라. 거기다가 옛날 친구들이 찾아오면 뒤돌아보기도 싫던 그 바닥이 슬슬 그리워지고…… 마누라가 특히 옛날 친구들에게 박정한 것도 따지고 보면 실은 다 까닭이 있지."

도치의 얘기를 요약하면 대강 그랬다. 명훈도 거기 맞춰 자신의 10년을 짧게 요약했다. 그러나 지금 수배를 받고 있다는 것만은 감추었다. 이어 이야기는 두 사람이 함께 아는 옛날 사람들에게로 돌아갔다.

친구들을 만났을 때 언제나 그러는 것처럼 시작은 이정재·임화수 같은 거물들이었다. 한때는 신비감조차 품고 우러르던 그들을 귀동냥한 얘기로 곁에서 직접 본 것처럼 떠벌리는 재미 때문이었으리라. 다음은 그 아래 서열로 성공한 중간 보스들을 별것 아닌 걸로 깎아내리는 차례였다.

"유지광이 말이야, 너도 그때 봤지? 대한민국 주먹은 저 혼자인 것처럼 떠드는데 실제로는 우리 돌개 형님만큼이나 됐어? 제대로 된 주먹이 있었나 꼬붕이 있었나? 세다면 대학물 먹어 생긴 구찌빤찌(말 주먹) 정도일까. 어쩌다 이정재 사돈이 되어 떼어 준 아이들 몇 데리고 잠시 논 거 가지고……."

그런 식으로 가다가 마침내 같이 어울려 다니던 패거리로 돌아갔다. 명훈은 그 시절 언제나 상대하기에 힘겹던 깡철을 떠올리고 그의 소식을 물었다.

"깡철이 그 새끼, 아마 젊어서는 못 나올걸. 이번에는 사람을 하나 아주 보내 버렸다니까."

"사람을 죽였어? 어쩌다가?"

"그 새끼 두 번째 빵 갔다 와서 한동안은 잘나갔지. 사실 내가 그 바닥 떠난 거 말이야, 국토개발단에 끌려가 본 쓴맛도 있지만 그보다는 달라진 풍토 때문인지도 몰라. 우리 때도 전쟁 나면(패싸움이 붙으면) 무기를 썼지. 하지만 고작해야 진줄(자전거 체인)이나 가꾸목(각목)이고 칼이라도 과도나 식도같이 급할 때 있는 대로 들고 나갔을 뿐이잖아? 물론 그때도 깡철이나 아이구찌 같은 놈이 있었지. 하지만 그런 칼잽이들 주먹 축에 제대로 넣어 주기나 했어? 그런데 말이야, 요즘은 그게 아니더라고. 웃통 벗고 서로 마주

보며 하는 주먹질 같은 건 아예 없어. 독한 것들은 사시미칼도 무디다고 시퍼렇게 날을 세워 품고 다닌다니까. 그것도 우리 때처럼 겁주는 게 목적이 아니라 정말로 푹푹 쑤셔 대는 거야. 그런데 너 깡철이 그 새끼 독한 거 잘 알지? 그때도 수틀리면 면도칼로 북북 그어 대던 거. 그런 새끼한테는 요즘 같은 바닥이 오히려 놀기 좋은 판이 된 거야. 한때는 아이구찌, 호다이에다 새로 키운 독종 몇 데리고 깡다구 하나로 제법 종로통 한 모퉁이를 떼 먹었다니까. 그러다가 똑같은 독종 패거리를 만나 칼부림 끝에 그 꼴 난 거야. 구형(求刑)을 무기(無期)까지 먹었대지, 아마."

그 말을 들은 명훈은 깡철이와의 마지막 날을 떠올리며 가슴이 서늘해졌다. 모니카 때문에 잠시 방심한 그를 기습과도 같은 공격으로 잠재우기는 했지만 언제나 마음속에서는 그와 다시 만나게 될 날이 은근한 불안으로 남아 있었다.

"그럼 아이구찌와 호다이도 함께 달려 간 거야?"

"아이구찌는 종범으로 6년인가 받았지만 호다이는 빠졌어. 그 새끼 원래 겉 폼이나 잡았지, 순 바람잡이 아냐? 그 싸움에서도 뒤로 뱅뱅 돌다가 운 좋게 걸려들지 않았는데, 그래도 요새는 그 찌꺼기로 사는 모양이더라. 저처럼 빠진 조무래기들 몇 모아 깡철이, 아이구찌 이름 팔며 그 바닥에 붙어 있어."

'그런데 왜 돌개 형님은 깡철이 얘기를 해 주지 않았을까.'

명훈은 도치의 얘기를 들으면서 그런 의문이 들었다. 다시 서울로 올라올 작정을 하면서 몇 번이나 넌지시 그의 소식을 물었으나 배석구는 모른다고 잡아뗐다. 도치가 훤히 꿰고 있는 일을 그가 모를 수는 없었다.

'한때의 형, 아우하던 의리조차 인정하고 싶지 않을 만큼 깡철이가 변해 버렸기 때문일까.'

하지만 그렇다면 호다이에 관한 정보가 이상했다.

"거 말이야, 호다이 개는 통 알 수가 없더라. 손을 씻었다며 큰 비어홀에서 영업부장을 보고 있는데, 하는 짓은 또 그게 아냐. 웨이터들을 똘마니 부리듯 하는 게 직장이라기보다는 옛날 그 바닥 행세 그대로더라고. 홀에 나오는 기집애들 마구잡이로 다루는 것도 그렇고……."

배석구는 그렇게 말하며 고개를 갸웃거렸다. 명훈이 그런 배석구의 말을 떠올리고 도치에게 물었다.

"돌개 형님 말로는 호다이도 손 씻고 무슨 큰 비어홀에서 영업부장인가 뭘 하고 있다던데. 그럼 형님이 잘못 안 거야?"

"아, 그게 바로 그거야. 호다이 그 새끼가 하는 짓이 바로 요즘 개판 난 주먹 세계를 보여 주는 거라고. 예전에는 업소 돈을 뜯어도 품위가 있었는데, 이젠 그게 아니라니까. 그럴듯한 이름으로 취직해 개처럼 빌붙어 먹는다고. 찍자 붙는 뜨내기 건달들 날려 주는 것 정도가 아니라 펨프(뚜쟁이) 노릇도 마다 않는다니까. 모르기는 하지만 갈보 제조 공장도 돌릴걸. 공급도 하고."

"깡철이 소식은 전혀 모르고 계시던데?"

"하, 그거……."

도치가 그래 놓고 잠시 뜸을 들이다가 말을 이었다.

"모르는 게 아니라 말하고 싶지 않으실 거야."

"왜?"

"나도 들었는데 재작년에 된통 당하셨다더군. 깡철이 그 새끼 한창 잘나갈 때 돌개 형님이 그 새끼 잘나간다는 말을 듣고 가라[假] 사무실을 찾아갔는데 그 새끼가 저도 오야붕 됐다고 아주 뻣뻣하게 대한 모양이야. 아무리 중 옷 걸쳤지만 돌개 형님이 그런 꼴을 보고 참을 사람이야? 홧김에 책상을 둘러엎었더니 형님 목에 사시미칼을 들이대고 뭐랬는지 알아? 형, 땡초면 땡초답게 절간이나 지키고 계실 일이지 한물간 똥차 가지고 잘나가는 백차 앞 가로막지 마슈, 괜히 새카만 후배 애들 앞에서 개 피 보지 말고, 했다는 거야. 그런데 그 얘길 어디 가서 해?"

그제야 명훈은 배석구가 애써 깡철이를 입에 올리지 않으려던 이유를 알 것 같았다.

"너는 손 씻었다면서 어째 현역보다 그 바닥 소식에 훤하냐? 혹시 가게 그거 가라로 세워 놓고 뒤로는 아직도 끈이 닿아 있는 거 아냐?"

"그건 아니고…… 너 알다시피 머리에 쇠똥도 벗어지기 전에 똘마니 노릇부터 시작해 손 씻을 때까지 10년 아니냐? 말하자면 뒷골목은 내게 경상도 어디에 있다는 네 고향 같은 곳이야. 그 고향이 쉽게 잊히냐? 그렇다 보니 자연 그 바닥 소식도 조금씩 듣게 되는 거지."

도치는 그렇게 대답해 놓고 조금 괴로운 듯 이었다.

"실은 유혹도 많아. 호다이 그 새끼만 해도 몇 번이나 내게 가게 때려치우고 저하고 동업해 비어홀이나 하나 열자는 거야. 구멍가게 장사란 게 기껏 나하고 마누라 인건비 따 먹는 거거든. 우리 부부 3년째 새벽부터 통금 때까지 뼈 빠지게 일해 번 게 겨우 그 가게 전셋돈 맞춘 거야. 그런데 물장사는 그게 아닌 모양이야. 특히 비어홀이란 거, 잘만 하면 몇 해 안에 쇼부(결판)난다더군. 호다이가 거느린 아이들 쓰면 뒷돈 뜯길 것도 없고."

"그럼 그렇게 해 보지 그래?"

"한때 나도 마음이 흔들려 그 바닥을 다시 꼼꼼하게 들여다본 적이 있지. 하지만 이미 말했듯 역시 아니더라. 아직은 한 과도기지만 곧 그 바닥은 깡철이나 아이구찌같이 악착 같은 독종들의 세상이 될 거야. 피도 눈물도 없이 오직 표독하고 잔인한 것만이 가장 큰 힘이 되는……. 우리 같은 구식 주먹들에게는 이미 돌아갈 수 있는 곳이 아냐."

그런 도치는 다시 소심한 구멍가게 주인으로 돌아가 있었다. 이어 작게 벌어도 처자 먹여살리며 마음 편하게 살고 싶다는 젊은 가장의 소박한 희망을 털어놓고 난 뒤에야 비로소 물었다.

"그런데 너는 지금 뭐 하냐? 날 찾아온 이유가 배석구 형님을 만났기 때문만은 아닌 것 같은데."

"차마 말 못 했는데 실은 당분간 몸 숨기고 밥이나 얻어먹을 곳을 찾고 있다. 지방 주재 기자, 여론조사소 조사원 모두 사실이지만 일이 꼬였어. 대단한 건수는 아니라도 지금 수배 받고 있는 중이야. 어디 적당한 데 없어?"

그러자 명훈을 쳐다보는 도치의 눈길에 긴장한 빛이 어렸다.

"너 알다시피 구멍가게 주인한테 무슨 힘이 있겠어? 기껏해야 점원 자리나 알아보는 건데 네 나이에 점원 노릇은 못 할 테고…… 그런데, 넌 참 알 수 없는 놈이다."

"왜?"

"너는 우리 중에 유일하게 대학물까지 먹은 놈 아냐? 또 의거 부상 학생이고 한때는 농촌 운동으로 상록수상까지 받았다며? 문중이라고 했나? 고향에는 수백 년 유서 깊은 가문도 있고…… 그런데 왜 그리 안 풀리냐?"

그 말에 명훈도 갑자기 울적한 기분이 되었다. 도치가 묻고 있는 것은 그 자신도 품고 있는 의문이었다. 그 어느 것도 진정성을 가진 경력은 아니었지만 어쨌든 자신은 언제나 최선을 다해 보다 나은 것을 얻고자 노력해 왔다. 그러나 새로 시작하는 자의 불 같은 열정에서 깨어나 돌아보면 언제나 그렇게도 애써 벗어나고자 했던 그 밑바닥을 뒹굴고 있는 자신을 발견하고 절망하게 될 뿐이었다. 그리고 그 절망은 앞뒤 없는 위악(僞惡)의 충동으로 바뀌어 삶의 위상을 한층 더 격하시켜 놓고는 했다.

명훈도 그런 불행의 원인으로 구조라는 것에 혐의를 걸어 보지 않은 것은 아니다. 연좌제로 자신의 신분 상승을 제약하고 있는 구조, 일쑤 농촌의 피폐와 이농(離農)을 그 기틀로 삼는 산업화라는 구조, 넉넉한 자본이나 특수한 기술이 없으면 필경은 도시 빈민으로 낙착을 볼 수밖에 없는 개도국(開途國)의 도시화 구조……. 하지만 그때조차도 개인적인 특수한 불행이나 자신의 실수를 온전히 부인할 수 없는 게 그의 가슴 깊이 숨겨진 아픔이었다.

"나도 잘 모르겠어. 뭔가 이놈의 사회구조에 원인이 있다는 기분이 들다가도 다시 돌아보면 모든 게 내 무능이나 실수 같아."

명훈은 진심으로 그렇게 대답했다. 그래 놓고 보니 시답잖게 비우던 낮술이 갑자기 달아졌다. 그러나 오래 감상에 빠져 있을 여유는 없었다.

"매번 수렁에 처박힐 때마다 느끼는 건데 아직 더 떨어져야 할 밑바닥이 있다는 기분이야. 그게 어딘지 모르지만 나는 더 이상 떨어질 곳이 없는 바닥에 이르러서야 비로소 상승이 시작될 거라는 미신 같은 거하고……. 그런데 이제 거진 다 내려간 것 같아. 이이상 더 어떻게 내려가겠어? 그래서 부탁하는 건데…… 갑자기 불쑥 나타나 영 꼴이 아니지만 뭐든 좀 알아봐 줘. 쫓기는 내 신분이 노출되지 않고 밥이나 먹을 수 있으면 돼."

"거 참 알아듣기 힘든 얘기네. 어쨌든 네게 말했다시피 내가 알아봐 줄 수 있는 것은 6년 전에 내가 출발했던 점원 자리뿐인데…… 아무래도 그건 안 될 것 같아. 네가 하겠다고 나서도 받아줄 사람이 없을걸. 받아들여 준다 해도 신원을 따질 테고. 점원이란 많건 적건 돈을 만지게 되니까 말이야. 그냥 우리 집에 있겠다면 몇 달 밥은 먹여 줄 수 있지만……."

도치는 그렇게 자신 없어 했다. 그것도 옛날 건달 시절 허풍부터 치고 보던 그와는 전혀 다른 모습이었다.

명훈이 마음에도 없는 호다이를 찾게 된 것은 아마도 도치 때문이었을 것이다. 그가 자신 없어 해서가 아니라 삶의 더 밑바닥은 도치 쪽보다 호다이 쪽에 있을 것 같다는 느낌이 갑자기 그런 결정을 내리게 했다.

"하긴 그럴지도 모르지. 점원 노릇을 견뎌 내지 못해서가 아니라 그게 진정한 밑바닥이 아니기 때문에 내게 합당하지 않을 거야. 그건 평범한 사람들도 흔히 출발하는 바닥이니까. 그래, 맞아. 내가 찾아가 볼 쪽은 호다이일지도 몰라. 그런데 그 친구, 아까 뭐라고 했지? 갈보 공장을 돌리고 공급도 한다고? 그건 또 뭐야?"

"기억나?『밤의 대통령 알카포네』? 그 새끼 교과서처럼 그 책 들고 다니더니 그 흉내 하나는 제대로 내는 셈이지. 가출한 시골 기집애들 잡아 똥치 만들어 팔아먹는 거."

그러자 명훈도 그 싸구려 책이 기억났다. 백인 처녀들을 납치해 창녀를 만드는 데 가장 효과적인 방법은 며칠이고 가둬 둔 채 흑인들을 번갈아 들여보내 윤간시키는 것이었다던가 하는 따위 뒷골목에 몸을 담고 있을 때조차도 읽기 끔찍하던 구절이. 그러자 한동안 잠잠하던 자학과 위악의 충동이 다시 명훈을 사로잡았다.

"그래, 맞아. 그게 진정한 밑바닥이야. 인간이 내려간다 해도 그 이하로 어떻게 내려가겠어? 호다이 그 친구 있는 곳이 어디지? 역시 그리로 가 봐야겠어."

그 같은 명훈의 돌변에 도치가 아연한 눈으로 쳐다보았다.

"너 정말이야? 결국 그렇게 되고 만 거야? 그러자고 날 찾아왔어? 기껏……"

"내 별명이 왜 '간다'냐? 고물 잭나이프 한 자루 들고 너희들 속으로 뛰어들던 거 벌써 잊어버렸어? 마음먹으면 그 독종 깡철이도 잠재울 수 있던 거 말이야. 그동안 되도록이면 그 세상과 멀게 살아 보려 했는데 역시 안 되는군. 아무래도 내가 시작할 밑바닥은 그쪽이야. 거기서 다시 시작해 봐야겠다. 이것저것 피하고 폼나는 데서 시작해 봤지만 되는 게 없었어. 이번에는 철저하게 밑바닥에서 시작해 볼 거야."

"그런 게 어딨어? 그러지 말고 밑바닥이라면 차라리 리어카 장사부터 시작해 보지 그래. 아니, 전자 제품 월부 판매 같은 건 어때? 요즘 그것도 잘하면 재미있는 모양이던데, 남 보기 험하지 않고……"

"바로 그런 허영 때문에 10년이 지나도 이 모양 이 꼴이지. 잡을 폼 다 잡고 뭘 해 보려니 아무것도 안 되는 거야. 잔소리 말고 호다이 있는 곳이나 알아 줘. 나같이 재수 없는 놈 뒤 봐준다고 골치 안 아프려거든."

명훈은 그렇게 잘라 말하고 거취에 대한 의논을 끝냈다. 못 본 지는 도치나 호다이가 다 같이 8년이 넘지만 정은 둘을 비교할 바가 아니었다. 거칠기는 해도 순박한 도치와는 단순한 '식구'들끼리의 의리를 넘어 형제와 같은 정이 있었다. 그러나 겉멋만 부리고 조금이라도 힘들고 위험한 일이 있으면 몸을 사리는 호다이에게 는 그때도 별로 정을 느끼지 못했다. 오히려 명훈은 그를 경멸하고 그는 두려움을 품고 빌붙는 사이라는 편이 옳았다. 그런데도 한 번 발동한 자학과 위악의 충동은 자신이 찾아갈 곳이 호다이 밖에 없다는 결론으로 이끌었다.

그래도 못마땅해하는 도치를 달래 호다이가 나가는 업소를 알아낸 명훈이 그곳에 이른 것은 오후 다섯 시를 좀 넘긴 때였다. 생각보다는 규모가 엄청난 비어홀이었는데 초가을이라 해가 남아서인지 아직 영업이 시작되지 않은 듯 홀 안은 텅 비어 있었다. 흰 와이셔츠에 검은 나비넥타이를 맨 젊은이 둘이 테이블보를 만지고 있다가 들어서는 명훈을 보고 소리쳤다.

"어서 옵쇼!"

그리고 작은 여행 가방을 든 후줄그레한 차림 때문인지 잠시 명훈을 살피다가 그중의 하나가 물었다.

"맥주 하시겠습니까?"

그 말을 듣고 보니 명훈도 갑자기 시원한 맥주 한 잔이 생각났다. 도치와 걸친 소주 몇 잔이 낮술의 특징적인 효과를 내기 시작한 지 오래였다.

"그래, 히야시(냉장) 잘된 것으로 두어 병 내와."

"몇 번 테이블로 하시겠습니까?"

그게 단골로 다니는 아가씨가 있느냐는 물음이라는 것쯤은 명훈도 알고 있었다.

"그런 거 없어. 나 여기 처음이니까. 그냥 저기 저쪽 구석진 자리로 하지."

명훈은 그렇게 대답하고 홀 안쪽에 있는 테이블로 향했다.

"거긴 아직 치워지지 않았는데요."

이번에는 나이 든 쪽이 좀 난처하다는 표정으로 말했다. 청소를 하지 않았다지만 더 손볼 것 없이 깨끗한 테이블이었다. 명훈의 느낌으로는 그 밖에 다른 이유가 있는 것 같았는데 그게 굳이 그 자리를 고집하게 했다.

"여기가 좋아. 몇 잔 하고 갈 거니까, 이리로 술 가져와."

명훈은 그렇게 말한 뒤 대답도 기다리지 않고 성큼성큼 그 자리로 가서 앉았다. 두 웨이터는 저희끼리 뭔가 알 수 없는 눈짓을 주고받다가 그럼 좋을 대로, 하는 듯이 명훈이 하는 대로 내버려 두었다.

원래 명훈은 거기서 맥주를 마시다가 호다이가 나타나면 자연스럽게 만날 생각이었다. 그런데 그 비어홀에 들어설 때부터 묘하게 신경을 건드려 오는 분위기가 있었다.

"아가씨는 좀 기다리세요. 아직 준비가 되지 않아서⋯⋯."

술과 안주와 맥주를 날라 준 웨이터가 습관적으로 한곳을 바라보다 얼른 시선을 바꾸었다. 홀 뒤편 종업원 숙소나 탈의실로 쓰기 위한 칸막이를 쳐 둔 곳이었다. 아무리 맥주 철이 지났다지만 통상으로 다섯 시면 영업을 시작할 때인데도 그 넓은 홀에 나이 어린 웨이터 둘만 있다는 게 우선 이상했다.

거기다가 자리에 앉고 얼마 되지 않아서부터 그 칸막이 저편에서 심상찮은 소음이 들려왔다. 희미하지만 그 안에서 누군가 고함치는 소리, 무언가 부딪는 소리, 그리고 여자들의 짧은 비명과 흐느낌 같은 것들이 새어 나오는 것이었다. 명훈이 거기 앉는 것을 꺼린 것은 그 때문이었는지도 모를 일이었다.

"영업부장은 아직 나오지 않았어?"

혼자 몇 잔을 비운 명훈이 참지 못하고 물었다. 손은 여전히 테이블을 만지고 있으면서도 귀는 줄곧 구석진 칸막이 방 쪽으로 모으고 있는 듯하던 웨이터 중에 하나가 움찔하며 대답했다.

"부장님은 일이 있어서…… 그런데 부장님 찾아오셨습니까?"

"그래, 너희 부장 유상규 맞지?"

"네, 그런데 어떻게 되는 사이신지?"

"옛날에 한솥밥 먹던 식구야. 요새도 별명을 호다이로 쓰나?"

"아뇨, 그런 별명은 처음 들어 보는데요. 그냥 영업부장님으로 통하세요."

웨이터가 그렇게 대답해 놓고 잠시 무언가를 생각하다가 다시 물었다.

"저어…… 부장님 만나실 일…… 급하십니까?"

"꼭 그런 건 없지만 되도록이면 빨리 만나고 싶은걸. 어떻게 연락해 볼 데라도 있나?"

그러자 다시 마주 본 둘은 무언가 눈길로 상의하는 듯하다가 그중에 하나가 일어섰다.

"실은 안에 계신데요. 아무도 들이지 말라시기에…… 누구시라고 전해 드리면 되겠습니까?"

"간다라고 해. 천하의 간다."

"간다?"

"그게 내 옛날 별명이지. 오래되었지만 말이야."

솔직히 명훈은 호다이가 자신의 별명을 기억해 줄지조차 의심스러웠지만 짐짓 여유를 보였다. 어쨌거나 만나기만 하면 자신을 알아보기는 할 것이라 믿었기 때문이었다. 호다이가 무슨 허풍을 어떻게 떨어 두었는지 명훈이 그렇게 나오자 그 웨이터는 더욱 공손해졌다.

호다이를 찾으러 간 웨이터는 카운터나 주방 쪽이 아니라 언제부터인가 이상한 기미가 느껴지는 칸막이 방 쪽으로 갔다. 명훈이 들은 이상한 소음은 그가 방문을 열고 들어서자 씻은 듯이 사라졌다. 대신 이번에는 굵고 거친 남자의 목소리가 몇 마디 희미하게 들려왔다.

"뭐야? 간다가 왔다고?"

이윽고 칸막이 방 문이 열리며 날카롭고 차갑게 들리도록 꾸민 목소리가 먼저 흘러나왔다. 이어 문을 열고 나타난 것은 검은 정장으로 날렵하게 차려입은 호다이였다. 윗옷 왼쪽 윗주머니에 흰 수건까지 꽂을 정도로 갖춰 입었는 데 비해 혁대를 꿰며 나오는 게 뭔가 잘 맞지 않았다.

"맞구나. 이명훈, 이 사범(師範)이군."

호다이가 제법 반색을 하는 걸 보고 명훈은 은근히 불안하던 가슴을 쓸어내렸다. 그는 명훈의 별명과 본명뿐만 아니라 배석구만 쓰던 사범이란 호칭까지 기억하고 있었다. 명훈이 당수 승단 대회에서 2단 심사를 받기 시작한 때부터 배석구는 누구 앞에서 세력을 과시하고 싶거나 명훈을 추켜세울 때 가끔씩 그런 호칭을 썼다. 당수 도장 사범을 동생으로 거느리고 있다는 과시, 혹은 내가 네 값을 알고 있다는 인정의 뜻이었을 것이다.

"그래, 나야. 오랜만이다."

명훈은 되도록이면 호다이의 허세에 위축되지 않으려고 애쓰며 담담하게 받았다. 그때 칸막이 방 안에서 누군가 빼꼼히 고개를 내밀어 밖을 훔쳐보았다. 그 인기척을 느꼈는지 호다이가 돌아보며 차갑게 말했다.

"뭐 해? 장사들 안 할 거야? 빨리 제자리로 돌아들 가!"

그러자 그 방 안에서 쥐어짜인 듯 후줄근해진 남녀가 하나둘 빠져나왔다.

모두 20대 초반으로 보이는데 웨이터와 여급 들 같았다. 남자들은 머리를 푹 숙이고 재빨리 지나갔지만 여자들은 아직도 겁먹은 눈길로 호다이를 할끔거리는 게 그 방 안에서 어떤 일이 일어났는지를 짐작하게 했다.

"바쁜 모양이군. 재미는 어때?"

한껏 위엄을 부리고 서서 지나가는 종업원들을 노려보고 있는 호다이에게 명훈이 지나가듯 물었다. 그제야 호다이가 맞은편에 자리를 잡고 앉으며 꾸미지 않은 목소리로 말했다.

"말도 마라. 이 장사, 이거 어디 신경 쓰여 해 먹겠어? 하루라도 빨리 손 털어야지……"

"내가 보기엔 신수가 훤한데 뭘 그래? 게다가 꽃밭이고."

"꽃밭? 꽃도 꽃 나름이지, 썹도 썹 같잖은 년들이……."

거기서 육두문자를 내쏟을 듯하던 호다이가 무슨 생각을 했는지 다시 의젓한 표정으로 돌아가 꾸며 낸 목소리를 냈다.

"그런데 간다, 넌 어떻게 된 놈이냐? 한번 이 바닥 뜨고는 소리 소문 없더니 갑자기 무슨 바람이 불어 여기까지 왔어? 보자, 이게 몇 년 만이야?"

예전에는 명훈이라면 공연히 겁을 먹고 쭈뼛거리던 호다이였다. 그러나 명훈의 행색에서 무엇을 읽었는지 이제는 꽤나 자신만만해했다.

"너 깡철이 따라 나가고 난 뒤에는 못 봤으니까 거진 9년이지."

"깡철이 따라 나가긴……. 그 쌔끼가 하도 졸라 함께 다녀 준 거지. 어쨌든 그동안 어디서 뭘 했어? 그렇게 널 아껴 주던 돌개 형님도 네 소식 몰라 우리한테 묻더라."

"여기저기서 이것저것 했지."

명훈은 그렇게 대답해 놓고 짐짓 긴 한숨을 내쉬었다. 진심으로 한탄해서가 아니라 말에 무게를 싣기 위한 과장된 한숨이었다.

호다이가 한층 살피는 눈길이 되어 말했다.

"우리는 네가 대학 나와 착실한 월급쟁이라도 된 줄 알았는데 뭐가 잘 안 풀린 모양이네."

"맞아. 송충이는 솔잎을 먹어야 한다고, 내겐 역시 이 바닥이 제격인 모양이야. 어쨌든 나 지금 수배 받고 있는 중이다. 끼어도 고약하게 끼었어. 이번에 달려 가면 최소한 대여섯 바퀴는 착실하게 돌아야 나올 거야."

명훈은 선수라도 치는 기분으로 자신의 처지를 과장해 털어놓았다. 그게 무슨 효과가 있었는지 호다이가 몸에 더럭더럭 밴 허세를 조금 풀며 물었다.

"왜, 뭘 했는데?"

"기자 노릇하다 수틀려 한 놈 보낸 데다, 돌개 형님 만나 한 건 더 추가했다. 이번에는 아예 밥숟갈 놓은 모양이야."

"돌개 형님 만나? 그 형님 절에 있잖아?"

"수배도 피할 겸 깊은 산중에서 수양이나 좀 할까 하고 찾아 들어간 절에서 돌개 형님을 만난 거야. 거기서 옛날 주먹들하고 아예 양산박을 차리고 계시기에 한동안 의지해 볼까 했는데…… 사찰 분규 껀수 하나 물고 와 도와달라는데 어쩌냐? 뺏긴 절 되찾으러 몰려온 전 주지네 패거리를 쫓아 준 것까지는 좋았는데 거기 따라온 땡초 한 놈이 영 가 버린 거야. 신문에서 봤지? 태고사(太高寺) 분규…… 그래서 다시 끈 떨어진 조롱박 신세가 됐다."

명훈은 과장의 혐의를 주지 않기 위해 애써 담담하게 얘기했다. 약게 굴어 전과 한 번 없는 호다이라지만 그 바닥에서 굴러먹은 햇수가 있어 어설픈 과장은 오히려 역효과를 낼 우려가 있었다. 놀라는 표정을 짓고는 있어도 호다이는 아직도 명훈을 몰래 살피고 있는 눈치였다.

"나 여기 있는 건 어떻게 알았어? 돌개 형님은 모르실 텐데……"

"얀마, 세월 지났다고 이 바닥 의리 어디 가냐? 네 소식뿐만 아니라 깡철이, 아이구찌 얘기도 다 들었다. 이 바닥 예전 같지 않게 변한 것도 말이야."

"그래, 많이 변했지. 좋던 옛날 다 갔어. 주먹이 국회의원 선거에도 나오고 때로는 내무부 장관 내정설까지 나돌던 그 좋은 시절은 말이야. 이제는 아주 돈만 아는 아싸리(막가는) 판이 됐어. 몇 푼 거두지도 못하는 나와바리(구역) 하나 두고 사시미칼을 휘두르는 살벌한 판이……"

거기서 호다이도 잠시 감회 어린 표정이 되었다. 그러나 이내 스스로를 추스른 듯 냉정한 목소리로 돌아가 말을 이었다.

"하지만 어떤 면에서 나 같은 놈은 속 편하기도 해. 모든 게 이해 관계로 풀리니까 오히려 간단해지더군. 옛날같이 가오(체면) 때문에 뻔히 깨지게 되어 있는 싸움 하지 않아도 되고 밤낮 없이 묶여 굽신거릴 필요도 없고…… 힘이 달리면 적게 먹으면 되는 거야."

"그래서 영업부장이로군. 그래도 들으니 재미 본다던데. 깔치 장사, 그거 요즘 신종 사업이냐? 너만 하는 거야?"

"어디서 들었어? 사업은 무슨……."

호다이가 어울리지 않게 멈칫거리다가 다시 냉정을 회복했다.

"돈 될 만한 곳을 쑤시다 보니까…… 공업화가 뭐고 선진화가 뭔지 모르지만 요즘 씹 장사 불나. 찾는 놈은 많은데 내줄 씹이 있어야지. 옛날 같은 구식 씹 도가로는 주문의 반도 못 대. 이게 공업화, 산업화에 필수적으로 따르는 현상이라면 나중 정말로 산업화된 뒤에는 씹 달린 년들은 모두 나서 손님 받아야 할 판이라니까. 양코배기, 쪽발이에 깜둥이까지 섞어…… 그러다 보니 이 바닥도 사업 다각화라 할까, 나 같은 조무래기들은 더러 그 장사에 손대. 옛날에도 뚜쟁이들 상납을 받았다는 점에서는 원래 이 바닥과 무관한 장사는 아니지만……."

"제조 공급까지 말이냐?"

"제조랄 것도 없어. 당장이라도 서울역에 나가 봐. 경상도, 전라도, 인천 앞바다, 강원도 비탈밭에서 갈보 후보들이 줄줄이 내리지. 걔들 가는 길 뻔해. 걔들이 시골서 막연히 꿈꾸고 온 서울 취직 자리 거기서 거기라고. 식모, 공순이, 식당 종업원, 다방 레지, 그다음은 매미집 아니면 종삼이나 오팔팔이지. 그 길고 힘든 과정 생략하고 바로 모양새 있고 돈벌이도 되는 비어홀 여급으로 앉히는 건데…… 이 바닥도 힘들어."

호다이는 그래 놓고 비로소 술 한 잔을 비우더니 주위를 힐끗 돌아보았다. 그새 날이 저물어 비어홀 안에는 제법 손님들이 들어차 있었다.

"야, 우리 자리 옮기자. 명색 영업부장이라 여기 앉아 손님하고 술 마시고 있기가 좀 그렇네."

호다이가 명훈을 안내해 간 곳은 조금 전의 그 칸막이 방이었다. 그 방은 넓은 건물 2층을 다 쓰는 그 비어홀 입구의 반대쪽에 있었는데, 제법 여남은 평은 됨 직한 다용도실이었다. 아가씨들이 테이블에 손님이 들 때까지 기다리는 데도 쓰고 화장을 고치거나 옷을 갈아입는 데도 쓰지만 한구석에는 사무에 쓰는 책상과 서류함도 놓여 있어 비어홀 관리실도 겸하는 듯했다.

"여기 술하고 안주 좀 가져와. 나 이 사범과 얘기할 게 좀 있어."

뒤따라온 웨이터에게 대기용 소파 사이에 놓인 테이블을 가리키며 호다이가 말했다. 그런데 그때 명훈의 눈에 소파 뒤 구석진 벽면에 기대 앉아 있는 아가씨가 들어왔다. 옷의 실밥이 뜯어지고 머리가 헝클어진 채 멍하니 천장을 바라보고 있는 모습이 넋나간 사람 같았다.

명훈에게 할 말이 긴요해서인지, 아니면 그 칸막이 방의 조명이 홀보다 어두워서인지 호다이는 그 아가씨를 얼른 알아보지 못한 듯했다. 소파에 털썩 주저앉은 뒤 얘기를 계속하려다가 비로소 등 뒤에서 인기척을 느꼈는지 힐끗 돌아보았다.

"야, 너 여기서 뭐 하는 거야?"

"?"

아가씨가 초점 없는 눈길로 대답을 대신했다.

"이게 정말 번개 씹하는 꼴을 봐야 정신을 차리겠어? 나가 장사

해야 할 거 아냐? 장사."

그제야 움찔하며 몸을 일으킨 아가씨가 더듬거리는 목소리로 항변했다.

"이 꼴로 테이블에 나가라고요?"

일어선 걸 보니 정말 꼴이 말이 아니었다. 옷차림과 머리칼뿐만 아니라 드러난 팔다리와 어깨 어름에 난 붉은 맷자국도 술상 머리에 나앉기에는 무리였다. 처음 호다이를 만났을 때 그가 왜 혁대를 고쳐 매고 있었는지를 알 만했다.

"그럼 이 쌍년아, 옷이라도 갈아입어. 이게 뻗대는 걸 보니 아직 정신이 덜 들었나 본데, 기다려 봐. 곧 명자 그년도 잡혀 올 거야. 네년들이 튀어 봤자 빤스 안의 벼룩이지…… 누구 돈을 먹고 그냥 튀려는 거야?"

벌떡 일어선 호다이가 금세 달려가 따귀라도 후릴 듯하다가 다시 주저앉으며 그런 으름장으로 대신했다. 거울 앞에서 대강 매무새를 고친 그 아가씨가 휘청거리며 방을 나갈 무렵 해서 술과 안주가 날라져 왔다. 무엇 때문인지 벌컥벌컥 잔을 비우던 호다이가 생각보다 빨리 고민을 털어놓았다.

"아직은 깡철이와 아이구찌 이름 팔며 버티고 있지만 못 해 먹을 노릇이야. 부릴 만한 칼잽이가 없으니 독종들 만나면 얼마씩 떼 줘 달래는 수밖에 없다고. 거기다가 병신 같은 것들이라도 똘마니라고 밥은 먹여 줘야 하니……."

그게 그가 당면한 고민의 내용이었다. 오랜만에 만난 명훈에게 더 이상의 탐색을 끝내고 그렇게 쉽게 속사정을 털어놓는 것으로 보아 처지가 적잖이 다급한 모양이었다. 하지만 미처 호다이가 명훈에게 원하는 것을 말하기도 전에 먼저 명훈이 거기서 본 것은 일생 그가 보아 온 것 중에서도 가장 참혹한 것일 듯싶은 세상 끝 한 자락이었다.

호다이가 한껏 분위기를 잡고 무슨 이야긴가를 꺼내려는데 갑자기 건물 다른 쪽 출구로 이어진 문이 거칠게 열리며 두 청년이 한 아가씨를 끌고 들어왔다. 청년들은 둘 다 우락부락한 생김에 짧게 깎은 머리가 한눈에 뒷골목의 똘마니 같았다. 끌려온 아가씨는 심하게 반항한 흔적은 남아 있었으나 이제는 체념 상태인 듯했다. 몸을 두 청년의 팔에 맡긴 채 아예 눈을 감고 있었다.

"어디서 잡아 왔어?"

"모래내 쪽에서요. 꼴에 신접살림이랍시고 차려 깨가 쏟아지던데요."

그러자 호다이가 잠시 명훈 쪽을 건너다보며 무언가를 헤아리는 것 같더니 벌떡 몸을 일으키며 표독하게 소리쳤다.

"문 잠가! 그리고 그 쌍년, 벗겨! 홀라당!"

두 번째의 장미

"3학년 발레 전공이라고요?"

강의 시간표를 확인하며 조교가 물었다. 인철을 알지 못하는 그녀에게 특별한 뜻이 있는 반문일 리 없었으나 그때부터 인철의 감정은 차게 가라앉기 시작했다. 댁은 이제 겨우 1학년인데 왜 3학년 여학생을 찾으시죠, 하는 물음처럼 들렸기 때문이다.

"아, 네. 친척인데 찾아볼 일이 있어서……."

인철은 얼른 생각나는 대로 그렇게 변명처럼 말해 놓고 저도 모르게 얼굴을 붉혔다.

"지금 실기 시간인데요. 세 시까지. 그 뒤로 강의는 없고요."

조교는 여전히 무표정하게 명혜의 강의 시간표를 알려 주었다. 그런데도 인철에게는 왠지 빈정거리는 소리처럼 들렸다. 그래도 네가 원하는 대로는 안 될걸, 하는.

"고맙습니다. 그런데 실기실은 어딥니까?"

인철이 까닭 모를 굴욕감을 억누르며 다시 물었다.

"이 건물 뒤편에 있어요. 그렇지만 실기도 수업입니다. 함부로 연습실에 들어가지 못해요. 꼭 만나시려면 수업 끝날 때까지 밖에서 기다리세요."

실은 당연한 주의인데도 그 말 또한 인철에게는 빈정거림처럼 들렸다. 인철은 공연히 기분이 상해 조교실을 나왔다. 실기실이 있는 건물은 교정의 조경 잘된 숲에 가려져 있었다. 오래되지 않은 대학이지만 여학교답게 조경에 힘쓴 탓인지 한창 노랗게 물든 은행나무들이 꽤나 보기에 좋았다.

'여기서 돌아서 버릴까?'

앞으로 한 시간 이상을 기다려야 한다는 것보다는 점점 자신 없어지는 일의 결말이 갑자기 인철에게 그런 마음이 들게 했다.

대학 축제에서의 파트너 문제를 먼저 꺼낸 것은 정숙이었다. 원래 그런 일에 관심 없는 인철은 그저 아이들이 잔치를 벌이고 있구나, 하는 기분으로 축제 기간의 첫날을 보냈다. 그런데 저녁에 따로 만난 정숙이 무언가를 살피는 듯한 눈길로 물었다.

"넌 캠프파이어 있는 밤에 데려올 파트너 구해 놨어?"

"글쎄 이 나이에 그런 데 꼭 참석해야 하나?"

인철이 그렇게 심드렁하게 대답하자 그녀는 더욱 진지해졌다.

"그래도 대학에서의 첫 번째 축젠데 구경은 해야지."

"그럼 둘이 같이 가자."

"우리는 같은 관데."

"같은 과가 어때서?"

"그걸 근친상간이라고 하는 거야. 세상에 같은 과 같은 학년끼리 학교 축제 때 파트너 하는 법이 어딨어?"

그런데 그때 퍼뜩 떠오른 게 명혜였다. 맞아, 네가 있었지. 미루어 왔지만 이제 너를 찾아봐야겠다…….

대학에 온 뒤로도 인철의 의식에서 명혜가 떠난 적은 별로 없었다. 그러나 막상 찾아보려고 하면 마땅한 구실이 생각나지 않았다. 거기다가 그런 머뭇거림에는 인철의 늦은 진학으로 벌어진 학년 차도 한몫을 했다. 길을 돌고 돌아 인철이 겨우 신입생인 데 비해 그녀는 이미 3학년이었다.

"그럼 명혜한테 부탁해 보지 뭐."

인철은 이제 비로소 명혜를 찾아볼 합당한 구실을 얻었다는 기분으로 그렇게 대답했다. 명혜는 정숙도 잘 알고 있었다. 인철의 과장과 미화에도 불구하고 평소에는 인철만큼이나 그녀를 보고 싶어했는데 그날은 달랐다. 그때껏 한 번도 본 적이 없는 묘한 표정이 되어 혼잣말처럼 말했다.

"결국 그렇게 되는구나……."

그런데 그 순간 낭패한 기분이 든 것은 인철이었다. 정숙의 그런 표정을 보면서 갑자기 자신이 지켜야 하지만 지킬 가망이 별로 없는 약속에 빠져들고 만 느낌이 들었다. 여러 말과 오래 갈고닦은 관념으로 미화하고 생명을 불어넣었지만 기실 명혜는 그때 이미 한 추상에 지나지 않았다. 못 본 지 8년이 넘고 더구나 자신에 대한 감정은 전혀 짐작조차 할 수 없는 추상.

사물을 관념화해 인식하고 이해하는 인철의 성향은 사람을 대할 때도 그대로 나타났다. 인철은 뒷날까지도 어렸을 적부터 실체와의 대면을 통해 친화(親和)를 길러 온 친구들이나 핏줄로 이어진 가족들 외에 관념화를 통하지 않고 사람을 받아들여 본 적이 없었다. 그러다가 그가 준 인상이나 그에 관한 단편적인 지식들로 짜맞춰진 관념과 그 사람이 맞지 않음을 알게 되면 자신의 독단이나 무책임한 가정을 반성하기보다는 그와의 교류를 그만두는 것으로 끝을 보기 일쑤였다.

인철의 그러한 성향은 이미 말했듯 명혜를 향한 사랑을 길러 가는 과정에서 형성되었을 것이다. 실체와의 대면 없이 정신으로만 키워 가는 사랑은 관념적이 될 수밖에 없다. 그것도 대상이 겨우 자기 형성의 발걸음을 떼어 놓기 시작한 어린 소녀일 경우, 그가 길러 가는 관념과 자라나는 그녀의 실체 사이에는 엄청난 괴리가 생길 수밖에 없다.

열여덟 살의 단테가 베키오 다리에서 만났던 베아트리체는 그때 단테의 머릿속에 있는 베아트리체와는 이미 많이 달랐을 것이다. 아홉 살의 미숙한 눈에 비친 환상을 바탕으로 한 감상적인 영혼이 키운 황홀한 관념을 그대로 체현해 낼 수 있는 여자는 없다.

더욱이 청년 단테의 머릿속에 있는 베아트리체와 평범한 주부가 되어 피렌체 거리를 살다 간 베아트리체는 어쩌면 전혀 무관한 사람이었을는지도 모른다.

그럼에도 불구하고 베아트리체가 늙은 단테에게까지 '구원의 여인'으로 살아남을 수 있었던 비결은 그녀의 요절에 있지 않나 싶다. 유별나게 이른 죽음으로 현실을 벗어남으로써 그녀는 단테의 머릿속에 형성된 관념을 손상시키지 않을 수 있었다. 거기다가 또한 유별나게 오랜 소외와 유적(流謫)을 겪어야 했던 단테의 고단하고 외로웠던 삶은 더욱 소중하게 그 관념을 갈고닦게 해 마침내는 한 이데아로까지 승화시켰다.

감히 단테와 비교하는 것은 아니지만 인철이 명혜를 관념화하는 과정은 그와 비슷한 데가 있다. 이제 마지막으로 본 지 8년 만에 현실의 명혜와 만나려 하는 인철의 설렘도 베키오 다리를 서성이던 단테와 크게 다르지 않을 것이다. 그러나 그 설렘의 내용까지는 아무래도 같을 수가 없었다.

좀 외곬의 열정이기는 해도 귀족 가문의 일원으로 구김 없는 성장기를 보낸 청년 단테가 품고 있었던 베아트리체의 환상에는 삶의 어두운 진상이 그리 깊이 반영되어 있을 성싶지 않다. 거기에 비해 일찍부터 가치 박탈과 소외를 경험하며 자라 온 인철에게는 달랐다. 인철은 어릴 적의 감상으로 과장하고 미화한 환상을 바탕으로 명혜를 관념화해 가면서도 그게 그녀에게서 그대로 체현되고 있으리라 기대하지는 않았다. 늙도록 살아 있는 알리사에게 진저리를 쳤던 지드처럼 언젠가는 자신도 그렇게 될지 모른다는 불안도 함께 키워 가고 있었다.

따지고 보면 지난 몇 년 동안만 해도 그가 현실의 명혜와 대면할 수 있는 기회는 여러 번 있었다. 그런데도 끝내 그녀 앞에 나설 수 없었던 것은 무엇보다도 관념 속의 그녀와 현실의 자신 사이에 가로놓인, 까마득하게만 느껴지는 거리 때문이었다. 용케 마음을 다잡아 먹고 다가들었다가도 어느 순간이 되면 갑자기 그녀가 아득하게 올려다뵈는 만큼이나 자신이 초라하게 느껴져 속절없이 돌아서게 되고 말았다.

하지만 대학에 진학해 어느 정도 열패감(劣敗感)에서 놓여난 뒤까지 그녀에게 다가가기를 망설이게 된 까닭에는 마침내 진상과 대면하게 되는 자의 불안 같은 것도 있었다. 꿈은 꿈이었을 뿐이고 어쩌면 나는 전혀 낯선 사람과 만나게 될지 모른다 —. 의식 표면에 떠오르지는 않았지만 틀림없이 그런 두려움도 그녀와의 만남을 미루게 된 원인이 되었다. 청년 단테의 설렘 속에는 없었을지도 모르는 두려움이었다.

이미 수업이 시작되어선지 실기실 부근에는 학생들이 별로 없었다. 인철은 마냥 서서 기다릴 수도 없어 주위를 돌아보았다. 마침 멀지 않은 은행나무 그늘에 빈 벤치가 하나 눈에 띄었다. 인철은 그곳에 앉아 주머니에 들어 있는 삼중당(三中堂) 문고나 읽으며 수업이 끝나기를 기다리기로 했다.

그 무렵 인철은 중국 고전에 재미를 붙여 먼저 한한(漢韓) 대역판으로 읽어 나가는 중이었다. 그날 인철의 주머니에 꽂혀 있는 것도 백여 편으로 축약해 둔 문고판『당음(唐音)』이었다. 그러나 기다림의 성질 탓인지 빈 벤치에 앉아 책을 펴도 읽을 마음이 별로 나지 않았다.

인철은 책을 덮고 다시 실기실을 바라보았다. 마침 자신이 앉아 있는 벤치 가까이에 있던 은행나무 쪽으로 난 창문이 있어 실기실의 수업 장면이 희미한 실루엣처럼 들어왔다. 추측처럼 단순한 기본동작 습득이라기보다는 어떤 작품의 총연습인지 여러 학생이 차례로 나와 맡은 역을 풀어 보이는 듯했다.

그걸 본 인철은 별생각 없이 자리에서 일어나 창틀 가까이로 다가갔다. 그리고 안에 있는 사람들이 자신을 알아볼 수 있다는 것도 잊고 얼굴을 창 가까이 댔다. 그러자 좀 전보다 확실하게 실기실 안이 들여다보였다.

실기실 안에는 몸에 착 달라붙는 연습복을 입은 여학생들이 그들 나름의 위치에 서서 방금 듀엣을 추고 있는 두 사람을 바라보고 있었다. 명혜를 찾던 인철의 눈길도 절로 그 두 사람에게로 쏠렸다. 남학생이 없던 당시의 관행대로 여학생이면서도 남자 무용수 역할을 맡은 듯한 키 큰 여학생의 얼굴을 스쳐 상대인 여학생에게로 눈길이 옮겨지는 순간 인철은 자신도 모르게 숨을 멈추었다. 연습복 때문에 과장된 성숙한 몸매가 서먹한 느낌을 주었지만 틀림없이 명혜였다.

방금 대역에게 살포시 안겼다가 발끝걸음으로 사르르 물러난 명혜는 빠르지만 무언가 절망적인 기분이 들게 하는 동작으로 주위를 돌았다. 느린 동작으로 그녀의 대역이 움직이고 다시 한편에서 대기 중이던 몇 명의 학생이 들어가 춤은 곧 군무(群舞)로 변했다. 명혜도 빠르게 움직이는 수십 명의 학생 속에 파묻혀 버렸으나 인철은 쉽게 그녀를 찾아낼 수 있었다.

인철은 문득 어렸을 적 학예회를 떠올렸다. 그때도 명혜는 곧잘 무대 위에 올라 춤을 추었고 인철은 그 아름다움을 넋을 잃고 바라보았다. 그러나 지금 인철이 느끼는 아름다움에는 그때와는 다른 전율 같은 것이 들어 있었다. 명혜의 성숙한 몸매와 거기에 착 달라붙은 연습복에서 은연중에 풍기는 관능미였다.

"이봐요. 거기서 뭐 하시는 거예요?"

인철이 방심한 눈길로 명혜를 쫓고 있는데 누군가 다가와 뾰족한 목소리로 말했다. 퍼뜩 정신을 차려 돌아보니 조금 전 조교실에서 보았던 그 조교였다. 지도 교수에게 무슨 급한 서류라도 전할 일이 있어 실기실로 가는 중인 듯했다.

"아, 네. 그냥……"

인철이 화끈거리는 얼굴로 그렇게 우물거리자 그녀가 한층 뾰족한 목소리로 말했다.

"실기도 수업이라고 했잖아요? 훔쳐보는 게 아녜요."

그러고는 종종걸음 쳐 실기실로 들어가 버렸다. 어떻게 보면 그 일은 대수롭지 않을 수도 있고, 더구나 명혜와는 무관한 일이었다. 그러나 인철은 바로 명혜에게 무안을 당한 듯 얼굴이 화끈거리고 낭패한 기분이 들었다.

벤치로 돌아온 인철은 무너지듯 앉았다. 한동안은 아무런 생각이 나지 않았다. 그러다가 느닷없는 결론처럼 머릿속에 떠오른 것은 그냥 돌아가야겠다는 생각뿐이었다.

'아직도 아니구나. 너는 너무 먼 곳에 있어……'

인철은 그렇게 중얼거리며 벤치에서 일어나 넋 나간 사람처럼 명혜네 교정을 빠져나왔다. 아직은 그리 심하게는 손상당하지 않은 환상을 무슨 소중하면서도 부스러지기 쉬운 물건처럼 안고. 하지만 현실의 명혜가 보여 준 낯선 관능미는 인철의 관념 속에 자리 잡고 있는 명혜를 그때 이미 한 구체적인 불안으로 위협하고 있었는지도 모를 일이었다.

명혜의 학교를 나온 인철은 버스로 몇 정거장이 되는지 모를 길을 터덜거리며 걸었다. 자신은 무언가 깊은 생각에 잠겨 걷고 있다고 착각하지만 실은 아주 충격적이거나 벅찬 일을 당할 때마다 빠져들게 되는 의식의 마비였다. 아주 뒷날까지도 인철은 종종 그런 마비에 빠졌는데, 특히 사랑에서 비롯된 충격이나 감격과 부딪칠 때가 그랬다.

'하지만 알아 다오. 나는 오늘 두 번째의 장미를 들고 너를 찾았다는걸……'

안개 자우룩한 새벽길을 혼자 걷는 듯한 그의 의식을 떠돌고 있는 것은 다만 그 한마디뿐이었다.

그러다가 인철이 퍼뜩 정신을 차리게 된 것은 갑자기 포도를 쓸고 지나간 한 줄기 거센 바람 때문이었다. 그게 포도 위에 널려 있던 철 이른 낙엽을 날리고 그 낙엽 중에 하나가 얼굴을 스치며 눈을 찔러 와 넋 나간 사람처럼 걷고 있던 그를 비척이게 했다. 겨우 몸을 가누고 주위를 돌아보니 삼각지 로터리 부근이었다. 꽤 먼 거리를 걸은 셈이었다.

'자, 이제 어디로 가나……'

그제야 현실로 돌아온 인철은 길 잃은 사람처럼 중얼거렸다. 얼른 떠오른 것은 가정교사로 입주해 있는 집으로 돌아가 자신에게 주어진 골방에서 쉬고 싶다는 것이었다. 하지만 인철은 이내 고개를 저었다. 아침에 나올 때 가르치는 아이들의 어머니에게 축제를 핑계로 늦거나 돌아오지 못하게 될 것이란 얘기를 하고 양해까지 받은 터였다.

'용기네 아이들에게나 가 볼까……'

인철은 다시 그렇게 생각해 보았으나 그것도 안 될 일이었다. 전날 저녁 용기에게서 만나자는 전화가 왔을 때 역시 축제를 핑계로 날을 미룬 것이 떠올랐다. 그렇게 되면 갈 곳은 한 군데뿐이었다.

'그래, 학교로 가서 아이들의 축제나 구경하자. 아니면 한 형이나 노가를 만나 막걸리나 퍼마시는 거지 뭐.'

인철은 마침내 그렇게 마음을 정하고 가까운 버스 정류장에서 혜화동으로 가는 버스를 탔다. 한 형은 이제 유별난 사이가 되어 버린 제대병을 가리키는 말이고, 노가는 한 열흘 수사기관에서 고생하고 돌아온 뒤로 묘한 동지애 같은 것까지 드러내는 삼수생 노광석에게 인철이 붙인 호칭이었다.

인철이 학교로 돌아가니 교정 안은 제법 축제의 분위기로 흥청거렸다. 그러나 한 형이나 노가는 물론 낯익은 급우들조차 아무도 눈에 띄지 않았다. 자신만 빼고 모두 모여 어딘가 그들만의 장소에 숨어 버린 듯해 울컥 외로움이 치솟았다. 명혜를 만나러 갔다가 빠져들게 된 묘한 감정의 과장에서 아직 깨어나지 못한 탓인지도 모를 일이었다.

공연히 외로워져 교정을 돌던 인철은 그 한구석에 자리 잡은 일일 주막으로 들어갔다. 학생들이 연 주막인데 무슨 모금(募金)인가 취지를 알리는 현수막이 천막 입구에 요란스레 걸려 있었으나 인철은 살펴보지 않았다. 그저 진심으로 목이 말라 대포 한 잔을 청해 마시려 하는데 누군가 어깨를 쳤다.

"참새 방앗간이지, 어디 갔나 했더니 역시 여기 있었군."

돌아보니 한 형이었다. 어디서 마셨는지 벌써 얼굴이 벌겠다. 언제 만나도 따뜻한 느낌을 주고 그래서 또한 언제나 반가운 사람이지만 그날처럼 그가 인철에게 반가웠던 일도 드물 것이다. 인철은 투정이라도 부리는 기분이 되어 말했다.

"나 혼자 쏙 빼놓고 모두 어딜 갔습니까? 역시 나는 축제에 어울리지 않는 사람인 모양이죠?"

"무슨 소리야? 이 형이야말로 혼자 빠져나가 어딜 갔다 왔소?"

한 형이 그렇게 너스레를 떨더니 이내 생각난 듯 물었다.

"아 참, 베아트리체를 모시러 갔다면서? 정숙이한테 들었지. 그래 모셔 오기는 모셔 온 거야?"

"그렇다면 여기서 이렇게 고배(苦盃)를 들고 있겠습니까?"

"고배라, 고배⋯⋯. 그럼 지금 이 형이 마시는 게 쓰디쓴 잔이란 말이지?"

한 형이 그러면서 한바탕 폭소를 터뜨린 뒤 맞은편에 앉았다. 인철은 별로 웃을 기분이 아니어서 받아 놓은 잔을 말없이 비웠다.

"모두 어딜 갔습니까?"

인철이 안주도 집지 않고 입가를 씻으며 그렇게 묻자 한 형도 비로소 웃음기를 거두었다.

"말이 쉬워 파트너지. 바알간 불범 같은 신입생들이 어디 가서 짝을 구해? 그래도 기는 죽기 싫어 저마다 이리 뛰고 저리 뛰느라 정신이 없는 게지. 그건 그렇고 주모! 여기 막걸리 한 대포씩 더 내오쇼."

"또 드시게요? 아무리 돈 받고 하는 장사라지만 이거 이래도 되는가 모르겠네."

일일 주모가 된 여학생이 두 되들이 양은 주전자를 힘겹게 들고 와 둘의 잔을 채워 주며 한 형에게 알은체를 했다. 그걸로 미루어 한 형은 이미 여러 차례 그 주막을 들락거린 듯했다.

"파트너 찾기에 아예 가망이 없는 축하고 나 같은 늙다리는 대

퐂집이나 들락거리며 애꿎은 막걸리나 퍼 대는 거지. 그래도 오늘 밤이 대학 축제의 하이라이트라니 그게 어떤 건지 궁금은 하고……. 그냥 굿이나 보고 떡이나 얻어먹읍시다."

"아까 정숙이 보았다고 하셨지요? 갠 뭘 하고 있습니까?"

"묵은둥이(복학생)에 반반한 꼴값은 하드만. 일찌감치 근사한 놈 씨 하나 달고 와 학교 안내한답시고 여기저기 휩쓸고 다니던데. 지금은 학원 다방쯤에 앉아 노닥거리며 캠프파이어나 기다리고 있을걸."

한 형은 그렇게 대답해 놓고 슬쩍 인철의 눈치를 살피더니 다시 웃음기를 거두고 물었다.

"그런데 이 형은 어떻게 된 거요? 지난 한 학기 단짝으로 어울려 다니길래 나는 정숙이하고 잘돼 가는 줄 알았는데."

이미 예고되어 있기는 했지만 실제로 정숙이 남자 파트너를 데리고 왔다는 말을 듣는 순간 인철은 묘한 충격을 받았다. 하지만 한 형이 눈치를 살피는 게 또한 묘하게 자존심을 자극해 인철은 애써 담담하게 받았다.

"에이, 잘돼 가기는 뭘 잘돼 가요? 그럼 형은 우리가 근친상간이라도 하는 줄 알았어요?"

"근친상간? 그건 또 무슨 소리야?"

"같은 과 동급생끼리 연애하는 건 근친상간이나 같은 거라고요. 우린 그저 친구일 뿐입니다. 술집 여자들 말마따나 인생의 대꾸보꾸(오르막내리막)를 많이 겪다 보니 서로 할 얘기가 많아진 시답잖은 친구 말입니다."

"키야, 인생의 대꾸보꾸라⋯⋯. 이 형이야 고생깨나 한 줄 알았지만 정숙이 개가 무슨⋯⋯."

"상처 없는 영혼이 어디 있으랴⋯⋯ 그런 겁니다. 더 이상은 사생활 침해가 되고."

인철은 정숙의 일이라면 영혼의 밑바닥까지 다 알고 있다는 투로 말함으로써 조금씩 쓰려 오기 시작하는 자존심을 달래려 했다. 그런데도 눈치 없는 한 형은 오히려 더 강한 궁금증을 드러냈다.

"그러니까 더욱⋯⋯ 어디 그런 얘기를 털어놓을 수 있는 사이가 예사 사이야?"

"그래서 친구죠, 시답잖지만⋯⋯."

"그거 영 헷갈리네. 솔직히 나는 남녀간의 우정이란 걸 믿지 않아. 그건 어떤 과도기에 붙인 이름이라고."

"그거야말로 바로 형이 늙다리라는 증거죠."

인철은 농담처럼 그렇게 한 형의 입을 막았지만 그때 이미 그의 마음속은 바닥부터 알지 못할 동요에 휩쓸리고 있었다.

축제의 모닥불이 타오르고 있었다. 장작을 네모지게 쌓아 불쏘시개 대신 기름을 끼얹어 붙인 듯한 불은 이제 장작으로 옮아 붙어 탁탁거리는 소리와 함께 불똥을 튀기며 어둠 속에 타오르는 모닥불의 운치를 한껏 자아냈다. 누군가 깡통에 남은 기름을 마저 끼얹자 모닥불은 한층 기세를 올렸다.

그런 모닥불을 둘러싼 백여 명의 남녀를 솜씨 좋게 이끌고 있는 것은 그런 행사 진행을 직업으로 삼고 있는 듯한 20대 후반의 청년이었다. 가슴에 통기타를 매단 채 성능 좋은 마이크로 젊음, 지성, 낭만, 열정 따위의 낱말을 천박하지 않게 연결해 참여자들을 거부감 없이 축제 분위기로 몰아가고 있었다. 그는 축제에 나온 학생들을 꼬드겨 즉석에서 만들어 낸 두 명의 보조수로 포크 댄스의 기본동작을 가르치는 중이었다.

참가한 사람들이 한결같이 젊고 몸의 유연성과 적응력이 높아 그런지 춤은 금세 어우러졌다. 어깨를 걸고 좌우로 원무를 돌다가 어깨를 풀고 둘씩 마주 보며 왈츠 비슷한 춤을 추는데, 곁에서 구경하기에는 그날 즉석에서 배워 춤을 추는 사람들 같지 않게 그럴 듯한 춤판이었다. 서투름이나 실수조차도 깔깔거림 속에 일부러 그러는 장난 같기만 했다.

인철은 모닥불에서 좀 떨어진 나무 그늘에서 그들의 춤을 보고 있었다. 자신도 그들 속에 섞일 수 있었고, 섞였다면 그들과 다름없이 흥겨울 수도 있었건만 그에게는 웃고 즐기는 그들이 처음부터 자신과는 전혀 다른 세계의 사람들 같았다.

'언제나 즐겁고 행복한 것은 너희들이로구나……'

춤은 다시 원무가 되어 떠들썩하게 돌아가는 춤판을 보며 인철은 까닭 모를 비감에 젖어 중얼거렸다. 먼 길을 돌긴 했어도 다시 또래 집단으로 돌아왔다고 생각했지만 이제 보니 그것도 아닌 듯했다. 나는 영원히 또래 집단을 잃어버렸다.

홀로 따로 떨어져 떠돌게 되어 있는 게 내 운명인지도 모른다 ─. 한 형과 마신 술이 그의 감정을 턱없이 과장해서였는지 그런 섬뜩한 단정까지 내려질 정도였다.

"나는 여럿의 흥겨운 잔치를 보면 언제나『토니오 크뢰거』를 떠올리게 되네. 그리고 그가 말한 '길을 잃은 속인(俗人)'이란 개념이 무슨 운명의 이름처럼 절절하게 가슴에 닿아 와. 저기 섞여 들고 싶지만 왠지 내게는 영영 불가능할 것 같고…… 이 형은 어때?"

담배를 비딱하게 물고 인철과 함께 춤판을 내려보고 있던 한 형이 불쑥 그렇게 말했다. 그 또한 과장되어 있는 감정에서 우러난 단정인지 모르지만 그 말을 듣자 인철은 비로소 그가 누구인지를 알 것 같은 기분이 들었다.

나이가 스물다섯씩이나 되고 군대를, 그것도 월남을 다녀왔으며 세상의 어두운 밑바닥은 다 헤매어 본 듯한 그였다. 그러나 원고지를 끼고 문학과 인생을 말할 때는 그 어떤 문학 소년보다 더한 순진성과 감상을 보여 종잡을 수 없는 사람이었는데 이제 스스로를 실토하고 있다는 느낌이었다. 길을 잃은 속인 또는 길을 잘못 든 속인…….

"방금 제가 속으로 중얼거린 말이 무엇인지 아십니까? 바로『토니오 크뢰거』의 중얼거림이었습니다. 언제나 즐거운 것은 너희들이구나 하는……."

"그랬어? 그렇다면 이 형은 생각보다 영악한 사람이네. 통 내색을 않더니 역시 길 잃은 속인이었어?"

한 형이 그렇게 벙글거리다가 불 붙인 담배가 끼워진 손가락으로 한 군데를 가리키며 비틀린 웃음을 지어 보였다.

"그렇다면 저쪽은 잉게와 한스고……."

그가 가리키는 곳을 보니 줄곧 찾아도 보이지 않던 정숙이 거기 있었다. 춤은 이제 다시 원무로 돌아가 그녀의 파트너가 왼쪽인지 오른쪽인지 얼른 알 수는 없었으나 멀쑥한 두 남학생 사이에 끼어 한껏 밝은 웃음을 터뜨리고 있었다.

그런데 그 무슨 감정의 과장이었을까. 웃으며 춤추는 정숙을 보자 인철의 기분은 일시에 바뀌었다. 아니야. 나는 그런 따위 운명 같은 건 받아들이고 싶지 않아. 나는 저들과 함께 저들 속에 있을 거야……. 인철은 기분뿐만 아니라 실제로 세차게 고개를 저으며 자리에서 일어났다. 어쩌면 술도 인철 스스로의 가늠보다는 더 심하게 취해 있었는지도 모를 일이었다.

"이 형, 어딜 가요?"

인철이 성큼성큼 춤판으로 다가가는 것을 보고 한 형이 의아스러운 눈길로 물었다.

"저리로 가려고요. 함께 춤추려고요. 한스가 되어 내 잉게를 되찾아야지요."

인철은 그렇게 대답하고 방금 돌기를 멈춘 춤판 가운데로 걸어 들어갔다.

때마침 진행자의 나긋나긋한 목소리가 들려왔다.

"여러분, 어떻습니까? 춤이란 거 그리 어렵지 않지요? 자, 그럼 이제 춤을 한 단계 높이겠습니다. 이번 춤은 좀 전보다는 약간 복잡하지만 잘 보시고 한번 익혀 두세요. 익혀 두시면 다른 곳에서도 요긴하게 쓰실 수 있을 겁니다."

그리고 이번에는 다른 두 보조수를 지명해 불러내 새로운 동작을 시범해 보이게 했다. 인철은 그런 변화에 아랑곳없이 똑바로 정숙 쪽으로 다가갔다. 그가 아무 말 없이 다가가 손을 잡자 정숙이 흠칫하며 돌아보았다. 이따금 정숙이 장난 삼아 손을 잡은 적은 있지만 인철이 정색을 하고 손을 잡기는 처음이었다.

"잠깐 나와 볼래?"

인철이 별 억양 없는 목소리로 그렇게 말하자 정숙은 난처한 듯 왼쪽에 있는 남학생을 돌아보았다. 단정한 얼굴에 말쑥한 신사복을 입고 있는 사립 명문대의 학생이었다. 그러자 인철은 까닭 모를 호승심 같은 걸 느끼며 목소리를 한층 높였다.

"잠깐이면 돼. 중요한 일이야."

그러자 정숙은 눈으로 양해를 구하듯 그 남학생을 한번 바라보고는 말없이 인철을 따랐다.

"어딜 가는 거야? 무슨 일이야?"

캠프파이어에서 제법 떨어진 어둡고 호젓한 나무 그늘에 이르자 정숙이 걸음을 멈추고 제법 찬바람 도는 얼굴로 물었다. 인철은 광기에라도 휩싸인 사람처럼 그런 정숙의 두 팔을 잡아당겨 껴안았다. 정숙이 가볍게 뿌리치지 않았다면 영화 속의 한 장면 같은 포옹이 되었을 것이다. 어떻게 보면 무안을 당한 셈이지만 인철은 위축되지 않았다. 엉거주춤 그녀의 두 팔을 잡은 채 나직하지만 단호하게 말했다.

"까닭은 나중에 듣고 우선 네 파트너 좀 보내고 오지 않을래?"

그러자 어둠 속이지만 정숙의 눈길이 묘한 빛을 뿜었다. 인철은 그걸 갑작스럽고 강렬한 적의의 눈빛으로 해석해 일순 흠칫했으나 그게 아니었다. 뒷날 돌이켜 보니 경계 어린 탐색의 눈빛이었다.

"알았어. 여기서 기다려."

인철을 빤히 살피던 그녀가 무슨 생각을 했는지 한숨을 포옥 내쉬며 그렇게 말해 놓고 인철 곁을 떠났다. 하지만 그때까지도 그녀의 눈빛이 의미하는 바를 알지 못하고 있던 인철은 얼결에 엄청난 일을 저질러 버린 아이처럼 멍해져 있었다.

침착한 걸음으로 모닥불 곁으로 돌아간 정숙은 아직도 그 둘레에 남아 있는 파트너를 가만히 불러냈다. 그리고 무언가 몇 마디 얘기하는가 싶더니 그와 함께 무리에서 아주 빠져나왔다. 잠시 후 그녀와 그녀의 파트너는 아무 일 없었던 사람들처럼 얘기를 주고받으며 나란히 교문 쪽으로 사라졌다.

인철은 어두운 나무 그늘에 서서 그런 정숙을 훔쳐보았다. 그러다가 그녀가 보이지 않게 되자 비로소 자신이 무슨 일을 저질렀는가를 떠올리고 갑자기 황당한 기분이 되었다. 바보같이…… 아마 저 아이는 다시 돌아오지 않을 것이다.

그런데…… 정숙은 돌아왔다. 그들이 교문 쪽으로 나간 뒤 꽤 시간이 흘러 인철이 이제 단념하고 자리를 뜨려 하는데 인철이 예상한 것과는 다른 방향에서 정숙의 목소리가 따라왔다.

"어딜 가려고…… 해?"

그런 그녀의 긴장한 더듬거림이 인철에게는 매서운 추궁처럼 들렸다. 그녀는 아마도 길을 버리고 나무 그늘을 따라 그곳까지 왔다가 바로 인철 앞에 나타나지 않고 한동안 인철의 하는 양을 엿보고 있었던 듯했다. 더듬거리기는 인철도 마찬가지였다.

"아. 나는…… 네가…… 돌아오지 않을 줄 알고……."

"돌아온다고 하지 않았어?"

그녀가 애써 지은 담담한 목소리로 그렇게 반문해 놓고 자꾸 굳어지는 분위기를 풀어 보려는 듯 평소의 가벼운 목소리로 돌아가 물었다.

"베키오 다리의 바람이 찼던 모양이네. 그래, 네 베아트리체를 만나기는 만난 거야?"

"그걸 만났다고 할 수 있나? 하여튼 보기는 보았어."

"그럼, 또 그냥 훔쳐보고 돌아섰구나. 언젠가 부산에서 장미까지 들고 찾아갔다가 돌아섰다더니. 그럼 이번 장미도 결국은 바쳐 보지 못한 거야?"

"바쳐 보지 못한 게 아니고 바치지 않은 거야."

준비하지 않았는데도 인철은 결연하게 말했다. 그러고 보니 정말로 조금은 그랬던 것 같기도 했다. 하지만 그 순간에도 그의 마음속에는 썰렁한 바람이 불어 가고 있었다. 어둠 속이지만 정숙의 눈이 잠시 반짝했다.

"왜?"

"베아트리체는 어떤 불우한 시인의 고독과 광기가 빚어낸 한 관념에 지나지 않아. 단테의 베아트리체와 실제 피렌체 거리를 살다 간 베아트리체는 전혀 무관한 사람이었을 거야."

"어쭈, 제법 철든 소리를 하네. 그럼 명혜의 속된 모습을 훔쳐보기라도 한 거야?"

"그건 아니고 실은 그녀가 실기실에서 연습하는 것을 훔쳐보았는데…… 얼굴은 금세 알아보았지만 나머지는 모두가 낯설었어."

"아 참, 무용 전공이라 했지. 하지만 네가 스스로 돌아설 상황 같지는 않은데. 전혀 낯선 세계에 속한 천사를 바라보는 눈부심 아니었어? 그래서 감히 장미를 내밀지 못하고 돌아선 거 아냐?"

정숙이 너무도 사태를 꿰뚫어 보고 있는 것 같아 인철은 잠시 움찔했다. 그러나 작지만 또 다른 진실이 힘이 되었다.

"전혀 아니라고 말할 수는 없지만 그런 것과 다른 의미의 낯섦도 있었어."

인철이 그렇게 말하자 역시 어둠 속이지만 어딘가 정숙의 얼굴에서 환한 표정이 느껴졌다. 목소리에도 평소의 장난기가 살아나는 듯했다. 그게 호된 추궁을 각오하고 움츠러들었던 인철을 자신 있게 해 눈부신 순발력으로 나타났다.

"우선 이 장미부터 받아 줘."

"?"

인철이 빈손으로 무엇인가를 공손히 올려 바치는 시늉을 하자 정숙은 잠시 어리둥절한 눈으로 인철을 바라보았다. 그러나 이내 우회적이면서도 교묘한 사랑의 고백을 알아차리고 긴장한 목소리가 되었다.

"그거 아무래도 함부로 받을 수 없겠는데…… 하지만 네가 명혜에게서 돌아선 이유는 들어 두고 싶어. 그 다른 의미의 낯섦이란 게 뭐였지?"

"꼭 끼는 연습복에 터질 듯이 담겨 있는 성숙한 여인의 몸 같은 거…… 육감적이랄까, 관능미랄까, 그게 너무 낯설었어."

인철이 좀 과장된 기분이 되어 말했다. 실은 그렇게 말하고 보니 낮에 본 명혜의 몸매가 그때보다 훨씬 섬뜩하게 떠올라 왔다. 정숙이 자신의 긴장을 비꼼으로 바꾸어 드러냈다.

"그거야말로 금상첨화 아냐? 네가 어려서부터 가꾼 휘황한 관념에다 무용으로 다듬어진 관능미까지 곁들였으니."

"아니, 섬뜩한 낯섦일 수도 있지. 내 관념 속에서 그녀는 전혀 몸이 없었거든. 아아, 저 몸을 어쩌나? 저건 또 어떻게 사랑해야 하나…… 하는 절망적인 기분까지 들더라고."

"그래서 이 장미를 내게 바친다, 그건 좀 이상하네. 내 몸은, 너 같으면 자신 있다…… 뭐, 그런 말이야?"

정숙이 다시 정색을 한 목소리로 물었다. 그리고 인철을 바라보는 정숙에게서 인철은 어느 때보다 강한 탐색의 눈길을 느꼈다. 그게 다시 인철을 당황스럽게 했다.

"그런 뜻이라기보다는 몸과 마음을 아울러 사랑할 수 있는 것은 너일지도 모른다는 느낌 같은 거, 아니 그런 열망 같은 거라고 해야 하나……."

"우린 사랑을 염두에 두고 만나 온 것 같지는 않은데. 네가 그랬고, 나도 전혀……."

정숙이 알게 된 뒤로 처음 들어 보는 새침한 목소리로 그렇게 말끝을 흐렸다. 그게 거부의 뜻으로 들리며 생각보다 큰 충격이 되어 인철의 정신을 헝클어 놓았다.

"그럼 이제부터 그런 걸 염두에 두어 봐……."

자신도 모르게 간청하는 투가 되어 그렇게 말해 놓고 뒤를 더 잇지 못했다.

정숙도 잠시 말이 없었다. 그사이에도 멀리 모닥불 가에서는 앰프에서 흘러나오는 기타 소리에 맞추어 흥겨운 원무가 돌아가고 있었다. 이윽고 의미 모를 한숨 소리와 함께 그녀가 손을 내밀며 담담히 말했다.

"아까 그 장미, 이리 내. 우선 받아 둘게. 하지만 안됐게도 난 아직 아무런 준비가 없어. 당장 그게 그냥 시들어 버리는 게 싫어 맡아 두기는 해도 어쩌면 곧 네게 되돌려 주게 될지도 몰라. 그래도 괜찮지?"

조건부지만 자신이 내민 장미를 현실로 받아 주는 소녀가 있다는 것은 생각보다 큰 감격이었다. 그때는 원래 그 장미가 명혜를 위해 마련한 것이었다는 사실은 물론, 곧 있을 상실감이나 후회 같은 것도 그림자조차 비치지 않았다.

인철은 오직 감격에 취해 실제의 장미를 건넬 때보다 더한 정중함으로 마음의 장미 다발을 정숙에게 바쳤다.

그것도 한 의식이고, 그래서 모든 의식이 가지는 무게 때문일까, 그 뒤 둘은 한동안 어둠 속에 말없이 서 있었다. 그러나 어쨌든 그들은 이 나라 1960년대 말의 대학 신입생에 지나지 않았다. 어떤 돌연한 계기 때문에 연인으로서의 첫 의식은 치른 셈이지만 그다음은 별로 달라진 게 없었다. 기껏 있다면 둘이서 축제 마당을 빠져나와 어디가 어딘지 모를 길을 늦도록 걷다가 정숙의 기숙사 앞에서 헤어질 때 한 특화(特化)의 확인 정도였을까.

"동물의 성애와 인간의 사랑이 다른 것은 뭐라던가, 그래 '상대의 특정'이라더군. 이제 우리는 서로 특정한 거야. 이제 나 아닌 다른 남자와는 아무렇게나 손 잡지 마."

인철이 그녀의 손을 잡으며 그렇게 말하자 정숙이 생긋 웃으며 대답했다. 살며시 뽑은 손을 모아 장미다발을 쥔 시늉을 하며.

"으응, 이 장미를 안고 있을 때까지는."

바람아, 불어라

경기도의 강경한 대응으로 철거민 이주가 중단된 뒤라 단지(광주대단지)는 조용했다. 여름 한철을 노려 허술하게 차일이나 치고 벌였던 장사나 그마저 없어 햇볕 아래 나앉았던 좌판들도 슬슬 모습을 드러내는 겨울 추위 때문에 눈에 띄게 줄어 지난번에 왔을 때까지만 해도 그런대로 흥청대던 대로 주변마저 한산하게 느껴질 지경이었다.

"단대 지역 추첨장이 어디죠?"

차를 세운 택시 운전사가 낮부터 불콰하게 취한 중년을 잡고 물었다. 무슨 일에 기분이 상했는지 짜증이 섞인 목소리로 받았다.

"그냥 이 길로 주욱 따라 내려가 보더라고. 가면 사람이 개떼처

럼 몰린 데가 있을 텅께. 추첨장인지 야바위장인지 하는 팻말도
여기저기 박혔고오."

영희는 시계를 보았다. 벌써 열한 시 가까워 추첨을 시작한 지
한 시간은 지났을 것 같았다. 추첨에서 시원찮은 지번을 뽑아 허
탕친 철거민인가. 산꼭대기면서도 큰 길에서 멀리 떨어진 구석빼
기에 땅을 배당 받은 영희는 속으로 그런 추측을 해 보았다. 그러
자 영희는 갑자기 급해졌다. 약속 시간에 늦은 것은 아니지만 자
신이 전매(轉買)한 딱지의 임자도 벌써 추첨을 끝냈을지 모른다는
생각이 든 까닭이었다.

길을 알려 준 중년의 말대로 추첨장은 따로 묻고 자시고 할 것
도 없는 곳에 있었다. 뒷날 성남시장이 들어선 언덕배기에서 한 굽
이도 돌기 전에 벌겋게 산등성이를 밀어 놓은 공터에 세워진 커다
란 천막들이 보이고, 그 주위에 우글거리는 사람들이 눈에 들어왔
다. 안내판도 충분하게 서 있었다.

영희는 그중에서 자신의 딱지가 속한 지구의 땅을 추첨하는 천
막을 찾았다. 사방을 걷어 올린 천막 가운데 추첨기가 놓여 있고
그 곁에는 경찰관 한 명과 서울 시에서 나온 공무원인 듯한 사람
이 입회하고 있었다.

추첨기 앞으로 길게 줄지어 선 사람들은 철거민들이었다. 딱지
를 팔 때의 약속대로 전매인을 위해 추첨에 나온 사람들도 있었으
나, 아직은 원래의 권리자가 많은 듯했다.

어떤 땅을 배당 받느냐에 따라 그들의 이해관계는 크게 엇갈렸

다. 다 같이 스무 평이지만 소방도로 하나 제대로 못 낀 산꼭대기 대지와 20미터 이상의 도로나 유보지를 물고 있는 대지는 때로 몇 십 배의 차이가 났다. 그래선지 찬 날씨에 바깥이나 다름없는 추첨장은 사람들의 열기로 후끈거렸다.

그러나 정작 그들의 희비가 엇갈리는 곳은 추첨 받은 지번을 확인하는 게시판 앞이었다. 커다란 도시계획도에 촘촘히 선이 그어지고 깨알 같은 글씨로 지번이 적혀 있는데, 추첨이 끝난 사람들은 대개 거기서 자기가 받은 지번이 어떤 땅인지를 확인했다. 그가 어떤 땅을 배당 받았는지는 지번을 확인하는 순간의 표정으로 이내 알 수 있을 정도였다.

영희는 추첨기 앞에 늘어선 줄 속에서 자신에게 분양권 딱지를 판 박씨와 임씨를 찾아보았다. 임씨는 이미 천막 안으로 들어서 있었고 박씨는 아직 모습조차 보이지 않았다. 추첨의 결과에 따른 이해관계를 깨끗이 잊어서인지 임씨의 표정은 다른 사람에 비해 평온해 보였다.

"안녕하세요? 추운데 수고하시네요."

영희는 애써 지은 밝고 친절한 목소리로 임씨에게 먼저 인사를 건넸다. 다행히도 임씨는 표정처럼 별 감정을 드러내지 않고 덤덤하게 받았다.

"야, 인저 다 돼 가유. 조금만 기다려유."

"그럼 저쪽 게시판 쪽에서 기다릴게요. 좀 수고해 주세요."

영희는 되도록이면 그의 기분을 건드리지 않으려고 애쓰며 게

시판 근처로 자리를 옮겼다.

추첨을 끝낸 임씨가 지번을 받은 쪽지를 가지고 게시판 밑으로 온 것은 십 분도 채 지나지 않아서였다. 영희는 쪽지를 받아 들고 게시판 밑으로 달려갔다. 그곳은 지번의 위치를 확인하고도 자리를 뜨지 못하는 사람들과 새로 추첨을 끝내고 몰려든 사람들로 북적거렸다.

밀치듯 사람들 사이에 끼어든 영희는 자신의 지번을 찾아보았다. 익숙한 도시계획도였지만 워낙 잘게 잘라 둔 땅이라 지번을 찾아보기가 쉽지 않았다. 뒷사람에게 재촉받고 떼밀리면서 간신히 찾아보니 실망스럽게도 대로와는 먼 주택 지구에 소방도로를 서쪽으로 낀 땅이었다.

"워땠남유?"

"주머니 진 땅 막다른 골목이에요."

영희가 그렇게 말하자, 임씨는 그게 자신의 죄라도 되는 것처럼 변명했다.

"내 재수가 본래 그래유. 죄송해유."

그런 임씨에게서 영희는 문득 도회의 하층민으로 편입되기 전의 선량한 농부를 보았다. 그날 영희가 추첨을 조건으로 남긴 잔금 외에 3천 원을 더 얹어 준 것은 사람의 선량함이 주는 감동 때문이었을 것이다.

"고마워유. 원래 잔금만 받아도 되는디. 잘한 짓도 없이 이렇게 많은 공돈을 받아도 되는지……."

임씨는 그러면서 몇 번이나 허리를 굽혀 고마움을 나타낸 뒤 돌아갔다. 하지만 도시로 흘러든 모든 이농민이 임씨처럼 본성을 유지하며 살아가는 것은 아니었다. 각박한 도회의 삶에 시달리고 깎인 탓이겠지만 그런 사람보다는 심성이 돌이킬 수 없게 황폐해진 쪽이 더 많았는데, 조금 뒤에 나타난 또 다른 원(原)권리자 박씨가 그랬다.

"아저씨, 너무 늦지 않겠어요?"

그 구역에 할당된 시간이 거의 다 지나도록 얼굴을 내밀지 않아 마음 졸이던 영희가 늦게야 나타난 박씨에게 짜증을 감추고 그렇게 묻자, 벌써 한잔 걸친 듯한 그가 삐딱하게 받았다.

"니기미, 힘이 나야 길든 짧든 손금을 보지. 막말로 이눔의 땅이 안죽 내 끼라 카몬 새벽밥 먹고 쪼차왔을 끼라꼬."

"빨리 줄 서세요. 시간 넘기겠어요."

영희는 욕설 섞인 그의 대꾸에 은근히 속이 뒤틀렸으나 그를 이해하려고 애쓰며 그렇게 재촉했다.

"걱정 마이소. 뽑아 논 토깽이(토끼) 달라 빼는 거 봤습니꺼? 또 제비라 카는 기 빨리 뽑는 게 좋다는 법도 없고오……."

그는 그렇게 대답하고 어슬렁거리며 얼마 안 남은 줄 맨 뒤에 섰다. 영희를 약 올리려고 작정하고 나선 사람 같았다. 하지만 그때만 해도 영희는 그의 틀어진 심사를 참고 받아 낼 수 있었다.

중간에 추첨기에 이상이 생겨 박씨는 거의 반 시간이나 지난 뒤에야 지번을 받아 나왔다. 그런데 정말로 분통 터지는 일은 그

다음에 있었다. 박씨는 쪽지를 영희에게 넘겨 주지 않고 자신이 확인하러 게시판 쪽으로 갔다.

"그거 이리 내세요. 제가 찾아볼게요."

영희는 그와의 일이 좋은 말로 끝나기 어렵다는 걸 직감하면서도 애써 공손하게 말했다. 힐끗 영희를 돌아본 그가 빈정거리듯 말했다.

"아무리 팔아 문(먹은) 땅이라 카지만 너무 그래 깝치지(재촉하지) 마소. 그기 도대체 우째 생기문(생겨 먹은) 땅인지 나도 함 보기나 하자꼬요."

그러고는 바로 사람들을 밀치고 게시판 앞으로 갔다. 잠시 후다시 사람들을 밀치듯 빠져나온 그의 손에는 지번이 적힌 쪽지가보이지 않았다.

"어땠어요? 그리고 서류는?"

"새댁이, 우리 새로 얘기 한번 해야겠는데……."

영희의 물음에는 대답 않고 그가 엉뚱한 말을 했다.

"그게 무슨 소리예요? 잔금은 여기 준비했어요."

영희가 이제는 짜증을 숨기지 않고 핸드백을 열며 말했다. 잔금만 치르면 끝이라는 걸 강조하기 위함이었다. 하지만 박씨는 끄떡도 않았다.

"그게 아이라 카이. 아무래도 새로 함(한번) 얘기해 봐야겠다꼬. 그라이 암말도 말고 따라오소."

그러고는 영희의 대답도 기다리지 않고 앞장서 휘적휘적 걸어

갔다. 영희가 터져 나오는 욕지기를 참으며 따라가니 그는 가까운 천막 술집으로 들어갔다.

"얘기는 무슨 얘기예요? 어서 잔금 받고 서류나 내줘요."

뒤따라 들어간 영희가 5천 원이 든 봉투를 내밀며 차갑게 소리 쳤다. 그러나 빈자리를 골라 앉은 그는 태연스럽기만 했다.

"글쎄, 그래 깝칠 일이 아이라 카이. 쪼매 기다리라꼬. 우선 놀 랜 간부터 좀 달래고……."

그러고는 막걸리까지 청해 한 잔을 마신 뒤에야 지그시 눈을 감으며 말했다.

"젊은 새댁이, 안되겠다. 우리 계약 파기하자꼬."

"그게 무슨 소리예요. 계약금 중도금 다 치르고 이제 잔금 조 금 남았는데…… 추첨만 아니면 이 잔금도 남지 않았을 건데, 다 된 계약 무르고 자시고 할 게 어딨어요?"

참지 못한 영희가 목소리를 더욱 높였다. 그런 영희에 비해 박 씨는 갈수록 침착해졌다.

"나도 왜정 때 중학물까지 먹은 사람이고오, 또 들은 말도 있다 꼬. 계약에는 사정 변경의 원칙이란 게 있는 법이라. 중대한 사유 가 발생하믄 계약을 무를 수도 있다, 이 말이라꼬……."

느긋한 목소리에다 이제는 완연히 반말이 된 게 더욱 화가 나 영희가 그의 말을 잘랐다.

"사정 변경이고 뭐고 듣고 싶지 않아요. 그건 유식한 아저씨나 알 일이고 나는 계약대로 할 테니 어서 서류나 주세요."

"새댁이, 이 땅이 어떤 땅인 줄 아나?"

그는 일부러 부아라도 지르듯 주머니에서 서류를 꺼내 영희에게 슬쩍 보인 뒤 다시 감추며 말을 이었다.

"16메타 도로하고 12메타 도로가 마주치는 모탱이라. 나중에 신도시 들어서믄 여다 구멍가게만 열어도 열 식구는 배 터지게 먹고살 수 있을 끼라꼬."

"하지만 이미 파셨잖아요?"

"그런데 그게 3만 원이라. 지금 당장 나가도 50만 원은 받을 수 있는 땅이 석 달 전에 단돈 3만 원에 넘어갔다꼬. 이만한 사정 변경이면 법도 해약을 허락할 끼구마."

부동산에 관계된 법이라면 영희도 그동안 귀동냥한 게 좀 있었다. 그러나 박씨가 말하는 민법의 일반 원리에 관해서는 전혀 들은 바가 없었다. 얼른 듣기에는 그럴싸해 썩 자신 있지는 않았지만 영희는 상식으로 버텨 보기로 했다.

"그럼 복덕방마다 해약 사태 나겠네. 땅값 올랐다고 해약될 계약 누가 하겠어요? 말도 안 되는 소리 말아요! 이 아저씨가 정말······."

"이거는 그냥 땅값이 오른 게 아이라 내가 내 물건을 잘 모리고 판 거이 그카믄 안 되지. 바로 법에서 말하는 그 중대한 사유에 속한다꼬."

박씨는 그렇게 버텼으나 곧 커다란 실수를 하고 말았다. 그가 뒤이어 덧붙인 말이 그랬다.

"글치만 나도 사람이라 꼭 법대로 하고 싶지는 않다꼬. 새댁도 3만 원이나 되는 돈을 석 달씩 잠가 놨으이…… 그래서 하는 말인데, 내 받은 돈 두 배로 5만 원 내주꾸마. 그라이 고마 이 계약 없었던 걸로 해도고."

영희는 그 말을 듣고 더욱 자신을 얻었다. 우선 자신을 만만히 보지 못하게 하기 위해 말투부터 잡고 늘어졌다.

"아저씨는 갑자기 혀짜래기라도 되셨어요? 말이 어째 그래요? 나이를 드셨으면 아저씨가 드셨지, 왜 자식까지 둔 사람한테 반말이냐고요?"

그래 놓고 한 풀 더 그의 기를 꺾어 놓기 위해 옛날에도 별로 쓰지 않던 상말을 슬쩍 섞었다.

"쌍, 내 참 더러워서…… 이보다 더한 화류계 10년도 겪었지만 술도 취하기 전에 다짜고짜로 말부터 까고 덤비는 햇꼰대(햇영감)는 또 첨이네."

그러자 정말로 효과가 있었다. 애써 태연한 체하고는 있어도 박씨의 눈길에는 상대를 잘못 보았다는 긴장 같은 게 슬쩍 비쳤다.

"아, 아이. 내 말 놓은 게 그마이 속상하다믄 올릴 끼요. 미안하구마. 새댁이, 나잇살 홀치다 보이 버릇이 돼서……."

그래 놓고 다시 법으로 얼러 대려 했으나 이미 기세는 꺾여 버린 뒤였다. 괴롭고 힘든 도시살이에 시달리는 동안 심성이 황폐해지기는 했지만 그 또한 아직 악당까지는 되지 못한 이농 출신임에 틀림없었다.

세상 궂은일이라면, 특히 남자들이 자신을 내세우고 공연히 상대편을 겁주려는 허세에 관해서는 영희도 어지간히 아는 편이었다. 상대편이 말하는 내용이 무엇이든 그게 정말인지 아니면 한번 해 보는 소리인지는 표정이나 눈빛만으로도 짐작이 갔다. 그런 영희의 관찰에 의하면 박씨는 그저 시비를 걸고 있을 뿐이지 정말로 땅을 무르려는 사람이 아니었다. 영희가 당장 물러 준다 해도 그에게는 5만 원을 내놓을 만한 여유가 있을 것 같지 않았다.

한동안 속셈을 따로 둔 실랑이를 계속하다가 박씨가 드디어 속셈을 드러냈다.

"좋구마. 보이 새댁도 이 고생 저 고생 다 하다가 우째 싸게 집 한 칸 우부라(얽어) 볼라꼬 딱지를 산 게 홍재(횡재)를 만난 모양이네. 글치만 나도 그양은 물러설 수 없고…… 마, 그라믄 이랍시다. 만 원만 더 쳐 주이소. 전체 딱지값 4만 원 쳐서 잔금에다 만 원만 더 얹어 내놓으믄 내 서류 내놓고 가께요. 팔자가 쪼막손이니 암만 큰 복이 오이(오니) 뭐 할 끼고? 다 운수 소관이지. 더 길게 말하지 말자꼬요."

이윽고 그는 제법 한숨까지 지어 보이며 무슨 움직일 수 없는 결론처럼 그렇게 말했다. 영희는 그 말에서도 허세와 과장의 냄새를 맡고는 있었지만 적어도 그가 빈손으로 물러날 사람이 아니라는 것쯤은 알 수 있었다. 그녀 역시 침묵으로 한참 뜸을 들이다가 핸드백을 열어 돈 만 원을 헤아렸다.

"옛어요, 만 원. 이러면 제가 원금에 5천 원 더 쳐 드린 거예요.

복덕방 어디를 가 물어봐도 이런 경우는 쉽지 않을 테니 알아서
하세요."

"그거 가지고는 안 되지……."

박씨는 거기서 한 번 더 버텨 보았으나 결국은 굴복했다.

"그럼 경찰에 가요. 거기서 다시 법원으로 넘어가든지 어쩌든
지 해 보자고요."

영희가 그렇게 매몰차게 말하며 돈을 집어 넣으려 하자 정말 무
슨 큰 손해라도 보는 사람처럼 찌푸린 얼굴로 서류를 내놓았다.

박씨와 헤어지기 바쁘게 영희는 새 지번대로 땅을 나눠 놓은
큰 게시판 앞으로 달려갔다. 사람들을 비집고 들어가 확인해 보
니 그의 말대로 땅은 16미터 도로와 12미터 도로가 만나는 모퉁
이에 있었다. 그것도 30미터 대로에서 한 블록밖에 떨어지지 않
은 곳이었다. 박씨가 말한 50만 원까지는 몰라도 30만 원 정도라
면 자신도 사 둘 만하다는 생각이 들 정도였다.

"안녕하십니까? 좋은 데 당첨되신 모양이군요."

영희가 흐뭇한 기분으로 사람들 사이를 빠져나오는데 누군가
붙어서며 말을 걸었다. 돌아보니 낯모르는 젊은이였다.

"혹시 그 땅 파실 생각은 없으십니까? 그러시다면 저희가 좋은
값으로 받지요."

그제야 영희는 그가 복덕방에 붙어사는 건달이란 걸 알아차렸
다. 그러고 보니 게시판 주위에는 현지 복덕방에서 나온 바람잡이
들이 적잖이 섞여 있는 듯했다. 그만큼 자신의 상품이 수요가 많

다는 것을 뜻하기 때문일까, 영희는 그런 현상이 별로 기분 나쁘지 않았다. 오히려 실제 시장에서 자신의 상품이 얼마만 한 값으로 유통되고 있는지가 궁금해졌다.

"값만 맞으면 넘길 수도 있지요. 복덕방에서 나오셨어요?"

영희가 그렇게 대구하자, 그가 반색을 했다.

"제가 맞게 찍었군요. 그럼 함께 가 보실까요?"

"도시계획도 확인 안 하고?"

"저 지도는 저희 사무실에도 있습니다. 거기 가서 조용히 알아보지요."

그 젊은이가 데려간 곳은 영희가 새로운 거래처로 잡은 복덕방에서 그리 멀지 않은 부동산 사무실이었다. 그 청년은 땅의 가치를 감정하고 거래의 결정권을 쥔 듯한 중늙은이에게 영희를 넘기고 다시 밖으로 나갔다. 아마도 건당 얼마의 구전을 얻어먹는 바람잡이 같았다.

"보자, 이거 좋은 곳을 뽑았구먼. 원권리자슈?"

중늙은이가 돋보기를 걸치고 서류와 도시계획도를 번갈아 보다가 영희를 돌아보며 물었다. 영희가 망설이다 솔직하게 대답했다.

"무딱지로 산 거예요. 지금 팔면 얼마나 쳐 주시겠어요?"

"10만 원은 받을 수 있을 거 같은데 그 이상은……."

영희는 그가 말하는 값이 하도 자신이 매긴 것과 멀어 은근히 부아가 치밀 지경이었다.

"아저씨도 참 어지간하시네. 아무렴 그게 평당 5천 원만 가겠어요?"

"보자, 아가씬지 아주머닌지 모르겠다만 요즘 땅값 알고 하는 소리요? 서울 남산 주변의 땅값도 겨우 평당 만 원 남짓인데 서울서 60리나 떨어진, 아직 어떻게 될지도 모르는 이 허허벌판에 5천 원이면 그것도 과하지. 그렇다고 노른자위 상가도 아닌데."

"도시계획도를 다시 한 번 보세요. 그 위치면 노른자위 상가 부럽지 않다고요. 막말로 구멍가게를 열어도 열 식구 살기에는 넉넉할 거예요."

영희는 박씨에게 들은 말을 그대로 써 먹었다. 그러나 그 노련한 전문가는 별로 말려들지 않았다.

"그거야 도시가 어울려 봐야 아는 거고오. 5년 후가 될지 10년 후가 될지……"

그러면서 슬금슬금 그 땅에 험구를 늘어놓았다.

"또 도시가 제대로 어우러진다 해도 그렇지. 큰길이야 가깝지만 끼고 있는 동네가 두텁지 못해 제대로 상가 구실을 할 수 있을지도 의문이고."

"하마 부풀어 터진 서울, 이리로 안 오고 어쩌겠어요? 그리고 주택가는 없어도 대로변 상가가 가까워 뭘 해도 될 땅으로 보이는데. 목만 좋으면 돌도 구워 판다는 말이 있잖아요?"

영희가 그렇게 받아치자 영감은 다른 쪽으로 흠을 뜯었다.

"백번 양보해 그게 아주머니 말대로 된다고 해도 전매한 딱지라…… 이번에는 서울 난곡동이나 봉천동하고는 달리 엄하게 전매를 금지할 거란 말도 있고…… 어쨌든 평당 5천 원 이상 받기는 무리지."

그 위협도 영희에게는 이미 익숙한 것이었다. 영희는 살폿 웃음까지 지어 보이며 영감의 말을 받았다.

"이미 무딱지 거둬들일 때 그만 거 안 알아봤겠어요? 아무리 서울 시고 나라가 하는 일이라지만 하마 팔린 딱지가 얼만데. 옳든 그르든 제 돈 잃게 된 사람 백 명만 되어도 겁나는 거라고요. 그런데 서울에 비할 바는 못 돼도 집 한 채 값을 날리게 될 사람이 수천 수만이 되어 봐요. 그 사람들을 누가 막겠어요? 그것도 딴에는 싸게 집 한 칸 장만한답시고 있는 돈 없는 돈 끌어모아 딱지를 산 실수요자가 태반일 텐데. 모르긴 해도 개발 끝나 토지 분양할 때쯤이면 전매자(轉賣者)가 십만은 넘어설걸요."

그러자 영감은 다시 봐야겠다는 눈길로 한동안 영희를 살피다가 툭 터놓고 얘기하자는 투로 나왔다.

"보니 예사 아주머니가 아닌 듯한데, 그래 딱지는 몇 장이나 가지고 계슈?"

"한 스무 장 돼요. 그중에 절반은 아직 무딱지고……."

영희도 숨김없이 대답해 주었다. 영감의 눈에 일순 경계의 빛까지 어리더니 이제는 업자 간의 말투가 되어 말했다.

"젊은 분이 대단하네. 하지만 말이오. 생선은 머리부터 꼬리까지 다 먹으려 들면 안 돼요. 부동산도 생선과 같아서 진짜 꾼은 머리와 꼬리를 내주고 몸통만 먹지. 보니 그 무딱지 바가지를 써도 5만 원은 넘지 않았을 텐데 세 배만 받고 우리에게 넘기쇼. 더도 덜도 말고 딱 15만 원 쳐 드릴게."

"그건 저더러 머리나 꼬리만 먹고 떨어지란 말 같은데요. 그럼 제가 더 기다려 보죠. 안 되면 나중에 거기 점포를 내는 것도 괜찮을 테고……"

영희는 그렇게 말하고 핸드백을 챙겨 일어났다. 영감도 그런 영희에게서 무엇을 읽었는지 굳이 잡으려 들지는 않았다.

"이익이 많으면 위험도 크게 마련이라는 것이나 알아 두슈. 언제든 넘길 생각이 있으면 여기 기억해 주고."

그때 다시 사무실 문이 열리고 다른 청년이 허름한 차림의 중년 남자 하나를 데리고 들어왔다. 영희의 짐작으로는 추첨이 끝난 철거민 같았다. 영희가 복덕방을 나오면서 보니 자신을 그리로 끌고 온 바람잡이도 그새 다른 추첨자를 하나 더 후려 데리고 오는 중이었다.

'어쩌면 미친 바람일지도 모르지만 세차게만 불어라. 나는 이 바람의 한끝을 잡고 솟아오르련다……'

영희는 갑자기 자신이 높은 곳에서 세상을 내려보는 듯한 기분이 되어 그렇게 중얼거렸다. 그러고 보니 단지는 한산해 보여도 구석구석 투기의 바람은 열기를 뿜어 내고 있었다. 가령 방금 그녀가 지나고 있는 천막 술집 앞도 그랬다. 두 남자가 끌고 뿌리치며 실랑이를 벌이고 있는데, 거기서도 느껴지는 것은 그 열기였다.

"아, 그 딱지 팔아 좀 들어앉은 지번(地番)에 그럴듯한 집 한 채 지을 수 있으면 누이 좋고 매부 좋은 거 아뇨? 그러지 말고 들어가서 한잔하며 얘기해 봅시다아……."

가족

"오빠, 여기야."

도심이라 그런지 다방 안에는 사람이 빼곡히 들어차 있었다. 인철이 갑자기 여러 사람 앞에 서게 될 때의 낭패감에 빠져 어둠에 익지 않은 눈으로 다방 안을 돌아보고 있는데 한쪽 구석에서 옥경이 손을 들며 소리쳤다.

인철이 그쪽으로 가니 어머니도 벌써 와 있었다. 그들을 보며 인철은 문득 자신의 무심함이 부끄러워졌다. 아르바이트를 핑계로 여름방학 때 며칠 함께 묵은 뒤로 몇 달 만에 보는 어머니요 누이동생이었다. 그동안 옥경의 편지와 전화를 두어 번 받아 집 소식은 대강 알고 있었으나 자신은 그들을 까마득히 잊고 지냈다는 편이 옳았다.

"그간 별고 없으셨어요?"

인철의 목소리가 자책으로 자신도 모르게 떨렸다. 오직 자기만을 위한 열정으로 보낸 대학에서의 첫해가 새삼 부끄럽게 돌아다보였다.

"우리는 별고 없다. 니는 학교에 잘 댕기제?"

어머니는 여름과 다름없이 어떤 결기가 느껴지는 목소리로 인철의 인사를 받았다. 인철에게는 어머니가 덧붙인 물음이 왠지 엄중한 추궁처럼 들렸다. 결과적으로는 술과 방황으로 저물어 가고 있는 한 해를.

"네, 그럭저럭……."

인철이 그렇게 말끝을 흐리자 어머니가 문득 한숨을 내쉬며 남은 부분을 추측으로 이었다.

"하기사 지가 벌고 지 힘으로 해야 되는 대학 무슨 경황이 더 있겠노? 거다가 가정교사도 지대로 몬 하도록 형사까지 따라댕긴다 카이…… 졸업장이나 따면 장하지. 그래, 요새도 형사가 택 없이 찾아오드나?"

"새로 옮긴 집에는 아직……."

"찾아온다 캐도 너무 마음 쓸 거 없다. 싫다 캐도 따라오는 개 새끼매치로 여기고 니는 니 공부나 해라. 팔자려니 하고."

어머니는 그래 놓고 잠시 말을 끊었다. 무언가 집안에 심상치 않은 일이 있는 듯했다. 옥경의 얼굴에도 긴장한 기색이 있었다.

"그런데 갑자기 웬일이십니까? 옥경이까지 데리고…… 집에 무슨 일이 있어요?"

인철이 궁금함을 이기지 못해 물었다. 얘기를 꺼내기 위해 마음을 가다듬고 있던 어머니가 차라리 잘 물어 주었다는 듯 대답했다.

"웬일이고 뭐고 우리는 다 때려치았다. 서울 와서 다시 시작해 볼란다."

"네?"

"거다서는 인제 살길이 없다. 얼어붙은 천막에 엎드려 있어 봤자 굶어 죽는 일밖에 안 남아 옥경이하고 의논한 일이다."

"하시던 일은 어쩌시고?"

"버선 깁던 거 말이가? 지난여름에 니 걱정할까 봐 말 안 했지만 그 일은 그때 하마 파이랬다(끝이었다). 옛정도 장삿속 앞에는 별수없는 갑드라. 원 집사네 버선 대는 거 처음에사 개얀(괜찮)았제. 글치만 우리 모녀 밤잠 안 자고 매달래 버선 깁는 거는 모르고 주는 돈 많은 것만 아깝던지 쳐 주는 게 자꾸 박해지디 그나마 가을부터는 일거리도 안 준다. 누구 딴사람 더 싸게 해주는 도꾸이(단골)를 구한 모양이라. 휘유……."

어머니는 거기까지 말해 놓고 숨이 가쁜지 다시 길게 한숨을 내쉬었다.

"그래도 거다서 어예(어떻게) 살 궁리를 찾아볼라 캤제. 허드레 한복이나 맹글고 헌옷 고치는 일이라도 해 볼까 캤지마는, 니네(너나)없이 끼니를 놓고 있는 사람들뿐이이 고칠 헌옷도 안 나오드라.

거다가 마침 옥경이도 취직하고……."

"옥경이가 취직을 해요?"

"그래, 구로 공단에 있는 회산데 무슨 봉제품을 수출한다 카든 강. 월급이사 몇 푼 안 되지만 기숙사도 있고 밤에는 야학도 씨게 준다 카드라."

하지만 인철은 그 구로 공단에 관해 들은 말이 있었다. 1960년 대 말의 저임금과 혹사에 대해. 많은 가출 소녀들이 거기서 출발해 어디로 갔는지에 대해.

"아는 회삽니까?"

공연히 먹먹해지는 가슴을 쓸어내리며 인철이 물었다. 그래도 예외적인 곳은 있게 마련이니까, 혹은 정말 그런 곳이 있었으면 좋 겠다 —. 그때 인철의 솔직한 심경은 그 둘 중의 하나였을 것이다.

"아는 회사는 아이지만 들어 보이 생판 낯선 곳도 아이라. 전에 우리 개간지 판 돈 맡겼던 회사에 있던 사람이 거기 간부로 있고, 옥경이가 아는 아아들도 몇 거기서 일하는 갑드라. 새로 지은 공 장 건물도 번듯하다 카데."

그 어느 것도 불행에 익숙한 사람의 비관을 달래 주지는 못했 다. 하지만 당장 아무런 대안을 가지고 있지 못한 인철로서는 결 론적인 말을 할 수 없었다.

"어머니는요?"

"식모살이나 갈란다. 만날 식모살이라도 해야지, 식모라도 가야 지 캐 쌌디, 인제 참말로 가게 됐다."

어머니는 그렇게 말해 놓고 한숨을 푹 쉬더니 황급히 그 한숨을 취소하듯 밝은 목소리로 보탰다.

"글치만 3년 기한이따. 우리 모도 3년만 고생하고는 다시 모예집을 일받자(일으키자). 그때 되믄 니는 졸업해 취직하고 옥경이도 고등과는 마칠 께라. 너 형도 그때는 뭔 수가 나도 안 날라? 그래고 이것 봐라."

"……?"

"이게 그때 우리 집 지을 땅이라. 철도청에서 받은 세입자 무딱지에 있는 돈 없는 돈 얹어 산 스무 평짜리 토지 분양증이라. 장사할 좋은 땅은 못 돼도 내 집 한 칸 지어 사는 데는 흠 없는 대지라. 거기도 쪼매 있으믄 인구 수십만 되는 도시가 선다 카이 그때 차만(예쁜) 집 한 채 지어 우리 모도 모예 살자."

어머니가 그러면서 무슨 증명서 같은 서류 몇 장을 내보였다. 혼자 그윽이 보낼 수 있는 방 한 칸이 꿈인 그 무렵의 인철에게는 거기에 집 지을 땅이 화체(化體)되어 있다고는 믿어지지 않는 몇 장의 종이쪽지였다.

"그게 어디쯤인데요?"

"지금은 야산 비탈이지만 나중에는 시내 중심 주택가가 될 께라 카드라. 내년이믄 택지 조성이 끝나고 정식으로 분양될 끼라든강. 저 내년에는 집도 지을 수 있고…… 그때까지 돈이나 쪼매 모아 두믄 우리도 서울에서 멀잖은 곳에 의지할 집 한 채 생긴다. 잘 되믄 목 좋은 점방도 하나 낼 수 있고."

새로 지을 집 이야기를 하는 동안 어머니는 사뭇 희망으로 밝은 얼굴이었다. 하지만 인철은 조금도 실감이 나지 않았다. 다만 이제 한 사람은 식모로, 한 사람은 여공으로 나서게 될 어머니와 누이동생을 무력하게 바라보고만 있어야 하는 자신의 처지가 암담할 뿐이었다.

"결국 이 길밖에 없었어요?"

"이 길밖에 없다이? 그럼 다른 길이 어딨노?"

"예를 들면 이모님과 의논해 본다든가, 서울에서 성공한 일가들을 찾아가 본다든가……."

"나도 그거 생각해 봤디라. 글치만 다 지난 얘기따. 옛날에는 전쟁 잿더미에 올라앉아서도 옆에서 죽는 소리 해싸믄 듣는 시늉은 했제. 그런데 요새는 어예 된 게 쪼매씩 먹고살 만해지이 인심은 더 모져지는 모양이라. 너 아부지 친구, 집안 피붙이뿐만 아이라 한배에 난 동생도 내가 보태 줄 처지 못 되믄 안 딜따 보는 세상이 됐다. 이게 돌내골 떠나 뼈아프게 새로 배운 요새 세상이따. 백지로 잘사는 사람들 찾아가 주는 거 없이 불편하게만 맨들 일이 뭐 있노? 그러이 고마 우리끼리 어예 힘 모아 살아 보는 게라."

어머니는 그렇게 말해 놓고 다시 인철을 위로하듯 말했다.

"니도 글타. 우리 일 가지고 썰데없이 맘 쓰지 말고 니 앞이나 잘 닦아라. 공부 마이(많이) 하고 빨리 졸업해 좋은 데 취직할 궁리나 해라. 그게 참말로 이 에미를 돕는 길이고 옥경이를 생각하는 길이따. 허뿌(허투루) 딴 맘 먹고 택없는(턱없는) 짓 할까 봐 걱정이 돼 하는 소리라."

"맞아, 오빠. 나도 이젠 어린아이가 아냐. 어디 가 무얼 하더라도 잘할게. 우리 걱정은 하지 마. 오빠 앞만 잘 헤쳐 나가면 그걸로 내게는 힘이 될 거야. 우리나라에서 제일 가는 대학교 학생을 오빠로 가졌다는 자랑만으로도 내가 어려움을 견뎌 내는 데는 큰 힘이 될 거라고."

옥경도 어른스럽게 말했다. 하지만 인철은 그 말에 더욱 상심이 되었다.

이제 너도 열아홉이구나. 그렇지만 알고 있느냐. 초기 산업화 단계에서 여공이란 게 어떤 존재인지. 공순이란 그 비칭이 이 사회의 어떤 선입견과 굳게 결합되어 있는지…….

어머니도 그랬다. 전에도 어머니는 이따금씩 힘든 때를 만나면 식모살이라도 나서 그 고비를 넘겨야겠다는 말을 입에 올리고는 했다. 그러나 그것은 어떤 특별한 결의를 강조하는 한 비유였을 뿐, 지금처럼 낯 모르는 집에 직업소개소를 통해서 가는 형태의 직업적인 식모살이가 실행된 적은 한 번도 없었다.

가사 노동(家事勞動) 대리는 발전된 사회에서도 한 하급 기능으로 남겠지만, 이 사회에서는 아직 인격권(人格權)과 관련된 천직(賤職)입니다. 어머님께서 어릴 적에 보신, 한 번도 같은 인간으로 믿어 본 적이 없다는 종(노비)의 의미를 다 털어 내지 못한 천직이란 말입니다……. 인철은 가정교사로 몇 집을 돌면서 거기서 본 식모살이의 실태를 떠올리고 절로 콧마루가 시큰해졌다.

"아이고…… 저게 저래 물러 티져 어예노? 그래 가지고 지난 3년 부산서 그 모진 객지살이는 어예 했노?"

어머니가 인철의 속마음을 읽었는지 태연한 어조로 인철을 나무랐다. 하지만 억지로 과장한 그 태연스러움이 오히려 인철의 비감(悲感)을 고조시켰다. 인철은 세차게 코를 풀어 걷잡을 수 없이 쏟아지려는 눈물을 억누른 뒤 결의에 차 말했다.

"아무래도 그리는 안 돼요. 삶의 어떤 부분은 한번 망가지면 회복할 수 없는 데가 있습니다. 지금 어머니나 옥경이가 가려는 길이 바로 그렇습니다. 가난해서 헐벗고 굶주렸던 기억은 옛말로 자랑 삼아 되뇔 수도 있지만, 어머니가 식모살이를 하고 옥경이가 여공이었다는 것은 어쩌면 영원히 감추어야 할 상처가 될지도 모릅니다. 그것은 옛날의 종과 같이 한번 떨어지면 벗어나기 힘든 신분 같은 거란 말입니다."

"자가 뭐라 카노? 저기 어예 대학물까지 먹은 신식 지식인이 할 소리고? 식모도 직업이고 여공도 직업이다. 요새 세상에 직업에 귀천이 어딨노? 니 신분이라 캤나? 그카믄 더하다. 그 신분이 귀하믄 귀했지 어예 감촤야 할 상처가 되노?"

어머니의 목소리에 갑자기 결기가 서렸다. 인철로서는 좀 뜻밖의 반응이었다. 종까지 들먹이며 신분의 문제로 끌어가도 어머니는 오히려 더 완강해졌다. 인철은 잠시 어리둥절했으나 어머니는 곧 그 까닭을 스스로 밝혔다.

"너어 아부지 그 사상으로 감옥 들락거리며 천석 재산을 날렸지만 하마 서울에 있을 때부터 좋은 꼴 못 봤다. 그때 6·25 나고 수원농대 학장 했다는 거 너도 들었제? 얼른 들으믄 대학 학장이라 카이 억시기(꽤) 대단해 빌지 몰따마는 그게 아이라. 학생도 얼매 없고 교수도 반은 달라뺀(달아난) 전시(戰時) 대학 학장이 무신 학장고? 그양(그냥) 학교지기제. 그게 다 빨갱이들이 너어 아부지가 서울서 차지하고 있던 높은 자리에서 쫓아내는 핑계였을 뿌이라. 왜 그래 됐는 동 아나? 바로 그 신분 때무라. 지어(저희) 말로 출신 성분(出身成分)이라 카능 거 그게 바로 신분 아이고 뭐로? 그 세상에서는 노동자 농민이 최고의 신분이라. 프로레탈리안가 뭔가 하는 거 말따. 그 세상이사 다시 올지 안 올지 몰따마는 아무리 자본주의사회라 캐도 그 신분이 욕될 거는 뭐 있노? 그레고 혹 아나? 세상이 또 어찌 돼 너어 아부지 돌아오믄 우리가 노동자 농민 다 겪은 게 자랑이 될 수도 있는 일이라.”

끝엣말에는 다분히 자조가 어려 있었지만 거기까지 듣고 나니 인철도 어머니의 결기를 이해할 것 같았다. 20년 가까운 세월이 지나도록 한으로 곰삭지 못한 아버지에 대한 원망도 그 결정에 한 몫을 했음에 틀림없었다. 하지만 어머니의 감정을 이해할 수 있다는 것과 그 결정을 받아들인다는 것은 다른 문제였다.

“그건 그때의 문젭니다. 우리 사회는 아직 온전한 자본주의로도 이행하지 못했고, 이 상태에서 지금 어머니나 옥경이가 하려는 일은 노동이 아니라 인격적인 예속과 경제적 착취의 딴 이름에 지나지 않는다고요.”

어쩌면 어머니가 알아듣지 못할지도 모른다고 걱정하면서도 그렇게 말하자 이번에는 옥경이 받았다.

"나도 오빠 말이 짐작은 가. 그렇지만 곧 온당한 대우를 받는 노동이 되고, 인정받는 신분이 되겠지 뭐. 무턱대고 감정적으로만 나서지 마. 우리도 몇 날 몇 밤 한숨 끝에 내린 결정이야. 현실적으로도 우리에게 그밖에 별다른 방법이 없잖아?"

"아냐. 내가 이깟 학교 그만두고 직장을 구하면 자신 있어. 대기업도 필기시험으로 사람을 뽑는 세상이라고. 내가 졸업 포기하고 취직하면 어머니는 더 이상 품위를 손상당하지 않아도 되고 너도 그사이에 공부하면 온당한 대우를 받을 수 있는 일자리를 얻을 능력을 키울 수 있을 거야. 그렇게 해."

"그건 뭐라나, 바로 소 잡는 데 쓰는 칼을 닭 잡는 데 쓰는 격이야. 나 아직 많이 살아 보지는 못했지만 벌써 내게 주어진 운명 같은 것이 어렴풋이 느껴지는걸. 오빠를 희생시켜 가며 빠져나가 보았댔자 별로 나아질 것 같지 않은 느낌 말이야. 어머니도 그건 결코 바라시지 않을 거고…… 그러니 오빠는 앞도 뒤도 돌아보지 말고 계속 오빠의 길이나 열심히 가. 그래서 무언지 모르지만 우리에게도 위로가 될 만한 일을 해 줘."

그때 어머니가 손가방을 챙기고 일어서며 결론처럼 말했다.

"그건 옥경이 말이 맞다. 여기서 이러니저러니 길게 말하지 말고 어디 가서 저녁이라도 먹자. 무심한 너 형하고 영희 그 미친년, 어디 가서 뭘 하는 동 몰따마는 그래도 남은 우리 가족은 여기서

다 만난 택 아이가?"

어머니는 그러면서 앞장서 다방을 나가더니 근처의 번듯한 불고깃집으로 남매를 데려갔다. 불고기를 5인분이나 시키고 맥주까지 두 병 곁들일 때는 위세 좋은 마님 같은 데마저 있었다. 그러다가 아직도 가슴이 먹먹해 말없이 앉아 있는 인철에게 수저까지 들려 주며 말했다.

"자아, 먹자. 오늘은 맛있게 먹고 우리 식구 어디 크다는(커다란) 방 하나 얻어 모도 한 방에 자고 헤어지자."

어머니와의 오랜 교감(交感)으로 결정한 일이라 그런지 옥경이도 어머니처럼 자리가 어둡고 무거운 분위기에 젖어드는 것을 막으려고 애썼다.

"맞아. 오늘은 우리 식구 맛난 거 즐겁게 먹고 밝은 얘기만 하는 거야. 그리고 내일부터는 제각기 선 자리에서 있는 힘을 다해 보는 거지 뭐. 오빠, 기억나? 예전에 우리 고아원에 들어가기 전날 밤. 그때는 참 많이 울었지. 하지만 지금은 그때보다는 훨씬 낫잖아? 오빠는 어엿한 대학생이고 나도 내 앞가림할 만한 나이는 되었어. 우리가 가는 곳이 그 비참한 고아원도 아니고. 게다가 무엇보다도 만날 날짜를 받아 놓은 이별 아냐? 오빠, 힘내."

그렇게 마치 손위 누이처럼 인철을 위로했다. 그런 옥경의 철듦이 인철에게는 오히려 애처롭게 느껴졌지만 언제까지고 혼자만의 우울한 감상에 젖어 있을 수는 없었다. 아직 맛까지 제대로 느끼지는 못해도 오랜만의 성찬으로 속이 차오르면서 인철의 현실감

역시 조금씩 회복됐다.

설령 내가 지금 학교를 그만두고 일자리를 찾아 나선다 해도 가족을 잘 부양할 수 있으리라는 보장은 없다. 셋밖에 되지 않는 단출한 가족이지만 방 한 칸 얻을 돈까지 털어 넣어 신도시의 토지 분양증을 사 버린 빈털터리 일가가 아닌가. 당장 식구대로 거리에 나앉아야 하는 이 상황에서 출발해서는 하루하루 먹고사는 일조차 힘겨울지 모른다. 그런 생각이 들자 어머니의 결정이 움직일 수 없는 현실로 다가오기 시작했다.

"그래, 네 취직이란 거 확정되기는 한 거냐?"

이윽고 마음을 가다듬은 인철이 먼저 옥경에게 물었다.

"으응, 실은 내일부터 출근이야."

"회사는 확실한 데고?"

"괜찮은 수출 업체야. 봉제품 완구를 만드는데 생산이 달려 하루 삼 교대로 돌아가야 한대."

그렇다면 외국 기업 하청(下請)이겠구나. 우리의 값싼 노임과 외국의 높은 임금 사이의 차액을 따먹는. 그 방면에 관심을 가진 적은 없지만 대학에서 귀동냥한 것만으로도 그 정도의 짐작은 갔다. 그러나 차마 그 실상을 바로 말할 수는 없었다.

"그래, 월급은 얼마나 돼?"

그러자 옥경이 조금 머뭇거렸다.

"아직은 기술이 없어 기숙사비에 잡비 쬐끔 정도밖에 안 돼. 하지만 기술을 배운 뒤에는 하루 2백 원이 넘을 거래. 잔업 수당이 더 붙으믄 그보다 많고……."

인철은 수출 전사란 이름 아래 구로 공단 여공들이 당하는 혹사에 관해서도 들은 게 있었다. 무리한 철야 작업으로 코피를 쏟고 쓰러지기도 한다는데, 그 대가가 자신이 가정교사로 입주해 숙식을 제공 받고도 타 쓰는 잡비에 지나지 않는 게 믿을 수 없었다.

"그렇다면 나중에 잘돼야 한 달에 6천 원 남짓……."

"하지만 금액으로만 따질 수 없을 거야. 우선 그 공장은 기숙사비가 엄청나게 싸. 거기다가 여러 가지 후생시설이 있어 월급 절반은 저축할 수 있을 거래. 또 고등학교 과정을 거의 공짜로 배울 수 있는 야학도 있고."

'그건 여공 모집 광고를 보고 찾아간 너희들에게 내민 그 회사의 청사진이겠지. 당장 일손이 달린 그들이 너희 저임에 실린 잉여가치를 긁어 내기 위해 과장스럽게 내보여 주고는 있지만 언제 실현될지 모르는. 하지만 정말로 그랬으면 좋겠구나. 가여운 누이야…….'

"어머니는요?"

한동안 저도 모르게 우울한 상념에 젖어 있던 인철이 다시 어머니를 돌아보며 물었다.

"나도 갈 자리 벌써 정해 놨다. 신당동에 있는 사장님 댁인데 식모라 카지마는 밥하는 기집아는 따로 있고 나는 그저 침모나 안잠자기쯤으로 알고 있다. 월급도 만 원 가까이 된다 카드라. 내일 옥경이 회사에 들라보냈고(들여보내고) 해 지기 전까지만 그 집에 가믄 된다."

"아는 집인가요?"

"아이, 이번에는 신문 보고 내가 찾아갔다라. '식모 구함' 카는 쪼매는(작은) 신문광고 말이라. 니 말대로 식모살이가 생전 씻지 못할 욕은 아일지 모리지만 무신 자랑이 된다꼬 아는 사람 집을 찾아가겠노?"

그 같은 구직 방식도 만만치 않은 어머니의 결심을 보여 주고 있는 듯했다.

모든 것이 제법 오랜 기간을 두고 준비되었다는 게 인철에게 다소간 위로가 되었다. 그러나 마음이 편해질 수 있는 자리는 결코 아니었다.

"내가 주인 내외 만나 봤는데 모두 점잖고 근본이 있는 사람들이더라. 거기다가 사람이 많이 드나들지 않는 집이라 거다(그곳에) 한 3년 가마이(조용히) 처박혀 있으믄 그 집 사람들 말고는 내가 뭐 하는지 알 사람도 없다. 설령 니 말대로 식모살이가 평생 씻지 못할 욕이 된다 캐도 내만 입 다물믄 알 사람이 없다 이 말이라. 그러이 너무 마음 상해하지 마라."

남은 맥주를 말없이 찔끔거리는 인철에게 어머니가 다시 달래듯 말했다. 그리고 이어 사람이 달라진 듯 목소리를 바꾸었다.

"아직 초저녁인데 식구대로 여관방에 들어가 궁상떨어 봐야 뭐 하겠노? 우리 그래지 말고 활동사진이나 한 편 보자. 생각해 보이 너어하고 활동사진 같이 본 것도 돌내골 갱변 가설극장이 마지막인 동 싶다. 가마있자, 서울 극장은 단성사(團成社)가 개안했는데(괜찮았는데) 그 단성사 아직도 있는지 몰따.”

“단성사야 아직 있지. 그런데 거기는 요새 주로 외국영화만 하는 것 같은데. 엄마 외국영화 볼 줄 알아?”

옥경이 정말로 즐거운 얼굴로 그렇게 어머니의 말을 받았다. 그런 면에서는 닮은 모녀였다.

“야가 날 어예 보노? 옛날 너이 아부지하고 나도 활동사진 외국 거 마이 봤다. 글치만 같은 값이면 다홍치마라꼬. 이왕이면 국산 영화 보자. 거 왜, 머라 카드라? 글치러, 「미워도 다시 한 번」 카는 영화가 좋다 카든데 그거 어디 하는 데 없는강 몰라.”

“그건 오래돼서 변두리 삼류 극장에서나 볼 수 있을 겁니다. 그러려면 서울을 다 뒤져야 할 판이고…… 차라리 근처 개봉관으로 가지요. 거기 가면 뭔지는 모르지만 요즘 새로 만든 우리 영화가 있을 겁니다.”

인철도 마음을 돌려 그렇게 모녀의 의논에 끼어들었다. 그 바람에 그 뒤 몇 시간은 오랜만에 하는 가족 간의 즐거운 나들이처럼 되었다. 그들은 가까운 개봉관을 찾아가 「돌아온 외팔이」라는 중국 무협 영화 한 편을 본 뒤 큰길가의 제법 번듯한 여관에 들었다. 여관방에 들어서도 한동안 그런 분위기는 계속됐다.

“오랜만에 집 같은 집에서 식구가 함께 밤을 보내는구나. 긴 겨울밤 나는 데 야참이 없어서 될라. 인철이 니 나가 찹쌀떡이든지 꾸운 고구마든지 쫌 사 온나.”

그런 어머니의 말에 옥경이 주문을 보탰다.

"오빠, 사이다도 한 병 사 와."

하지만 잠자리에 들 때쯤 하여 분위기는 다시 무겁게 가라앉기 시작했다. 이부자리를 펴던 어머니가 무심코 뱉은 한숨 섞인 한마디 때문이었다.

"이불 한 장은 요로 쓰고 한 장은 덮어 우리 모도 한 이불 속에 자자. 인철이는 오른쪽에 눕고 옥경이는 왼쪽에 눕고……."

그 말을 듣는 순간 인철은 숙연한 감동 같은 것을 느꼈다. 추억해 보면 그들 남매는 어린 시절 내내 그런 방식으로 어머니와 함께 잠자리에 들었다. 아주 어렸을 때는 그렇게 오른편 왼편에 누워 어머니의 몸까지 분할했다. 어머니의 오른쪽 팔과 젖가슴은 인철의 것이었고 왼쪽 팔과 젖가슴은 옥경의 것이었다. 어머니의 배도 한가운데로 경계선이 그어져 어느 쪽이라도 침범하면 중대한 분쟁의 소지가 되었다.

그들 남매가 아버지의 부재 덕분에 받은 유일한 혜택이 있다면 그렇게 오래 어머니의 몸을 누릴 수 있었다는 점일 것이다. 그러다가 인철과 옥경이 고아원으로 보내지기 전날 밤을 마지막으로 그런 잠자리는 한 번도 재연되지 않았다. 세 해 뒤 인철이 다시 어머니 곁으로 돌아왔을 때는 이미 열여섯 살이었고 옥경도 국민학교 6학년이었다.

'그래, 바로 그때의 그 결심이시구나……'

어머니가 정한 이별의 의식을 보고 인철은 다시 한 번 어머니의 굳은 결의를 확인했다. 그리고 순순히 그 결의를 받아들여 겉옷을 벗고 어머니 곁에 누웠다. 옥경도 왠지 굳은 얼굴이 되어 어머니 왼편에 누웠다. 그렇게 누워 보니 스물두 살의 나이가 조금도 어색하지 않았다.

"이래 뜨시한(따뜻한) 방에 배부른 내 새끼들 양편에 끼고 누우이 아무 생각이 없구나. 너어 아부지 떠난 뒤로 이보다 더 큰 거 바래지도 안 했는데 그게 어예 이래 어렵노……."

어머니가 둘에게 팔베개를 내준 채 그렇게 한숨 섞어 말하다가 갑자기 한숨을 거두고 다독이듯 말했다.

"이제부터 아무 말 하지 말고 자자. 다시 이래 잘 수 있는 날 올 때까지 많이 고단할 테이……."

그런 어머니의 말이 무슨 강력한 암시처럼 인철의 의식을 가라앉혔다. 아무 생각 없이 눈을 감자 정말로 아슴아슴 잠이 왔다. 인철이 잠들기 전에 한 유일한 동작은 어머니의 팔이 저릴 것 같아 가만히 팔베개를 거둬 낸 것이었다.

이튿날 그들 세 식구는 가까운 식당에서 국밥을 나눠 먹고 헤어졌다. 수중에 있던 마지막 돈이었던 듯 어머니가 인철과 옥경에게 천 원씩 나눠 주며 말했다.

"지금부터는 옆도 뒤도 돌따보지 말고 지 길(자기 길), 지 가는(자기가 가는) 게따. 나는 3년 동안 무슨 일이 있더라도 집 한 채 우부릴(얽을) 돈을 모우꾸마. 인철이는 어예튼 학교만 마쳐라. 그래고 옥경이는 내 이따가 따로 말하겠지마는 니 한 몸 잘 보징겨라(보살펴

지켜라). 힘이 남으믄 공부도 좋지만 택도 없는 욕심 부려 낭패 보는 일 없도록 해라. 자, 인철이는 학기 말 시험이 얼매 안 남았다카이 바로 학교로 가고."

인철도 무언가 말하려 했으나 갑자기 어린 시절로 돌아간 듯 아무 말도 생각나지 않았다. 바로 돌아서지 못하고 한참을 머뭇거리다가 겨우 옥경에게 한마디했다.

"나도 이제는 어머니와 같은 생각이다. 다만 한 가지만 네게 당부하자. 서로 연락이야 닿아야겠지만 그래도 홀로 세상을 헤쳐 가다 보면 무언가 중대한 결정을 내려야 할 때가 자주 있을 게다. 그때만이라도 결정을 내리기 전에 먼저 어머니나 나를 기억하고 반드시 물어 다오."

그런데 인철에게는 아무래도 그날이 가족의 날인 듯했다. 어머니와 옥경을 두고 떨어지지 않는 발길로 등교한 인철은 다시 가족의 일과 관련된 사람의 방문을 받았다. 마음에도 없는 첫 강의를 때우고 나오는데 어딘가 낯익은 젊은 여자가 강의실 밖에서 기다리다가 머뭇거리며 다가왔다.

"저, 실례지만 이인철 씨 아녜요?"

"네에, 그렇습니다만……."

인철은 대답을 흐리면서 급하게 기억 속을 뒤져 보았다. 그러나 그녀가 누군지는 얼른 알 수가 없었다. 그런 인철에 비해 그녀는 그를 잘 알고 있는 듯했다.

"다음 강의 시간은 비어 있는 것 같던데, 잠시 시간 좀 내주시겠어요?"

그러는 그녀의 목소리는 기억이 잘 안 날 정도의 사람치고는 너무도 자연스러웠다. 그녀가 아주 젊어 인철 또래로 보았는지 함께 강의실을 나오던 급우들이 짓궂은 눈길로 둘을 훑어보며 지나갔다. 그게 불쾌하지는 않으나 공연히 당황스러워진 인철이 다시 말을 더듬거렸다.

"그, 그건 그렇습니다만, 누구신지……?"

"저 안경진이라고 해요. 혹시 전에 형님에게서 들어 보지 않으셨어요?"

그러자 인철은 아, 하는 기분이 되어 그녀를 알아보았다. 지난 개간 시절 초기 형이 한창 의욕에 차 써 나가던 『농군일기』갈피와 형의 지갑 속에 끼어 있던 사진이 떠오르고, 「잡념」이란 제목의 수고(手稿) 시집 속에 되풀이 불리던 그 이름이 떠올랐다. 하지만 그 사진 속의 여자는 아직 청순한 소녀에 가까웠고, 그 이름도 일쑤 변형되어 있어서 인상은 깊어도 현실의 그녀와 얼른 연결이 지어지지 않은 것 같았다.

"알 것 같습니다. 참 궁금했는데, 이렇게 뵙게 되니 반갑습니다. 그럼 나가시지요."

그녀를 알아보자 인철도 오래전부터 알던 사람을 만난 것처럼 마음이 푸근해졌다. 형의 여자라 그런지 많아야 너댓 살 위일 것 같은데도 갑자기 그녀가 한 세대는 빠른 어른처럼 느껴졌다. 거기다가 그녀가 은근히 걱정스럽던 형의 소식을 가지고 왔을 거란 기대 때문에 반갑기까지 했다. 어머니가 상심하실까 봐 입 밖에 내지는 못했지만 전날 밤 내내 인철이 궁금해한 것은 형이 빠져 있는 상황이었다. 무슨 일이 있어 1년씩이나 내게도 어머니에게도 소식이 없는 것일까…….

"형님은 잘 계시겠지요?"

교정의 빈 벤치에 자리를 잡으면서 인철은 당연한 듯 그렇게 물었다. 그런데 그녀의 표정이 묘했다. 조금 전까지도 맑고 환하던 얼굴이 한순간에 어둡고 굳어지며 대답을 머뭇거렸다.

"그럼 인철 씨도 형님의 소식을 모르고 계신다는 얘긴데…… 언제 형님을 마지막으로 보셨죠?"

"벌써 1년이 넘었습니다. 작년에 입시 마무리 준비를 위해 서울로 올라올 때 안동에서 본 게 마지막이니까요."

"그럼 형님이 지난 5월까지는 잘 계셨다고 대답할 수 있겠네요. 저는 그때 뵙고 아직……."

그러면서 그녀는 무슨 생각을 하는지 입술을 꼬옥 깨물었다. 금세 울음이라도 쏟을 것 같은 그녀가 애처롭기 그지없어 보였다. 하지만 그보다 더 급한 것은 궁금증이었다.

"5월에요? 어디서요?"

"양평에서요. 제가 근무하는 면 소재지 국민학교로 불쑥 찾아오셨더군요."

"그럼 그동안 주욱 왕래가 있었던 게 아니고?"

"아뇨, 편지가 끊어진 지 2년 만에 갑자기 나타나셨어요."

경진은 그렇게 대답해 놓고 이제는 내 차례라는 듯 묻기 시작했다.

"그런데 인철 씨네 집 어떻게 된 거예요? 가족들이란 게 서로 그렇게 소식도 모르고 몇 년씩 지내기도 해요? 지금 집은 어디 있어요? 모두 어디 살고 계시죠?"

그 물음을 받자 인철은 다시 가슴속에 음산한 비바람이 몰아쳤다. 우리에게 당신이 말하는 집, 곧 가정은 없어졌습니다. 아니 어쩌면 아버지가 월북하던 날부터 우리에게 유기적(有機的) 구조로서의 집은 없어졌는지도 모르지요. 있었다면 그 구성원 간의 관계를 규정하는 말, 곧 가족이 있었을 뿐입니다. 왜냐하면 내 기억에 남아 있는 집은 언제나 구조로서는 불구였습니다. 기본적으로는 아버지란 기둥이 없었고 그 나머지도 온전하지는 못했지요. 언제나 가족의 일부는 집을 나가 있었고 때로는 나 자신도 별 두려움이나 죄책감 없이 집을 나가 헤매었으니까요. 그런데도 이따금씩 우리가 집이란 이름으로 모이게 되는 것은 오직 그 집을 중심으로 한 관계 때문이었습니다. 바로 가족이라는 관계 말입니다. 하지만 그걸 처음 만난 경진에게 어떻게 설명할지 난감했다.

"얼마 전까지는 광주 대단지에 그 비슷한 것이 있었지만 현재로서는 없습니다."

인철이 그렇게 애매하게 대답하자 경진이 알 수 없다는 듯 물었다.

"세상에 집이 없는 사람이 어딨어요? 자기 집은 아니라도 어딘가 가족들이 모여 사는 곳이 있을 거 아녜요? 내가 말한 집은 바로 그 가족들이 모여 사는 곳이에요."

"제가 말한 집도 그런 겁니다. 그런데 바로 그런 집이 없다는 겁니다. 형이 밖으로 나가돌아도 어머니가 누이와 함께 사는 데가 있어 저는 그곳을 집이라고 불러 왔는데 그마저 없어진 겁니다. 오늘 아침 어머니와 옥경이도 각기 다른 곳으로 헤어져 갔습니다. 다시 말해 우리에게 가족은 있어도 집은 없습니다. 어쩌면 예전부터 없었는지 모르지요."

"그럼 돌내골에서 제가 보았던 그 집은 뭐죠? 식구대로 따숩게 모여 지내셨는데……"

"그때 본 것은 헤어져 살던 가족들이 몇 년 만의 축제처럼 잠시 함께 모여 있는 상태였을 겁니다. 하지만 그때도 실제 우리 집의 구성원, 곧 가족은 정상 상태의 절반밖에 거기 있지 않았습니다. 아버지와 함께 우리 집은 벌써 없어졌는지도 모르지요."

"집은 없고 가족만 있다는 말 같은데, 정말 무슨 뜻인지 모르겠네요."

"구조는 없고 관계만 남았다는 뜻이지요."

"관계라는 게 구조의 중요한 내용 아닌가요? 가족이 있고 서로 연결만 되어 있다면 집도 있다고 보는데요. 비록 땅 위에 선 지붕 있고 기둥 있는 물리적 공간은 아니더라도…… 좋아요, 그럼 어머님은 어디 계세요?"

거기서 인철은 잠시 대답이 망설여졌다. 그녀가 가족의 치부를 들춰 보여 줘도 좋을 사람인지 얼른 판단이 서지 않았다.

"죄송스럽지만 저는 두 분의 관계에 대해 잘 알지 못합니다. 그걸 알아야 대답을 할 수 있을 것 같은데요."

한참을 망설인 인철이 솔직히 마음속을 털어놓았다. 그러자 경진은 약간 당황하는 기색이더니 이내 무엇을 결심한 사람처럼 다시 입술을 잘끈 깨물며 말했다.

"당장은 그분이 어디 계신지 모르지만, 그리고 언제 다시 날 찾아오실지 모르지만…… 우린 결혼할 거예요."

그래 놓고 다짐하듯 덧붙였다.

"인철 씨와도 한 가족이 될 거예요."

어지럽고 사나운 꿈

"방우야이."

술에 절어도 낭창낭창한 목소리가 어두운 대문께에서 들려왔다. 대답이 늦으면 판자 대문을 걷어차는 호통으로 변하리라는 걸 잘 아는 명훈은 먼저 길고 시원한 대답부터 내보냈다.

"네에, 나갑니다아⋯⋯."

툇마루의 마루 쪽을 몇 개 걷어 내고 연탄을 갈던 명훈이 집게를 놓고 달려 나가 보니 짐작대로 대지부동산의 장 사장이었다. 그 동네가 서울 시로 편입되기 전의 주막 거리 건달 출신으로 명훈보다 서너 살 위밖에 안 되는데 언제나 반말을 해 대는 친구였다.

"어서 옵쇼오. 어느 방으로 모실까요?"

명훈이 정말로 주막집 방우처럼 허리를 숙여 인사를 하자 그가 거드름 섞어 대답했다.

"어, 이 사장이군. 방우는 어디 가고?"

"초저녁부터 감기야 몸살이야 머리 싸매고 누웠는데 어쩝니까? 오는 손님은 받아야 하고……."

"그럼 특실 비었어? 모실 손님은 두 분밖에 안 되지만 워낙 귀한 손님들이라……."

장 사장은 일부러 큰 소리로 그래 놓고 힐끔 뒤를 돌아보았다. 머리가 벗어진 중년과 장 사장 또래의 양복쟁이인데, 생김이나 차림이 장 사장의 말처럼 귀해 보이지는 않았다.

"물론 드리지요. 어느 분 명이시라고…… 차 있어도 비울 판인데 빈방을 왜 안 내놓겠습니까?"

명훈이 짐짓 과장스레 굽신거리며 그렇게 받자 장 사장은 더욱 호기롭게 덧붙였다.

"아직 계집애들 다 그대로 있지? 것도 특급으로다 셋 넣어 줘야 돼. 특히 현 양 빼지 말고……."

그러는데 모니카가 구르듯 달려 나와 장 사장의 손을 잡았다.

"아이고, 장 사장님 오셨군요. 보자, 흠흠…… 초저녁부터 벌써 한잔 걸치셨네. 오늘 무슨 좋은 일 있으셨어요?"

명훈은 모니카의 그런 교태에 어느 정도 면역이 되어 있었으나 입술이라도 비빌 듯 장 사장의 얼굴에 코를 들이대고 있는 모습이 유쾌할 리 없었다.

억지스러운 너털웃음으로 그녀를 떼놓으며 일렀다.

"특실로 모셔. 귀한 손님을 모시고 오신 모양이야."

그제야 모니카도 명훈을 의식한 듯 장 사장이 데려온 손님들에게 깍듯이 머리를 숙이며 인사를 올렸다.

"어서 오세요. 천호옥 유 마담이에요."

그러고는 안에 대고 소리쳤다.

"얘들아, 뭐 하니? 손님 오셨다. 귀한 분들이니 특실로 모셔라아."

그러자 벌써부터 화장을 끝내고 기다리던 아가씨들이 내실 문을 열고 우르르 쏟아져 나오며 저마다 간드러진 소리로 반가움을 드러냈다.

"어서 오세요. 어머, 장 사장님 오셨네."

"오늘 이 집에 노 나겠어. 장 사장님 얼굴을 맨 먼저 봤으니……."

"사장님들은 처음이신가 보네. 어서 오세요. 단골이 따로 있나? 이렇게 정들면 단골 되는 거지."

그러면서 세 사람을 끌듯 특실로 데려갔다. 그런데 그 아가씨들 뒤로 열린 문에서 누군가 머리를 내밀었다가 온 사람을 확인하고는 황급히 방 안으로 움츠리는 아가씨가 있었다. 명훈은 그녀가 누군지 알 것 같았다. 으이그, 현 양, 저년 저거, 꼴값 떤다고…….

세상이 넓음에 비해 사람이 사람을 만나 어떤 의미로든 서로를 특화할 수 있는 공간은 지극히 좁다. 우리가 흔히 만남이라고 말하는 특화는 대부분의 경우 서로를 보고 듣고 느낄 수 있는 공간 안에서 이루어지기 때문이다. 하기야 편지나 전화 같은 통신수단은 직접적인 접촉 없이도 사람의 만남을 이끌어 내거나 지속시켜 준다. 그러나 그것들은 어디까지나 만남의 계기 혹은 보조 수단일 뿐, 그것만으로는 온전한 만남을 만들지는 못한다.

사람이 만날 수 있는 다른 사람은 무수히 많다. 교통과 통신이 발달할수록 그 가능성은 늘어난다. 그러나 우리가 실제 세상에서 만나 어떤 의미로든 특화할 수 있는 사람의 수는 제한되어 있다. 오늘날 50억이 넘는 인류는 물리적으로는 거의가 만날 수 있는 상태에 있지만 우리는 결국 많아야 몇천 명과의 만남으로 세상을 지나갈 수밖에 없다.

이 같은 만남의 어려움을 설명하기 위해 동양 사람들은 오래전 인연이란 말을 찾아냈다. 합리적으로는 아무래도 그 적은 확률의 필연성을 증명하기 어려워서였을 것이다.

만약 모니카와 명훈의 만남도 인연으로 설명한다면 그 인연은 특히 끈질긴 것이었다고 말할 수밖에 없다. 특히 명훈 쪽에서 보면 모니카와의 만남은 한 번도 의도한 적이 없었다. 만남의 내용은 언제나 혐오 혹은 자기모멸로 차 있었으며, 헤어질 때는 무슨 끔찍한 저주에서 풀려나는 것처럼 홀가분했다. 그리고 그 뒤로는 단 한 번도 그리움으로 지난 만남을 떠올리는 법이 없었다.

하지만 한 번 얽힌 인연은 끈질기게 이어지고 원하지 않은 만남임에도 불구하고 그 되풀이는 점점 더 깊게 서로의 삶에 개입하여 헤어나기 힘든 수렁처럼 둘을 끌어들였다.

이번에도 그랬다. 다시 서울 뒷골목의 밑바닥으로 스며들면서도 명훈은 한 번도 모니카를 떠올려 본 적이 없었다. 그런데 호다이의 비어홀에서 식객 아닌 식객 노릇을 한 지 한 달도 안 돼 명훈은 다시 모니카와 만나게 되었다. 호다이를 찾아간 명훈은 자신 없어 하면서도 필요하다면 칼잡이도 마다 않을 각오로 그가 정해 주는 거처에 짐을 풀었다. 그리고 한동안을 이렇다 할 직책도 없이 그 비어홀에 빌붙어 지냈다. 왕년의 추억만으로 행짜를 부리는 골칫덩어리 손님이나 이따금 붙는 뜨내기 주먹을 날려 주는 정도를 밥값 삼아 하고 있는데 어느 날 호다이가 전화번호 하나를 주며 별난 일을 시켰다.

"야, 이 번호로 계집애 둘만 급히 보내 달라고 해. 모찌방(얼굴) 빤빤한 시로도(신출내기)로 말이야."

그러고는 방금 들어온 한 떼의 손님이 거들먹거리며 자리를 차지하고 있는 홀 모퉁이의 칸막이 방으로 급하게 들어갔다. 얼떨결에 전화번호를 받아 든 명훈은 전화기 곁에 가서야 별로 쓰라릴 것도 없는 기분으로 자신이 맡은 일을 알아차렸다. 이제 뚜쟁이 보조까지 하게 되는구나…….

그런데 이상한 것은 전화를 받은 상대였다. 이미 여러 번의 거래가 있었던 듯 비어홀 이름과 주문 사항을 말하자 별말 없이 응해 주었으나 그 목소리가 아무래도 귀에 익은 것이었다. 당장 누구인지 떠오를 듯한데, 자신이 아는 여자들을 하나하나 짚어 가며 찾아보아도 주인을 알 수가 없었다.

명훈은 호다이에게 물어볼까 하다가 조용한 주방 쪽으로 가 다시 전화를 걸었다. 그런데 이번에 전화를 받은 것은 다른 여자였다.

"네, '향' 카페입니다."

예상 밖으로 젊고 또렷한 목소리를 듣자 명훈은 잠시 난감해졌다. 어쩌면 이 목소리를 자신이 잘못 들은 것인지도 모른다는 생각이 들어 그냥 전화를 끊을까 하다가 내친김이라 더듬거리며 용건을 말했다.

"저…… 좀 전에 전화한 사람인데…… 그때 전화 받은 사람 맞습니까?"

"좀 전에 어디서 하셨는데요? 여긴 전화가 자주 걸려오는 데라서요."

"비어홀 '물랑루즈'에서 전화했습니다. 아가씨들 둘 보내 달라는……."

"아, 그럼 마담 언니겠네요. 언니 찾으세요?"

"계시면 좀 바꿔 주십시오."

그러자 잠시 시끌시끌한 음악 소리가 들리더니 좀 전의 그 목소리가 다시 수화기를 통해 전해 왔다.

"저 '향' 카페 강 마담인데 무슨 일이에요? 애들은 좀 전에 택시로 출발시켰는데……."

비음이 섞인 친친 감기는 듯한 소리. 취한 듯 졸린 듯한 여운이 있고…… 누구더라…… 명훈은 기억을 더듬으며 조심스레 물었다.

"저어…… 강 마담이라고 하셨습니까? 실례지만 호적에도 강 씨인지?"

"그건 왜 물으시죠?"

"어디서 많이 듣던 목소리라서……."

"댁은 누구시죠? 가만있자, 그러고 보니……."

그러다가 갑자기 말이 끊겼다. 명훈은 그 잠깐 동안의 침묵이 갑자기 불안해졌다. 아직 목소리의 임자는 밝혀지지 않았지만 왠지 묘한 악연의 예감 같은 것이 다가들며 그대로 전화기를 놓고 싶은 기분이 들 지경이었다. 그때 수화기에서 무엇이 터지듯 숨 가쁘고 높은 목소리가 쏟아져 나왔다.

"맞다, 맞아. 오빠, 아니 명훈 씨 맞죠? 그렇죠? 명훈 씨이."

아아, 너였구나. 명훈은 묘하게 섬뜩한 가슴으로 수화기를 떨구었다. 너를 생각하지 못했다……. 명훈이 늘어뜨리고 있는 수화기에서는 무언가 빠르고 높은 중얼거림이 이어지고 있었다. 명훈은 그대로 전화기를 내팽개치고 멀리 달아나 버릴까 하다가 다시 귀에 갖다 댔다. 거기서는 이제 울먹임까지 섞인 모니카의 목소리가 흘러나왔다.

"그래도 절 기억하고 계셨군요. 잊지 않으셨군요. 거기 어디세요? 왜 거기 있어요? 거기 가만히 계세요. 내 곧 달려갈게요. 금방요……."

그게 끈질긴 그들 둘의 악연이 다시 이어진 전말이었다. 그날 모니카는 정말로 삼십 분도 안 돼 명훈이 있는 물랑루즈로 달려왔다. 그리고 눈물이 뒤범벅된 얼굴로 그를 끌고 자신의 집으로 데려갔다.

명훈은 처음 그 목소리의 임자가 모니카라는 것을 확인했을 때 솔직히 자취 없이 사라지고 싶은 마음뿐이었다. 이건 아니다. 더 계속되어서는 안 될 악연이다. 그런 마음뿐이었다. 그러나 전화가 끊어진 뒤 냉정을 되찾기 위해 담배 한 대를 태우면서 문득 생각을 바꾸었다. 이젠 올 때까지 다 왔다. 여기보다 더 아래로 내려갈 바닥은 없다. 네가 여기에 있다면 너 또한 내가 딛고 일어서야 할 바닥의 일부다. 이제 더는 피하지 않으련다. 정면으로 이 어둡고 참혹한 삶의 밑바닥을 응시하겠다……

4년 전 모니카가 안동에서 사라진 후 어려운 세월을 헤쳐 나가는 동안 명훈은 몇 번인가 어지러운 꿈속에서 그녀를 본 적이 있었다. 그리고 아주 드물기는 하지만 그런 꿈의 상기 때문에 깨어난 뒤에도 당연히 그녀의 앞길을 추측해 볼 때가 있었다. 그녀가 나타나는 꿈처럼 그녀에 관한 명훈의 추측은 언제나 음산하고 혐오스러운 추상화로 끝났다. 황폐하고 손댈 수 없이 망가져 버린 그녀의 영혼이 곧 그 육체마저 흐물흐물 녹여 마침내는 구역질 나는 도회의 시궁창을 흘러내리는 꿈이 그랬다.

그런데 다시 만난 모니카는 그렇지가 않았다. 그녀의 영혼은 거의 변함없는 그대로였지만 그 영혼이 육체를 어쩌지는 못한 듯했다. 이미 20대의 막바지를 가고 있고, 그것도 뒤의 10년은 남자들에게 함부로 몸을 굴리고 술에 절어 보냈건만 그녀는 아직 젊고 아름다웠다. 학대하듯 능욕하듯 사랑해 온 터라 그 몸 구석구석 모르는 곳이 없는 명훈도 만나자마자 불현듯한 욕정이 느껴질 정도였다.

실은 그녀의 영혼도 명훈의 단정과는 달리 생명을 유지할 수 있을 만큼의 건강은 지켜 내고 있었다. 경진의 암팡진 대응과 명훈의 비정한 동조로 참혹한 배신감마저 느끼며 돌아섰을 그녀였는데도 그 뒤의 전개는 명훈의 상상과 아주 멀었다.

"그날은 저도 괴로웠어요. 칵 죽고 싶을 만큼. 하지만 한 일주일 취했다가 깨어나니 그래도 죽이기는 싫은 몸이 있데요. 그래서 그냥 살았어요. 그전같이 하루하루만 생각하며……."

그게 명훈에게서 버림받은 직후의 심경을 나타내는 그녀의 말이었다. 그러다가 다시 명훈으로서는 상상도 못 한 정신적인 일면을 드러내 보이기도 했다.

"그런데 몇 달 지나니 다시 내가 열심히 살아야 할 이유들이 생기데요. 그중에는 명훈 씨도 있었어요. 지금은 이렇게 헤어지게 되었지만 이게 끝은 아닐 거야, 하는 기분 말이에요. 하느님인지 부처님인지는 몰라도 이렇게 끝장을 보게 하려고 명훈 씨와 나를 만나게 하지는 않았을 거야……. 그러다가 다시 그 생각은 믿음으로 바뀌데요. 그래, 우린 잠시 헤어졌어. 또 만날 거야. 반드시 만나게 될 거야. 접때는 내가 힘들여 찾아갔지만 이번에는 명훈 씨가 날 찾아올 거야……. 하지만 한편으로는 이런 기분도 들었어요. 설령 명훈 씨가 돌아오지 않는다 해도 나를 지금보다 더 험하게 굴릴 수는 없어. 명훈 씨를 성나게 하는 짓은 되도록 하지 않으며 기다려 보겠지만 돌아오지 않더라도 원망하지는 않겠어, 라는 기분 말이에요."

명훈은 그런 그녀의 뒤엣말이 영 곧이들리지 않아 불쑥 물어보았다.

"그건 전혀 너답지 않은데. 기다림도 그렇지만 돌아오지 않는다 해도 그를 위해 뭘 어떻게 하겠다는 말 같은 거……."

그러자 모니카는 잠깐 원망이 담긴 눈으로 흘겨보다가 애써 담담하게 말했다.

"명훈 씨는 언제나 저를 혼이 없는 여자로 보고 계시지요? 그렇지만 혼이 없는 여자가 어딨겠어요? 명훈 씨의 마음 한구석에 저를 끔찍이 싫어하고 몸서리쳐하는 감정이 있다는 것도 잘 알아요. 그렇지만 모욕당하고 학대를 받아도 함께 있는 것이 그렇지 않은 것보다 더 좋은 걸 어떡해요? 혼이 없어 그런 게 아니라…… 정말로 뜨겁게 사랑하는 혼이 있어 그런 거라고요."

명훈에게는 이게 정말 모니카가 하는 말일까 싶을 정도로 생소하게 들리는 말이었다. 지난 4년의 세월이 무언가 그녀에게 변화를 주기는 준 듯했다.

하지만 아직도 감동할 기분은 아니었다. 오히려 네가 무슨 재주를 부리는가 보자는 심경으로 빈정거리듯 물었다.

"몸은 이놈 저놈에게 편리할 대로 굴리면서 혼으로만 하는 사랑이 있단 말이지? 그게 바로 네 사랑이란 말이지?"

"그래요. 그런 사랑도 있어요. 안 믿으시겠지만."

모니카는 그렇게 자신 있게 대답해 놓고 빠른 말소리로 이었다.

"거기에 얼마만 한 자신의 선택이나 책임져야 할 실수가 들어 있는지는 모르지만 어떤 여자들은 처음부터 몸으로는 사랑할 수 없는 여자들이 있어요. 사랑을 알기도 전에 몸이 먼저 망가져 버린 경우 말이에요. 특히 몸의 순결이 사랑의 중요한 조건이 되는 사회에서는 그 여자들의 사랑은 정신에 의지할 수밖에 없어요. 아시겠어요?"

그러자 명훈은 비로소 가슴 찌르르한 감동을 느꼈다. 처참했을 세월이 한 황폐한 영혼을 일깨우고 기르기도 하는구나. 그게 이제서야 찾아낸 너의 영혼이었느냐. 그게 내가 없는 것으로 단정한 네 영혼의 진상이냐. 그렇다면 사랑 못 할 영혼도 아니로구나……. 그때 명훈이 그토록 쉽게 감동할 수 있었던 데는 어차피 화해하지 않을 수 없다는 현실적인 고려도 한몫을 했을지 모른다. 어쨌든 그렇게 두 사람이 서로를 이해하고 서로에 대한 연민과 동정을 회복하는 데는 그리 오랜 시간이 걸리지 않았다.

명훈이 자신의 비뚤어진 욕정과 그녀의 동물적인 본능이 어울린 것으로만 비하시켜 이해했던 그들의 성애도 그날 밤을 기점으로 새로운 의미를 부여받았다. 감정적인 화해가 이루어지자마자 성급하고 거칠게 이루어진 정사 뒤에 모니카가 또 새로운 말을 했다.

"이 말…… 믿어 주실지 몰라도 내가 세상에서 같이 잔 남자는 명훈 씨뿐이에요. 그래요……. 어쩌면 내 몸을 거쳐 간 남자는 명훈 씨의 추측보다 훨씬 더 많을지 몰라요. 그들 중에는 제법 내 몸을 뜨겁게 달구어 준 남자도 있어요. 그렇지만 한 번도 내가 그들과 사랑을 했다고 느껴 보지는 못했어요……. 그런데 명훈 씨는 아녔어요. 아무리 거칠고 성급하게 나를 다루어 내 몸으로 봐서는 터무니없이 불만스럽게 끝나 버려도 다른 데서 경험한 어떤 황홀한 절정보다 더 큰 만족감과 평온함을 느끼게 해 주거든요. 전 그걸 사랑이라고 믿고 싶어요."

전에는 한사코 다른 남자들의 얘기를 숨기려던 그녀였다. 그리고 되도록이면 육체적인 일체감을 과장하여 그걸로 자신의 사랑을 드러내려고 애썼는데 그날은 전혀 그렇지 않았다. 거기다가 그런 말까지 듣고 보니 명훈은 다시 새로운 눈으로 그녀를 보지 않을 수 없었다. 정밀하게 계산되고 의도된 것은 아니라 해도 이 또한 우리 악연의 수렁을 더 깊고 질척이게 만드는 그녀의 술수인지도 모른다……. 그런 의혹이 들면서도 만난 뒤 거의 처음으로 혐오감이나 모멸감 없이 혼곤한 잠으로 빠져들 수 있었다.

하지만 다음 날 아침, 날이 밝으면서 명훈의 옛 혐오감과 모멸감은 희미하게 되살아나기 시작했다. 안동에서와 다름없이 어질러져 있는 모니카의 방 안이나 화장이 지워져 제 나이를 드러낸 그녀의 얼굴이 백치 같은 웃음과 함께 까마득히 잊고 있던 옛 기억들을 되살린 탓이었을 것이다. 그때처럼 되도록이면 빨리 그녀 곁을 떠나고 싶다는 기분까지는 아니었으나, 어쨌든 떠나야겠다는 생각이 들어 옷을 걸치면서 명훈이 불쑥 물었다.

"그런데 이 장사는 언제부터 시작했지?"

"이 장사라니요? 카페?"

"그게 아니고 색시 장사 말이야."

"색시 장사요? 글쎄 그걸 색시 장사라고 해야 하나……."

"주문 받고 색시 대 주면 색시 장사지, 그럼 어떤 게 색시 장사야?"

명훈은 비로소 시빗거리를 찾은 사람처럼 추궁하는 목소리로 물었다. 그러자 그녀가 명훈을 멀거니 올려보다가 피식 웃으며 대답했다.

"하긴 뭐, 그쪽에선 그리 알 수도 있겠네. 하지만 전 색시 장사 한 적은 없어요. 쉬는 동생들 일당으로 뛰는 거 연결시켜 준 것뿐이라고요. 소개비 한 푼 안 받고요."

"그것 참 부처님 가운뎃토막 같은 소리네. 그럼 소개비도 없이 애들 보내 주고 있단 말이야?"

"명훈 씨, 다른 건 다 믿지 않지만 그래도 내가 돈에 악착스럽지 못하다는 건 알잖아요? 일이 이렇게 된 거라고요. 재작년부터 방석집에서도 자꾸 날 마담으로 밀어내고 나도 이제는 색시 노릇이 피곤해져서 엄마하고 의논했죠. 내가 모아 둔 거 쬐끔하고 엄마 대폿집 합쳐서 깨끗한 카페나 하나 열자고요. 그게 명훈 씨가 어제 전화한 그 업손데…… 장사는 별로 시원치 못하지만 그냥그냥 견딜 만은 해요. 그런데 한 가지 특별난 것은 거기 나오는 아이들이에요. 나는 첨에 엄마가 주방을 맡고 나는 홀을 맡아 단출하게 카페를 꾸려 가려 했는데, 술집에서 알게 된 동생들이 내가 개업했다니까 하나둘 몰려들더라고요. 왜, 색시 노릇이라도 1년 열두 달 줄곧 할 수는 없잖아요? 월급 나가는 중간에 한두 달씩 쉬는 기간이 있는데 그런 애들이 찾아와 술도 한 잔씩 하고 가고, 수다도 떨다 가고, 우리 손님 오면 합석도 해 주고…… 그러다 보니 우리 집은 손님보다 아가씨들이 많은 형국이 됐어요. 그걸 아는 이웃 업소에서 가끔씩 아가씨들 빌리러 오는데 노는 아이들 있으면 보내 줬죠. 그게 전부예요."

"전문 업소에서 전화번호까지 가지고 주문하는 것 같던데."

"아, 물랑루즈? 거기 영업부장하고 여기 드나드는 동생들 중 하나하고 그렇고 그런 사이라 단골로 부탁하는 편이에요. 하지만 가서 물어보세요. 제가 돈을 받고 소개해 주나, 어쩌나."

"하지만 그때마다 어김없이 아가씨를 대 주는 건 아무래도……."

"쉬고 있는 애들 중에도 용돈 궁해지면 일당으로 나가는 애들이 있어요. 그런 애들이 우리 집에 많이 오니까 내가 연결시켜 준다는 것뿐이지, 전문적으로 색시 장사 하는 건 아니라니까요."

모니카가 그렇게 변명처럼 말해 놓고 갑자기 화제를 명훈 쪽으로 돌렸다.

"그런데 저야말로 묻고 싶어요. 도대체 어떻게 된 거예요? 왜 명훈 씨가 그 집에서 그런 전화를 하게 됐죠? 그동안 어디서 무얼 하셨어요? 그리고 지금은요?"

그것도 그녀의 변화라면 변화였다. 전에는 감히 명훈의 삶에 대해 묻는 법이 없었는데 이번에는 바로 묻고 들었다.

"응, 그렇게 됐어. 거기 영업부장이라는 그 새끼, 너 몰라? 옛날에 호다이라는 별명으로 깡철이 꼬붕 노릇하던 얼치기야. 저로 봐서는 이 바닥에서 크게 출세한 거지. 내가 궁해 잠시 뒤봐주고 있어."

묘하게 상해 오는 자존심 때문에 명훈의 말투가 절로 거칠어졌다. 깡철이란 말에 표정이 살풋 어두워졌으나 이내 평온을 회복한 그녀가 말했다.

"아, 그랬구나. 어디서 듣던 목소리 같다 했더니……."

"깡철이가 들어가기 전까지 따라다녔으니까 못 본 지 몇 년 되지 않았을 텐데."

명훈이 더욱 뒤틀린 목소리로 그렇게 말했다. 깡철이란 이름을 입에 올리고 보니 옛날의 불쾌한 추억과 함께 그녀에게 품고 있던 혐오감이 다시 되살아났다. 그러나 그녀의 표정에는 아무런 변화가 없었다.

"깡철이 그 사람도 못 본 지 하마 5년이 넘었어요. 물랑루즈 영업부장은 전화로만 거래했고. 그건 그렇고…… 명훈 씨는 어쩌다 그렇게 되셨어요? 돌내골은 어쩌고요?"

그렇게 슬쩍 화제를 바꾸어 버렸다. 전처럼 그녀가 안달을 하며 자신을 변명하거나 깡철이를 과장되게 험구했다면 명훈의 혐오감은 보다 공격적으로 발전했을 것이다. 하지만 그렇게 가볍게 피해 버리자 명훈은 더 꼬투리를 잡을 데가 없었다. 거기다가 그녀가 덧붙인 질문도 그 어떤 변명이나 부인보다 더 효과적으로 그 방면에 대한 명훈의 추궁을 봉쇄했다.

"한마디로 송충이는 솔잎을 먹고 살아야 하는 거야. 내게 주어진 운명이 이뿐인 것 같아. 개간, 상록수의 꿈…… 말짱 헛거야. 혼자 잘난 척 뛰어 봤자 결국은 뒷골목 시궁창에서 너하고 어울리게 되어 있는 게 내 팔자란 말이야."

명훈은 쓰라린 실패담을 되뇌기 싫어 그렇게 퉁명스레 잘랐다. 모니카의 눈이 반짝했다. 명훈이 경멸해 마지않던 그녀의 단순성이 순간적으로 되살아난 것이었다.

"그럼 저와 다시 한 번 시작해 보시겠어요?"

그녀가 예전의 백치 같은 웃음을 흘리며 안겨 들 듯 다가섰다. 그러나 명훈에게는 더 화를 낼 기력이 남아 있지 않았다. 담배 한 대를 뽑아 불을 붙이며 덤덤하게 말했다.

"네가 기다렸다는 것, 혹시 내가 이렇게 되어 널 찾아오는 게 아니었어?"

"그건 아니에요. 하지만 지난 세월 내내 제게 가장 막막했던 게 뭔지 아세요? 그건 명훈 씨의 눈이 언제나 나와 다른 곳을 보고 있다는 거였어요. 나로서는 죽었다 깨나도 갈 수 없는 어떤 딴 세계를 바라보고 기회만 닿으면 그리로 떠나려는 거 말이에요."

모니카가 그렇게 말할 때는 전에 느끼지 못했던 진한 연민이 가슴까지 적셔 왔다.

"잘됐군. 이젠 그럴 기력도 없어졌으니. 하지만 우리가 다시 뭘 어떻게 시작하지?"

"그냥 둘이 사는 거예요. 거창한 욕심 없이. 그러나 남에게 구걸하거나 업신여김 당함 없이."

"겉으로는 어떻게 떠벌렸는지 모르지만 솔직히 내가 내심으로 바란 것도 그 정도였어. 하지만 쉽지 않더군."

"명훈 씨의 세계에선 그게 어려웠는지 몰라도 여기서는 그리 어렵지 않아요. 저하고 함께 다시 시작해요."

"뭘 어떻게?"

"우선 돈부터 좀 벌어요. 지금까지는 한 번도 돈에 악착을 떨어 본 적이 없지만 이젠 생각이 달라지네요. 무엇보다도 자본주의인지 뭔지 어쨌든 이런 사회에서는 그게 사람으로 살 수 있는 최소한의 조건이잖아요? 전부터 엄마와 의논하던 게 있어요. 든든한 남자가 없어 손을 대지 못하고 있었는데 명훈 씨가 있다면 해 볼 만해요."

"그게 뭔데?"

"색싯집요. 시골 방석집과 도회지 요정의 중간쯤 되는. 아슬아슬하게 서울 시로 편입된 천호동 변두리에 맞춤한 한옥 하나를 봐 둔 게 있어요. ㅁ 자집인데 방이 열 개나 되고 여름에는 안마당도 술청으로 쓸 수 있는 그런 집이에요."

"그런 변두리에 방이 열 개나 되는 색싯집이 될까?"

"그게 바로 엄마의 눈썰미라고요. 거기가 변두리지만 광주 대단지에서 서울로 넘어오는 길목이고 서울서 하남으로 빠지는 길목도 되는 곳이에요. 잘 아시죠? 광주 대단지가 어떤 곳인지. 그리고 하남도 옛날 시골 면이 아니래요. 엄마 말로는 어쩌면 광주 대단지보다 먼저 개발될지 모른대요. 말하자면 둘 다 부동산 땜에 눈먼 뭉칫돈이 몰려다니는 곳이죠. 하지만 광주 대단지도 하남도 제대로 된 술집은 없고, 있다 쳐도 서울과는 기분이 다르잖아요? 특히 생색내는 술자리로는……. 그런데 엄마가 보아 둔 집은 두 곳 모두에서 멀지 않으면서도 서울 기분을 낼 수 있는 자리라는 거예요. 저도 가 보았는데 괜찮은 술집이 있다는 것만 알려지게 되면 양쪽에서 들며 날며 얼마든지 찾아올 만한 곳이더라고요."

말투로 보아 모녀는 꽤 구체적으로 입지 조건을 살핀 모양이었다.

"그렇지만 괜찮은 술집이란 것은 어떻게 알리지?"

명훈은 그렇게 묻는 자신이 마음 한구석으로는 한심하게 느껴지면서도 진지함을 잃지 않고 물었다. 힘을 얻은 모니카가 이제는 그녀 특유의 재재거리는 목소리가 되어 나름의 사업 계획을 쏟아 놓았다.

"그건 자신 있어요. 색싯집이란 건 색시로 결판나는 거 아녜요? 마침 절 따르는 동생들이 많이 있으니까 처음 몇 달은 서울 어느 요정 못지않게 쭉쭉 빠진 애들로 열 방 모두 넣어 줄 수 있을 거예요. 시골 동장이나 복덕방 영감들 혼을 빼놓기에는 충분한 애들

232

로 말이에요. 그러다가 자리 잡히면 그때는 걔들 좋을 대로 놓아 주면 돼요. 그곳이 재미있으면 정식으로 월급 나오고 그렇잖음 제 갈 길 가게 하면 되는 거라고요. 아무리 요즘 애들이라지만 그 정도 의리들은 있어요."

그러고 이제는 아무런 주저 없이 명훈을 붙들었다.

"명훈 씨, 어때요? 저하고 한 번 시작해 보지 않으실래요? 물랑 루즈 뒤를 어떻게 봐주고 있는지는 모르지만 거긴 이제 옛날 명훈 씨가 알던 판이 아니라니까요. 자유당, 민주당하고 같이 주먹판도 갔다던가요. 군사정부란 게 워낙 깡패들을 키우지 않는 데다가 눈치 보며 조금씩 고개 드는 판은 또 옛날하고는 딴판인 모양이더라고요. 그렇다고 이제 와서 명훈 씨가 그런 판에 칼잡이로 나설 수도 없잖아요? 그러니 거긴 그만 잊어버리세요. 저하고 이 바닥에서 다시 시작해 봐요."

오래 술집에서 술집으로 돌면서 그녀도 주먹 세계를 제법 눈 밝게 보고 있었다. 전 같으면 그게 오히려 명훈에게 짜증을 일으켰을 테지만 그날은 오히려 그런 그녀의 눈뜸이 슬몃 감탄스러웠다. 나도 호다이가 그리 오래 기댈 만한 녀석이 못 된다는 건 알고 있어. 그래 좋아. 한번 그 길로 가 보자. 거기는 또 뭐가 있는지 ─. 명훈은 하마터면 그렇게 말할 뻔했으나 그래도 남은 한 가닥 자존심으로 버텼다.

"당장은 곤란해. 사내끼리의 약속이 있으니까. 하지만 생각은 해 보지."

그런 말로 그녀의 집을 나왔으나 며칠 후 다시 들러서는 그대로 눌러앉고 말았다. 그리고 꼭 한 달 뒤에 개업한 것이 그 변두리 요정이었다.

연탄 갈기를 마친 명훈이 내실로 들어가려는데 방 안에서 모니카가 현 양을 다그치고 있는 소리가 장지문 밖으로 새어 나왔다.

"그래, 이년아, 너 잘났다. 촌놈 가리고 칠푼이 팔푼이 따지면서 색시질은 언제 할래? 장 사장이 어때서? 내 보기엔 기마에(되잖은 선심)만 좋더라."

"그 새끼, 변태예요. 사람을 밤새 초주검으로 만들어 놓는다고요. 그것도 징그러운 짓만 골라 하며. 하룻밤에 백만 원을 준다 해도 그런 새낀 싫어요."

현 양이 조금도 숙이는 기색 없이 대꾸했다. 지난번 외박 때 뭔가 당해도 단단히 당한 모양이었다. 모니카가 혀를 끌끌 차며 말했다.

"으이구, 저 곤조통. 야, 너 여기 나온 지 몇 해째라 했지? 그런데 저런 촌놈 하나 못 다뤄? 그리고 솔직히 말해 사내치고 변태 아닌 새끼가 어딨어? 니 마음에 안 들면 다 변태지. 그러지 말고 이 언니 한번 도와주라. 이왕 주는 거 활딱 벗고 주란 말이야. 활딱 벗고 주는데 변태가 어딨어?"

거기까지 듣자 어지간한 명훈도 차마 내실로 들어갈 수가 없었다. 그대로 발길을 돌려 주방으로 갔다.

주방은 재래식 한옥의 부엌을 개조한 것이었다. 네 평 남짓한 흙봉당에 시멘트를 발라 반은 살림집의 부엌으로 쓰고 반은 마루를 깔아 상을 차리거나 과일을 깎고 마른안주를 장만하는 업소 주방으로 쓰고 있었다. 명훈이 문을 열자 식모와 조리사를 겸하고 있는 안성댁이 늦은 저녁을 먹고 있다가 서둘러 수저를 놓았다.

"아주머니, 저녁 식사 다 하셨으면 술 한잔 주실래요?"

어차피 밤이 깊으면 이 방 저 방에서 얻어 걸친 술로 얼큰해질 테지만 그날은 무엇이 감정을 건드렸는지 초저녁부터 술 생각이 났다. 자주 있는 일이 아니었지만 별수 없이 안성댁은 작은 개다리 소반에다 막걸리와 나물 안주 몇 접시를 받쳐 내놓았다.

명훈은 되도록 섬세한 감정에 빠져들지 않으려고 애쓰며 대접으로 막걸리를 비웠다. 이상하게 술이 잘 받아 금세 한 되들이 주전자가 바닥이 났다. 명훈이 내처 한 잔 더 할까 망설이는데 갑자기 바깥이 소란했다.

"오늘은 어째 초저녁부터 취한 손님만 오누?"

안성댁이 그렇게 중얼거리며 밖을 내다보는데 모니카의 호들갑스러운 목소리가 들려왔다.

"네, 나가요. 기다리세요."

그런데 그다음이 이상했다. 으레 이어져야 할 모니카의 코맹맹이 소리 대신 무언가 싸늘한 거절의 말소리가 들리는가 했더니 다시 비명 같은 외침이 들렸다.

"이거 왜 이래요? 방이 찼다지 않았어요?"

명훈이 얼른 몸을 일으켜 나가 보니 대문께에 주저앉아 있던 모니카가 일어서며 악을 쓰는 중이었다. 그런 그녀 앞으로 두 명의 젊은이가 건들거리며 들어서고 있었다. 명훈은 그들을 보자 절로 긴장했다. 알 만한 녀석들이었다. 개업날부터 업소 주변을 기웃거리며 시비를 걸어오고 있는 근처의 건달들이었다.

"왜 그러슈?"

명훈이 짐짓 그들을 모르는 척하며 마당으로 내려서자 힘을 얻은 모니카가 한층 소리를 높였다.

"여보, 어서 파출소에 전화해요. 귀때기 새파란 것들이 초저녁부터 어디서 행패야? 지금이 어디 자유당, 민주당 시절인 줄 알아?"

"이보쇼. 그러지 마쇼. 우린 술 먹으러 온 손님들이란 말이야. 술집에 술 먹으러 온 것도 행팬가?"

둘 중에 조금 나이 든 축이 제법 지긋한 목소리로 받았다. 명훈은 잠시 어떻게 대응할까 망설였다. 저번에 와서 술값 시비를 벌일 때도 이 촌놈들 때려잡아 한번 겁을 줘, 싶다가 무언가 믿는 구석이 있어서일지 모른다는 생각 때문에 더 살펴보기로 한 녀석들이었다. 하지만 아무래도 무언가 결단을 내려야 할 때가 온 것 같았다. 그때 모니카가 다시 악을 썼다.

"방 없다고 하지 않았어? 그런데 사람을 쳐?"

"치긴 어딜 쳐요? 길을 막으니까 비키라 그런 거지. 사람을 그렇게 차별 대우하는 거 아뇨. 내 방문 한번 열어 볼까? 정말로 방이 다 찼는지.”

상대의 말투에는 이죽거리는 듯한 데마저 있었다. 그걸로 보아 단단히 마음을 먹고 온 것임에 틀림없었다. 아무래도 주먹만 믿고 마구잡이로 덤비는 시골 건달 같지는 않았다. 우선 이것들의 뒤부터 알아봐야겠구나, 명훈은 그렇게 마음을 정하고 모니카를 달랬다.

“어이, 그러지 말고 10호실 치워. 아무래도 뭔가 할 얘기가 있어 찾아온 친구들 같은데.”

그리고 짐짓 억양 없는 목소리로 그들에게 말했다.

“형씨들, 들어오슈. 한두 번도 아니고. 세 번 네 번 찾아올 땐 뭔가 볼일이 있으신 것 같은데…….”

그 말에 나이 적은 쪽이 움찔했다. 무언가 좀 뜻밖이라 놀라면서도 송구해하고 있는 듯한 느낌이 짚여 왔다. 이 녀석은 별로 도회지 때가 묻지 않은 시골 건달이구나……. 그런데 나이 든 쪽은 달랐다.

“역시 사장님이셔. 이제 감 잡으셨구만. 어디 저 방이오?”

그렇게 명훈의 말을 받고 당연하다는 듯 10호실 쪽으로 걸음을 옮기며 나이 적은 녀석에게 명령조로 말했다.

“쎄꺄, 빌빌거리지 말고 따라와. 너 술 고프다며?”

방 안에 자리를 잡고도 나이 든 쪽은 제법 관록 있는 뒷골목 주먹 흉내를 냈다. 명훈이 술상을 봐 오라고 하자 위압적으로 덧붙였다.

"맑은술로 내오슈. 나 이래도 맑은술 아니면 안 마시는 사람이오."

이 녀석은 어디서 어떻게 놀다가 온 녀석일까……. 명훈은 그런 관찰의 눈길을 떼지 않은 채 녀석이 시키는 대로 맥주와 마른안주를 시켰다. 술상이 들어오기를 기다리는 사이 녀석이 먼저 수인사를 청해 왔다.

"한상봉임다. 청량리 쪽에서 놀 때는 '도로꼬'로 통했소. 별로 재주는 없고 도로꼬 면도날로 몇 놈 얼굴을 긁어 줬더니 붙은 별명이오. 지금은 한 건 걸린 게 있어 집에 돌아와 수양하는 중임다. 그리고 쟤는 날 따라다니는 동생이고오. 지 말로는 중곡농고(中谷農高)에서 짱돌이란 별명으로 날렸다던데, 어쨌든 깡다구 하나는 고재봉(도끼로 상관 일가족 5명을 몰살한 살인범)이 촛대뼈 까는 놈쯤으로 알아 두슈."

제 딴은 한껏 거품을 피워 자기소개를 한 셈이지만 명훈은 그때부터 조금씩 긴장을 풀었다. 물이 달라졌다고는 하지만 주먹 세계는 그 세계대로 나름의 변치 않은 관행을 가지고 있는 법이다. 명훈이 알고 있는 바로 첫 대면에서 있는 대로 자신을 떠벌리는 것은 관록 있는 주먹의 행태가 아니었다. 대단찮은 사고 치고 집에 와 숨어 있는 똘마니이기 십상이구나…….

"나 이명훈이오. 아우님들보다는 몇 해 먼저 동대문 쪽에서 야쿠자 물이라도 얻어먹은 적은 있지만, 뭐 그리 내세울 만한 이력은 없고…… 지금은 보다시피 이렇게 마누라 앞세워 술장사나 하고 있소. 잘 부탁합니다, 아우님들."

명훈은 한껏 공손하면서도 아우님들이라는 호칭으로 슬며시 그들을 건드려 보았다. 구식 오야붕들이 다른 가족의 꼬붕들에게 은근히 위압적이면서도 친근함을 주는 호칭으로 즐겨 쓰던 말이었다. 그러나 도로꼬는 알아듣는 눈치가 아니었다.

"어라, 오늘 술 한잔 얻어먹으려다 늙다리 형님까지 얻게 됐네. 좋시다. 범절 봐서 형님 대접 해 드리지."

비위 상하는 것을 억지로 참는다는 표정으로 그렇게 받았다. 그러나 명훈은 거기서 다시 상대의 정체를 읽었다. 계보도 없이 떠돌던 똘마니구나……. 그날 그들이 내온 술상만 고분고분 마시고 일어섰어도 별일은 없었을 것이다. 아무리 악만 남아 밑바닥을 뒹굴게 되었지만 주먹질은 이미 서른이 넘은 명훈에게 반가운 일이 아니었다. 그런데 도로꼬와 짱돌은 너무 어리고 눈치가 없었다. 명훈이 굽히고 드는 것을 약함으로만 이해하고 갈수록 요구가 커졌다. 내온 술상이 다해도 일어날 생각을 않고 오히려 기세를 올렸다.

"똥개도 텃세는 하는 법이랬잖소? 남의 동네 와서 장살 하려면 인사가 있어야지. 이러지 말고 제대로 한 상 내오슈. 색시들 인사도 좀 시키고."

그때 이미 명훈에게는 이것들이, 하는 기분이 들었다. 그러나 그것도 노회함일까, 울컥 속이 치솟는 한편에서는 피할 수 없는 한판이라도 이쪽의 피해를 최소화하려는 냉정한 계산이 이루어지고 있었다. 어차피 주먹으로 다루어야 할 녀석들이라도 이대로 둘을 상대하는 것은 무리일지 모른다. 그런 생각으로 모니카를 불렀다.

"여기 소주하고 안주 좀 제대로 내와. 색시도 남은 애들이 있으면 두엇 들여보내고."

그리고 다시 술상이 나오자 대뜸 맥주 컵에 철철 넘치도록 소주를 따랐다. 그제야 도로꼬의 취한 눈길에도 언뜻 경계의 빛이 어렸다. 잔은 호기롭게 받아도 한꺼번에 비우지 않고 찔끔거리는 게 제법 뒷골목에서 익힌 조심성을 보여 주었다. 그러나 짱돌이라는 젊은이는 명훈의 바람대로 단숨에 주욱 들이켜는 호기를 보였다.

"사장님도 한잔 드슈."

도로꼬가 못마땅한 듯 짱돌을 보다가 갑자기 명훈 앞에 놓인 맥주잔을 소주로 채웠다. 명훈은 주방에서 마신 막걸리가 마음에 걸렸으나 기가 꺾이지 않으려고 반쯤을 단숨에 비웠다. 스스로 알고 있는 주량에는 그 잔을 다 비워도 아직 여유가 있었다. 그러나 전보다 약해졌다고는 해도 아직 30도가 넘는 소주를 한꺼번에 한 홉이나 털어 넣어선지 취기가 생각보다 심하게 올랐다. 오래 끌어서는 안 되겠구나……. 명훈은 갑자기 다급해져 원래의 계획보다 빨리 마무리에 들어갔다.

"그런데 말이야, 아우님. 남의 동네에 와서 장사하려면 인사가 있어야 한다고 했는데 이 동네가 아우님 건가? 아우님 나와버린

가 이 말이야."

"그렇다고 보는 게 피차 속 편할 거요."

"그럼 인사는 어떻게 해야 하는데?"

"햐, 사장님, 정말 장사 첨 하시나? 명동에서는 다달이 세금을 거뒀지만 여기 같은 변두리에선 그것까지 바라지는 않겠시다. 술 고픈 동생들 데리고 오면 술이나 한잔씩 참하게 내쇼."

눈을 깜빡이며 살피기는 해도 도로꼬는 명훈의 속셈을 전혀 짐작하지 못하고 있었다. 아직 자신의 공갈이 제대로 먹혀들고 있는 줄만 알고 큰 인심이나 쓰듯 그렇게 말했다. 짱돌은 한꺼번에 내리부은 두 홉의 소주가 점점 효력을 발하는지 몽롱한 눈길로 두 사람을 바라보고만 있었다.

"이봐, 지금부터 내가 하는 말 똑똑히 들어. 야쿠자 물 제대로 먹으려면 먼저 의리와 예절부터 배우란 말이야. 선배 대접하는……. 너 명동에서 놀았다고 했지? 그게 정말이라면 당장 신 상사에게 가서 동대문 '간다'가 누구인지 물어봐."

명훈이 가만히 도로꼬를 쏘아보며 어조를 바꾸어 말했다.

"뭐야? 지금 누구한테 반말이슈?"

그제야 심상찮은 기미를 느꼈는지 도로꼬가 경계 어린 눈길로 목청을 높였다. 하지만 목소리에는 어딘가 한풀 꺾인 듯한 떨림이 있었다.

"얀마, 니네 신 상사가 여기 와도 내게 이리는 못 해. 이게 어디서 딱새 찍새로 놀다가 못된 것만 구경하고 돌아와선……."

명훈은 짐짓 목소리를 낮추고 침착함과 무게로 도로꼬를 위압해갔다. 도로꼬도 맹탕으로 죽어 주지는 않았다.

"뭐야? 그럼 한번 해 보자는 거야? 장사 다했다 이거지?"

그러면서 술상을 걷어차고 일어났다. 하지만 그때는 이미 모든 게 늦어 있었다. 그런 마구잡이 싸움이라면 도로꼬는 원래 명훈의 적수가 못 되는 데다 짱돌이 취해 제대로 도와주지 못하니 결과는 뻔했다. 잠시 후 명훈은 흠씬 얻어맞은 개처럼 마당을 기는 녀석들을 발로 밟은 채 안채를 향해 소리쳤다.

"파출소에 연락해. 이 새끼들, 무전취식과 영업 방해로 집어넣어 버려."

실존(實存)의 미로(迷路)에서

그해 2학기에는 삼선 개헌 반대 데모로 개강 자체가 한 달가량 미뤄진 데다 개강 뒤에도 다시 두 주일인가 휴교가 있어 규정된 수업일 수가 터무니없이 부족했다. 그 부족을 메우기 위해 기말시험이 12월 하순으로 밀리는 바람에 겨울방학은 연말이 가까워서야 시작되었다.

지방에서 올라온 아이들은 대개 크리스마스이브를 보내고는 총총히 집으로 내려갔다. 그러나 어머니와 옥경이가 일자리를 얻어 흩어짐으로써 돌아갈 집이 없어진 인철에게는 그대로 길고 막막한 방학이 되고 말았다. 한 달 가정교사를 쉬고 집으로 돌아가 이리저리 돌아다니며 보낸 지난 여름방학과 달리 가정교사로 입주해 있는 집에 그대로 눌러앉아 개학을 기다려야 했기 때문이다.

다행히도 가르치고 있던 아이들이 이듬해 중학교 3학년과 고등학교 3학년으로 진학하게 돼 주인 내외는 그렇게 된 것을 오히려 반가워했다. 하지만 인철이 실제 아이들에게 써야 하는 시간은 그리 많지 않았다. 그래도 아이들이 아직은 둘 다 2학년이라는 데서 온 부모들의 방심과 방학이란 말이 아이들에게 주는 해방감이 그 주된 원인이었다. 인철이 아무리 다그쳐도 하루 세 시간 정도밖에는 아이들을 책상 앞에 잡아 둘 수 없었다. 거기다가 아이들이 지방에 있는 친지들에게 놀러라도 가게 되는 날이면 하루가 온전히 인철의 몫이 되었다.

인철이 쓰는 방은 아이들의 학습 환경을 고려해 본채에서 가장 멀고 호젓한 곳에 있었다. 인철은 중학생인 남자아이와 그 방을 썼는데 막내라서 그런지 아이는 틈만 나면 안방으로 내려가 어머니 치맛자락을 잡고 있거나 거실의 텔레비전 앞에 눌어붙어 있었다. 따라서 그 조용하고 아늑한 방을 인철 혼자 차지할 때가 많았다.

처음 며칠 인철은 갑작스레 찾아온 동면과도 같은 그런 나날이 막막했다.

어울려 다니던 급우들은 대개 지방에서 유학 온 터라 크리스마스를 보내기 바쁘게 서울을 떠났고 생부(生父) 때문에 며칠 더 머물던 정숙도 해를 넘기지 않고 대전으로 내려가 버렸다. 고속버스 정류장에서 정숙을 전송하고 돌아올 때는 낯선 도시에 홀로 남겨진 듯한 기분 때문에 눈시울이 화끈하기까지 했다.

하기는 마음만 먹으면 혼자서도 하루를 보내기가 어렵지 않은 곳이 서울이었다. 인철은 영화를 좋아하는 편이었고 볼 만한 외화를 상영하는 극장들은 많았다. '세시봉'이나 '돌체', '디 쉐네' 같은 분위기 있는 음악실에서 몇 시간이고 죽칠 수도 있었다. 당시로는 대학 신입생의 의무감 비슷한 감정으로 배웠던 당구나 바둑도 시간을 죽이는 데는 아주 효과적인 놀이였으며, 당구장과 기원도 골목마다 있었다.

하지만 그 모두가 적잖은 경비를 요구한다는 점에서 우선 인철에게는 맞지 않았다. 식모살이를 하는 어머니나 여공이 된 옥경이 번 돈으로 등록금을 낼 수는 없는 일이었다. 그래서 용돈 명목으로 받는 많지 않은 돈에서 등록금을 모아야 하는 인철에게는 다른 곳에 돈을 쓸 여유가 없었다.

거기다가 타고난 성향도 인철이 그 겨울 내내 방 안에서 죽치는 데 한몫을 했다. 살아오는 동안 이곳저곳을 떠돌았고 나중에는 그것이 한 습성처럼 되기는 했지만 아마도 그가 타고난 성향은 외향적이기보다 내성적이며 동적이기보다는 정적이라는 편이 옳았다. 계기가 주어지면 움직이고 사람이 다가들면 받아들였지만 그 스스로 그 계기를 만들고 사람을 찾아 나서는 일은 원래가 그와는 맞지 않았다.

인철이 젊은 날에 쓴 일기에는 이런 구절들이 있다.

고독에 대한 공포가 얼마나 자주 나를 겁쟁이로 만들고 일쑤 무익

한 인간관계 속으로 몰아넣는가. 아무 취할 바 없는 범속한 정신에 호의를 구걸하고 천민들에게조차 무분별한 관용으로 다가가게 만든다. 정말이지 나는 너무 많은 인간을 알고 있고, 이해가 아닌 야합으로 그들의 정신과 만난다. 또 어차피 그들의 많고 적음은 나의 고독과는 무관함에도 끊임없이 새로운 인간을 탐낸다.

우리들의 상상이나 추측을 털어 버리고 그 자체를 냉정하게 살핀다면 죽음처럼 고독도 반드시 고통스러운 것일 수만은 없다. 해방이며 충일이며, 여러 가지 값진 정신 활동에 가장 유용한 환경이 될 수도 있을 것이다. 그런데도 그걸 고통으로 단정하고 겁내는 것은 순전히 상상과 추측에 바탕한 감정의 과장이거나 왜곡 탓인 듯하다. 따지고 보면 얼마나 많은 위대한 영혼이 그 고독 속에서 자신의 사상을 성숙시키고 인식과 통찰의 깊이를 더해 갈 수 있었던가.

다른 이들과의 관계에 있어서도 고독의 효용은 아주 높다. 고독을 두려워하지 않는 사람만이 사람을 냉철하게 알아볼 수 있고 정직하게 미워할 수 있으며 진실로 사랑할 수 있다. 그런데도 너는 지금 거리의 흥행사처럼 재주까지 피워 가며 천민들과의 무분별한 관계를 확대시켜 가고 있다. 좀 낡긴 했지만 한 번쯤은 저 광기 어린 철인의 충고를 되씹어 보는 것도 좋을 듯하다.

"고독한 자는 그와 만나는 자에게 너무 빨리 손을 내미는 일이 있다. 천민들에게는 손을 내밀지 말아라. 다만 앞발만을 주어라. 더욱이 그 앞발에는 사나운 짐승의 발톱이 감추어져 있어야 한다."

그게 그 무렵의 일기라고 단언할 수는 없지만 적어도 그가 새로운 사람들과의 만남에 그리 적극적이지 않았다는 것만은 쉽게 확인할 수 있다. 거기다가 그해는 그가 유별나게 새로운 사람들을 많이 만난 해이기도 했다. 대학에 진학하기 전까지의 여러 해 동안 그가 품어 왔던 또래 집단에 대한 동경과 갈망이 이상한 들뜸으로 그를 몰아댄 탓이었다.

따라서 그해 겨울의 긴 동면과도 같은 칩거는 어떻게 보면 인철이 오랜만에 경험하게 되는 자신과의 대면일 수도 있었다. 그는 보름에 한 번 정도 서울로 올라오는 정숙과의 만남을 빼고는 누구와의 교류도 없이 그 겨울을 보냈다. 그런데 그 예외적인 만남도 뒷날 정숙이 비꼰 것처럼 인철이 '교양이란 이름의 우매한 강제 수양'을 그녀에게 강요하기 시작함으로써 다감한 교류에서는 점차 벗어나고 있었다.

인철이 자신과 만나는 데는 대개 책이 중개자가 되었다. 하지만 그해 겨울의 책 읽기가 처음부터 그런 추상적인 목적으로 이루어진 것은 아니었다. 오히려 처음 얼마간의 책 읽기에는 현실적인 고려가 앞섰다. 제대로 대상을 파악하기도 전에 환멸부터 맛보게 됨으로써 일찌감치 망쳐 버린 필수 전공 학점들을 보완해 등록금이라도 절약해 보려는 의도가 그랬다.

인철은 이미 F학점으로 처리된 음운론(音韻論)에서부터 전공과의 친화를 시도했다. 그러나 모처럼의 그 기특한 시도는 사흘도 안 돼 실패의 조짐을 드러냈다. 그때까지도 그는 ㄱ의 발음을 영어의 대·소문자 K와 g, 그리고 KW, 기타 열 가지 종류로 표기하고 분류하는 일이 왜 중요한지 알 수가 없었고, 그런 연구에 가치를 부여할 마음의 준비도 되어 있지 않았다. 더군다나 자신의 잘못된 선택으로 거기에 일생을 탕진하는 것은 상상만으로도 무슨 재앙이나 저주처럼 끔찍했다.

인철은 다시 전공이 시작되면 맞닥뜨리게 될 의미론(意味論) 쪽으로 접근해 보았다. 이번에는 전보다 나았다. 적어도 개설서 수준에서는 음운론보다 훨씬 공감대가 넓었고, 나아가 그것이 20세기에 들어 패잔의 기색을 드러내는 철학과 만날 가능성을 보여 주었을 때는 은근한 반가움까지 느꼈다. 그 무렵 갑작스러운 번역 바람이 불어 비교적 많이 읽게 된 러셀이나 그에 의해 언급된 비트겐슈타인의 어떤 구절 혹은 철학 개론에서 읽은 옥스퍼드 일상 언어학파(日常言語學派)의 주장들을 연상시키는 그 현대적 전개 때문이었다.

그러나 본격적인 전공 준비로 소쉬르를 읽게 되면서 친화의 감정은 엷어져 갔다. 돈을 주고 산 새 책이라는 것 때문에 몸 못지않게 꼬이는 머릿속을 억지로 단속하며 며칠 읽어 가다가 오랜 독학의 폐습인 독단과 비약이 더는 그 책을 읽지 않아도 좋을 구실을 찾아 주었다. 그것은 시니피에와 시니피앙에서 플라톤적 이원론의 그림자를 발견한 데서 비롯됐다. 여기 플라톤의 이데아를 잘 가공해서 또 한판 멋지게 놀고 간 친구가 있구나. 어쩌면 무지와 단순의 용감성이겠지만 인철은 읽기 시작한 지 닷새 만인가 소쉬

르를 덮으면서 그렇게 자신 있게 중얼거렸다.

하지만 뒷날 가만히 돌이켜 보면 인철이 그런 언어학의 중요 분과들과 끝내 친화할 수 없었던 데는 말과 글에 대한 그의 독특한 이해 방식에 원인이 있지 않았던가 싶다. 잘 짜인 교과 과정이나 엄격한 스승의 지도 없이 홀로 지식을 쌓아 가는 과정에서 인철이 주로 의지한 것은 문학이었다. 그의 말과 글을 키운 것도 문학을 통해서였고, 따라서 그에게 말과 글의 수용과 이해 또한 당연히 문학적일 수밖에 없었다.

곧 그때의 인철에게 말과 글은 철저하게 해부하면 죽어 버릴 수밖에 없는 생명체 혹은 한번 해체하면 결코 그 원형을 되살릴 수 없는 어떤 유기적인 구조 같은 것이었다. 따라서 학문적인 소양과 근대적 보편 교양을 단단히 혼동하고 있던 그에게는 언어학의 비교 분석적 방법론이 말과 글에 들이대는 적의의 메스처럼 느껴졌을 것이다. 어떻게 보면 말과 글에 대한 그의 인식은 다분히 구조적이었음에도 불구하고 그가 그 위대한 구조주의의 선구자를 첫 대면에서 그토록 단호히 거부하게 된 것에서는 독학의 폐해로만 설명할 수 없는 어떠한 묘한 아이러니가 느껴진다.

인철이 그해 겨울방학 동안에 마지막으로 시도한 전공과의 친화는 현대 문예 이론을 통해서였다. 인철은 첫 학기 문학 개론을 배울 때 들은 젊은 강사의 강조에 따라 대뜸 신비평(新批評)으로 덤벼들었다. 신비평은 영미(英美)에서는 이미 10여 년 전부터 주류를 이룬 이론이지만 그때 우리의 대학 강단에서는 그야말로 새로운 이론에 속했다.

인철은 이미 번역돼 나온 르네 월렉과 오스틴 워렌이 함께 쓴 『문학의 이론』으로 그 방면의 접근을 시도했다. 당연하게도 결과는 성공적이지 못했다.

일관성도 없고 체계적이지도 못한 지식이 분석적인 방법에 일쑤 품게 되는 경원이 이번에도 거부감으로 작용하였다. 한 열흘쯤을 잡기 위한 통독을 하다가 랜섬의 이론을 요약한 곳에서 인철은 결정적인 구실을 찾아내었다. 순진한 감동으로 읊조렸던 영시(英詩)의 명품들은 관념시 혹은 즉물시(卽物詩)란 죄목 아닌 죄목으로 평가절하하고, 케케묵은 존 던을 17세기의 무덤에서 끌어내어 형이상(形而上)이란 그들의 이상을 구현한 시인으로 추켜올리는 것을 보고 자신만만하게 그들의 이론을 거부할 수 있었다.

인철의 독서가 전공과의 친화를 포기한 것은 방학이 시작된 지 한 달 남짓 뒤였다. 방향도 잘못 설정되고 설익은 주관과 학문에 대한 이해 부족으로 실패하기는 했지만 적어도 그가 상당한 열정과 집중력을 가지고 책을 읽은 것만은 사실인 듯하다.

'길을 잘못 들었구나. 잘못 찾아왔다……'

그 방면의 학자들이 보기에는 그런 성급한 실망이 한심스럽기조차 하겠지만 나름으로는 진지하게 한탄하며 인철은 드디어 신비평을 소개하는 책들을 덮었다. 그리고 오랜만의 외출을 준비하고 있을 때 주인아주머니가 기대하지 않은 잡비까지 가외로 집어 주며 은근하게 말했다.

"우리 선생님이 무슨 시험 준비하는가 보지? 법과도 아닌데 고등고시 준비라도 하는 거야? 이거 책이나 사 봐요."

그 바람에 막연하던 인철의 외출에는 예정에도 없던 서점이 곁들여지게 되었다.

한 달이나 방 안에 틀어박혀 있어서인지 바깥의 추위는 뜻밖으로 매서웠다. 그동안 두어 번의 외출이 있기는 했지만 모두가 집 근처의 다방에서 정숙을 만나 한두 시간 얘기를 나누다 돌아왔을 뿐이어서 집 안에 있는 거나 다름없었다. 거기다가 따져 보니 계절도 가장 혹한기였다. 두껍게 얼어붙은 한강이 정월 말의 추위를 실감하게 했다.

처음 서강 쪽으로 나가 강둑이나 거닐며 머리를 식히려고 했던 인철은 그 추위에 쫓겨 시내로 가는 버스에 올랐다. 그러나 명동 입구에 내리고 보니 마땅히 갈 곳이 없었다. 낯선 다방에서 커피 한잔을 마시다가 문득 주인아주머니가 한 말을 떠올리고 찾게 된 곳이 청계천 헌책방 골목이었다.

거품 섞인 것이기는 해도 풍요로운 1980년대에 접어들면서 그 헌책방 골목은 시들어 가게 되지만 갓 1970년대의 문턱을 넘던 그때만 해도 그곳은 아직 전성기를 누리고 있었다. 신학기를 앞두고 책을 팔 사람들과 사려는 사람들이 뒤섞여 골목은 겨울 거리답지 않게 북적거렸다. 인철은 꼭 어떤 책을 사겠다는 작정도 없이 그들 속에 끼어들어 청계천을 따라 흘렀다.

막연한 중에도 처음 인철이 눈여겨본 책들은 그 한 해 강의실을 떠돌아다니며 개론을 도강한 다른 전공 쪽이었다. 심리학, 미학, 논리학, 정치학…… 자기 전공 분야의 개론들보다 더 출석률 좋게 들은 그 개론들을 떠올리며 어느 쪽이 자신에게 더 유익하고 재미있을까를 가늠해 보려고 눈에 띄는 대로 그 분야의 헌 책들을 뒤적였다. 어쩌면 그때 이미 그는 자신의 전공을 포기하고 있었는지도 모를 일이었다.

그런데 세 번째 책방에 들렀을 때인가 입구에 들어서면서부터 인철의 눈을 끄는 책이 있었다. 대여섯 권짜리 전집을 노끈으로 묶어 둔 것인데 책방에서 일해 본 인철의 경험으로는 방금 누군가 아쉬운 사람이 헐값으로 팔아넘기고 간 것인 듯했다. 아직 판매대 위로 옮겨지지 않고 계산대 앞에 무더기로 놓인 게 그런 추측의 근거였다.

인철의 눈길을 끈 것은 아마도 맨 위에 있는 책의 제목 때문이었을 것이다.

『존재와 시간』, 익히 알고 있는 제목인데도 실제 책의 표지에 큰 글씨로 도안되어 있으니 영 낯선 책 같았다. 그 위에 보다 작은 글씨로 '하이데거 전집 1'이란 글씨를 다시 보면서 인철은 비로소 아, 그 책, 하는 기분이었다.

하지만 인철이 그 책을 사려고 마음먹은 것은 또 다른 연상 때문이었다. 이태 전에 죽은 시인 김수영(金洙暎)을 추모하는 글 중에 본 구절이 그랬다. 1960년대 초라던가, 한창 기승을 부리던 실존주의에 주눅 들어 하던 시인은 어느 날 받은 원고료를 몽땅 털어 하이데거 전집을 사고 두 달 만에 독파하여 그 주눅에서 벗어나게 되었다던가…….

"이거 얼마죠?"

다른 손님과 한창 책값을 홍정 중인 주인에게 인철이 그 책을 가리키며 물었다. 주인이 힐끗 인철과 그 책을 돌아보고 말했다.

"잠시 기다려요. 여기 얘기부터 끝내 놓고 봅시다."

그 말에 인철은 책을 묶은 노끈을 풀어 한때의 전문가로서 찬찬히 그 상품성을 살폈다. 책은 사 놓고 전혀 읽지 않았거나 아주 깨끗하게 다루어 새것이나 다름없었다. 그런데 차례로 살피다 보니 여지없는 흠이 하나 드러났다. 그 전집은 원래 총 일곱 권이었던 모양인데 다섯 권밖에 없었다. 가진 돈이 모자랄까 봐 걱정하지 않아도 좋을 만큼 큰 흠이었다.

"그거 아직 내놓지도 않았는데 노끈을 풀면 어떡해?"

먼저 손님과의 거래를 서둘러 끝낸 책방 주인이 인철에게 항의 비슷하게 말했다. 내용이 정확히 파악되어 있지 않은 상품이 고객 손에 먼저 넘어가 있는 게 왠지 불만인 듯했다.

"안을 좀 들여다보려고요. 이런 책은 중요한 대목 한 장만 찢겨 나가도 못쓰게 되니까요."

"새 책이나 다름없는 거야. 사서 모셔 두었다 이리로 가져온 거니까."

주인이 그러면서 책을 뺏어 그중 한 권을 펼쳐 보이며 말했다.

"어려운 책은 제대로 읽은 사람이 주를 달아 놓거나 표시를 해 둔 게 도움이 되는 수도 있어요."

인철은 그렇게 받아 놓고 슬쩍 물었다.

"얼마에 넘기시겠어요?"

파시겠어요, 라고 하지 않고 넘기시겠어요, 라고 함으로써 은연 중에 옛 경력을 드러내 보였다.

"보자, 3년 전에 권당 6백 원에 나온 거니 오륙 삼십하고, 인플 레 생각 안 해도 천 5백 원은 받아야겠네."

주인이 책 뒤편을 뒤져 정가표를 확인하며 느릿느릿 대답했다.

"에이, 아저씨도…… 전집 책값을 정가대로 치는 법이 어딨어 요? 그거 월부로 팔려고 뻥튀기해 붙여 논 값인데. 전집 책값 현금 으로 사면 새것도 반값이란 말이에요."

인철은 그래 놓고 다시 한 번 옛 경력을 드러내 보였다.

"게다가 이건 낙질(落帙)이잖아요?"

"그런 소리 하지 마. 낙질도 낙질 나름이야. 이건 소설처럼 계속 되는 이야기가 아니라 중간에 한두 권 빠져도 아무 상관 없다고. 또 기다려 채워 넣을 수도 있고……."

주인은 애써 태평스러운 어조로 말하면서도 살피는 눈길로 인 철을 바라보았다. 뭔가 만만한 손님이 아니라는 걸 느낀 듯했다.

"그러지 마시고 제게 넘기세요. 천 원 드릴게요. 솔직히 말해 이 거 잘해야 칠팔백 원에 받으신 거 아녜요?"

"학생, 혹시 나까마(중간상) 아냐?"

"그건 아니고요. 실은 제가 헌책방에서 일해 봐서 잘 알아요."

그러자 주인은 비로소 마음속의 의문이 풀린다는 듯 제법 호인다운 웃음까지 지어 보이며 말했다.

"그랬군. 좋아. 어렵게 공부하는 학생 같은데 그렇게 넘기지. 하지만 많이 봐준 거야."

집으로 돌아온 인철은 그로부터 개학 때까지 달포 남짓을 하이데거에 빠져 지냈다. 어떻게 보면 좀 엉뚱하고 돌연스러운 몰두였으나 우리 지성사(知性史)에 대입시키면 꼭 그렇지만은 않다.

그때 실존주의는 그 발상지인 서구 쪽으로 보면 이미 지는 해였다. 아직 사르트르가 남아 '펜을 검처럼 휘두르며' 좌충우돌 분투하고는 있어도 그의 실존은 다분히 회화적으로 묘사되곤 했다. 대신 그보다 늦게 떠오른 프랑크푸르트 학파의 해가 1960년대 학생운동을 중심으로 그 한낮을 구가하고 있었다.

하지만 아직도 서구와 20년 이상의 문화적 시차(時差)가 있던 우리 지성계에서 실존주의는 여전히 타오르는 해였다. 어쩌면 머지않은 저녁노을의 예감이 이 땅에서는 더 휘황한 빛을 뿌렸는지도 모를 일이었다. '부조리' '상황' '피투(被投)' '앙가주망' 따위의 낱말은 고급한 유행어였고, '죽음에의 선구(先驅)'는 잘못 이해되어 자살의 유혹이 되기도 했다. 어떤 의미에서 실존주의의 마지막 화려한 꽃이랄 수 있는 카뮈와 사르트르는 지성적이고자 하는 모든 젊은이의 필독서였으며, 그 선배인 도스토옙스키와 니체는 아직

궁핍하던 1960년대 말에 이미 호화롭게 장정된 전집이 나올 정도로 남다른 대접을 받았다.

그로부터 10여 년 뒤 이 땅을 휩쓴 민중 이론은 비록 극단한 좌파로 끝장을 보았으되 본질(혹은 출발)은 격세유전(隔世遺傳)된 프랑크푸르트 학파의 한국적 변종이 아닌가 의심이 간다. 그 위력은 프랑크푸르트 학파에 미치지 못하지만 실존주의가 그 무렵 성장기에 있던 이 땅의 정신에 끼친 영향은 컸다.

이 땅에서 자신의 정신을 길렀다는 점에서 인철도 일찍부터 그 영향 아래 있었다고 보는 편이 옳다. 어찌 된 셈인지 인철의 독서 목록은 열일곱 이전의 것에도 이미 도스토옙스키와 카뮈, 사르트르, 키르케고르, 니체의 책들이 올라 있다. 대부분이 소설이거나 감상적인 미문으로 중역(重譯)된 소론들이지만 나이와 썩 어울리는 목록은 아니다. 거기다가 그 무렵의 인철에게 마음 놓고 책을 사 볼 만한 여유가 없었음을 감안하면 그만큼 그들의 책이 흔하게 이 사회에 돌아다녔다는 뜻이 되고, 더 근원적으로 살피면 그만큼 그들의 사상이 우리 사회를 풍미하고 있었다는 뜻도 된다.

그렇지만 인철의 그 같은 경도(傾倒)가 오로지 당시의 지적 유행에 휩쓸린 탓이라고 할 수만은 없다. 집을 나간 뒤, 어렵지만 자신의 돈으로 책을 살 수 있게 되었을 때도 그는 확고한 선택으로 그 방향의 독서 목록을 불려 갔다. 그리하여 대학에 들어가기도 전에 이미 그들 네 사람의 책은 적어도 번역되어 있는 것이라면 대강은 훑게 되었다. 특히 도스토옙스키와 니체는 전집을 사 두고 되풀이 읽었을 정도였다.

그걸로 보아 인철의 성향 혹은 기질에도 그들의 사상과 쉽게 동화할 수 있는 요소가 있었음에 틀림이 없다. 거기다가 그들의 관심사가 인철이 처한 구체적 상황, 특히 아버지 때문에 원죄처럼 져야 하는 정치적·사회적 제약을 의식하지 않아도 되는 문제에 쏠려 있는 점은 그를 그들 쪽으로 기울어지게 하는 데 결정적인 요인이 되었을 것이다.

인류의 구원이나 존재와 무(無) 같은 문제는 궁극적이 되면 시간 혹은 죽음의 문제와 직면하게 되고, 일쑤 그 해결은 어떤 초월적 존재나 질서에 의지할 수밖에 없게 된다. 그리고 그 초월적 존재나 질서의 상정은 또한 일쑤 주관적 관념론의 성향을 띤다. 이때 인간끼리의 관계는 사소해지고 거기에 바탕한 역사적 인식이나 사회제도는 큰 고려의 대상이 되지 않는다. 곧 단숨에 현실의 쓰라린 상처들을 뛰어넘어 보다 크고 고상한 문제로 다가들게 되는 셈이다.

떠돌던 시절 인철이 도스토옙스키에게 매혹된 것은 그 사상의 심오함 때문이 아니라 그가 안고 있는 고민의 초월성 때문이었다. 그의 작품에도 현실의 고단한 삶은 나오지만 본격적인 사실주의에서처럼 잔인한 까발림은 없다. 무언가 그만의 뭉툭한 선으로 덧칠해 구질구질한 현실의 구체성을 감추고 삶의 비참과 희극은 오히려 독특한 신성(神聖)을 내비친다.

인생과 세계에 대한 그의 해석은 또 얼마나 자주 인철에게 위로와 격려가 되었던가. '영문 모르고 매를 맞는 아이'라는 말은 인철이 현실에서 겪고 있는 결핍과 가치 박탈의 체험을 추상화시키고 결과적으로는 그 고통을 경감시켜 주었다. '모든 것은 용서되어 있다.'라는 개념도 인철에게는 뒷날까지도 남용되지 않는 자기 연민을 길러 주어 비뚤어짐 없이 세계의 부조리와 대면할 수 있게 해 주었다.

　　니체의 경우 인철이 먼저 이끌린 것은 쇼펜하우어와 바그너를 통해 그 정신에 침전된 후기 낭만주의적 발상과 어법이었다. 인철은 열여덟 살 때 『차라투스투라는 이렇게 말하였다』로 니체를 처음 만나게 되었는데, 그때 그 책을 끝까지 읽어 낼 수 있게 한 것은 거기서 갈파되고 있는 초인 사상이 아니라 현란한 어휘들과 그것들이 어울려 폭포처럼 쏟아지던 경구들이었다. 초극, 영원회귀, 인간은 목적이 아니라 다리로다, 강물은 되풀이 그 원천으로 올라가고, 너희도 이 같은 강물로 몇 번이고 그 원천으로 되올라간다…….

　　뒷날 니체를 한 철학자로 읽어 갈 때에도 인철이 반한 것은 광기에 가까운 그 주관성과 끝내 논리만으로 일관할 수 없는 휘황한 관념이었다. 니체 옹호자들은 그의 역사성을 애써 주장하고 그 철학의 사회 비판적 기능을 강조한다. 그러나 당대에는 어떠했는지 모르지만 인철의 설익은 정신에 닿아 온 것은 한 불 같은 개성의 주관적 관념이었고, 그게 인철에게는 오히려 매혹적이었다. 역사성과 사회성에 바탕한 객관적 인식으로는 불리하게만 되어 있는 현실을 잊고 가장 근원적이면서도 고상한 추구에 동참할 수 있게 해 준 까닭이었다.

그런 도스토옙스키와 니체에 비해 사르트르는 인철에게 애증이 묘하게 교차된 복합 감정으로 다가왔다. 인철이 사르트르를 처음 만난 것은 일종의 문화적 강요에 따른 것이었다. 열일곱 살 때인가, 그가 노벨 문학상을 거부함으로써 다시 한 번 세상의 주목을 받고 그 대상작 「말」이 이 나라에도 번역되어 불티나게 팔린 적이 있었다. 반응이 워낙 요란스러워 열일곱의 인철도 무엇에 떼밀린 듯 그 책을 사서 읽기 시작했지만 절반도 읽지 못하고 욕지기가 나올 듯한 혐오감에 빠져 덮어야 했다.

아버지를 정액 몇 방울의 의미로만 언급하는 책의 앞머리부터가 아직은 아버지에 대해 우호적인 환상을 품고 있던 인철에게 그릇된 선입견을 심어 준 까닭이었을 것이다.

하지만 머지않아 인철의 남독 시대가 시작되면서 사르트르와의 화해도 이루어졌다. 이것저것 닥치는 대로 읽어 가는 동안에 다시 만나게 된 그의 소설들을 통해서였다. 인간이 내던져진 상황을 상징하는 '벽'과 실존을 부여하는 계기로서의 '구토'를 제목으로 삼는 그의 소설들은 미학적 성취와 상관없이 그 무렵의 인철에게 꽤나 깊은 인상을 주었다.

그렇지만 그 화해는 온전한 것이 못 되었다. 사르트르가 문학밖의 한 정연한 논객으로 자신의 철학을 옹호할 때면 인철은 이

내 서먹해졌고, 이른바 「제3의 길」로 좌충우돌, 현실 참여를 모색할 때는 진지한 어릿광대를 보는 처연함까지 품었다. 한번 그릇 심어진 선입견 탓도 있지만, 그보다는 그렇게 추구되는 실존의 객관성과 사회성에 인철이 본능적인 거부감을 느낀 탓이었을 것이다.

키르케고르의 『죽음에 이르는 병』도 그 무렵에 읽었지만 솔직히 스무 살도 안 된 남독자가 그의 '본래적 실존'을 다 이해했다고 보기는 힘들다. 오히려 그가 비본래적(非本來的) 실존으로 규정한 미학적 혹은 윤리적 실존의 편린들에 더 이끌리지 않았던가 의심한다면 그 시절의 인철에게 지나친 모욕이 될까. 특히 그 괴팍한 철학자가 결혼과 관련해 남긴 일화와 경구 들이 그 철학의 '주체적 진리'나 '질적 변증법'보다 훨씬 더 강한 인상으로 남았음을 고백시키고자 한다면.

하지만 그랬다고 해서 인철이 반드시 그들 네 사람만을 주목해 읽은 것은 아니고 그들의 교설에 정신을 통째로 내준 적도 없었다. 그런데도 대학에 들어오기 전부터 인철은 그들 네 사람이 무언가 연관 있는 얘기를 하고 있으며, 그것이 우리가 반드시 거쳐 가야 할 중요한 물음 가운데 하나라는 것을 느끼고 있었다. 내가 누구이며, 내가 존재한다는 것은 무슨 뜻인가 ─. 어쩌면 인철 자신도 이미 그런 물음에까지 이르렀는지도 모른다.

기억을 돌이켜 보면 10대 끝 무렵에 한때 모든 게 시들해져서 일상적인 삶을 내던져 버리고 싶은 충동에 강하게 휘몰린 적이 있었다. 그때는 대학 진학을 통해 또래 집단으로 복귀하고 싶다는 욕구도, 거기서 쌓은 지적 우위를 바탕으로 신분의 우위를 재탈환하려는 야망도 하찮고 속되기 짝이 없고, 명혜를 중심으로 키워 가던 미적 이데아마저 허망하게 느껴졌다.

그 전해 늦가을의 헤매임에도 그런 충동이 한몫을 했을 것이다. 하지만 인철이 그런 충동에 흔들릴 때마다 알맞춰 작동하는 묘한 현실감각이 결정적인 일탈을 막아 주었다. 어떤 물음은 먼저 묻는 자의 자격을 묻는다. 그런데 나에게는 아직 그런 고상한 물음에 빠져들 자격이 없다 —. 그렇게 자신을 단속하며 오히려 대입 준비에 또 하나의 의의를 보냈다. 나는 그 자격을 얻기 위해 대학으로 간다……. 따라서 원하던 대학에 오자마자 인철의 내부에서 다시 그런 충동이 고개를 들었다. 그 한 예가 지난 1년 이 강의실 저 강의실을 헤매며 몰두했던 가치의 문제였다. 무엇이 진정으로 가치 있는 것인가, 무엇을 선택해야 내 삶도 가치를 부여받을 수 있는가. 아니면 최소한 낭비의 죄라도 면하게 해 줄 것인가 —. 인철은 끊임없이 그렇게 중얼거렸지만 그 뒤에 숨은 물음은 내가 누구인가, 내가 존재한다는 것은 무슨 뜻인가, 였다.

그러다가 주위에서 그런 문제에 대해 제법 논리적인 해답을 얻어낸 듯한 친구들이 늘어나면서 인철은 은근한 다급함까지 느꼈다. 저 아이들이 또 나를 앞질러 가는구나. 인철은 또래들과의 심각한 술자리에서 가끔 그런 한탄을 했는데, 그때 그들 대부분이 차용하는 논리가 실존주의였다.

따라서 인철이 그날 하이데거 전집을 사게 된 것이나 그 뒤 겨울 방학의 나머지 한 달 남짓을 거기에 빠져 지내게 된 게 돌연스러울지는 몰라도 엉뚱한 짓은 결코 아니었다. 오히려 그는 언제부터인가 정통의 강단 철학자로부터 문학적인 비유나 상징의 옷을 벗어던진 실존을 명쾌한 논리로 듣고 싶은 충동을 느껴 오고 있었다.

그런 만큼 『존재와 시간』으로 시작된 하이데거 이해는 처음 한동안 기대 이상으로 순조로웠다. 낯선 용어들과 번역의 난삽함이 곁들여져 갑자기 울창한 숲 속에 빠져든 기분이 없지는 않았지만 그 숲은 이미 지나간 사람이 많아 크고 작은 길들이 열려 있었다. 인철은 오랜만의 열정으로 그 숲으로 빠져들었고, 어떤 때 자신이 실망스러울 만큼 오래 헤매다가 빤하게 열린 길 하나를 찾게 되면 감격에 가까운 기쁨을 맛보기도 했다. 지난 한 달 전공과의 친화에서 실패한 뒤라 거기서 온 허전함과 막막함 때문에 더욱 그랬는지도 모를 일이었다.

현대가 비록 형이상학을 또다시 긍정하는 것을 진보인 줄 생각한다 하더라도 존재 문제는 오늘날에 와서는 잊히고 말았다. 그럼에도 불구하고 사람들은 '존재에 관련된 거인의 싸움'을 재연시키려는 노력은 이제 하지 않아도 된다고 보고 있다. 그러나 여기에 제기된 물음은 결코 임의의 물음이 아니다. 플라톤과 아리스토텔레스는 이 물음에 대해 숨 돌릴 틈도 없이 연구했지만 그 이래로 침묵하고 만 것은 무리가 아니다……

그 책의 제1장 제1절은 그렇게 시작되고 있었다. 독일어를 잘못 이해했다기보다는 국어적 표현에 문제가 있어 보이는 그 문장들은 어지간한 독서량을 가지고 있는 인철에게도 곤혹스럽기 짝이 없었다. 거기다가 익숙하지 않은 전문용어들은 때로 비의적(秘儀的)인 느낌까지 들게 했다.

"존재는 존재자가 유(類)개념과 종(種)개념에 따라 분절돼 있는 한에서 존재자의 최고의 영계를 한정하지 않는 것이다."라든가, "정의는 최근류의 종차(種差)에 의해 얻어진다." 따위의 문장이 그랬다.

"묻는 일에 있어서 물음을 받을 자에 의해, 그 묻는 일이 본질적으로 난처해할 수밖에 없는 것은 존재 문제의 가장 고유한 영역에 속하는 것이다." 같은 문장같이 쉬운 낱말들로 되어 있으면서도 의미가 애매한 문장도 있었다.

인철은 처음 한동안 그 책은 독일어를 제대로 공부해 원문으로 읽어야 할 책이 아닐까, 하는 생각으로 나아가기를 머뭇거렸다. 하지만 막상 책을 덮으려 하면 새삼 그런 방식으로 추구되는 존재의 본질이 결국 무엇일까, 하는 궁금증이 일어 불만스러워하면서도 읽어 나가지 않을 수 없었다. 이미 상당히 자라 있던 지적 호승심도 그런 중도 포기를 허락하지 않았다.

그때 인철이 활용한 것이 한문 고전을 익히면서 터득한 나름의 독법이었다. 두어 해 전 대입 국어 과목 준비를 하다가 한시를 통해 한문 고전에 흥미를 느낀 인철은 홀로 『논어』를 시작해 보았다. 영어나 국어에서처럼 원문과 해석을 한 줄 한 줄 대조하며 읽어 나가는 방식인데, 그걸로는 진도가 느릴 뿐만 아니라 일관된 사상적 맥락을 잡을 수가 없었다. 그래서 읽기를 뒷날로 미룰까 하다가 우선 내용만이라도 알아 둔다는 기분으로 한글로 된 해석만을 골라 이틀 만에 읽어 치웠다. 누가 물으면 내용이라도 대강 일러 줄 수 있게 하기 위함이었다.

그런데 그 억지스러운 통독이 뜻밖의 효과를 나타냈다. 글로 정연하게 요약할 수는 없어도 공자가 그 책을 통해 드러내고자 하는 생각의 전모가 어렴풋하게나마 잡혀 왔고, 그사이 기억에 새겨진 몇몇 인상 깊은 구절들은 새로운 호기심으로 다른 부분의 재독(再讀)을 요구했다. 그래서 두 번째는 인상 깊은 구절들만 원문 대조로 읽게 되었는데, 그때는 제법 한문의 멋이랄 수 있는 함축과 비유의 묘미들까지 느껴졌다. 이어 세 번째는 모든 문장을 원문과 대조하며 읽고 중요한 구절은 외우는 단계로 발전했는데, 만약 입시 준비의 중압이 아니었더라면 인철은 그보다 훨씬 더 『논어』에 정통하게 되었을 것이다.

인철은 그 방식대로 각주조차 들여다보는 법 없이 『존재와 시간』을 읽어 나갔다. 어떤 때는 한 절 거의를 줄거리와는 무관한 소설의 분위기 묘사를 읽어 나가듯, 또는 무슨 현란한 관념들의 실루엣을 구경하는 기분으로 지나갈 때도 있었다. 『논어』 때처럼 이해가 되고 인상을 남긴 것들만이 의식의 바닥에 침전되어 그들 나

264

름의 메커니즘으로 재구성되어 주기를 바랄 뿐이었다.

예사 아닌 열정과 참을성으로 덤벼들었지만 두꺼운 4×6배판 한 권을 다 읽는 데는 꼬박 사흘이 걸렸다. 그러나 기대와는 달리, 사흘째 새벽 마지막 페이지를 덮으면서 인철이 느낀 것은 꼬이고 뒤틀린 논리의 미로를 헤매다 겨우 빠져나온 듯한 안도뿐이었다. 휑한 머리로 핵심이 될 만한 개념들을 몇 개 떠올려 보았지만 실존은 그 책을 읽기 전의 귀동냥과 나름의 짐작 때보다 오히려 더 막연했다.

인철에게 어떤 정신적인 강점이 있다면 그것은 아마도 지적인 부분에서 더 왕성하게 작용하는 호승심일 것이다. 그것은 때로 그만큼 더 참담한 열패감으로 급전하여 그를 의기소침하게 만들기도 하고 때로는 근거도 없는 자신감으로 독학의 폐해를 기르기도 했다. 그러나 그 어느 쪽이든 바닥이 드러나 보일 때까지 밀고 가는 집요함은 지식을 길러 가는 데 흔치 않은 장점이 되었다.

그때도 그랬다. 인철은 그런 결과에 개의치 않고 다시 보름에 걸쳐 나머지 네 권을 읽어 나갔다. 전집은 마음먹고 꾸민 것인 듯 정식의 저술들뿐만 아니라 하이데거 말년의 강연 원고 같은 것까지 포함되어 있었다. 그 부분에 이르러서는 좀 더 의미가 뚜렷해져 왔지만 다 읽고 난 뒤의 결과는 첫 권『존재와 시간』때와 크게 다르지 않았다.

존재, 존재자, 현존재, 혹은 정재(定在), 안전 존재(眼前存在), 세계 내 존재, 공존재, 구조, 심문자, 본질, 그리고 실존은 여전히 뒤엉

킨 채였다. 머릿속에 남겨진 몇몇 인상적인 구절들도 그랬다. "신만이 우리를 구원할 수 있다."라든가 "대지는 잘못 이용되었고 지구는 존재사적으로 길 잃은 별이다." 같은 구절들도 무(無) 앞에 선 개인의 형이상학적 불안과는 잘 연결되지 않았으며, 때로 그가 다른 곳에서 인용한 횔덜린의 시구 같은 것은 오히려 그것들과 충돌하는 느낌마저 주었다.

> 천상의 신들이 모든 것을 다 할 수는 없다, 다시 말하면
> 인간들이 먼저 심연에 도달한다
> 그들은 전회한다
> 그러나 참된 것이 일어날 그 시간은 길다…….

그럼에도 불구하고 인철은 남은 방학 기간을 모두 바쳐 스스로도 무모하게 생각되는 그런 방식으로 거듭 읽어 나갔고, 신학기 등록이 시작될 무렵에는 그럭저럭 세 번을 훑을 수 있었다. 『논어』 때와 같지는 않아도 그런대로 성과는 있었다. 비약과 억측이 섞인 대로 하이데거가 말하는 실존의 전모가 어렴풋하게나마 잡혀 왔다.

냉정히 보면 그때 인철에게는 그럴 만한 여유가 있지도 않았고 그 철학에 특별히 심취해 있었던 것도 아니었다. 그런데도 그만한 성과나마 이룰 수 있었던 원인에 대해서는 다시 한 번 짚어 볼 필요가 있을 성싶다.

그 뒤 20년쯤 뒤에 이 나라에는 좌파 이론서가 쏟아지듯 출판된 적이 있다. 그 책들 중에는 우리 사회의 자정작용(自淨作用)으로 무의미해진 것도 있고 어떤 것은 사후 검열로 출판이 금지되기도 했다. 그런데 그중에서 가장 위험스러우면서도 그 위험성이 별로 논의되지 않은 책이 한 권 있다. 바로 1980년대 후반에 나온 『철학대사전』이란 책이다. 그 책은 사회주의 번성기에 소련과 동구의 석학들이 모여 철학을 사회주의 혹은 마르크스주의 관점에서 정리한 것으로 알려져 있다. 말하자면 기독교 신학에서 가르치는 비교종교학 같은 것으로, 거기서는 마르크시즘과 그 선구가 되는 철학 외에는 모두 비판적인 관점에서 서술되고 있어 그 책에 의지해 철학 사상을 이해하려는 초심자는 은연중에 마르크스를 지향하게 된다.

뒷날 인철도 당시의 사회적인 분위기에 휩쓸려 그 책을 한 권 샀는데, 우연한 기회에 실존주의 항목을 살펴보다가 묘한 감회에 빠져들었다.

실존주의를 주관적 관념론으로 못 박고 시작한 그 좌파 철학 사전의 비판적 해설은 다른 어느 철학을 대할 때보다 격렬하고 공격적이었다.

실존주의자들은 실존 개념으로부터 출발함으로써 물질과 의식(주체와 객체) 간의 인식론적 구별을 거부한다. 실존주의자들에게 있어 철학의 근본 문제란 지금까지 철학의 전개 과정에서 나타난 선입견에 지나지 않는다. 이로써 실존주의는 인간의 인식 능력을 평가절하하고, 특히 과학적 인식의 가치를 대폭 깎아내린다. 실존주의자들에게 객관적 실재란 과학적인 방식으로는 인식 불가능하다. 그것은 단지 체험될 수 있을 뿐이다. 여기서 실존주의자들이 체험과 사유를 동렬에 놓고 있다는 사실이 밝혀진다.

실존주의는 방법에 있어서뿐만 아니라 체계에 있어서도 자신의 연구를 비합리적 방식으로 수행하여 처음부터 모든 합리적인 인식 방법과 결별한다. 비이성을 위해 이성을 평가절하하는 일은 실존주의에서 그 극단에 이른다.

실존주의는 그 대변자들에 따라 여러 가지 상이한 형태를 취하고 있다. 그들은 서로 다른 용어, 서로 다른 서술 방식, 그리고 서로 다른 방법을 사용하고 있다. 그럼에도 불구하고 실존주의의 다양한 변종들 사이에는 공통점들이 존재한다. 즉 그들 모두가 자신들이 주관적으로 고착시켜 버린 실존이라는 개념으로부터 출발한다는 점, 과학적 사유, 즉 과학 일반에 대한 멸시와 평가절하, 불가지론, 철학 전통으로부터의 의식적인 절연, 불안이나 혐오와 같이 일면 심리적으로 비정상적인 상태를 철학의 근본적인 문제로서 집중적으로 다룬 점, 방법상으로뿐만 아니라 체계적으로도 의도적인 비합리주의, 과학적 사유를 체험으로 대신한 점, 특히 중요한 것으로 그들의 절충주의, 마지막으로 인간을 사회로부터 분리시켜 추상적이고 형이상학적·비역

사적으로 다룬 점 등이 바로 그것이다.

실존주의는 그 성격으로 볼 때 철두철미하게 염세적이고 허무적인 이론이다. 그것은 모든 집단적인 책임을 해제하고 모든 이념을 파괴하며 객관적인 척도를 부정하는 방향으로 영향을 끼친다. 실존주의는 개별적 존재이자 유적(類的) 존재인 인간에게는 본래부터 타자에 대한 의존이나 지향 혹은 그 밖의 어떤 관계도, 특히 어떤 사회적 관계도 결여되어 있음을 증명하려고 시도한다.

실존주의가 인간의 본질로서 '실존' 내지는 '현존재'를 제시함으로써 보여 주는 것은 실제에 있어서는 자본주의로부터 사회주의로의 이행기에 '부르주아적 인간'이 처한 희망 없는 현실인 것이다. 실존주의가 지닌 문제 틀에 비추어 볼 때 실존주의는 현대 부르주아 철학의 여타 입장들과 거의 다를 바 없이 특정한 사회 역사적 상황에 놓인 부르주아적 인간의 현존을 문제 삼고 있음을 알 수 있다. 즉 실존주의에 의해 던져진 '영원한 물음들'이라는 것도 제국주의 사회가 처한 위기 이데올로기적인 반영에 지나지 않는다.

인용이 좀 길어졌지만 인철은 해설보다 훨씬 긴 그런 비판들에서 비로소 20년 전의 자신이 왜 기질적으로 딱 맞지도 않는 실존주의에 그토록 많은 시간과 열정을 바쳤는지 이해할 단서를 찾은 기분이었다. 거기서 이루어진 비판의 항목들 하나하나를 오히려 그 철학의 매력으로 느낄 정신들도 있다는 것을 그 사전의 편찬

자들이 이해할 수 있었다면, 오래잖아 자신들의 철학이 받게 될 수모나 그 위에 세워진 체제의 허망한 붕괴를 뒤로 더 미룰 수 있었을는지도 모른다.

또 다른 시작

"검사를 더 해 봐야겠지만 이번엔 틀림없는 것 같군요. 축하드립니다."

의사가 청진기를 귀에서 뽑으며 영희를 보고 진심으로 축하한다는 뜻의 미소를 지어 보였다. 그로서는 그럴 만도 했다.

지난봄 영희의 임신은 불행히도 석 달 만에 자연유산으로 끝나고 말았다. 그때 그 뒤치다꺼리를 맡아 준 게 그 산부인과였다. 의사는 걱정하지 말라고 했지만 영희는 자신이 다시는 임신하지 못하게 될까 봐 진심으로 걱정했다.

"아유, 축하드려요, 아줌마. 정말 기쁘시겠어요."

사정을 아는 간호원도 영희를 축하해 주었다. 그러나 영희는 도무지 실감이 나지 않았다. 창현의 아이를 지운 이후 함부로 몸을 굴리던 시절의 후유증 탓인지 억만과는 처음부터 피임을 하지 않았는데도 1년이 넘도록 소식이 없다가 겨우 들어선 게 지난봄의 그 임신이었다.

"정말이세요? 믿어도 될까요?"

영희가 아무런 감동을 느끼지 못한 채 다시 한 번 물었다. 의사가 이번에는 조금 측은해하는 표정으로 대답했다.

"틀림없다니까. 태아가 정상인지는 더 검사해 봐야겠지만……."

그제야 영희는 비로소 그의 말을 알아들은 사람처럼 서서히 가슴이 뛰기 시작했다. 내가 정말로 임신을 했다. 나도 이제 진짜로 아이를 나을 수 있다고 한다.

그러자 무언가 밝고 따뜻한 빛 같은 것이 머릿속을 환히 비추는 듯한 느낌이 들었다. 대신 나머지 오관은 한동안 무엇에 마비된 것처럼 제대로 작동하지 않았다.

영희가 다시 맑은 의식을 되찾은 것은 그로부터 한참 뒤였다. 멍한 기분으로 간호원에게 이끌려 이런저런 검사를 받고 기다리는데 의사가 이번에는 다소 위엄 섞인 어조로 말해 주었다.

"석 달째요. 태아도 정상이고. 착상(着床)도 잘된 것 같고. 하지만 태반이 정상적인 사람보다 약하니 조심해야 할 거요. 무슨 일 있으면 얼른 병원으로 달려오는 거 잊지 말고."

병원을 나온 영희는 택시부터 잡았다. 어서 빨리 시집으로 돌아가 임신 사실을 알려야 한다는 생각뿐이었다. 그때만 해도 황홀한 꿈속에 있는 것만 같았다.

하지만 영희의 그런 꿈은 그리 오래가지 못했다. 이제야말로 나도 뿌리를 내리게 되는구나 ―. 그런 감격에 이어 누구에게 먼저 알릴까를 생각하다가 비로소 영희는 아직은 비참투성이인 현실로 끌려 나왔다. 가장 먼저 알려야 할 사람으로 아이의 아버지가 되는 억만을 떠올리자, 곧 치러야 할 한바탕의 악전고투가 뒤따라 상기된 까닭이었다.

지난번의 사고 뒤로 억만은 한동안 근신하는 척했다. 영희가 시키는 대로 시아버지를 도와 들에 나가기도 하고 집 안에서도 이것저것 장남이자 작은 가장 노릇을 제법 해냈다. 좋아하는 술도 끊고 담배마저 청자에서 파고다로 낮춰 피울 때는 영희까지 은근히 감탄했을 정도였다.

하지만 결국 억만이 노리고 있던 것은 시아버지와 영희의 방심이었다. 그는 영희가 시아버지를 등에 업고 하는 일을 모르는 척, 관심 없는 척하고 있었지만 실은 모르지도 않았고 관심이 없는 것도 아니었다. 다만 확실하게 알고 자신이 이용할 수 있을 때를 기다리고 있었을 뿐이었다.

순간순간 자신을 다잡으며 세상과의 비정한 싸움을 벌이고는 있어도 영희는 원래 모진 성격이 못 되었다. 매일 밤 한 이불 밑에서 몸을 맞대고 자는 남편이다 보니 차츰 그런 억만이 안쓰럽게 여겨지기 시작했다. 거기다가 그때까지만 해도 영희는 억만의 무르고 엉성한 측면만 보아 온 거나 다름없었다.

허름한 요정의 얼굴마담으로 있는 영희에게 억만이 준 첫인상은 손님 중에서도 '봉'이라고 불리는 전형이었다. 아무런 실속 없는 허세의 대가로 술값 바가지를 쓰고 제 살을 깎으면서도 언제나 허허거리는 그를 보면 한심스럽기 그지없었다. 특히 그가 그렇게 흩뿌리는 돈이 실은 범 같은 아버지를 속여 장사 밑천으로 끌어낸 것이며, 필경에는 호된 값을 치르게 될 것이라는 걸 알게 된 뒤로는 그가 딱하게 느껴지기까지 했다.

하지만 냉정히 따져 보면 그도 전혀 계산이 없는 인간은 아니었다. 봉으로 취급되건 바가지를 썼건 그는 어쨌든 술집 거리에서는 최고의 단골로 우대받았고, 원하는 것은 거의 모두 얻을 수 있었다. 달리 남에게 우대받기를 기대할 데가 별로 없는 그이고 보면 봉이 되고 바가지를 쓰는 일이 실은 알맞은 값을 치르고 있는 셈이기도 했다.

영희가 그를 결혼 상대자로 점찍게 된 일도 그랬다. 뒷날 그는 영희의 남편으로 좀 고달프긴 해도 긴 놀이판 같은 일생을 누리게 되는데, 그걸 행운으로 볼 수 있다면 그 행운도 바로 그런 첫인상에서 왔다. 영희는 영희대로 봉을 잡고 바가지를 씌운 것이었지만, 냉정히 따져 보면 당시의 그가 영희보다 나은 아내를 얻을 가망은 별로 없었다.

따라서 억만은 달리 말하면 자신의 추구에는 누구 못지않게 집요한 사람이었다고 할 수 있다. 다만 그 대상이 저급한 쾌락이었고 추구 방법이 천박했을 뿐이다. 그런데도 영희는 자신에게 유리한 면으로만 억만을 이해하고 있다가 처음으로 호된 값을 물 게 되었다.

전해 가을 내내 한눈 파는 법 없이 집안일을 거들던 억만은 겨울 들어 농사일이 좀 한가해지자 바깥 나들이를 시작했다. 그러나 전과는 딴판으로 그 나들이는 건실하기 짝이 없었다. 친구들과 어울려 술을 마셔도 주머니에 있는 푼돈으로 감당할 수 있는 대폿집이었고, 어쩌다 늦어도 통금을 넘기는 법이 없었다.

영희에게도 성실한 남편이었다. 어떻게 보면 자신이 그렇게 묶여 살게 된 게 영희 때문이라 할 수도 있었지만 드러내 놓고 불평하는 법이 없었다. 뿐만 아니라 잠자리에서도 충실하여 영희로서는 불편하고 불안했던 신혼 시절을 뒤늦게 되찾은 기분이었다.

그러다가 정월이 채 끝나기도 전에 시아버지가 말죽거리 배 밭에 새로이 비닐하우스를 짓기 시작하자 억만은 아무 불평 없이 그 유별나고 철 이른 농사일로 돌아갔다. 한겨울인 데다 시아버지가 인색한 농부답게 꼭 필요한 자재만 사고 나머지는 몸으로 때우게 몰아가 영희가 길에서 보기에도 억만의 고생스럽기가 안쓰러울 지경이었다. 한번은 점심을 가지고 갔다가 바람받이 언덕에서 시퍼렇게 언 얼굴로 비닐하우스 골조를 얽고 있는 억만을 보고 눈시울이 시큰해지기도 했다.

그렇게 해서 스무 평짜리 비닐하우스 새 동을 다 얽은 날이었다. 여러 날에 걸친 고된 일에 치인 탓인지 저녁에 돌아온 억만은 초저녁부터 허리가 아프다고 누워 끙끙댔다. 영희가 더운물을 대야에 담아 와 찜질을 해 주자 말없이 허리를 맡기고 엎드렸던 억만이 갑작스레 한숨을 푹 내쉬었다.

"왜 그래?"

영희가 공연히 죄지은 기분이 되어 조심스레 물었다. 억만이 재떨이를 끌어당겨 담배에 불을 붙이며 뜻 모를 말을 했다.

"이거 내가 제대로 하고 있는 건가 몰라."

"뭘 말이야?"

"꼰대 말이야. 정말 당신 뜻대로 될까? 결국 재주는 곰이 부리고 돈은 중국 놈이 버는 거 아냐?"

그제야 영희는 뜨끔해서 하던 찜질을 멈추었다. 억만이 무슨 말을 하는지 뻔히 알면서도 시치미를 떼고 물었다.

"당신 지금 아버지를 말하는 거야? 그리고 곰은 뭐고 중국 놈은 또 뭐야?"

"몰라서 물어? 아버지는 돈 대고 당신은 열심히 딱지 모으지만 그게 정말 우리 이 신세를 면하게 해 줄까 이 말이야."

이게 내가 알던 그 사람일까 싶게 자신과 시아버지가 하는 일을 훤히 꿰고 있는 말투였다. 거기서 영희는 잠깐 경계심이 일었으나 여전히 내색 않고 말했다.

"당신하고 도련님 말고 아버님이 또 숨겨 놓은 자식이라도 있어? 아버님이 벌면 그게 결국은 우리 돈 되는 거 아냐?"

"첫째로는 까짓 땅장사가 돈이 되느냐도 문제지만, 그게 잘돼 떼돈을 벌었다고 쳐도 그래. 쇠심줄 같은 꼰대가 그걸 우리보고 홍청망청하라고 내놓겠어? 기껏해야 우리에게 돌아오는 건 꼰대가 죽은 뒤일 텐데. 다 늦어 천금이 있으면 뭘 해? 그걸 생각하면 절로 맥이 빠진다고."

거기까지 듣자 영희는 은근히 화가 치밀었다. 어째 좀 철이 드는가 싶더니 으이구, 누가 엉망진창 강억만이 아니랄까봐. 결국 그 알량한 노력이 노세, 노세, 젊어서 놀아를 위한 거란 말이지……. 그러나 영희는 이번에도 내색하지 않았다.

"억만 씨, 몹시 힘드는가 보구나. 하긴 나도 당신 힘든 거 알아. 그렇지만 별수 있어? 참아야지."

그렇게 콧소리로 달래 놓고 슬쩍 속을 떠보았다.

"왜, 뭐 생각하고 있는 거 있어?"

그러자 억만이 널름 걸려들었다. 몸을 뒤집어 간절한 눈으로 영희를 바라보며 제법 설득 조로 말했다.

"정말 더는 못 견디겠어. 그놈의 중학교에 갈 때부터 체질이 바뀐 거라고. 나는 노동일 할 체질이 아냐."

"그래서?"

"곧 봄이 와. 아버님께 말씀드려 장사 밑천 좀 얻어 줘. 한 2백만. 이번에는 밭떼기를 좀 해 볼까 해. 일찌감치……."

"또 그놈의 잘난 장사? 아버님께 씨알이나 먹혀 들 것 같아?"

"돈은 당신이 관리하면 되잖아? 지방에 계약하러 갈 때는 당신이 따라가고…… 이번에는 정말 잘해 볼게. 사나이 체면이 있지. 한 번 실패했다고 영원히 실패자로 낙인찍혀 평생 이렇게 빌빌대며 살아갈 수는 없잖아?"

또 그 얘기, 영희는 이제 알 것 다 알았다는 기분이 되어 목소리를 차게 했다.

"억만 씨, 우리 부부 맞지? 그럼 내 말 잘 들어줘. 어른이 된다는 것은 될 일과 안 될 일을 구별하고 큰 것과 작은 것을 구별할 줄 안다는 거야. 지금 아버님한테 당신이 그런 말 한다고 씨알이나 먹힐 것 같아? 공연히 나까지 의심받게 만들지 마. 나도 지금 힘들게 버텨 가고 있다고. 그리고 설령 그게 된다 해도 아직은 아냐. 얻어도 너무 작다고. 좀 더 기다려 큰 걸 얻어 봐. 다시 실패를 하지 않게 큰 걸로 한몫 얻어 낼 수 있을 때까지 기다리자고. 두 번 다시 아버님께 손 벌리지 않아도 될 만큼 큼지막한 걸로 말이야. 억만 씨, 내 말 알아들을 수 있지?"

영희는 그러면서도 은근히 억만의 반발이 걱정스러웠다. 그런데 억만의 반응이 아주 뜻밖이었다.

"그건 알아. 하지만 너무 힘들어서…… 어쨌든 안 들은 걸로 해. 그냥 해 본 소리야."

억만은 그렇게 순순히 물러섰다. 틀림없이 별러서 꺼낸 말 같은데도 아무 뒤끝 없이 물러나는 게 이상했으나 영희는 그것까지 추궁할 수는 없었다. 그러기에는 지난 몇 달에 걸친 억만의 노력이 너무도 가상했다.

하지만 뒤끝이 영 없었던 것은 아니었다. 억만은 그날 밤도 몇 번이나 속 깊은 곳에서 우러나는 한숨으로 영희를 가슴 아프게 했다. 그리고 다음 날부터는 그답지 않은 침묵에 빠져들었다.

오래잖아 영희는 억만의 그 같은 한숨과 침묵이 자신에게 가해지는 말 없는 압력이라는 것을 느끼기 시작했다. 거기다가 그것들과 잘 배합된 일상생활에서의 충실함은 영희를 한층 부담스럽게 했다. 한 달 남짓 그 부담을 견뎌 내다 끝내 못 이긴 영희는 어느 날 밤 스스로 그 얘기를 다시 꺼냈다.

"당신 아버님 거들어 일하기 많이 괴로워?"

"아니, 괴롭다기보다 그저 막막해서……."

억만이 별로 기대하지 않는 얼굴로 그렇게 대답했다. 영희는 그게 더 마음에 걸렸다.

"막막하다니? 뭐가?"

"나도 당신도 손발이 닳도록 애쓰고 있지만, 정말로 뭐가 될까 싶어서. 이대로 한세상 썩는 게 겁나."

"그게 무슨 말이야? 난 지금 모든 게 잘돼 가고 있다고 보는데."

"나는 그게 통 못 미더워. 봐, 당신이나 나나 뼈 빠지게 뛰고 있지만 우리 손에 들어온 게 뭐 있어? 칼자루는 아버지 손에 있잖아? 그 꼰대 마음 변해 나 몰라라 하면 우리는 하루아침에 끈 떨어진 조롱박 신세라고."

그런 억만의 표정에는 어떤 쓸쓸함까지 내비쳤다. 거기서 영희의 마음이 다시 약해지기 시작했다. 하긴 그래. 모진 세상 모르고 자란 사람이…….

"부모 자식 간에 칼자루는 뭐고, 끈 떨어진 조롱박은 또 뭐야?

너무 조급하게 그러지 마. 나도 다 생각이 있어."

영희가 자칫 속을 털어놓을 뻔했다가 겨우 마음을 다잡아 그렇게 얼버무렸다. 그런데 그런 영희의 억양에서 무엇을 느꼈는지 억만의 목소리가 갑자기 은근해졌다.

"다 생각이 있다고? 하긴 천하의 수단꾼 이영희 아냐? 그래 뭔데? 말해 봐."

그런 점에서는 억만도 눈치가 빠른 사람이었다. 영희는 그제야 아차, 싶어 얼른 말을 돌렸다.

"다른 건 아니고…… 참고 기다리면 좋아질 거란 뜻이야. 지성이면 감천이란 말도 있잖아?"

그러자 억만은 다시 막막하고 쓸쓸해하는 표정으로 돌아갔다. 그리고 몇 마디 신파 조로 자신의 괴로운 심정을 털어놓다가 슬쩍 엄포까지 곁들였다.

"당신이 그러니까 견딜 수 있을 때까지는 견뎌 보겠지만…… 자신 없어. 정 안 되면 선원증 사서 외항선이라도 탈 거야. 엎어지든 자빠지든 나 혼자서 어떻게든 해 보겠어."

그 엄포도 영희의 약점을 정확히 알고 찌른 셈이었다. 따지고 보면 영희의 세상에 대한 받아치기 자체가 억만을 출발점으로 하고 있었다. 억만이 시집, 특히 시아버지와 영희를 연결해 주지 않으면 지금까지 구축해 둔 것이 모두 무의미해질 수밖에 없었다. 그건 안 돼……. 그러자 억만에 대한 영희의 경계심은 어이없이 허물어지고 말았다.

"그렇게까지 못 견디겠어? 그럼 좋아. 당신 나만 믿고 한 2년만 참아 줘. 그때는 아버님에게 손 내밀지 않고도 무얼 해 볼 수 있을 거야."

영희는 급한 대로 그렇게 억만을 달랬다. 그래 놓고 보니 어느 시기까지는 자신만의 비밀로 해 두려던 일은 이미 뚜껑을 따 보인 셈이 되고 말았다. 억만이 눈빛까지 달라져 물었다.

"당신을 믿고? 당신 뭐든지 생기면 그대로 아버지한테 꼬박꼬박 바치는 사람 아냐? 아버지가 오리발 내밀면 당신도 나나 마찬가지 빈털터리야."

"실은 말이야, 우리 몫을 따로 챙기고 있는 중이야. 아버님을 속이는 게 아니고 내가 낸 이익 부분에서 미리 현물을 떼 두는 거지."

"현물을 어떻게?"

"당신도 좀 아는 거 같으니까 말해 두는데 지금 하는 광주 대단지 택지 분양 딱지 장사 아주 괜찮을 거야. 위험한 게 없진 않지만 잘만 되면 열 배 장사도 넘어. 그래서 아버님의 돈으로 산 것은 두 배 장사가 될 만큼만 넣어 드리고 나머지는 내가 따로 가지고 있어. 지금 여섯 장이야. 개중에는 꽤 큰 사거리 모퉁이라 상가 따위는 저리 가라 하는 지번도 있어. 당장 내다 팔아도 50만 원은 받을 수 있을걸."

그렇게 말할 때 영희는 은근히 자랑스럽기까지 했다. 거기다가 속마음을 드러내지 않은 억만의 대꾸가 더욱 영희를 부추겼다.

"세상에 그런 장사가 어딨어. 사기 당하고 있는 거 아냐?"

"그건 안심해도 돼. 당신 광주 대단지 안 가 봤지? 거기 가면 복덕방이 수백 개야. 만약……."

영희가 공연히 달아올라 그때까지 한 번도 털어놓지 않았던 광주 대단지의 실태를 아는 대로 일러 주었다. 억만은 잠자코 듣고 있다가 영희가 한참을 떠들고 난 뒤에야 겨우 알아듣겠다는 듯 고개를 끄덕였다. 그 가장된 미욱함이 영희를 더욱 답답하게 만들어 영희는 경대 서랍과 바닥 사이의 공간에 깊이 감추어 두었던 분양증들을 꺼내 보이기까지 했다.

"역시 당신이야. 알았어. 그럼 얼마간 더 참지."

그제야 억만은 어두운 표정을 풀며 그렇게 다짐했다. 그리고 그날 밤 그들 부부는 그 어느 신혼부부보다 더 요란한 밤을 지샜다.

이튿날에야 겨우 평소의 경계심을 회복한 영희는 새삼스러운 불안으로 주의 깊게 억만의 행동을 살폈다. 그러나 며칠이 지나도 억만에게는 이상한 낌새가 별로 없었다. 오히려 전보다 더 충실하게 시아버지를 도우며 집 안에만 박혀 지냈다.

그러던 어느 날이었다. 영희가 한나절 집을 비운 사이에 억만이 사라지고 없었다. 어느 정도 마음을 놓고 있던 영희는 처음 그런 억만에 대해서 별다른 의심을 품지 않았다. 아침까지도 천연덕스럽게 시아버지를 따라 비닐하우스로 나가는 것을 보았기 때문에 더욱 그랬다.

그런데 밤을 지새고 이튿날이 되어도 억만이 돌아오지 않자 영희는 비로소 짚여 오는 일이 있었다. 영희는 얼른 장롱을 열어 서랍 바닥을 들쳐 보았다. 다행히도 거기 숨겨 둔 분양증 봉투는 그대로 있었다. 경대 서랍 아래는 이미 억만에게 알려진 터라 영희는 분양증 봉투를 그리로 옮겨 두었던 것이다.

영희는 봉투가 그대로 있어 일순 마음을 놓았다가 그래도 혹시, 하는 마음으로 봉투 안을 들여다보았다. 얼른 보기에는 분양증이 모두 그대로 있는 것 같았으나 어딘가 이상한 느낌이 들었다. 영희는 분양증들을 꺼내 하나하나 헤아리고 살펴 보았다. 분양증 석 장이 없어지고 대신 그 비슷한 두께의 신문지가 채워져 있었다. 그것도 없어진 석 장 중에는 영희가 가장 아끼는 노른자위 지번의 분양증이 들어 있었다.

정황으로 봐서는 틀림없이 억만의 짓이건만 영희는 한동안 도무지 그런 생각이 들지 않았다. 억만이 그렇게도 철저하게 내심을 감출 수 있는 인간이라는 것도 믿을 수가 없었고, 서류를 빼낸 뒤 신문지를 채워 부피를 원래처럼 만들어 놓은 그 세밀함은 더욱 그랬다. 하지만 기실 영희는 그 뒤 일생 시달려야 할 억만의 여러 결함 중에 가장 특징적인 부분을 처음으로 경험하고 있었다.

억만이 다음 날도 돌아오지 않자 아무것도 모르는 시집 식구들은 그를 걱정하기 시작했다. 그러나 영희는 드디어 확증을 잡은 기분이었다. 워낙 뜻밖이라 섬뜩한 중에도 그렇게 된 마당에는 모든 게 억만의 짓이라는 걸 믿지 않을 수 없었다.

"제가 한번 찾아볼게요."

아침 상머리에서 시어머니가 영희를 힐끔거리며 걱정을 늘어놓자 영희가 그렇게 입을 막았다. 그때까지도 억만이 자기 손안에 있다는 믿음에 빠져 있던 그녀는 나가기만 하면 금세 찾을 수 있을 것 같았다.

하지만 막상 나가 보니 그게 아니었다. 억만의 친구들을 아는 대로 만나 보고 옛날의 단골집도 다 찾아보았지만 억만의 종적은 찾을 길이 없었다. 하루를 허탕 치고 돌아오다가 기대하지도 않았던 뺀질이 김 사장에게서 하루 지난 후문을 들었을 뿐이다.

"거 참 이상하다. 억만이 개 다시 장사 시작했다면서 어제 한잔 잘 사고 집에 들어갔는데……."

그래서 전날 호기를 부린 술집까지는 찾아갔지만 거기서 다시 억만의 행적은 끊겨 버렸다. 초저녁에 배추 장수 대여섯을 끌고 들어와 한바탕 마시고 집으로 돌아간다며 혼자 나갔다는 게 영희가 마담으로부터 들은 전부였다.

집으로 돌아온 영희는 저녁도 먹지 않고 제 방에 틀어박혀 억만이 갈 만한 곳을 가만히 헤아려 보았다. 자신이 알고 있는 그에 대한 지식을 모두 끌어내 그가 갈 만한 곳을 추측해 보았으나 낮에 이미 들른 곳을 빼고는 더 짚이는 데가 없었다. 그러다가 그가 별다른 현금 없이 집을 나갔다는 것을 떠올리게 되면서 비로소 그가 찾아갔을 법한 곳을 짐작해 냈다. 바로 정 사장의 부동산 사무실이었다.

만약 억만이 들고 나간 게 집문서나 땅문서였다면 그걸 잡히고 돈을 빌리기는 어렵지 않을 수도 있었다. 그러나 비록 노른자위 땅이라고 해도 일반인들은 잘 알지도 못하는 신도시의 택지 분양증 전매 딱지를 가지고는 쉽지 않은 일이었다. 그 가치를 잘 아는 전문가에게나 넘길 수 있는데, 억만이 아는 그 방면의 전문가는 정 사장뿐이었다.

이번에는 영희의 짐작이 맞았다. 다음 날 일찍 사무실로 찾아가자 정 사장은 기다리고 있던 사람처럼 말했다.

"혼자 와서 눈을 내리깔고 죽는 소리 할 때 내 알아봤지. 결국 그랬구먼……. 그저께 낮에 왔었어. 아닌 밤에 홍두깨로 광주 대단지 딱지 석 장을 내놓고 백만 원만 만들어 달라는 거야. 나는 그런 물건 취급도 않지만 알아보니 그만 값은 나가는 물건이더만. 그래서 우선 50만 원 만들어 줬지. 꼭 내가 사겠다는 것은 아니고 맡아 두는 셈 쳤지. 진 마담 그거 만든다고 지난여름 아등바등 뛰어다닌 거 내가 잘 알잖아? 욕심에 벌써 넘길 리는 없고…… 무슨 사정이 있는 거 같아서 잔금은 일부러 미뤄 둔 거야. 내일 오후에 받으러 오기로 돼 있어."

불행에 단련된 탓일까. 정 사장으로부터 그 얘기를 듣는 영희는 맥이 쭈욱 빠지는 가운데도 한 가닥 안도를 느꼈다. 이 인간이 그래도 막장까지 가자는 것은 아니었구나. 아직은 50만 원밖에 저지르지 못했다……. 그런 생각이 들자 분노와 허탈감으로 멍하던 머릿속은 피해의 최소화라는 방향으로 급선회했다.

그런데 영희가 임신과 관련된 몸의 이상을 느낀 것은 바로 그때였다. 부글거리는 속을 진정시키기 위해 냉수 한 잔을 청해 마시는데 갑자기 물컵에서 비릿한 쇳내음이 나며 구역질이 났다. 영희는 입에 품은 물을 황급히 뱉어 냈다. 그래도 속은 이내 가라앉지 않고 오히려 원인 모를 오한까지 느껴졌다.

영희는 처음 그게 억만의 일 때문에 속이 뒤틀려 그런 줄로만 알았다. 그러나 집으로 돌아가는 길 내내 메슥거림과 오슬오슬함이 가시지 않자, 비로소 그쪽으로 의심이 갔다. 그러잖아도 그 며칠 유달리 비위가 약해지고 몸이 나른한 걸 느껴 오던 차였다.

생각이 그쪽으로 쏠리자, 억만의 일은 잠시 뒷전으로 밀렸다. 지난봄 유산을 했을 때 영희의 상심은 컸다. 뚜렷한 것은 아니지만 그때 이미 영희는 억만을 대신할 수도 있는 어떤 존재에 대해 기대를 가지고 있었는지도 모른다. 그런데 이제 다시 그 기대를 가질 수 있게 된 것이다. 그 기대가 자신의 인생에 어떤 의미를 가지는지는 명확하지 않지만 어쨌든 가슴 벅찬 일이었다. 영희는 그날 산부인과를 찾을 때까지 억만의 일은 거의 잊은 채 임신일까 아닐까를 확인하는 데만 매달려 있었다.

'자…… 이제 어떻게 한다? 이 인간을 만나게 되면 이번에는 어떻게 다뤄야 하나……'

영희는 택시를 정 사장의 사무실로 돌리게 하고 생각을 다시 억만의 일 쪽으로 돌렸다. 냉정해지려고 애써도 새삼 속이 끓어 올랐다.

'저번에는 현모양처 흉내를 내며 애원하고 설득했지. 역시 그 방법은 이런 인간에겐 맞지 않아. 내가 하는 게 싸움이라면 어차피 그런 고상한 방법은 틀렸어. 이런 인간은 뒷골목 쓰레기나 진배없어. 그것들을 다루는 방법뿐이라고. 좋아, 네가 바란다면 그래 주지……'

영희는 그렇게 결론지었다. 하지만 그 결론은 이미 어제 그제나 있던 결론이었다. 뜻밖의 임신 때문에 잠시 중단되었던 생각을 되살린 것뿐이었다. 그 증거가 벌써부터 영희의 핸드백 속에 들어 있는 미장원용 면도칼이었다. 억만의 겁 많고 무른 성격을 노린 그녀 나름의 처방이었다.

하지만 그 면도칼로 바로 억만을 위협해야 할지 적당한 자해(自害)로 겁을 주어야 할지는 결정하지 못하고 있었다. 바로 억만을 공격하는 것은 억만이 반발할 경우 부부 관계를 치명적으로 해칠 우려가 있었고, 자해는 전에 음독으로 한 번 써먹은 적이 있어 같은 효과를 얻을 수 있을지 의문이었다. 영희가 다시 자신이 임신한 사실을 떠올린 것은 정 사장의 사무실에 이른 뒤였다. 정 사장의 사무실에 앉아 기다렸다가는 억만이 먼저 자신을 보고 피할 염려가 있어 영희는 정 사장의 사무실이 잘 보이는 맞은편 생과자점에 자리를 잡았다. 그리고 자릿값으로 크림빵 두 개를 시켜 막 먹으려 하는데 다시 심한 구역질을 느꼈다.

'이번에는 누구 것이든 피를 봐야 되겠어. 섬뜩해서라도 두 번 다시 이런 짓을 할 엄두가 나지 않게 만들어야지.'

마침 그렇게 결심을 굳히고 있던 터라 그 구역질로 자신이 임신했다는 걸 상기하자, 영희는 갑자기 낭패한 기분이 들었다. 집을 나와 10년 가까이나 삶의 밑바닥을 구르기는 했지만 어렸을 적부터 귀에 딱지가 앉도록 들은 태교(胎敎)의 중요성까지 잊지는 못한 까닭이었다. 어머니가 나쁜 생각을 하면 배 속의 아이도 나빠진다는데…… 거기다가 무슨 짓을 했건 그 인간은 바로 이 아이의 아버지가 아닌가…….

영희는 거기서 잠시 마음이 흔들렸다. 임신을 앞세워 애원하고 매달려 볼까 하는 생각이 들었다. 하지만 그녀는 이내 섬뜩한 추억으로 고개를 내저었다. 그 옛날 창현에게서 맛본 쓰라린 배신감이 되살아난 까닭이었다. 임신이란 남자를 잡아 놓고 길들이는 데는 그리 유력한 무기가 못 된다…….

'그래, 근거도 없는 환상으로 설건드려 이런 인간의 기를 살려 둘 필요는 없어. 여지없이 짓밟아 주지 않으면 반성할 줄 모르는 게 이런 쓰레기들의 특징이야. 어쩔 수 없어. 일생 이런 낭패를 되풀이 당해 가며 살 수는 없는 노릇이잖아.'

이윽고 영희는 그렇게 마음을 다잡아 먹고 거기에 맞는 계획을 짰다. 우선 이 인간이 나타나면 가까운 여인숙으로 끌고 가…… 그러자 오래 잠들어 있던 공격 충동이 묘한 쾌감까지 동반한 채 되살아났다. 하지만 그런 가운데도 배 속의 아기에게 어머니로서의 사과는 잊지 않았다.

'애야, 놀라지 마라. 나는 지금 정말로 네 아버지를 해치려는 것

이 아니고 너에게 좋은 아버지를 선사하기 위해 어려운 싸움을 하
는 거란다. 어쩌면 피를 보게 될지도 모르지만 그 피는 보다 나은
너의 미래를 지키기 위해 흘리는 값진 피란다.'

밖은 봄기운이 완연한 3월 하순의 늦은 오후였다. 가로수에 아
직 잎은 피지 않았지만 푸른빛 도는 움은 겨울의 그것과는 전혀
달랐다. 그러나 영희에게는 그런 봄기운도 아무런 감흥을 주지 못
했다.

억만은 약속된 시간보다 좀 일찍 나타났다. 바로 정 사장의 사
무실로 들어가지 않고 주변을 돌며 한참을 살피다가 들어가는 게
다시 한 번 그때껏 모르고 있었던 그의 세심함을 드러내 영희를
섬뜩하게 했다.

영희는 억만이 사무실 안으로 들어가는 걸 보고서야 생과자
점을 나와 덮치듯 뒤따랐다. 들어가 보니 정 사장은 의자에 앉은
채 벙글거리고 있고 억만은 혼자 달아 목소리를 높이고 있었다.

"안 되다니 무슨 소립니까? 오늘 잔금 주시기로 하시지 않았
어요?"

"글쎄 그럴 사정이 있다니깐."

정 사장이 그러면서 사무실로 들어서는 영희를 보고 눈을 찡
긋했다. 정 사장의 눈길을 보고 억만도 이상한 낌새를 느꼈는지
힐끗 뒤를 돌아보았다. 그 순간 기습처럼 그에게 다가간 영희는 양
복 윗도리 자락 밑으로 손을 넣어 그 아래 혁대를 단단히 움켜잡
았다. 색시 시절에 배운 일종의 체포술이었다. 아무리 여자 손아

귀라지만 일단 그렇게 혁대를 움켜잡히면 웬만한 술꾼은 뿌리치고 달아날 길이 없었다.

"억, 이게 누구야? 왜 이래?"

억만도 본능적으로 영희를 뿌리쳐 보려 했으나 될 일이 아니었다. 낮으면서도 차가운 영희의 목소리가 그런 억만의 기세를 한 번 더 꺾어 놓았다.

"가만히 계세요. 남 보는데 창피당하지 않으려거든."

"왜 이래? 이거 놔. 이거 놓고 말해도 될 거 아냐?"

그렇게 항의하고는 있어도 이미 뿌리치려는 시도는 않고 있었다. 정 사장이 빙글거리며 억만에게 말했다.

"아무리 남자끼리의 약속이라지만 알고 찾아온 걸 어쩌나? 무슨 사정이 있으면 임자에게 얘기를 하고 가지고 나와야지. 늦었지만 지금이라도 솔직히 얘기하라고. 진 마담이 말 못 알아들을 사람도 아니잖아?"

"나가요. 우리 조용한 데 가서 얘기해요."

영희가 혁대를 잡은 손을 놓는 대신 억만의 윗도리 옆 주머니에 깊숙이 손을 찔러 넣으며 말했다. 그새 기성복을 새로 사 입은 듯 번쩍이는 필크 천의 새 양복이었다. 영희를 뿌리치기는 혁대를 잡혔을 때보다 좀 쉬워졌지만 그러려면 양복 주머니가 꼴사납게 찢겨야 할 판이었다.

"가긴 어딜 가? 여, 여기서 얘기해. 아니, 내가 바로 말하지. 사실은 말이야……"

억만은 이제 은근히 겁먹은 얼굴이 되어 더듬거렸다. 영희가 그런 그의 팔을 남은 손으로 잡으며 옆으로 끌었다.

"여긴 남의 사무실이에요. 우선 나가자고요."

"맞아. 다른 데 가서 조용히 얘기하라고. 부부 싸움이란 게 원래 칼로 물 베기 아냐?"

정 사장이 여전히 벙글거리며 영희의 편을 들어주었다. 부부 싸움은 칼로 물 베기란 말에 무슨 암시를 받았는지 억만도 그제야 조금 여유를 찾은 표정으로 발걸음을 떼어 놓았다. 영희는 진작에 보아 둔 근처의 여인숙으로 억만을 끌고 갔다.

"아줌마, 계산은 나중에 할게요. 아무것도 필요 없으니 우리 나올 때까지 신경 쓰지 마세요."

접수 창구를 지키는 중년 여자에게 영희가 밝은 목소리로 그렇게 당부했다. 그러자 그녀가 영희와 억만을 번갈아 보더니 알았다는 듯 고개를 끄덕이고 빈방 호수(號數)를 일러 주었다.

"안에 들어가 있어요."

방문 앞에서 영희는 억만을 먼저 방 안으로 밀어 넣었다. 호젓한 방 안에 둘만 남게 되었다는 게 무슨 자신감을 주었는지 이제 억만은 아무런 망설임이나 뻗댐 없이 들어갔다.

영희는 신을 벗는 체하면서 호흡을 가다듬고 지금까지 짜 둔 시나리오를 다시 한 번 점검했다. 그리고 가만히 핸드백을 열어 면도칼을 꺼냈다. 필요할 때마다 요긴하게 써 온 것이지만 접어 두었던 날을 빼서 움켜잡고 보니 스스로도 섬뜩한 데가 있었다.

억만은 그사이 생각을 바꾸어 어떻게 힘으로 뻗대 보기로 작정한 듯했다.

두 다리를 쭉 뻗고 벽에 기대앉았는데 그 자세가 자못 거만스럽기까지 했다. 그런 자세가 아직 무르익지 않은 전의를 자극해 영희는 다시 기습 같은 행동에 들어갔다.

"야, 강억만! 너 이 새끼야!"

그런 외침과 함께 휘두른 영희의 면도칼이 스윽, 하는 기분 나쁜 소리를 내며 억만의 앞가슴을 비스듬히 갈라 놓았다. 두꺼운 양복 깃과 안의 와이셔츠까지 갈라 놓았지만 영희의 계산대로 상처는 입지 않은 듯했다.

"어, 어억!"

그런 억만의 비명은 놀람에서 나온 것일 뿐, 아픔에서 나온 것은 아닌 듯했다. 허옇게 질린 얼굴로 몸을 일으키는 그의 표정 어디에도 고통의 빛은 없었다. 영희는 그런 억만의 목에 면도칼을 겨누며 목소리를 낮추었다.

"야, 강억만. 너, 이러자고 나하고 결혼했니? 이렇게 너 죽고 나 죽으려고? 이 새꺄, 내가 조금만 손에 힘을 더 주었으면 넌 방바닥에 벌겋게 빨랫줄 널어 놓고 골로 갔어."

"이거, 왜, 왜 이래?"

"몰라서 물어? 더러운 목숨, 그래도 어찌 비비대고 살아 보려는데 왜 그래? 왜, 자꾸 남의 숨통을 밟는 거야?"

"내가 뭘 어쨌다고……."

억만은 손을 허우적거리면서도 감히 영희에게서 면도칼을 뺏을 생각은 못 했다. 어떨 때는 비상하게 돌아가는 그의 잔머리도 그때는 정지 상태인 듯했다.

"바로 대. 이게 무슨 수작이야? 돈은 어떡했어?"

"그, 그건 여기 있어. 선원증이라도 사서…… 외항선이라도 타려고……."

억만이 그러면서 바지 주머니에서 그의 버릇대로 다발째 함부로 구겨 넣고 있던 돈을 꺼냈다. 5천 원짜리 천 원짜리가 뒤섞인 것인데, 아무리 많게 보아도 20만 원이 넘지 않을 것 같았다. 영희가 돈 액수를 가늠하고 있는 사이에 한숨 돌렸는지 억만이 더듬더듬 변명을 이어 갔다.

"정말로…… 이대로는 견딜 수 없었어…… 한 몇 년…… 바다에 나가 떠돌더라도 목돈을 잡아 보고 싶었던 거야……."

물론 뻔한 거짓말이었다. 지난 몇 년 아버지의 돈을 탕진하면서 몸에 밴 탐락에 눈이 뒤집혔을 뿐 그런 장구한 계획 같은 게 있을 리 없었다.

"찢어진 입이라고 말은 그저 철철……. 바다에 나갈 새끼가 어중이떠중이 끌어모아 물봉 노릇부터 먼저 해?"

"내가 무슨……."

"뺀질이한테 다 들었어. 그래, 그렇게 도둑질 해서라도 술 마시고 오입질 하니 기분 째지디?"

그로부터 한 오 분 영희는 그런 빈정거림으로 가슴속의 화부터 먼저 풀었다. 그러다가 언제부터인가 문득 억만의 목에 면도칼을 들이대고 있는 자신의 자세가 난감스럽게 느껴지기 시작했다. 억만은 정말로 끝장을 내어야 할 사람이 아니라 어떻게든 길을 들여 내일부터 다시 여보, 당신 하며 살아야 할 사람이었다. 악에 받친 머리로는 그 길밖에 없다고 생각했지만 막상 속이 풀리자 비로소 화해와 설득으로 돌아가기에는 너무 멀리 와 버렸다는 생각이 들었다. 그 난감함이 갑작스러운 자포자기로 변했다.

'정말 여기서 끝내 버리고 말아?'

영희는 퍼뜩 그런 생각을 했다가 화들짝 놀라며 칼을 슬몃 거두었다. 억만은 여전히 영희에게 눌린 자세로 눈만 멀뚱거렸다. 그러면서도 무언가를 살피는 눈길에 새삼스러운 역겨움을 느끼면서 영희는 마지막까지 결정을 짓지 못했던 수습의 방식을 순간적으로 선택했다.

'여기서 다시 울며 매달리는 것은 너무 갑작스럽다. 어쩔 수 없구나……'

그런 결론이 드는 순간 이를 악물고 면도칼을 들어 왼쪽 팔뚝을 그었다.

싸악 하는 소리와 함께 바바리코트 소매가 찢어지며 전류처럼 찌르르한 자극에 이어 날카로운 아픔이 몸을 오그라들게 했다. 본능적으로 힘줄과 굵은 핏줄은 피했지만 상처가 깊은지 이내 투두둑 피가 방바닥에 떨어졌다.

영희는 별로 과장하는 기분 없이 면도칼을 내던지고 푹석 주저

앉으며 오른손으로 왼쪽 팔뚝을 움켜잡았다. 그제야 시퍼렇게 질린 얼굴로 몸을 일으킨 억만이 넋나간 사람처럼 달려들어 영희를 부둥켜안았다. 영희가 그런 억만에게 역시 과장한다는 기분 없이 흐느끼며 소리쳤다.

"억만 씨, 나 좀 살게 해 줘. 나 정말 살고 싶어."

그때야 억만의 눈에도 눈물이 비쳤다. 그걸 보고 영희는 진심으로 간절하게 호소했다.

"나는 지금 홀몸이 아냐. 이번에는 유산 걱정 안 해도 된대. 정말로 임신 3개월이라고. 더구나 이 아이는 억만 씨 아이야. 이 아이와 나, 다 같이 살 수 있게 해 줘……."

반환점

"명훈 씨, 이젠 일어나세요. 아이, 명훈 씨이……."

모니카가 콧소리 섞어 그렇게 깨우는 바람에 명훈은 눈을 떴다. 그 무렵 들어 늘 그런 것처럼 속은 쓰리고 머릿속은 옅은 안개가 낀 듯 흐렸다. 간밤 이 방 저 방을 돌며 한두 잔씩 얻어 마신 술 탓이었다. 이렇게 흐물흐물 녹아 버리고 마는가…….

꼭히 슬픔이랄 것까지는 없지만 언제부터인가 명훈은 그런 아침이면 가슴이 먹먹할 만큼 차오르는 희미한 회한 같은 게 있었다. 그리고 그럴 때는 모니카의 웃는 얼굴조차 흉측한 나찰처럼 느껴지는 것이었다.

"으응, 왜 그래?"

명훈이 무거운 몸을 일으키며 모니카를 바라보았다. 명훈보다 더 늦잠을 자기 일쑤인 그녀가 그날은 벌써 화장까지 마치고 있었다. 무슨 좋은 일이 있는지 환한 얼굴로 생글거리며 꽤 큰 보퉁이 하나를 내밀었다.

"어서 일어나 세수하고 이 옷 갈아입으세요. 그동안 내 맛있는 해장국 차려 놓을게."

"이게 뭔데?"

"한복이에요. 다 큰 어른이 한복 한 벌 없어 되겠어요? 그래서 제가 한 벌 마련했어요. 두루마기까지 제대로 갖춘다고 갖췄는데 치수가 맞을지 몰라."

명훈으로서는 더욱 어리둥절해지는 말이었다. 추석, 설날 다 지나가고 4월도 중순인데 난데없이 한복 타령이니 그럴 수밖에 없었다.

"갑자기 웬 한복은?"

"그럴 일이 있어요. 어쨌든 어서 세수하고 갈아입기나 하세요. 아마 명훈 씨는 한복 입으면 훨씬 멋있을 거야."

모니카는 그러면서 눈까지 찡긋하고 방을 나갔다. 명훈은 천천히 일어나 이불을 개고 수돗가로 나갔다. 밖은 맑고 따뜻한 봄날 아침이었다. 마당가의 굵은 등걸에 가지마다 흐드러지게 피어 있는 목련이 눈부셨다. 대개는 정오가 가깝도록 늘어져 자게 마련인 아가씨들도 그날은 모두 일어났는지 아직 몇이 수돗가에 남아 부산을 떨고 있었다.

"웬일이냐? 너희들 오늘 무슨 일 있어?"

양보해 주는 세숫대야에 손을 담그면서 명훈이 아가씨들에게 물었다. 거기 있던 아가씨 중에 가장 오래된 한 양이 무언가 뜻있어 뵈는 눈웃음과 함께 대답했다.

"오늘 쉬는 날이잖아요? 날도 좋은 봄날이고……. 그래서 창경원에나 가 볼까 해서요. 영화도 한 편 보고……."

일요일도 아닌데 쉰다는 것도 그렇고, 또 한 달에 두 번씩이나 쉬는 날이 있어도 고작 낮잠이나 화투 놀이로 때우기 십상인 아가씨들이 그날따라 모두 일찍 일어나 아침부터 수런거리는 것도 여느 때와 달랐다. 자신만 빼놓고 무언가 공통의 정보를 가지고 거기에 따라 움직이는 듯한 것도 이상했다.

무슨 일인가 있다. 모니카가 뭔가를 꾸민 거야. 찬물로 세수해 머리가 조금 맑아지자 명훈은 문득 그런 생각이 들었다. 방 안으로 돌아와 한복 보퉁이를 보자 그런 의심은 더 커졌다. 그 바람에 명훈은 한복을 입다 말고 모니카를 불렀다.

"왜 그러세요? 한복 입기가 힘드세요?"

모니카가 천연덕스러운 얼굴로 그렇게 물었다.

"것도 그렇고 도대체 무슨 일이야? 아침부터 한복 입고 어딜 가자는 거야?"

"시골 사셨다면서 어릴 때 한복 입어 보지 않으셨어요? 그렇담 대님하고 고름 매는 건 거들어 드릴게요."

그녀는 명훈의 물음은 깨끗이 무시하고 다가와 고름과 대님만 묶어 주었다.

어디서 배웠는지 솜씨가 꽤 날렵했다.

명훈은 그런 그녀에게서 평소와는 전혀 다른 어떤 정숙함까지 느꼈다. 하지만 그게 더욱 궁금증을 키웠다.

"무슨 일이냐니깐? 말해 봐. 뭘 하려는 거야?"

조끼 위에 두루마기까지 걸친 그를 이모저모 뜯어 보며 흡족해하는 그녀에게 명훈이 은근히 짜증 섞인 목소리로 물었다. 그제야 그녀도 웃음기를 거두며 대답했다.

"실은 사진을 몇 장 찍어 둘까 해서요. 명훈 씨하고 저 둘만의 사진……."

"아니, 사진 한 번 찍으려고 돈 들여 한복까지 새로 맞춰?"

"저도 괜찮은 걸로 한 벌 새로 했는걸요."

"뭐? 아니, 무슨 사진이 그리 요란해? 둘이 그냥 입던 옷 입고 가서 찍으면 되는 거지."

"그게 아니라니까요……."

그녀는 뭔가를 말할 듯 할 듯하다가 말끝을 흐리고 재촉만 되풀이했다.

"어쨌든 빨리 아침 드세요. 어제 아줌마한테 부탁해 특별히 선지로 해장국을 끓여 놨어요."

명훈은 그때부터 묘하게 불길한 예감이 들었으나 더 묻지 않고 시키는 대로 따랐다. 이제 더 나빠질 것도 없다……. 그런 일종의 방심 상태 탓이었다. 그런데 집을 나선 지 얼마 안 돼 다시 그런 예감을 자극하는 일이 있었다. 천호동 사거리에서 택시를 잡은 모니카가 댄 행선지 때문이었다.

"아저씨, 명동으로 가요. 명동 입구 쪽요."

그 말을 듣고 명훈이 물었다.

"아니, 그럼 사진 찍으러 명동까지 간다는 거야?"

"그래요. '허바허바 사장(瀉場)'에 미리 말해 놨어요. 명훈 씨도 그 사진관 알죠? 서울서 젤로 유명한 데."

신문뿐만 아니라 라디오에까지 광고를 내고 있어 몹시 귀에 익은 사진관 이름이었다. 이건 예삿일이 아니다……. 그제야 명훈도 슬며시 긴장되기 시작했다.

"아무리 우리 둘만 찍는 사진이라도 그렇지. 그래 까짓 사진 한 장 찍으려고 택시 대절해 여기서 명동까지 가? 동네 사진관에서 그냥 찍으면 되지."

"까짓 사진 한 장이 아니라니까요. 시시한 동네 사진관에서는 찍을 수도 없다고요."

"그래서 물었잖아? 도대체 무슨 사진이야? 무슨 사진이 이리 요란해?"

"가 보면 알아요. 운전사 아저씨도 듣고 있는데……."

"거 참, 미사일 기지라도 찍는 거야? 운전사 아저씨가 들으면 안 된다는 얘기는 또 뭐야?"

"그런 게 있다니까요. 어쨌든 사진관에 가서 봐요."

모니카는 그래 놓고 입을 꼭 다물었다. 그러다가 사진관 앞에 이르러서야 간절한 목소리로 말했다.

"명훈 씨, 제 부탁 하나 들어주세요. 여기서 시키는 대로 같이 사진 한 장만 찍어 줘요."

"그래서 왔잖아? 그런데 도대체 무슨 사진이야? 어디 쓰려고 그래?"

"명훈 씨는 사모관대(紗帽冠帶)하고 저는 원삼(圓衫) 족두리 갖춰 찍는 사진이에요."

그 말을 듣자 명훈은 가슴이 철렁했다.

"그럼 결혼사진이잖아?"

"바로 그래요."

모니카는 그래 놓고 이번에는 애원하는 눈길로 명훈을 바라보며 말했다.

"저도 내후년이면 서른이에요. 결혼사진 한 장 걸어 둘 나이가 됐다고요. 명훈 씨에게 진짜로 저와 결혼해 달라고는 하지 않을게요. 이렇게 사진 한 장만 찍어 줘요. 제 얼굴 더 망가지기 전에…… 한 해라도 일찍."

"그 따위 사진이 무슨 소용이야……"

명훈이 벌컥 소리치다 모니카의 두 눈에 괴는 눈물을 보고 말을 멈추었다.

아득한 절망감과 함께 기생집을 드나들면서 알게 된 색시들의 관행이 머릿속에 떠올랐다. 나이 든 마담이나 술집을 차린 색시 출신의 안주인들 방에 가면 유달리 강조되어 걸려 있는 사진이 바로 그녀들의 결혼사진이었다.

나도 이런 시절이 있었다 ─. 그녀들은 그 사진을 통해 그렇게 소리치고 있는 듯했다.

"아녜요. 일생 좋은 위로가 될 거예요."

명훈은 새삼스러운 눈길로 모니카를 바라보았다. 그러고 보니 언제나 그대로인 것 같던 그녀의 얼굴에서도 변화가 느껴졌다. 안동에서만 해도 얄미울 정도로 팽팽하던 얼굴 구석에는 잔주름들이 희미한 그늘처럼 번져 나오고 있었다. 뿌리 깊은 혐오감에도 불구하고 다시 만나게 되면 쉽게 욕정으로 어울릴 수 있게 하던 그 몸매의 선정적인 선들도 많이 이지러진 느낌이었다. 너와 이래저래 얽힌 지도 하마 10년이 넘었나……

"알았어. 우선 안으로 들어가."

명훈이 그러면서 앞장을 서자, 모니카는 갑자기 죄진 사람처럼 쭈뼛거리며 따라 들어왔다.

"오셨군요. 기다렸습니다."

그들이 사진관으로 들어서자, 사진사라기보다는 경기 좋은 사업가 같은 느낌을 주는 40대 남자가 반갑게 맞았다. 미리 말을 맞춰 두었는지 촬영실 한구석에는 결혼식장 같은 세트가 설치되어 있었다. 조잡하게 만든 것이기는 하지만 봉황을 늘어뜨린 배경 그림도 있고 커다란 화환도 두엇 서 있었다. 그중에서 다시 한 번 명훈의 가슴을 서늘하게 만든 것은 화환 앞에 양쪽으로 갈라 세워 놓은 길쭉한 세로쓰기 명패였다.

거기에는 제법 잘 쓴 붓글씨로 '신랑 이명훈' '신부 유인순'이라 씌어 있었다.

"옷을 갈아입으시지요."

사진관 조수인 듯한 젊은이가 역시 준비되어 있던 사모관대를 내놓으며 말했다. 명훈은 모욕받고 있는 듯하면서도 한편으로는 거역 못 할 기분이 되어 그가 시키는 대로 두루마기를 벗고 사모관대를 차례로 걸쳤다. 그사이 모니카도 원삼을 걸치고 족두리에 연지 곤지까지 발랐다.

"정말 잘 어울리는 한 쌍입니다."

사진관 주인이 그런 말로 갑자기 어색해진 둘을 추켜세웠지만 분위기를 바꾸는 데는 큰 도움이 되지 못했다. 명훈뿐만 아니라 모니카까지도 무언가 알 수 없는 긴장으로 잔뜩 굳어 있었다.

정작 사진을 찍는 데는 그리 오랜 시간이 걸리지 않았다. 사모관대를 걸친 채로 두 장, 그리고 새로 지은 한복 차림으로 두 장을 찍었는데 묘한 방심 상태에 빠져 있던 명훈에게는 모든 게 그저 한순간처럼만 느껴졌다.

"자, 다 됐습니다. 이제 사흘 뒤에 찾으러 오시면 됩니다."

촬영이 끝난 뒤 주인이 하는 말도 꿈결에서처럼 아련히 귓가를 스쳐 갈 뿐이었다. 그러다가 명훈의 의식이 다시 또렷해지기 시작한 것은 사진관을 나온 뒤였다.

"명훈 씨, 정말로 고마워요. 이젠 바로 떠나가서도 한이 없어……."

울먹임 섞인 모니카의 그 같은 말이 날카로운 송곳처럼 명훈의 의식을 찔러 왔다. 방금 무언가 큰일이 일어났다…….

명훈은 그 사진의 의미를 축소시키려 애쓰면서도 한편으로는 까닭 모를 불안과 울적함으로 사흘을 보냈다. 사진은 사진사가 약속한 날짜에 나왔다.

소풍날을 기다리는 국민학교 아이처럼 안달하며 기다리던 모니카는 그날 아침도 거르고 서울로 달려갔다가 해 질 무렵 해서야 헤벌어진 입으로 돌아왔다. 그녀는 은 세공 장식 액자에 사진을 담아 왔는데, 명훈이 보기에도 잘 나온 결혼사진이었다.

그런데 놀라운 것은 안방 문갑 위에 놓인 그 사진의 위력이었다. 없던 사진 한 장이 새로 놓인 것일 뿐이고, 그나마 그 사진의 내력을 알 만한 사람은 다 알고 있는데도 그게 업소 안팎에 미치는 영향은 뜻밖으로 컸다.

무엇보다도 많이 달라진 것은 모니카였다. 그 사진이 문갑 위에 놓인 날부터 명훈을 대하는 그녀의 자세는 민망할 정도로 달라졌다. 말은 깍듯한 존대로 바뀌었고, 태도는 공손하기 그지없었다. 입의 혀 같다던가, 죽으라면 죽는 시늉까지 한다는 말은 바로 그녀의 경우를 두고 하는 말 같았다.

그녀는 또 다른 사람의 무례나 무시도 용서하지 않았다. 명훈을 편하게 여기는 아가씨들이 전처럼 버릇없는 말투를 쓰거나 말대꾸를 하면 그녀는 그 자리에서 정색을 하고 면박을 주었다.

"애는, 너 사장님께 말버릇이 그게 뭐니? 아무리 술 주전자 운전사라지만 아래위도 몰라?"

이런저런 물품을 배달하러 온 아이 놈이 어쩌다 명훈에게 불퉁거려도 마찬가지였다.

"너, 이분이 누군지 알아? 이 업소 사장님이셔. 너는 너네 사장한테도 그렇게 버르장머리가 없니?"

찾아오면 깜박 넘어가듯 반기는 손님이라도 명훈을 대하는 태도에서는 용서가 없었다. 전부터 하던 대로 명훈에게 방우, 방우하며 반말이라도 할라치면 그녀는 드러나게 새치름해진 얼굴로 거침없이 주의를 주었다.

"아무리 농담이지만 방우 소리는 그만하세요. 싸라기밥 잡순 소리도 마시고요. 그래도 명색이 이 집 주인인데…… 종업원이 열 명 넘는 업소의 사장님이라고요."

그녀가 그렇게 쌍지팡이를 짚고 나서서 그런지 상대들도 별 저항 없이 그녀의 요구를 받아들여 주었다. 그래서 은근히 감동하고 있다 보면 그녀는 또 그녀대로 명훈보다 더 위세 좋게 안주인으로서의 자리를 잡아 갔다.

그제야 명훈은 그 사진을 찍던 날부터 줄곧 자신을 사로잡아 온 까닭 모를 불안감과 울적함의 진상을 알아차렸다. 이 여자가 바라는 것은 화류계 여인들의 가여운 자위(自慰)나 과시가 아니다. 이 여자는 사진으로 내 일생의 배우자임을 은연중에 기정화(旣定化)하고 있다. 아니, 실제로도 우리의 배우(配偶) 관계를 이보다 더 효과적으로 증명해 낼 근거가 어디 있는가, 생각이 거기에 미치자 섬뜩한 기분까지 들었다.

거기다가 며칠 후에 찾아온 모니카의 어머니가 어엿한 장모 티를 내며 전에 없이 말투를 '하게'로 바꾸자 가슴이 철렁했다. 그리고 그 충격은 오래 마비돼 있던 그의 자의식을 일깨우기 시작했다.

'나는 나를 더 이상 내려갈 수 없는 삶의 밑바닥으로 내던졌다. 나는 그 비천함과 욕됨과 나아가 악까지도 기꺼이 껴안았다. 서슴없이 이 진창을 뒹굴려 한다. 하지만 영원히 머물기 위해 여기까지 내려오지는 않았다. 힘껏 차고 높이 치솟기 위해 바닥을 찾고 있었을 뿐이다……'

의식이란 잠들었다 깨어나면 더 날카로워지는 법이다. 한 번 자신을 되돌아보기 시작하자 명훈도 막연하게 안주해 온 지난 여섯 달의 삶이 갑자기 끔찍해지기 시작했다. 나는 여기서 세상의 끝을 보고 있구나…….

하지만 당장 명훈은 무엇을 해야 할지 얼른 떠오르지 않았다. 더구나 그 무렵 그들이 하는 술집의 경기는 예사 아닌 호황이었다. 벌써 지난 음력설 결산 때 모니카는 자신에 차 말했다.

"역시 엄마 눈이 대단해. 우리 잘하면 내년 이때쯤은 이 집을 사버릴 수도 있겠어."

비록 서울이라기보다는 경기도 시골이라는 편이 옳은 위치지만 계절도 타지 않는 듯했다. 그때만 해도 춘궁기라고 해서 첫 농산물 수확이 있기 직전의 어려움은 농촌뿐만 아니라 도시에까지 영향을 미쳤다. 특히 술집 같은 업소가 가장 심하게 춘궁기를 타는 편이었는데, 명훈과 모니카가 하는 '천호옥(千戶屋)'은 그런 것도 없었다. 모니카의 어머니가 본 대로 광주 대단지와 하남 쪽의 부동산 열풍은 그만큼 뜨거웠다.

'하는 수 없지. 이왕 여기까지 내려앉았으니 여기서 한몫 잡아 다시 치솟아 보는 수밖에. 아니, 어쩌면 나는 아직도 충분하게 영락하지 못했는지도 몰라. 그래, 더 가 보자. 더 험한 진창에 처절하게 나를 굴려 보자.'

명훈은 그렇게 억지로 자신을 다잡으며 나날을 때워 갔다. 명훈이 그렇게라도 자신을 다잡을 수 있었던 것은 처음 그 장사를 시작할 때 모니카로부터 되풀이 받은 다짐 때문이었다.

"야, 너 딴생각 마라. 나는 다만 너와 동업을 하고 있는 거야. 그것도 내가 필요할 때까지만. 이대로 한평생 보낼 생각은 전혀 없어. 헛꿈 꾸지 마."

개업 전날 명훈이 그렇게 말했을 때 그녀는 가여울 만큼 순순히 그 뜻을 받아들여 주었다.

"네, 알아요. 저는 명훈 씨가 지금 내 곁에 이렇게 머물러 주는 것만 해도 고마워요. 언제든 원하실 때 떠나세요."

따라서 결혼사진과 관련된 변화가 부담스럽기는 해도 당장 그 술집을 박차고 떠날 만큼 절박하지는 않았다. 어쨌든 나는 여기 이대로 머물지는 않을 것이다…….

그런데 사진이 문갑 위에 놓인 지 보름쯤 되었을까. 어느 날 아침 화장을 하다 말고 그 사진을 물끄러미 들여다보던 모니카가 간절한 어조로 말했다.

"명훈 씨, 왜 우리는 아이가 생기지 않죠? 이때쯤 애나 하나 처억 들어앉으면 더 바랄 게 없을 텐데. 우리 병원에 한번 가 봐야 될까 봐."

"뭐?"

개 놓은 이불에 비스듬히 기대 누웠던 명훈은 자신도 모르게 소리를 버럭 지르며 몸을 일으켰다. 그제야 모니카가 자신의 실수를 깨닫고 겁먹은 눈길로 황급히 말을 거두었다.

"아니, 아녜요. 혼자서 해 본 소리야."

그러고는 금세 흐느낌이라도 섞여 들 것 같은 목소리로 중얼거렸다.

"꿈도 크지. 나 같은 년이…… 감히…….'

그 바람에 성을 더 내지는 못했지만 그때부터 명훈의 가슴에는 천 근 바윗덩어리가 얹힌 기분이었다.

'결국 이렇게 가는구나. 이렇게 진행되는 것이로구나……'

하지만 그 순간 명훈의 가슴 속 더 깊은 곳에서 들려오는 외침이 있었다.

'아니야. 여기서 더 내려가서는 안 돼. 이제는 그만 돌아설 때가 되었어. 이게 반환점이야. 지금 여기서 돌아서지 않으면 너는 영원히 돌아가지 못해. 애초에 네가 원했던 세계로의 재편입은 영영 글러 버리고 말아.'

날카로운 첫 키스의 추억

"지난주에 말이야, 집에 갔다가 무슨 일이 있었는지 알아? 엄마하고."

정숙이 생각할수록 우습다는 듯 깔깔거리며 자신의 어깨로 가볍게 인철의 어깨를 밀었다. 교정 언덕의 신록 그늘이었다. 바닥의 잔디도 이제는 한여름의 푸르름을 거의 회복하고 있었다. 건성으로 듣고 있던 인철이 기계적으로 되물었다.

"응, 뭔데?"

"서울로 돌아오는 고속버스를 타려고 터미널로 나오는데 말이야, 갑자기 네 이야기가 시작되었어. 집 앞에서 택시를 기다릴 때부터였을 거야. 그런데 그게 내가 엄마를 승강장에 두고 고속버스에 뛰어오를 때까지 이어졌으니 난 결국 한 시간 가까이를 줄곧 네 이야기만 한 셈이야."

"내 얘기를? 뭐 너네 모녀간에 그리 오래 할 만한 얘기가 돼?"

"세상 모르고 집 안에만 갇혀 사신 엄마한테는 신기하게 들릴 얘기도 많지. 네 고아원 얘기나, 집 나가서 고생하며 만났던 사람들 얘기…… 게다가 엄마가 재밌게 들어주는 바람에 나도 그만 깜박한 거야. 그런데 마지막에 엄마가 뭐라신 줄 알아?"

"뭐라 그러셨는데?"

인철은 여전히 딴생각에 빠져 건성으로 되물었다. 정숙이 다시 한 번 까르륵 목 웃음을 웃고 인철을 바라보며 말했다.

"내가 어떻게 시시콜콜 네 지난날을 알게 되었느냐는 거야. 아무리 친한 동급생이라지만 남자인 네 지난 삶을 그토록 자세히 알고 있는 게 문득 이상하게 느껴지셨나 봐. 그 말을 듣자 갑자기 내 말문이 콱 막히데. 얼굴이 막 달아오르고…… 그래서 어쨌는지 알아?"

"……?"

"때마침 내가 탈 서울행 버스가 오더라고. 그래서 대답 대신 버스가 왔어요, 하고 얼른 달려가 차에 올랐지. 그걸로 해결이야. 엄만 건망증이 심해. 다음에 집에 갈 때까지 그 물음을 계속 품고 있지 못하실 거야."

그래 놓고 이번에는 허리까지 접으며 깔깔 웃었다. 그러나 인철은 왜 그 얘기가 그토록 우스운지 얼른 이해가 되지 않았다. 깔깔거리는 정숙을 어정쩡하게 바라보고 있는데 갑자기 정숙이 웃음을 멈추었다.

"넌 우습지 않아? 그 난감한 순간에 맞추어 버스가 와 준 거. 아슬아슬하게 말이야……."

그러다가 인철의 표정에서 무엇을 느꼈는지 웃음기가 싹 가신 얼굴이 되어 따지듯 물었다.

"너 딴생각하고 있었구나. 뭐야? 남은 재미날 거라고 일껏 얘기하고 있는데."

"아, 아냐. 나도 재미있었어……."

그제야 당황한 인철은 얼른 기억을 더듬어 그녀의 말 중에서 재미의 요소를 찾아보았으나 이미 때는 늦은 뒤였다.

"너 요즘 무슨 일 있어? 아니, 지난 방학부터야. 사람이 변한 것 같아."

정숙이 정색을 하고 인철을 살피며 물었다. 인철은 까닭 모르게 궁지에 몰린 기분이 되어 황급하게 부인했다.

"그렇지 않아, 아무 일도 없어. 그저 좀……."

"그럼 네가 지난달에 준 도서 목록 아직 다 읽지 않았다고 그런 거야?"

정숙은 얼토당토않은 원인을 추측하고 차갑게 물었다.

"그건 더욱 아니고……."

인철이 강하게 부인했으나 정숙은 믿지 않았다. 오히려 진작부터 별러 왔다는 듯 갑자기 공격적인 어조가 되었다.

"그러잖아도 그 얘기 좀 하려던 참이었어. 지난번의 『자유로부터의 도피』나 『고독한 군중』은 읽기라도 좀 편했어. 하지만 이번의 『공화국』이나 『시학』은 너무 심하지 않아? 그게 이제 국문과 2학년에 올라온 여자아이가 한 달 안에 정독하기에는 무리한 도서 목록이라고 생각하지 않느냐고?"

전 같으면 그런 항의를 순순히 받아들일 인철이 아니었다. 그러나 그날은 공연히 죄진 기분이 되어 물러났다.

"그래? 마음에 안 들면 다음에 읽어. 나는 지난번엔 현대물이어서 이번엔 고전으로 돌아간 것뿐인데."

"게다가 난 너같이 전공에 쌍권총(F학점 둘)을 차고도 태연한 그런 취미는 없어. 과제물과 전공 준비만 해도 바쁘다고. 재미도 차라리 그쪽이 더 있고."

그제야 그녀가 들고 나온 문제의 심각성이 인철에게도 느껴져 왔다. 이제 그녀가 따지고 있는 것은 자신의 말을 귀담아 들어주지 않았다는 따위 사소한 불평이 아니었다. 그들 관계의 어떤 본질적인 부분과 연관된 문제였다.

지난 가을의 축제 이후 '허심탄회하게 가슴을 털어놓는 친구'로 설정되어 있던 그들의 관계는 크게 달라졌다. 조심스럽지만 상대에 대한 독점욕을 드러내고 성적인 접촉에 대한 상상도 품기 시작했다. 그러나 말로 이루어진 이전 관계가 워낙 견고해 쉽사리 여느 연인들의 연애 감정으로는 전환되지 않았다. 우의(友意)와 성애(性愛) 사이에 가로놓인 아득한 심연과도 같은 거리는 두 사람을 당황시키고 다급하게 만들었다. 이제는 달라져야 한다, 이제는 달라져야 한다, 면서도 만나면 이전과 다름없이 다방이나 식당의 탁자를 마주하고 앉아 또한 전과 다름없는 관념과 추상을 주고받다가 다시 헤어질 뿐이었다. 어쩌다 정숙이 인철의 팔을 잡기도 하고 술에 취해 헤어질 때 인철이 정숙의 볼에 느닷없는 입맞춤을 한 적도 있었지만 본질적으로는 아무것도 달라지지 않았다. 그럴 용기를 얻기 위해 쥐어짜느라 마음속에서 들인 힘 때문에, 그리고 그 기습과도 같은 접촉에 굳어 버린 상대방의 무반응 때문에, 그 뒤는 오히려 더 어색해지기 일쑤였다.

여자조차도 관념화해 사랑하는 인철의 성향도 그들의 연애 감정을 발전시키는 데 장애가 되었을 것이다. 그는 이제 다시 명혜를 찾지 않음으로써 관념적인 사랑에서 벗어나고자 했다. 그리고 정숙에게서 몸과 현실감을 지닌 사랑을 찾았다고 믿었지만 기실 그가 시작하고 있는 것은 또 하나의 관념화였다. 있는 그대로의 그녀를 사랑하는 것이 아니라 이미 고정된 관념의 틀 속에 그녀를 집어넣으려고 하고 있을 뿐이었다.

인철이 정숙에게 자신의 기호와 기준에 따른 독서 목록을 강요하기 시작한 것도 어쩌면 그 관념화의 한 단계일지 모른다. 두 정신의 거리를 보다 가까이하기 위함이라는 구실로 정숙의 합의를 이끌어 내기는 했지만 목록의 선택권을 인철이 독점함으로써 실상은 일방적인 강요에 가까웠고, 그 효과도 연애 감정을 발전시키기보다는 정숙의 정신을 자신이 설정한 관념의 틀 속에 끼워 넣는 작업에 지나지 않았다. 그런데 이제 정숙이 거기에 정면으로 반발하고 나선 셈이었다.

다른 날 같으면 인철은 그런 정숙의 반발에 대해 분노하며, 혹은 열정적으로 반응했을 것이다. 그런데 그날은 그럴 여유가 없었다. 문제의 심각성을 느꼈다는 표시는 기껏 본격적인 논의를 뒷날로 미루자는 제안으로 나타났을 뿐이었다.

"알았어. 하지만 그 얘긴 나중에 하면 안 될까? 그래, 우리 월요일쯤 다시 만나 얘기해."

인철이 그렇게 말하자 정숙의 표정이 다시 한 번 변했다. 이번에 드러나는 것은 불안 섞인 궁금증이었다.

"너 정말 무슨 일이 있나 보네. 만날 때부터 안절부절못하더니. 무슨 일이야? 뭣 땜에 그래?"

정숙은 전혀 따지는 기색 없이 물었다. 정말로 인철이 걱정되는 모양이었다. 인철은 순간 바른 대로 일러 줄까 싶었으나 묘한 쑥스러움이 앞서 그냥 둘러댔다.

"으응, 좀 그런 일이 있어. 하지만 걱정할 일은 아냐. 나중에 말해 줄게."

"나중에 언제?"

"다녀와서."

인철은 그러면서 시계를 보았다. 열한 시가 가까워지고 있었다.

"어딜 가는데? 내가 따라가면 안 돼?"

"넌 보강(補講) 들어야 한다고 하지 않았어?"

"그래. 하지만 왠지 널 따라가고 싶은데, 그래도 돼?"

"아냐. 안 돼. 나중에 보자."

인철은 펄쩍 뛰듯 일어났다. 그러자 정숙도 따라가기를 단념한 듯 말했다.

"언제 끝나는데? 오늘 만날 수 있어? 그렇담 보강 끝나고 기다 릴게. 엘리제쯤에서."

하지만 인철은 왠지 그렇게 되지 않을 것 같은 예감이 들었다.

"오늘은 어려울 것 같은데. 시간 약속을 할 수가 없어. 우리 차 라리 월요일 날 보자. 내일은 그냥 쉬고."

인철은 그러면서 자리를 털고 일어났다. 정숙도 의미 모를 한숨 과 함께 몸을 일으켰다.

정숙과 헤어진 인철은 미행을 꺼리는 사람처럼 몇 번이나 뒤를 확인하고서야 본관 건물로 들어섰다. 강의실만 있는 본관 2층은 토요일이어서인지 전체가 텅 비어 있는 듯했다. 인철은 조용한 복도 를 따라 건물 끝에 있는 216호 강의실로 갔다. 작년에 교양 철학 을 들은 곳이었다.

지정된 강의실이 가까워지자 안에서 두런거리는 말소리가 들 렸고 인철의 등 뒤로도 다가오는 발소리가 있었다. 돌아보니 안면 은 있지만 인사가 없는 다른 과의 동급생 둘이 인철을 따라오다가 눈짓으로 알은체를 했다.

그들이 자신을 알아보는 것 같아 얼굴이 후끈 달아올랐다. 그 제야 인철은 한 형을 먼저 만나 함께 오지 않은 것을 후회했다.

다행히도 먼저 와 강의실 안에서 두런거리던 사람들 중에는 한 형을 비롯한 같은 과 친구들도 있었다. 그들은 인철을 보자 저마다 소리를 질러 예사 아닌 환영의 뜻을 나타냈다. 인철은 그게 신입 회원에게 으레 베푸는 친절로 알았으나 꼭 그렇지만은 않은 듯했다. 한 형이 조금 전까지 그들에게 읽어 주다 덮은 것이 바로 전날 인철이 건네 준 원고였기 때문이다.

"호랑이도 제 말 하면 온다더니, 이 형도 양반은 못 되는구먼. 방금 회원들에게 이 형 작품 일부를 읽어 주고 있었소. 합평회(合評會) 시간까지 좀이 쑤셔 기다릴 수 없어서……."

한 형이 그렇게 너스레를 떨어 놓고 다시 웃음기를 거두며 나직하게 덧붙였다.

"어젯밤에 원고 다 읽고 어디 잠을 잘 수가 있어야지. 아침에도 이걸 가지고 『현대문학』으로 뛰어가나, 『창비(창작과비평)』로 뛰어가나 했소."

그 말에 밴 진지함이 모두 강한 전류처럼 인철의 온몸을 훑고 지나갔다. 아직 그들 문학 지망생의 언어적 관행에 익숙지 못하지만 그게 대단한 평가라는 것 정도는 인철도 알아차릴 수 있었다.

제대병인 동급생 한 형과 인철의 교우는 뒷날 돌이켜 보아도 운명적인 데가 있다. 신입생 환영회에서 우연히 죽이 맞아 함께 밤을 지낸 이후부터 2년 뒤 한쪽의 죽음으로 영원히 헤어질 때까지 두 사람은 동급생 중 누구보다 단짝으로 어울려 다녔다.

과우들은 그런 그들의 어울림이 나이 때문인 줄로만 알고 있었다. 오래 학교와 또래 집단을 떠나 있는 동안에 형성된 특유한 언행이 실제보다 나이 들어 보이게 해서인지 그들은 인철의 나이를 제대병인 한 형과 비슷하게 여겨 무슨 일이든 둘을 함께 묶어 열외로 쳐주었다. 하지만 인철은 그 한 형보다 세 살이나 어린 데 비해 다른 과우들보다는 기껏해야 한두 살 많았을 뿐이었다.

　얼핏 보아서는 그들에게 공통된 고달프고 쓰디쓴 삶의 이력을 그 유별난 어울림의 원인으로 칠 수도 있을 것이다. 대부분 명문고의 모범생 출신인 과우들과 달리 삶의 밑바닥을 헤매다 왔다는 데는 두 사람에게 어느 정도 닮은 점이 있었다. 그러나 그런 특별난 이력도 그걸 받아들이는 태도에 있어서는 두 사람이 아주 판이했다.

　다 같이 더 내려갈 데가 없을 만큼 밑바닥을 경험했어도 인철은 그걸 불행한 예외로 받아들였지만 한 형은 오히려 일상적인 현실로 여겼다. 따라서 그들이 파악한 삶의 어두운 진상(眞相)도 그들의 의식에는 각기 다르게 작용했다. 인철에게는 그것이 어떻게든 극복되어야 할 비상한 상황인 데 비해 한 형에게는 그 자체로 냉정하게 탐구되어야 할 리얼리티였다.

　술을 좋아하고 마셨다 하면 끝장을 보는 데서 나타나는 탐락적 기질도 둘을 남달리 가깝게 한 원인이 되었을 것이다. 하지만 내면을 들여다보면 그 또한 형성 과정이나 현실적인 효용에서는 의미를 달리했다. 인철은 대학에 와서도 초기 얼마간을 제외하고는 여전히 영락감이나 더 심하게는 유적감(流謫感)에 빠져 지냈다. 거기에 비해 한 형에게 대학은 이전의 비참과 희극으로부터의 운 좋은 이탈 혹은 상승의 의미를 가지고 있는 듯했다. 따라서 한쪽 은 본질적으로 망각과 마비를 위해 마시는 반면 다른 한쪽은 자 족 혹은 유탕(遊蕩)의 잔을 즐기고 있는 편에 가까웠다.

외부의 자극을 수용하고 반응하는 방식에 있어서도 두 사람은 아주 달랐다. 인철은 세계와 인생을 강건하게 표현하기를 즐겼지 만 한 형은 예리하고 섬세하게 묘사했다. 그러나 인철의 감수성은 오히려 감성적이고 섬세한 편이었으며, 한 형의 그것은 그와 달리 현실적이고 강건했다.

이 강의실 저 강의실을 기웃거리고 전공과는 무관한 지식에 탐 욕을 부리는 점에서도 두 사람은 비슷한 경향을 보여 주었지만 목 적에서는 전혀 달랐다.

인철에게는 그게 괴로운 모색이거나 말 그대로의 방황이었다. 그러나 한 형에게는 확고한 자신의 선택을 확대하고 심화시키는 수단에 지나지 않았다.

그럼에도 불구하고 두 사람을 강하게 얽어 주는 것이 있다면 그것은 도저(到底)한 자존심일 것이다. 뒷날까지도 그 원인이나 형 성 시기는 밝혀지지 않지만 인철에게는 일찍부터 비상(非常)하지 못하면 죽을 수밖에 없다는 예감 같은 게 있었다. 그게 삶의 굴 곡을 거치는 동안 근거 없으면서도 엄청난 자존심으로 발전했는 데 한 형에게도 그런 게 있었다. 비뚤어진 자의식(自意識)의 일종

이겠지만 그런 것을 가진 사람은 아무런 표시가 없어도 서로를
알아본다.

자신이 선택한 것에 대한 불 같은 열정도 은연중에 그 두 사람
이 서로에게 이끌리게 했음에 틀림이 없다. 미친 듯 마시고 떠들고
읽고 사랑하는 형태로만 드러나고 있지만, 그리고 한쪽은 아직 그
방향을 찾지 못했고 한쪽은 이미 방향을 찾았지만, 한번 자신이
선택한 것을 위해 내부로 응축시켜 가고 있는 열정의 크기는 서로
를 감동시키기에 충분하였다. 뒷날 한 형의 주검 위에 뿌려진 인
철의 눈물은 무엇보다도 제대로 꽃피워 보지도 못하고 스러져 간
그 열정에 바쳐진 것이었다.

그런 한 형이 공연히 멋쩍어하는 웃음과 함께 인철에게 얇은
책자 하나를 내민 것은 한 주일 전이었다.

"이 형, 이거 한번 읽어 보쇼."

인철이 받아 표지를 살펴보니 교내 문예 서클에서 발간한 백
쪽 내외의 조잡한 동인지였다. 인철도 진작부터 그런 서클이 있다
는 것은 알고 있었지만, 거기에 한 형이 관여하고 있다는 게 약간
은 뜻밖이었다. 더군다나 표지에 인쇄되어 있는 목차에는 한 형의
이름도 나와 있었다.

"지난 봄혼데 단편 하나를 실은 게 있어. 진작 이 형에게 읽히
고 싶었지만 왠지 겁나서……."

언제나 말의 시작과 끝이 분명한 그답지 않게 들떠 있는 어조
였다. 묘한 들뜸이 느껴지기는 인철도 마찬가지였다. 한 형이 소설

을 쓴다……. 방금 그의 글이 활자화돼 있는 책을 손에 들고 있는데도 인철에게는 도무지 실감이 나지 않았다. 그동안 느껴 온 그의 도저한 자존심에 어울리지도 않는 일이었거니와 자신도 알지 못하는 사이에 그런 모임에 나가고 또 글까지 썼다는 게 인철에게 어떤 배신감마저 느끼게 했다.

"정말 뜻밖입니다. 한 형이 소설을 쓰시다니. 그리고 이 서클에는 언제부터 나가셨어요?"

"소설은 전부터 써 오던 거고, 문학회에는 지난가을부터요. 술 퍼먹고 떠들어 봐야 남는 것도 없고…… 되거나 말거나 이제 한번 시작해 볼까 해서."

그런 한 형의 말은 다분히 변명조였다. 그러면서도 한편으로는 어떤 자부심 같은 것도 느껴졌다.

인철은 뒤로 미룰 것도 없이 그길로 빈 강의실을 찾아 먼저 한 형의 글부터 읽었다. 「썩는 내음」이란 제목의 단편으로 그로부터 10년 뒤에야 우리 문단에서 유행하게 되는 분단 소설의 한 원형이었다. 여섯 살 난 아이의 눈으로 본 여순(旅順) 반란 사건의 주변 이야기인데, 휴머니티 쪽에 무게를 두어 예민한 이데올로기 시비를 피하고 있었다.

그 소설을 단숨에 읽고 난 인철은 두 가지 방향에서 큰 충격을 받았다. 그 하나는 활자의 마력이었다. 자신과 술을 마시며 떠들던 그의 말들 중에 어떤 것이 활자로 되어 있는 구절을 보면서 인철은 전율에 가까운 충격을 받았다. 말의 생명을 늘리고 크기를 키우는 데 활자가 그토록 위력적임을 실감하기는 그게 처음이었다. 사람의 정신을 가장 조리 있게 보여 주는 마술. 그날 이후 인철은 활자를 그렇게 정의했다.

다른 하나는 그 작품의 수준이었다. 인철의 소설에 대한 안목은 세계 명작으로만 단련되어 있었다. 그것은 다른 말로 바꾸면 한국 소설에 대해 은연중에 경멸을 품고 있다는 뜻이기도 했다. 그런데 한 형의 소설은 그런 인철을 비웃기라도 하듯 문장에서도 구성에서도 흠잡을 데가 없었다.

한 형의 소설이 준 충격 때문에 인철은 그 동인지의 나머지도 그 자리에서 내처 읽었다. 거기 실린 것은 시 열일곱 편과 단편 두 편, 평론 한 편이었다. 어떤 것은 인철의 건방진 선입견대로 수준 미달이었고 어떤 것은 그저 참을 만한 정도였지만, 다 읽고 난 뒤 인철의 문학에 대한 인식은 작은 혁명을 경험했다. 그들의 성취가 아니라 용감한 선택과 시도가 준 감동 때문이었다.

'내가 허세로 자신의 소심과 불안을 위장한 채 공허한 관념 사이를 헤매는 사이에 여기 또 나를 앞질러 가는 아이들이 있었구나……'

입학 초부터 인철은 그들이 토요일 오전 같은 때 빈 강의실에 모여 뭔가를 서로 읽고 떠들썩하게 논의한다는 것을 알고 있었다. 그러나 인철은 자신 있게 그들을 '예술하는 천민(賤民) 지망생' 혹은 '썩어빠진 가치 주위를 웅웅거리는 쉬파리 떼의 유충(幼蟲)'으로 단정하고 그 유치함과 설익음을 비웃었다. 특히 과우(科友)들

중에는 단지 그 모임에 나간다는 이유만으로 인철에게 멍청하고 덜떨어진 부류로 취급되는 축도 있었다. 그런데 이제 그들마저도 다른 눈으로 보지 않을 수 없었다.

이 아이들은 적어도 자신의 존재를 표현할 양식을 가지고 있다. 그 동인지에서 받은 그런 느낌은 갑자기 인철을 다급하게 만들었다. 그 사실을 좀 더 분명하게 확인하고 싶은 마음과 그 또한 또 다른 선입견이기를 바라는 마음이 빚어낸 갈등에서 온 다급함이었다. 그 바람에 인철은 그 책을 다 읽자마자 빈 강의실을 빠져나와 한 형을 찾았다.

한 형은 그사이 학교 앞 대폿집으로 자리를 옮겨 있었다. 인철이 그를 찾았을 때는 벌써 발갛게 술이 올라 불문과의 시인 지망생과 무언가를 떠들고 있다가 인철이 들어오는 걸 보고 손을 흔들며 소리쳤다.

"이 형, 여기요, 여기."

마치 인철이 그리로 찾아올 줄 알고 있었다는 투였다. 뿐만 아니라 술기운 탓인지 한 형은 자신의 작품에도 종전과는 달리 대담해져 있었다.

그는 인철이 자리를 잡고 앉기 바쁘게 스스럼없이 물었다.

"그래, 어땠소? 「썩는 내음」 그거, 소설 비슷하기는 했소?"

하지만 인철에게는 자신의 감동을 전하는 일보다 거기까지 달려오게 한 궁금증을 푸는 일이 급했다.

"네, 아주 좋았습니다. 체호프나 고리키를 연상시키지만 그들과는 다른 종류의 힘과 강렬함을 느끼게 해 주더군요."

그렇게 대강 얼버무려 놓고 바로 자신이 품고 온 물음으로 들어갔다.

"그런데, 한 형. 소설을 쓰신 지 얼마나 되십니까?"

"그게 소설인지 아닌지는 모르지만 내가 명색 소설이란 걸 만들기 시작한 지는 꽤 오래돼요. 그 바람에 대학도 떨어지고 군대부터 먼저 다녀오게 되었으니까. 또 군대에 가서 월남을 지원한 것도 혹시 그놈의 소설 쓰기에 도움이 될까 해서였으니까."

주전자를 들어 인철의 잔을 채우면서 한 형이 느릿느릿 대답했다. 그동안 그렇게 많은 술잔을 나누었으면서도 한 번도 한 적이 없는 얘기였다. 인철은 왠지 또 한 번 배신당한 느낌이었다. 나는 더불어 문학을 얘기할 만한 상대가 아니었다는 말이지……. 그런 기분이 들자 이상한 오기가 일었다.

"그렇다면 일찌감치 자신의 길을 고르신 셈인데…… 전 그게 늘 궁금합니다. 세상의 하고 많은 길 중에 어떻게 한 길만을 자신이 평생 걸어갈 길로 자신 있게 결정할 수 있었는지 말입니다. 그것도 아직 어린 나이에……."

딴에는 제법 공격의 가시를 박아 넣은 질문이었는데 한 형은 너무 쉽게 그걸 피해 버렸다.

"음, 뭐랄까, 지금 그게 왜 소설 쓰느냐? 혹은 왜 문학하느냐를 묻는 거라면 문학 개론에 여러 가지 말로 잘 설명되어 있을 거고…… 내 개인적인 경험을 묻는다면 글쎄, 소설이란 게 있으니까

써 보았다, 그 이상 할 말이 없을 것 같소."

"어떤 유명한 등산가가 왜 산에 오르냐는 질문을 받고 했다는 대답 같은 겁니까?"

"그렇소. 세상의 어떤 가치를 선택한 사람에게도 두루 통용될 명답(名答) 같은데."

그 말을 듣자 인철은 왠지 자신이야말로 덜떨어진 놈으로 놀림을 당하고 있는 것 같은 기분이 들었다. 그게 그의 오기를 더욱 공격적으로 만들었다.

"그렇다면 세상에 존재하는 모든 가치는 등가(等價)겠군요. 새우젓 장수가 새우젓을 파는 거나 한 형이 글을 쓰는 것이 다를 바 무엇이겠습니까?"

당시의 인철로서는 다분히 모욕의 뜻을 담은 말이었다. 그의 고심, 그의 방황은 바로 세상의 여러 가지 중에서 가장 완전하고 절대적이고 불변한 것을 찾아내기 위함이었다. 거기에 외롭고 고단한 삶을 실어 부조리한 '지금' '여기'를 건너 보려 했다. 따라서 가치들은 당연히 서로 변별되고 상하로 값이 차이 지는 어떤 것이었다. 별로 취한 것 같지 않은데도 그런 인철의 반문에 한 형은 덤덤하기만 했다.

"바로 그렇소. 모든 것은 용서되어 있소."

"이건 구원되거나 승인받는 것 같은 소극적인 문제가 아닙니다. 적극적인 선택의 문제라고요."

"그래서 더욱 그런 거요. 아니, 그래야 하는 거요."

그때까지도 인철은 한 형이 자신이 제기한 문제를 잘못 이해하고 있지 않은가 생각했다. 그러나 한 형은 처음부터 인철이 하는 말을 명확히 알아듣고 있었다. 인철이 거꾸로 모욕받은 기분이 되어 매서운 반격을 준비하고 있는데, 한 형이 잔을 놓으면서 진지하게 이어 갔다.

"아마도 이 형은 세상의 가치 체계를 수직 - 상하 관계로 이루어진 통합 체계로 이해하시는 듯한데…… 그러나 나는 달리 보고 있어요. 세상의 모든 가치는 수평 대등 관계로 되어 있고 그 체계도 통합적이라기보다는 분화(分化) - 병렬적(竝列的)이라고 믿고 싶소. 말하자면 모든 가치는 자기 목적성(自己目的性)과 자기 충족성(自己充足性)을 가지고 있다는 뜻이오."

"그건 리즈맨의 '프래즈매틱 소사이어티'의 전제 논리 같은데요. 사회적 기능의 분화 정도로 그 사회의 발전 정도를 가늠하는……. 하지만 사회적 기능, 혹은 필요와 내가 말하는 가치의 문제는 다르다고 봅니다. 그 논리는 어쩌면 쓸데없이 많은 일을 벌여 놓는 후기 자본주의 사회가 궂은일, 힘든 일에도 사람을 끌어내 쓰기 위한 장치나 프로파간다로 보이는데요. 흔히 직업에 귀천이 없다는 표어로 대표되는."

"나도 내가 선택한 것이 절대적이고 불변하며 최상위인 가치이기를 원하오. 그런데 이 형은 아직도 정말 그런 게 있다고 믿으시오? 거기다가 설령 그런 게 있다고 하더라도 그런 세계의 숨 막힘을 생각해 보셨소? 그 경우 우리가 선택할 것은 언제나 그 한 가지뿐이오. 무언지 모르지만 그 최상위에 있는 것 말이오. 그리고 그 나머지 하위 가치들은 선택하는 사람이 없어 사라지거나 굴욕감과 불만 속에 성의 없이 추구될 것이오."

"그래도 그게 진실이라면 그래야 하지 않겠습니까?"

"아니, 때로는 진실이라도 거역해야 하는 수가 있소. 신이 있기 때문에 우리가 믿는 것이 아니라 우리가 믿기 때문에 신이 있을 수도 있소."

한 형은 그렇게 말해 놓고 갑자기 사람이 달라진 것처럼 너털웃음으로 돌아갔다. 그는 다시 평소의 술친구가 되어 인철의 잔을 가득 채우며 무슨 선고처럼 말했다.

"심각한 이야기도 정량(定量)이란 게 있소. 오늘 이 자리에서의 정량은 다 됐으니 다른 얘기나 합시다. 그 문제는 다음에 다시 얘기하기로 하고……."

그러나 인철은 논리의 긴장에서 얼른 깨어나지 못했다. 이제 겨우 얘기를 시작했다는 기분인데 한 형이 화제를 돌리자 은근히 무시당한 기분까지 들었다.

주는 술잔을 비운 뒤에 인철은 다시 몇 번이나 원래의 화제로 돌아가 보려고 시도했다. 그러나 한 형은 노련하게 말을 돌렸다. 그러다가 인철이 더 참을 수 없다는 기분이 되었을 때에야 지나가는 말처럼 한마디 툭 던졌다.

"그런데 말이오, 이 형. 이 형도 우리 문학회에 한번 나와 보는게 어때요? 그동안 긴가민가해서 망설였는데 내가 보기에는 아무래도 이 형 역시 우리 동네 사람 같아."

뒷날까지도 인철에게는 그 말이 왜 그렇게 충격적으로 들렸는지 의문이었다. 뭔가 모욕당하는 것 같으면서도 또한 한몫하는 존재로 인정받은 기분이 그대로 한 전율이 되어 등골을 타고 흘러내렸다. 그게 자신도 모르게 목소리를 떨리게 했다.

"잘못…… 보셨을 겁니다. 저는 별로……."

"아니, 그럴 리 없소. 이 형의 발상법이나 어휘, 논리 구조는 문학적 단련을 받아도 아주 많이 받은 사람의 그것이오. 가만히 돌이켜 보시오. 정말 이 형은 한 번도 글쓰기를 일생의 할 일로 염두에 두어 본 적이 없소?"

무슨 암시에라도 걸린 듯 인철은 거기서 한동안 자신의 삶을 문학과 관련해 돌아보았다. 자신이 매우 열정적인 독자라는 것은 쉽게 인정이 되었다. 문학에 남다른 가치를 부여했음도 시인할 수 있었다. 그러나 스스로 시인이나 작가가 되는 꿈을 꾸어 본 적은 결코 없었다.

"그런 적은 없는 것 같습니다."

"글쓰기에 관심을 가져 본 적도?"

"물론 글을 잘 써 보려고 노력한 적은 있습니다. 어느 해인가는 일기장 끝에 매일 하나씩 사물에 관한 소묘를 붙이기도 했지요. 잉크, 백묵, 물컵 따위 평범한 주변 사물로……. 하지만 글쓰기를 직업으로 삼기 위해서는 아니었습니다. 내가 학문을 하든 정치를 하든 종교를 하든 내면에 성취한 것을 가장 효과적으로 드러내는 장비 혹은 도구로서의 문장을 수련했을 뿐입니다."

"내가 느낀 게 바로 그거였군. 하지만 그것도 중요한 수련이오. 이제 그걸 문학의 장비로 활용해 볼 생각은 없소?"

"글쎄요……."

그러다가 인철은 불현듯 지난 삶에서 자신이 문학에 품어 보았던 단상들을 기억해 냈다. 어쩌면 내가 말과 글의 사람이 될지도 모른다는 것이었는데, 그것은 언제나 한 부질없는 망상 혹은 불길한 예감 같은 것으로 머릿속을 잠시 스쳐 갔을 뿐이었다. 그리고 그것이 스쳐 간 자리에 남는 것은 삶이 결코 그래서는 안 된다는 논리들이었다.

"그럼 이제 한번 해 봅시다. 시도해 봐야 될 때가 충분히 온 것 같소. 무언가를 써 봐요. 다음주 토요일에 합평회가 있는데 그때 봅시다."

한 형은 한 형대로 그 어떤 열정에 사로잡힌 것인지 막무가내로 그렇게 결론을 지었다. 그런데 알 수 없는 것은 그런 한 형에 대한 인철의 감정이었다. 당황스럽고 난처하기도 했지만 그보다는 마음 깊은 곳에서 우러나는 고마움이 앞섰다.

그날 집으로 돌아간 인철은 한 형의 억지스러운 권유를 무슨 뿌리칠 수 없는 강요로 여기며 난생처음 문학적인 글쓰기로 한밤을 새웠다. 처음 그가 생각한 장르는 그 양 때문에 흔히 손쉬우리란 착각을 주는 시였다. 다음은 그 형식 때문에 초심자를 유혹하기 쉬운 수필. 그러나 그가 일주일에 걸쳐 완성한 것은 결국 단편

소설이었다.

인철이 60매 남짓한 그 소설의 마지막 퇴고를 끝낸 것은 그날 새벽이었다. 그동안 인철은 오직 그 소설만을 생각하며 밤낮을 보냈다. 그러나 그 새벽 그가 느낀 것은 자신이 결국은 피할 수 없는 운명과 만났다는 어떤 섬뜩함이었다.

합평회는 예정보다 십 여 분 늦게 시작되었다. 모임의 부회장인 불문과 3년생의 시를 시작으로 기존 회원들의 시와 짧은 평론이 발표되고 마지막으로 신입 회원인 인철의 단편소설이 낭독되었다. 그러나 그날 인철에게는 자신의 작품이 읽힐 때까지 그곳에서 있었던 일은 아무 기억이 없다.

구체적인 예술 양식으로 형상화된 자신의 창조력과 상상력을 남으로부터 평가받는 일처럼 사람을 긴장시키고 흥분하게 만드는 일도 드물 것이다. 글쓰기가 바로 직업이 된 뒷날까지도 인철은 작품을 출판사나 잡지사로 넘긴 날은 그냥 넘기지 못했다. 어디 가서 고꾸라지도록 퍼마시거나 하다못해 시시껍적한 노름판에라도 어울려야만 그 긴장과 흥분에서 깨어날 수 있었다.

그런데 그날 그 자리는 난생처음으로 자신의 작품을 평가받게 되는 자리였다. 한 형의 분에 넘치는 찬사에도 불구하고 인철에게는 거기 있던 여남은 명의 떠꺼머리 문학 지망생이 그대로 그만한 수의 엄격한 판관(判官)들처럼 느껴졌다.

그 모임의 오랜 경험에서 우러난 배려인지 인철의 작품 발표는 앞서와는 달리 본인이 아니라 한 형의 대독(代讀)으로 이루어졌다. 한 형은 훌륭한 대독자였다. 이미 읽고 받은 감동이 있어선지 한 자 한 자 또렷하게 강조되어야 할 부분과, 분위기만 살리면서 빠르게 스쳐 가야 할 부분을 잘 구분해 읽었다. 작품의 첫머리는 얼핏 보면 꽤나 구체적이고 세밀하게 묘사되어 있어도 실제로는 거의 관념적인 기차역을 배경으로 하고 있었다. 거기에 역시 있을 법은 하지만 우리 이웃에서는 쉬이 볼 수 없을 만큼 관념화된 전철수(轉轍手)를 끌어내어 그와 어린 화자(話者) 사이의 다분히 작위적인 우정으로 우리 삶의 진상에 대한 눈뜸을 보여 준다.

하지만 그 진상이란 기실 '인생은 나그네길……'이란 유행가 가사로 간단히 요약될 수 있는 것이었다. 그게 불쑥 떠오르자 인철은 자신도 모르게 얼굴을 붉히며 회원들의 눈치를 살폈다. 그런데 기이하게도 읽고 있는 한 형은 물론, 숨소리 하나 내지 않고 듣고 있는 회원들에게서도 그 진부한 관념에 대한 경멸의 표정은 찾아볼 수 없었다.

나중의 분석이지만 그것은 아마도 또 다른 의미의 당의(糖衣) 역할을 하고 있는 인철의 문장 때문이었을 것이다. 그 스스로 말했듯 인철은 어렸을 적부터 '도구 혹은 장비로서의 문장'이란 개념을 갈고닦아 왔고, 그 습득에 남다른 관심과 노력을 바쳤다. 그래서 나름으로는 문장으로 사유를 분식(粉飾)하는 법을 터득하고 있었는데, 그게 아직 의미와 양식에만 매달려 있는 회원들을 압도했을지도 모른다.

그리하여 소설이 사건과 이야기를 벗어나자 그런 문장력은 더욱 위력을 보였다. 그 본질은 지극히 감상적이지만 한번 관념으로 자리 잡으면 잘 골라진 어휘의 무게와 때로는 의도적으로 음수율 (音數律)까지 활용한 그 배치가 특이한 유려함으로 그 관념을 감싸 버렸다. 특히 음독(音讀)으로 듣게 될 때는 원래의 관념과 거의 단절된 또 다른 의미들이 무슨 자우룩한 안개처럼 듣는 이의 의식을 뒤덮어 왔다.

나중 눈 밝은 평자들은 인철의 문장에서 그런 점을 찾아내고 그것을 오히려 불철저함으로 폄하시키기도 했다. 그러나 적어도 그날의 합평회에서는 거기에 이의를 느낀 사람이 없었다. 그것은 한 형이 읽어 나갈수록 쓴 인철보다 듣고 있는 회원들이 더 긴장하는 듯했기 때문이었다.

그 후 나는 여러 곳을 떠돌아다니며 살게 운명 지어져 있었다. 먼저 나 스스로 이어 가야 할 학업이 나를 내 집과 어머니로부터 떠나 여러 낯선 도시를 떠돌게 하였으며, 이윽고 그것이 한 습성이 되어 이미 그럴 필요가 없어진 때조차도 내게 새로운 출발을 강요하였다. 어떤 저항할 수 없는 힘이 나를 휘몰아 이 세상에서는 만날 수 없는 영원한 어머니와 사랑과 친구를 그리워하게 하였으며, 결국은 도달하지 못하게 되어 있는 아득한 고향에 다스릴 길 없는 뜨거운 향수를 품게 하는 것 같았다.

그 수많은 출발 전날 밤의 마음 설렘, 알지 못하는 곳에 대한 동경과 기대, 출발 아침의 번득이는 햇살, 정들었던 땅과 사람들에게 작별을 던지는 순간의 감미로운 슬픔, 괴로운지 즐거운지 구별 못 할 떠나야 할 곳에서의 마지막 회상, 창가에서 멀어지는 거리에 던지는 허심한 결별의 눈인사, 새롭게 도착할 곳에서의 고생스럽고 힘들여 개척해 가야 할, 그러나 자신 있고 낙관적인 상상……. 그리고 그런 출발의 길 위에 서면 나는 항상 그 작은 읍의 낡은 역사(驛舍)와 내 늙은 친구를 떠올리게 되었다.

그런 내게 역은 언제나 최초의 환영객이었고 또한 변함없는 마지막 전송자였다. 처음에는 내가 가는 도시마다 역이 있다는 사실에서 무슨 풀지 못할 상징이라도 찾은 기분이었다. 그러나 더욱 많은 곳을 떠돌아다니게 되면서 나는 한 도시에서도 점차 많은 역을 발견하게 되었고, 이윽고는 그 도시 전체가 역으로만 이루어진 것임을 알게 되었다.

먼저 내가 졸업한 학교치고 그 졸업식장에서 역을 느껴 보지 않은 곳은 하나도 없었다. 엄숙하게 서 계시는 교장 선생님의 머리에는 늘 어릴 적 그 작은 역에서 본 역장의 제모가 얹혀 있는 것이었고, 도열해 있는 선생님들조차도 그만한 수의 승무원으로 보이는 것이었다. 그들은 한결같이 말하는 듯했다.

"여기는 ○○역입니다. 앞으로도 유쾌한 여행이 되기를 빕니다."

그러면 내 주위에 있는 아이들의 표정에도 어느새 여객의 피로가 짙게 떠오르는 듯했다.

그 밖에도 비록 머무르는 순간의 길고 짧음은 있지만 가정이 그러하였고 직장이 그러하였으며 사람이 머무르는 모든 곳이 그러하였다. 사람은 어느 곳에 가더라도 영원히 머무를 수는 없으며 필경에는 떠나지 않을 수 없다. 그리고 그런 의미의 확대는 지구조차도 하나의 커다란 역으로 만들고 마는 것이었다.

나는 지구의 역장을 보지는 못하였다. 또한 하나님의 신성한 머리 위에다 역장의 제모를 얹는 것도 감히 할 수 없는 짓이다. 그러나 언제든 올려다보기만 하면 마침내 우리가 가야 할 곳은 따로 있다는 것을 일깨워 주는 저 푸른 하늘, 우리의 육신을 낳고 받아들이기는 하지만 그 생명과 형태를 끝내 보존해 주는 데는 늘 실패하고 마는 대지, 얼핏 보아 변치 않을 것처럼 보이면서도 끊임없이 내려앉고 솟는 산맥들, 항시 새롭게 흐르는 강과 그것들을 맞고 보내기를 되풀이하는 바다……. 이 모든 것들은 광활한 우주 속의 한 역을 이루는 구성물들임에 틀림이 없다. 그들은 어디서 오는지도 모를 무수한 생명들을 그 여객으로 받아들이고, 또 때가 오면 어딘지 모를 다음 역으로 떠나는 그들을 말없이 전송한다…….

뒷날 인철은 스물두 살의 감상이 빚어낸 그 현란하기만 하고 실질 없는 문장에 대해 늘 상반된 감정을 느꼈다. 하나는 진부하고 뻔한 관념을 그만큼이나마 읽을거리로 엮을 수 있었던 데 대한 자부이고, 다른 하나는 거기서 피를 짜듯 하는 쓰기의 절실함도 피부에 닿아 오는 감동의 핍진성(逼眞性)도 느껴 볼 수 없다는 점에서의 경계와 부끄러움이었다. 하지만 그 합평회에서의 느낌은 달랐다. 본질이 무엇이건 내가 쓴 것이 저들을 감동시키고 있다……. 그런 집착에서 오는 충격과도 같은 기쁨과 감격이 천천히 그를 달아오르게 했다.

한 형은 읽기를 계속했다. 이야기의 기본 구조는 헤어지는 남녀의 독백이었다. 여자 쪽이 보여 주는 생동감과 현실성이 남자 쪽의 관념적인 미문(美文)과 아슬아슬한 균형을 이루며 간신히 소설로서의 구조를 유지해 가고 있었으나, 아직 거기까지는 자기비판의 눈길이 미치지 못하고 있었다.

하지만 뒤이은 남자의 독백에서 돌출하는 때 이른 달관 혹은 난데없는 노성(老成)함이 다시 인철의 얼굴을 달아오르게 했다. 지상의 한 여객으로 사람과 사람의 만남을 얘기하는 구절에 이런 것이 있었다.

당신들은 누구와 사랑에 빠져 본 적이 있는가. 당신들은 틀림없이 그 아름다움이나 달콤함, 헤어질 때의 고통과 슬픔이며 그 뒤의 그리움과 공허감을 미화하고 과장하려 들 테지만 기실 그 일의 진상은 뜻밖으로 단순하고 명백하다. 그것은 당신이 이 힘들고 따분한 여행 중에 눈길을 끄는 한 소녀를 만났다는 것이며, 결국은 부정확하게 마련인 관찰에 이어 당신이 던진 맹목적인 열정의 눈길에 그녀가 미소로 답했다는 것이며, 무료함을 함께 달래자는 당신의 용기를 다 한 요청에 그녀가 다소곳이 응했다는 것이며 — 그리하여 약간은 야릇한 열에 들뜬 당신들이 깜빡깜빡 자신을 잊어 가며 주고받은, 그때로서는 세상과 맞바꿀 만한 기쁨이고 몰입이었으나 본질적으로는 그리 대단할 것도 없는 몇 개 유형의 행위들과 가끔은 정색할 만하지만 대개는 무의미하거나 지리멸렬한 대화들의 집합에 지나지 않는다.

설혹 당신들에게 공통된 추억과 꿈이 있었으며, 참되고 착하고 아름답고 거룩한 것들을 함께 우러렀고, 때로 그 이상 절대와 영원을 향한 동반을 다짐했더라도 이 심란한 여행에서는 누군가 둘 중 하나는 도중에 내리게 되어 있다. 우리의 대지에는 너무나 많은 역이 있고 대개의 경우 우리의 행선지는 다르기 때문이다. 따라서 종종 당신들은 만나기 전보다 훨씬 쓸쓸하고 허전한 마음으로 헤어져야 하며 불행히도 마땅한 새 상대를 구하지 못하면 나머지 여정은 더욱 견디기 힘든 것이 되어 버린다. 물론 헤어질 무렵에는 서로가 오래도록 기억해 줄 것을 열렬히 희망하고 혹은 다시 만날 것을 굳게 다짐하지만 그 또한 온전히 허망한 일이 되기 일쑤이다. 사람이 살아가는 데는 너무도 기억해야 될 일이 많고, 한번 헤어진 이들이 다시 만나기에는 이 세상이 너무 넓은 까닭이다.

어쩌다 둘의 행선지가 여행이 끝나도록 같은 경우에도 결과의 허망에는 큰 차이가 없다. 서로가 미지이던 시기, 눈먼 열정의 한나절이 지나고 나면 마침내 당신들은 서로를 묶고 있는 일상성(日常性)과 권태에서 벗어나기를 간절히 소망하게 될 것을…….

쓸 때에는 스스로도 감동해 가며 써 나간 구절이었으나 다른 사람의 낭독을 통해 듣게 되자 비로소 그 같은 관찰의 근거 없음이 갑작스러운 부끄러움으로 다가왔다. 한 번도 여자를 안아 본 적이 없는, 이제 겨우 스물두 살의 남자가 설파한 사랑의 본질이란 그야말로 얼마나 공허하고 추상적인 것일까. 거기서 인철은 다시 한 번 회원들을 둘러보았다. 그러나 어리숙한 판관들은 무엇에 취했는지 여전히 아무런 거부감을 드러내지 않고 있었다.

그사이에도 한 형의 낭독은 계속되어 남자의 독백은 우정의 의미마저 우격다짐으로 지어 가고 있었다. 그러나 인철이 가장 곤혹스러웠던 것은 아무래도 이 세상의 미움과 원한을 풀어 가는 대목에서였을 것이다.

일찍이 당신들의 몸과 마음을 그토록 세차게 떨게 한 미움이나 성냄도 결국은 우리 이 외롭고 짧은 여행 중에 일어난 대단찮은 춘사(椿事)에 지나지 않는다. 말하자면 그것은 열차에 오르기 전 잘 닦아 신은 당신의 구두를 한 조심성 없는 사내가 밟고 지나간 것이며, 참지 못한 당신의 항의가 그와의 언쟁을 낳게 한 것이며, 그 언쟁은 듣기 거북한 욕설로 변하고 그 이상 볼썽사나운 드잡이질로까지 번져…… 그래서 공안원의 제지로 끝났건, 이웃의 만류로 참았건, 또 당신들이 열없게 돌아섰건, 오징어포에 소주잔을 기울이며 화해했건, 그 일련의 돌발사가 우리 이 여행에 무슨 큰 의미를 가질 수 있단 말인가. 그리하여 만약 누군가가 당신에게 해악을 끼친 사람이 있다면, 맹렬한 증오로 그와 그가 끼친 해악을 기억하고, 또 그 정당한 보복을 가슴 깊이 맹세한 적이 있다면 당신들은 다시 내 늙은 친구의 충고를 기억하는 것이 좋다.

"어린 놈아, 우리 삶의 열차는 종종 너무 혼잡하여 본의 아니게 남의 발을 밟게 되는 수가 있단다. 네가 진심으로 착하고 슬기로워지기를 바란다면 그걸 잘 이해하고 너야말로 남의 발을 밟지 않도록 주의해라. 여행 중의 시비는 너 자신을 피로하게 만들 뿐만 아니라 이웃까지 불편하게 만드는 법이란다."

그러하다. 한때 우리의 기쁨이며 보람이었던 모든 것, 그토록 쉽게 우리를 감격시키고 앞뒤 없이 찬사와 경이를 찬탈해 간 그 모든 것과 마찬가지로, 메울 수 없는 슬픔이나 끝 모를 경멸의 원인이 된 모든 것, 또 그렇게도 세찬 불길로 우리 영혼을 사르던 분노와 원한도 본질에 있어서는 그러하다. 오, 그 모든 우발적이고 단순하고 사소한 것들…….

스물두 살에 애증을 두루 초월해 버린 이 관념적 허구에 대해서는 뒷날 톡톡히 벌을 받게 된다. 그러나 그 합평회에서는 끝내 추궁당하지 않았다.

하지만 끝내 이렇게 되고 만 것, 이것이야말로 필요 이상의 열기를 그 심장에 부여받은 자, 쏘아 댈 너무 많은 동경(憧憬)의 화살을 지닌 채 태어난 정신의 피할 수 없는 귀결이었다. 어떤 신이 있다면 지난날 내 내부에서 끊임없는 동경을 유발시키고 무분별한 행위를 충동질하고, 온갖 격정, 온갖 광기로 나를 내몬 것은 바로 그 신의 목소리였음에 틀림이 없다.

생각하면 나는 아무 애착도 미련도 없이 너무 오래 이 황량한 역을 배회하였다. 자기가 창출한 여러 가치를 이것저것 뒤적이기만 하고 끝내 선택하지 않는 자에 대한 대지의 불쾌한 기억으로부터 진작 떠났어야 하는 것은 나였다. 지금 내 귀에는 새로운 출발을 재촉하는 기적 소리가 들린다. 일찍이 어린 나의 새벽잠을 깨우고 성장한 나를 끊임없이 떠돌게 한 저 기적 소리. 그리고 지금은 더 머무를 곳도 떠날 곳도 없는 이 대지로부터 출발을 재촉하는 저 기적 소리. 이제 날은 다 되었고, 나는 떠나지 않으면 안 되리라. 그러면 이제야말로 안녕…… 이 황량한 역이여.

한 형이 그렇게 읽기를 마쳤을 때 한동한 묘한 침묵에 빠져 있던 강의실은 곧 박수 소리로 가득 찼다. 그리고 그 박수가 의례적인 것이 아니라 진심에서 우러난 것임을 그들의 표정에서 확인하면서 인철은 잠시 동안의 혼절과도 같은 의식의 마비를 경험했다.

"우리는 방금 우리 중에 숨어 있던 한 놀랍고 새로운 재능을 발견했습니다. 국문과 이인철 씨의 문학회 신규 가입을 진심으로 환영하는 바입니다."

인철이 다시 의식을 되찾은 것은 회장이라는 평론 전공의 삼학년 선배가 그렇게 선언하고 있을 때였다. 그러나 인철의 기억에 그보다 더 선명한 것은 그 자리의 누구도 일러 준 적이 없는 만해(卍海)의 시구절이었다.

"날카로운 첫 키스의 추억은 내 운명의 지침을 돌려 놓고 저만치 뒷걸음질쳐 사라졌습니다……."

인철은 그렇게 문학의 첫 키스를 받았다.

치고 빠지기

아침 설거지를 끝내고 신문을 뒤적이던 영희는 한 군데 박스 기사에 눈길이 머물렀다. 「냇가에서 신음하는 철거민들」이란 제목의 광주 대단지 관련 보도였다. 왠지 불길한 느낌이 든 영희는 찬찬히 그 기사를 읽어 나갔다.

식수 등 생활의 터전이 될 환경을 제대로 갖추지 못한 채 서울 난민촌의 철거민들이 살아가는 광주 대단지(경기도 광주군 중부면 단대리, 탄리)에 대장염이 집단적으로 발생, 한은성(女·36) 씨 등 281명이 3일까지 5일째 앓고 있다. 이들 중 약 한 번 써 보지 못했다는 송숙(女·64) 씨는 2일 하오 동부시립병원에 옮겨졌으나 중태에 빠졌다. 이곳 주민들은 지난달 30일에 내린 비로 더러워진 웅덩이의 물을 그대로 마신 뒤 설사와 열이 나며 병이 생겼다는 것이다.

이 웅덩이(깊이 50cm, 지름 70cm가량)는 주민들이 가뭄으로 메마른 단대 리 앞 개천 바닥에 27개가량 파 놓고 식수로 써 온 것인데, 30일의 비로 주변의 시궁창 물이 스며들어 물속에는 육안으로도 보일 만큼 벌레들이 들끓고 있다.

이곳에는 작년 3월의 서울 용산구 이촌동 철로변 철거민과 지난 4월의 용두동 판잣집 화재 이재민 등 4천 8백 가구 2만여 주민이 살고 있다. 이 중 4천 가구는 집에, 8백 가구는 천막에 살고 있는데, 특히 천막 살이 하는 이들은, 낮에는 찌는 듯 덥고 밤에는 추위 천막에 들어갈 수 없어서 해가 지면 모닥불을 피워 놓고 밤늦게까지 지내는 형편이다. 그러나 약한 어린이들과 노인들은 습기가 많고 온도의 차이가 심한 천막 안에 머물러 있었으므로 환자는 노인과 어린이가 대부분이고, 그 밖의 많은 주민도 피부색마저 까맣게 변색, 이질 증세의 병을 앓고 있다.

임시 진료소 하나 없어서 환자가 생겨도 방관만 하고 있다는 주민 박석홍(남·45) 씨는 정착을 시켰으면 최저 한도의 음용수와 진료소쯤은 마련해 주어야 할 것이 아니냐면서 급수차 한 번 나온 적 없다고 말하고 있다…….

영희가 그쯤 읽었을 때 방문을 빼꼼 열어 본 시어머니가 끌끌 혀를 차며 한마디했다.

"박사 났네, 박사 났어. 아침마다 처억 눈을 내리깔고 신문을 들고 앉은 그 모양새 정말 혼자 보기 아깝네."

하지만 말은 그래도 공격 심리를 동반하지 않은 악의였다. 석 달 전 영희가 신문 정기 구독을 신청했을 때 시어머니는 펄펄 뛰다시피 반대했다.

"읽을 사람도 없는데 비싼 신문을…… 당장 끊어."

그때 사전에 승낙을 했던 시아버지가 나서서 그런 시어머니를 막았다.

"새아기가 필요해서 그런 모양인데, 늙은 게 알지도 못하면서…… 그냥 둬. 나나 억만이도 세상 돌아가는 건 알아야 하고, 또 다 보고 난 뒤에는 뒤지라도 쓰면 될 거 아냐?"

"늙은 게 알지도 못하면서"란 한마디는 시어머니의 부아를 건드리기도 했지만 동시에 기를 죽이는 말이기도 했다. 그 무렵은 이미 시어머니도 영희의 수완에 한풀 꺾여 있었다. 잘은 모르지만 며느리는 남편과 무언가 일을 벌이고 있는데 그게 잘돼 가는 눈치였고, 노랑이로 소문난 남편이 압구정 알짜배기 논 세 마지기 값을 한 푼 내놓지 않고 며느리에게 쏟아부으면서도 사뭇 흡족해하는 표정이었기 때문이다.

봄이 되자 다시 바람이 나 일을 저지르고 집을 나갔던 억만이도 며느리가 무슨 수를 썼는지 사흘 만에 끌려 들어왔다. 그리고 이제는 사람이 변한 것처럼 끽소리 않고 아버지를 따라다니며 농사일을 돕고 있었다. 거기다가 더욱 흐뭇한 일은 며느리의 배가 어느새 동네가 다 알아볼 만큼 불러 가는 일이었다. 이번에는 전과 달리 기다려 온 손자를 안겨 줄 듯했다.

영희도 그런 시어머니의 심사를 잘 읽고 있어 얼핏 듣기에는 가시 돋친 말이라도 별로 신경 쓰지 않고 신문 기사에만 매달렸다. 사실 그 보도 내용은 영희로서는 일찍부터 누구보다 잘 알고 있는 광주 대단지의 실상을 일러 주고 있었다. 영희가 그간 사 모은 스무 장이 넘는 딱지(토지 분양권)는 바로 그런 천막촌 생활을 견디지 못하고 서울로 되돌아간 철거민들이 투기꾼들에게 헐값으로 내던지고 간 것들이었다.

하지만 기사를 다 읽고 난 뒤에도 영희는 처음에 느꼈던 까닭 모를 불길함을 지우지 못했다. 그전에도 광주 대단지 철거 이주민의 열악한 생활환경은 더러 보도된 적이 있었다. 그러나 그것은 턱없이 부족한 공동 우물이나 공동 변소의 개수나 따지는 추상적인 보도였음에 비해 이번의 것은 그로 인해 발생한 참상의 구체적인 고발이었다.

'좋지 않다. 이런 식으로 사회의 이목이 집중되면 여기서 벌어지고 있는 다른 변칙도 관리 소홀로 논의의 대상이 될 것이다. 그래서 어쩌면 여기서는 다른 철거민 이주지와는 달리 모든 게 원칙대로 시행되게 될지 모른다.'

아직 그렇게 조리 있는 말로 조직할 능력은 없었지만 영희의 감각에 걸려 온 불길함의 내용은 아마 그랬을 것이다. 사실은 그런 참혹한 정착 환경 때문에 영희가 손댄 딱지 장사도 양상이 많이 달라지고 있었다. 작년에만 해도 먼저 냄새를 맡은 사람들을 중심으로 거의 음성적으로 거래되던 딱지들이 그해 봄 들어서는 대량으로, 그리고 공공연히 이루어졌다. 이제는 전문 '꾼'이 아니라 일반 투자자와 실수요자(實需要者)까지 몰려들어 천막 복덕방 골목의 길이만도 거의 배가 되게 늘어났을 정도였다. 영희의 땅장사에 사부(師父) 격이 된 정 사장은 말했다.

"어디 손을 대든 말이야, 아무것도 모르는 어중이떠중이까지 돈벌이 된다는 소문 듣고 그리로 몰려들면 그때는 손 떼라고. 그게 바로 막차야. 꾼은 막차가 되기 전에 치고 빠져야 돼. 생선을 꼬리부터 머리까지 다 먹으려 들지 말라는 말도 실은 그 막차를 경계해서 나온 거야."

작년 여의도 땅에 손댔다가 겨우 본전 뽑고 나온 것도 어쩌면 그 막차를 잘 이해하지 못한 탓이었을 것이다. 아직도 사람들이 몰려들고 남들이 더 오를 거라는 말을 하고 있어 조금만, 조금만 더 하는데 1차 상승이 끝나 버렸다. 물론 기다리면 더 오를 것은 틀림없지만 다음번 오를 때(2차 상승)까지 돈을 묶어 둘 여유가 없는 영희는 겨우 은행 이자나 붙여 빠져나올 수밖에 없었다.

'맞아, 지난번에 갔을 때 이미 난장판이 되어 있었어. 어렵게 몇만 원 모은 봉급쟁이며 곗돈 탄 아줌마까지 모여든다고 했지. 그동안 악착스레 사 모으던 꾼들은 슬슬 내던질 궁리를 하는 눈치고. 그럼 막차가 된 거야. 거기다가 신문까지 이렇게 팔을 걷어붙이고 덤벼들었으니……'

그런 생각이 들자 영희는 다급해졌다. 앞뒤 더 생각할 것도 없이 외출복으로 갈아입고 서둘러 방을 나왔다. 수돗가에서 나물을 다듬고 있던 시어머니가 이번에는 정말로 못마땅해하는 얼굴이 되어 물었다.

"아니, 어딜 가려고? 오늘 하우스 오이 따는 날인 거 몰라? 일꾼들까지 있는데 참 내갈 생각은 않고 어딜 가려는 거야? 더구나 그 몸을 하고……."

"어머니, 죄송해요. 아주 중요한 일이 생겼어요. 급히 광주 나가봐야 해요. 아버님께는 제가 가다가 들러 말씀드릴게요. 실은 아버님께서 잠깐 집으로 돌아와 주셔야 할 일도 있고요. 어머님께서 좀 수고해 주세요. 힘드시면 옆집 재식이 엄마, 반나절 품 사셔도 좋고요."

영희가 한껏 목소리를 공손하게 해 시어머니에게 사정하듯 말했다. 그러자 시어머니의 눈길이 알아보게 실쭉해졌다.

"품을 사든 말든 그건 내가 알아서 할 일이고, 그런데 얘, 나도 좀 알자. 너 광주, 성남 하는데 도대체 거기서 뭘 하는 거냐? 뭣 때메 사흘거리로 거길 왔다 갔다 하는 거냐고?"

"네, 거기 일이 좀 있어요. 아버님 허락 받은 건데……."

"그건 나도 안다. 그런데 그 일이 뭐냔 말이야."

시어머니는 자신이 그 일에 대해 전혀 모르고 있다는 게 불만스러운 듯했다.

영희도 진작 시어머니한테는 일의 전말을 대강 설명해 줄까 생각해 본 적이 있었다. 그러나 제대로 알아들을 것 같지 않은 데다 헤픈 입이 걱정돼 미뤄 오고 있는 터였다.

"그건 저…… 어쨌든 다 우리 집을 위한 일이에요. 조금만 더 계시면 아버님께서 말씀하실 거예요."

"동전 한 푼에 벌벌 떠는 네 시아버지가 돈주머니를 네게 맡긴 거며, 그 일이 땅과 관계된다는 것쯤은 나도 눈치로 안다. 그런데 그게 무슨 땅이냐? 광주 어딘지 모르지만 느이 시아버지 그 산골짜기에 논밭 사서 물러나 앉을 생각은 아니냐?"

"그건 아녜요. 그냥 싸게 샀다가 이문 많이 남기고 파는 물건 같은 거라고 생각하시면 돼요."

"나도 못된 복덕방 영감들이 땅 가지고 하는 그런 야바위가 있다는 소린 들었다. 그런데 네가 어떻게 그걸…… 너 혹시 친정집이 복덕방 했냐?"

"그건 아니지만 너무 걱정하지 마세요. 저도 좀 배워 둔 게 있고 뒤를 봐주는 분도 계세요. 실은 억만 씨를 시키면 남 보기에도 좋고 저도 이 몸으로 이렇게 나다니지 않아도 되는데 어머님도 아시잖아요? 뭉칫돈이 왔다 갔다 하는 일이라……."

영희가 그렇게 억만을 끌어내자 시어머니도 금세 기가 죽었다.

"아니다. 그건 아니야. 억만이 그놈한테 뭉칫돈 맡겨 어쩌려고? 그런 거라면 네가 해라. 곧 우리 강(姜)가 성 가진 자식까지 낳을 네가 허투루 하겠니?"

그러면서 손사래까지 쳤다. 엄하고 인색한 남편과 장사 핑계로 술과 계집에 흥청망청 돈을 뿌리는 자식 사이에서 마음고생한 지난 세월이 새삼 끔찍하게 떠오르는 듯했다.

영희가 멀지 않은 비닐하우스로 가니 시아버지는 따 모은 오이를 정성스레 상자에 담고 있는 중이었다. 온상 재배로는 한창인 오이 수확이었다. 억만은 하우스 한쪽 구석에서 동네 아주머니 둘과 오이를 따고 있었다.

"어딜 가려고?"

시아버지가 일손을 멈추고 영희를 바라보며 물었다. 무덤덤한 얼굴에 별 억양 없는 말투였지만 그게 무슨 불만이 있어서가 아님을 잘 아는 영희는 별 어려움을 느끼지 않고 상글거리며 대답했다.

"성남에 급히 가 봐야겠어요. 그전에 아버님께 상의 드릴 일이 있어서……."

"무슨 일인데?"

"저 아버님, 우리 딱지 모은 거 말인데요. 이번에 모두 넘겨 버리는 게 어때요?"

"그게 무슨 소리냐? 그거 가지고 있을수록 값이 불어난다고 해놓고선."

"그런데 그게 아닐 것 같아서요. 뭔가 좋지 않은 느낌이에요."

"좋지 않다니?"

"신문들이 자꾸 거기 얘길 떠들어 대고 있어요. 거기 무슨 전염병이 돈대요."

"그게 무슨 상관이냐? 전염병이야 요즘처럼 약 좋은 세상에 금세 숙어 들 거고…… 옛날같이 호열자(콜레라) 피난이라도 가는 시대라면 모를까."

그러는 시아버지의 표정에는 어떤 집착 같은 것이 희미하게 드러났다.

"그건 그렇지만 세상 이목이 그리로 너무 쏠리면 안 좋아요. 사실 그동안 우리가 사 모은 딱지, 원래는 사고팔 수 없는 것이거든요."

"그래? 아니 그럼 원래가 팔고 사지 못하게 돼 있는 걸 우리가 사들였단 말이냐?"

그제야 강칠복 씨의 얼굴에도 걱정하는 빛이 스쳤다.

"네, 하지만 걱정은 마세요. 그렇다고 본전 날리는 일은 없을 거예요. 다만 값이 되떨어질 수는 있어요."

"모르겠다. 어쨌든 이 일은 네가 시작한 거니 네가 알아서 처리해라."

그때 영희가 온 것을 멀리서 보고 있던 억만이 어슬렁거리며 다가왔다. 강칠복 씨가 갑자기 눈길을 험하게 해 꽥 소리쳤다.

"일하다 말고 여기는 뭐 하러 와? 애기 어디 볼일 있어 잠깐 나가는 모양이다."

그러자 억만이 찔끔하여 그 자리에 섰다. 그런 억만이 측은하게 느껴져 영희가 다정하게 한마디 던졌다.

"저 잠깐 병원 다녀올게요. 수고하세요."

그러고는 시아버지에게 돌아섰다.

"그런데 저 아버님. 딱지, 아니 그 서류들 좀 내주셔야 하는

데…… 오늘 우선 한 열 장만 들고 나가 팔아 볼까 해요.”

“알았다. 같이 들어가자.”

시아버지가 하던 일을 미뤄 놓고 선선히 앞장을 섰다. 그리고
자신의 방 문갑에서 그동안 모아 둔 토지 분양증을 꺼내 영희가
원하는 만큼 헤아려 주었다.

택시를 대절했는데도 영희가 성남 출장소 부근 복덕방 골목에
이른 것은 정오가 다 돼 갈 무렵이었다. 그 골목은 말 그대로 흥
청거리고 있었다. 복덕방 수가 늘어났을 뿐만 아니라 거기에 따른
술집과 상점의 증가로 거리의 모양도 여기가 바로 1년 전의 그 천
막 골목일까 싶을 정도로 엄청나게 달라져 있었다. 대부분이 천막
건물이어서 그렇지 유동(流動) 인구나 물류(物流)의 양과 질은 서
울의 어떤 유흥가 골목에도 뒤지지 않을 듯했다.

영희는 먼저 늘 거래하던 부동산 사무실에 들렀다. 점심 시간인
데도 사무실 안에는 후끈한 거래 열기가 넘치고 있었다. 한쪽 구
석에서는 복덕방에 붙어사는 젊은 건달 둘이 자장면을 먹고 있는
데, 고객용 소파에서는 그 봄부터 상무 직함을 쓰는 김 아무개라
는 젊은이가 역시 그곳 바람잡이인 중년의 도움을 받아 가며 어
떤 아주머니를 상대로 계약을 하고 있었다.

“아주머니, 이거 정말 잘하신 겁니다. 올 연말만 돼 보십쇼. 적
어도 곱은 뛸 겁니다.”

돈을 헤아리고 있는 40대 초반의 여자를 향해 바람잡이 중년

이 아침 섞인 목소리로 말했다. 영희가 보기에 돈벌이라면 억척을 떨 것 같은 인상이기는 하지만 특출 난 이력은 없는 가정주부 같았다. 그녀는 중년의 추켜세우는 말에 갑작스레 경계심이 이는지 공연히 사방을 돌아보며 혼잣말처럼 중얼거렸다.

"이거 증말 이래도 되는지 모르겠어. 한 20만 원이면 집 지을 터는 골라 산다고 들었는데……."

"그건 지난달 얘깁니다, 아주머님. 우리 박 부장님 말이 맞아요. 정말 잘 사신 겁니다."

김 상무가 그렇게 안심시켜 놓고 그제야 영희가 들어온 걸 알았다는 듯 과장스레 반가움을 나타냈다.

"어이구, 누님 오셨네. 어서 오십쇼, 누님. 오늘 무슨 바람이 불어서 오셨수?"

그러고는 역시 과장스레 영희를 그 아주머니에게 소개했다.

"여기 우리 단골 누님이신데 한번 들어 보십쇼. 누님은 우리 집에서만도 딱지를 열 장 넘게 거둬 두셨다고요. 나중에 말죽거리에서 벼락부자 났다면 여기 이 누님인 줄 아세요."

그러자 그녀가 영희에게 매달리듯 물었다.

"색시, 증말여? 증말 이거 돈 될 장사여? 이제꺼정 몇 장이나 사 모은 겨?"

"몇 장 안 돼요. 공연히 김 상무님이 허풍 치는 거지. 하지만 뭐 사서 손해 보는 일은 없을 거예요."

영희가 그렇게 말해 주자 그녀는 무슨 중대한 결심이라도 한 듯 이미 헤아려 쥐고 있던 돈뭉치를 탁자 위로 내밀었다.

"세 봐유. 26만 원."

그러자 계약은 일사천리로 진행되고 아주머니는 큼지막한 봉투에 든 토지 분양증을 소중하게 안고 사무실을 나갔다. 그녀를 배웅한 김 상무가 돌아와 그새 소파에 앉은 영희에게 탐색하는 눈길로 물었다.

"그런데 누님, 오랜만이우. 오늘은 웬일이슈? 아직도 딱지 더 사 모으시게?"

"아냐, 팔러 왔어. 요새 여긴 얼마에 거둬?"

나이를 속여 누님이 된 영희가 버릇이 된 반말로 그의 말을 받았다. 주민등록증으로도 한 살 아래인 김 상무가 뜻밖이라는 표정으로 영희를 보았다.

"그야 대중없죠. 아직도 10만 원 안팎에서 싸게 주워 먹는 수도 있고…… 빡빡하게 나오면 한 15만 원 앵겨 줄 때도 있고……."

"지독하네. 방금 26만 원에 넘긴 건 뭐야?"

"그야 물건 나름 아뇨? 그건 12메타하고 소방 도로가 만나는 지번이라고요."

"뭘, 그 아주머니 말 들으니 그냥 집터인 모양이던데, 이젠 나한테까지 구라칠 거야?"

그러자 김 상무가 못 당하겠다는 표정을 지으며 실토했다.

"다 알면서 뭘 그러슈? 한데 그렇게 열심히 사 모으시더니 한창 값 오르는데 왜 파슈? 몇 장이나 팔 건데?"

"한 열 장만 받아 줄래? 갑자기 목돈 들어갈 일이 생겨서 그래."

"열 장씩이나? 그럼 이제 빠지는 거유?"

갑자기 긴장한 표정이 된 김 상무가 목소리를 죽이며 물었다. 이번에는 영희가 과장스러운 목소리로 받았다.

"빠지긴. 우리 집 병신 때문이야. 밥값이라도 하라고 트럭 한 대 사 줬더니 보름도 안 돼 사람을 아주 잡아 놨어. 지금 경찰서에 달려(잡혀) 들어가 있는데 피해자하고 합의를 못 하면 콩밥깨나 먹어야 될 모양이야."

"안됐수. 하지만 열 장씩이나……."

김 상무가 아무래도 못 미덥다는 듯 영희를 살피며 그렇게 말 끝을 흐렸다.

"사람을 잡아 놨다고 하잖았어? 죽었단 말이야. 합의(合意) 보는 데만 백 5십만 원 내놓으래."

영희는 한숨까지 쉬며 그렇게 말했다. 미리 준비한 거짓말도 아닌데 술술 잘도 나왔다. 그래도 김 상무는 영희의 말을 곧이듣는 눈치가 아니었다.

"그래, 장당 얼마에 넘기실 거유?"

"이것저것 가리지 말고 16만 원만 내놔. 이것도 급해서 내던지는 거야. 어이구, 그 병신……."

"그래도 16만 원은 너무했수. 더구나 열 장씩 한꺼번에 넘기는 데……."

그러는 김 상무의 말투에는 영희의 불행을 믿고 동정하는 눈치가 전혀 없었다.

"그럼 얼마에 받을래?"

"누님 물건이라면 누구보다 원가는 내가 잘 알잖수? 내 집에서 5만 원도 안 주고 거둔 것만도 몇 장인데. 너무 욕심내지 말고 곱장사만 하슈."

"그럼 10만 원?"

"것도 열 장씩은 부담돼요. 실은 요즘 우리도 뭔가 좋잖은 낌새를 느끼고 있다고요."

"좋잖은 낌새? 그게 무슨 소리야?"

이번에는 영희가 긴장하여 물었다.

"와우(臥牛)아파트 와르르 무너지고 부르도자 김 시장(김현옥) 날아갈 때부터 찜찜하더니 이달 들어서는 뭔지 모르지만 여기서도 슬슬 막차 냄새가 난다고요. 도대체가 장이 너무 요란스러워. 이제는 아주 도떼기시장이 되었다니까. 돈푼 쥐었으면 늙고 젊고를 가리지 않고 뭐가 뭔지도 모르면서 성남으로 몰려드는 거, 이거 영 기분 안 좋아요."

"그게 왜 나빠? 원래 장은 사람이 많이 모일수록 큰 장이 서는 거 아냐?"

"그게 아니라고요. 장도 장 나름이지. 이렇게 되면 무슨 탈이 나게 돼 있다니까요. 실은 그래서 요즘 우리도 전처럼 무턱대고 물량(物量)만 탐내지는 않는다고요. 재고(在庫) 많이 쌓아 두기가 영 불안하다니까."

"그거 별일이네. 하지만 10만 원에는 안 되겠어. 생빚을 냈으면 냈지, 그런 헐값에 어떻게 던져? 복덕방 구전에, 오며 가며 차비에, 한 해 이자 떼면 남는 게 없잖아."

영희는 그러면서 몸을 일으켰다. 그러자 김 상무가 잠시 머리를 굴리는 눈치더니 가만히 영희의 옷깃을 잡았다.

"이건 모험인데…… 2만 원 더 얹어 드릴게. 이왕 말 난 김에 우리에게 넘기슈. 얘들 풀어 오늘내일 다 흩어 버릴 셈 잡고 한번 해 보지."

"합의 보는 데만 백 5십만 원이 필요하다니까. 정말 큰일이야. 아무래도 생빚을 내야 할 모양이네. 아이고 그 병신, 웬수 같은 인간. 배 속의 핏덩이만 아니라도……."

처음부터 그들에게는 팔 생각이 아니었던 영희는 정말로 낭패한 사람처럼 그렇게 말하며 그 사무실을 나왔다. 김 상무도 더는 모험할 생각이 없는지 그런 영희를 잡지 않았다.

"누님, 미안함다. 그 이상은 저희들도 받기가 불안해서…… 그냥 몇 장 맡겨 주시면 저희가 힘대로 팔아 드리죠."

"내일 아침까지는 합의를 봐야 구속영장 떨어지는 걸 막아. 흩어서 질끔질끔 팔 처지가 못 돼. 그만 갈게."

그런 말이 오가기는 했지만 서로가 건성에 가까운 말이었다.

거리에 나오자 갑자기 시장기를 느낀 영희는 가까운 국밥집에서 설렁탕을 시켜 놓고 은근히 걱정되는 자신의 상품을 어떻게 처분할지 궁리를 거듭했다.

'이것들도 무슨 낌새를 느끼고 있구나. 아무래도 빠꼬미(눈치 빠른 전문가)들에게는 어렵겠다. 그렇다고 난전을 펼 수도 없고…… 저쪽에 새로 들어선 복덕방 골목에서 한두 장씩 쪼개 파는 수밖에 없겠어.'

이윽고 그렇게 마음을 정한 영희는 점심을 먹은 뒤 단대천(丹垈川) 위쪽에 새로 난 복덕방 골목으로 가서 마땅한 거래 상대를 찾아보았다. 그런데 영희가 첫 번째 집에서 15만 원에 두 장을 넘기고 나왔을 때였다. 갑자기 오토바이 한 대가 소리 없이 길가에 붙어 서는가 싶더니 거기 서 있던 어떤 여자의 핸드백을 낚아채고 다시 속도를 냈다.

"내 핸드백, 내 핸드백…… 도둑이야!"

여자가 미친 듯 소리치는 사이에 오토바이는 요란한 폭음과 함께 멀어지더니 천막 골목 사이로 사라져 버렸다. 그녀의 비명 소리에 몇 사람이 주위에 몰려들었으나 그저 오토바이가 사라진 쪽을 멀거니 바라볼 뿐이었다. 특별하거나 놀라운 일을 목격했다는 표정은 전혀 없었다.

"아이고, 내 핸드백, 아니 우리 집, 우리 집……."

그사이 길바닥에 풀썩 주저앉은 여자가 그런 울음 섞인 외마디 소리를 내질렀다. 영희는 그 핸드백 속에 무엇이 들어 있었는지 충분히 짐작이 갔다.

"아주머니, 여기서 이러지 마시고 어서 파출소에 신고부터 하세요. 다른 건 몰라도 분양증은 어떻게 찾을 수 있을 거예요. 그건 돈처럼 누구 것이란 표시가 없는 물건이 아니잖아요? 아주머니가 분양받은 거라면 아주머니 이름이 있을 거고, 전매한 거라도 원주인 이름은 알고 있으실 거 아녜요? 얼른 가서 신고부터 해 두고 우시던지 하세요."

영희가 그녀를 부축하며 위로 삼아 그렇게 말했다.

"그렇게 쉽진 않을걸. 전매한 거라면 그대로 물 건너간 거고…… 직접 분양받은 거라도 두어 손 건너 버리면 그만이야. 어느 놈이 암까마귀고 어느 놈이 수까마귄지 알 수가 있어야지. 다 해 먹을 길이 있으니까 저러는 거라고. 어떤 놈들인데……."

구경꾼 중에서 누군가 빈정거리듯 그렇게 말했다. 그 말에 핸드백을 날치기당한 아주머니는 더욱 상심해 눈물까지 줄줄이 쏟았다.

'정말로 무서운 판이 되었구나. 이것도 토지 문서인데 날치기로 임자가 바뀔 수 있다니. 이건 뭔가 잘못되었어.'

영희는 자신도 모르게 분양증들이 들어 있는 핸드백을 겨드랑이에 깊이 껴안으며 중얼거렸다. 그래도 미련이 남아 끝까지 버텨 보려고 집에 남겨 둔 나머지 여남은 장의 분양증까지 처분할 결심을 굳힌 것은 그때였다.

하지만 복덕방에서의 딱지 경기는 아직도 그대로였다. 영희가 두 장 석 장씩 나눠 내놓자 복덕방들은 대개 의심 없이 받아 주었다. 어쩌면 영희가 내놓은 값이 워낙 시세보다 싸기 때문인지도 모를 일이었다.

복덕방 네 곳을 돌아 딱지 열 장을 다 처분하고 나니 어느덧 해
가 뉘엿해지고 있었다. 잇달아 붙어 있는 곳들이라 몇 집 건너뛰어
도 복덕방 사이의 이동 거리는 얼마 되지 않았지만 원래 말이 성
한 사람들을 상대로 하는 거래라 그런지 한 군데에 한 시간 가까
이 먹힌 셈이었다. 그들이 말이 많아진 데는 그들을 통해 그곳의
실태를 가늠해 보려는 영희의 충동질도 원인이 있었다.

'나나 김 상무가 너무 앞질러 보고 있는 거 아닐까. 다른 사람
들은 별로 걱정 없는 눈치잖아.'

마지막 복덕방을 나올 때 영희는 문득 그런 의문이 들었다. 그
게 다시 김 상무를 찾게 했다. 김 상무는 한눈에 영희의 성과를
알아보았다.

"누님 다 처분하셨군요. 대단하십니다."

"대단하긴 뭘, 사정이 급해 싸게 내던지고 오는 길인데."

영희는 굳이 속일 까닭도 없어 그렇게 대답하고 지나가는 말
로 물었다.

"그런데 말이야. 여기도 막장이란 말, 그거 정말이야? 이 바닥
에서 잔뼈 굵은 늙은 영감들도 잘 모르는 눈치던데 이제 겨우 시
작인 김 상무가 어떻게 알아?"

"다 아는 수가 있죠. 때가 되면 알려 주는 사람들이 있다고요."

김 상무가 무엇 때문인지 벙글거리며 대답했다.

"누가?"

"누님 같은 전문가들요."

"정말 김 상무 사람 잡겠네. 내가 무슨 전문가야? 땅장사라고는 여의도에 멋모르고 들어갔다가 본전도 귀 뜯기고 나온 것밖에 없어. 누가 여기 가면 괜찮을 것 같다기에 본전이라도 찾아볼까 해서 딱지 몇 장 사 본 거라고. 지금 내놓는 것도 정말로 애아버지 사고 때문이라니까. 사람 말 되게 안 믿네."

"누님 말을 안 믿는 게 아니라…… 실은 말이에요. 어제 그제 성북동 아주머니가 벌써 사오십 장 뿌리고 갔어요. 난곡동·상계동 다 거친, 여기서는 제법 큰손으로 알려진 아줌만데…… 처음이라 나 같은 장사꾼도 모르고 열 장이나 받았죠. 값도 시세보다 싸고. 그런데 오늘 누님이 또 나오셨잖아요."

뛰는 놈 위에 나는 놈 있구나……. 영희는 속으로 그렇게 감탄하면서도 굳이 시치미를 뗐다. 아직 처분해야 할 딱지들이 남았기 때문이었다.

"그 아주머니도 무슨 사정이 있었겠지. 아니면 그래서 값을 떨어뜨린 뒤에 다시 사 모을 생각이거나."

"물론 그럴 수도 있죠. 그런데 나는 그게 더 수상쩍단 말입니다. 값을 떨어뜨릴 생각이라면 당연히 나쁜 헛소문을 내야죠. 그런데 성북동 아줌마뿐만 아니라 알려진 큰손들은 하나같이 좋은 소리들만 하고 다니거든요. 그러면서 또 뒤로는 자기가 가진 물건을 슬슬 내놓는 눈치란 말이에요."

그게 아마도 김 상무를 뒷날 강남에서도 괜찮다는 빌딩의 주인으로 만들어 준 눈썰미였을 것이다.

"그럼 저쪽 동네는 왜 아무런 눈치가 없어?"

"낱장 들고 왔다 갔다 하는 쫄때기들 상대로는 그게 잘 안 보일 겁니다. 그리고 설령 감 잡았다 해도 누가 손님에게 그런 눈치 보인답니까? 그러면 당장 파장이 되는데……."

거기서 영희는 자신도 모르게 솔직해지고 말았다.

"그럼 나 아직 여남은 장 더 처분해야 되는데 괜찮을까?"

"그 정도 여유야 있겠죠. 아직은 판을 키우고 싶어 하는 사람이 더 많으니까. 하지만 꼭 파셔야 한다면 서두르셔야 할걸요."

김 상무도 갑자기 솔직한 어조가 되어 그렇게 대답해 놓고 당부하듯이 덧붙였다.

"하지만 너무 티는 내지 마세요. 특히 실수요자 상대로 싸구려 부르지 마시고요. 저도 힘닿는 대로 몇 장은 거들어 드리죠. 왠지 누님하고는 다음에도 만날 것 같아 드리는 말씀입니다."

잠시 흔들렸던 영희의 마음은 거기서 다시 제자리를 잡았다. 그리고 다음 날부터 이틀에 걸쳐 시아버지에게 남아 있던 것뿐만 아니라 자신의 몫으로 제쳐 놓았던 노른자위 분양증까지 모두 처분했다. 길게 보아 꼭 잘된 일인지는 알 수 없지만, 그로부터 꼭 한 달 뒤 영희는 신문에 난 다음과 같은 전매 행위 금지 공고를 보고 수없이 가슴을 쓸었다.

당 시에서는 무허가 판잣집을 철거하고 철거민에게 이주 정착지로 분양한 광주 대단지에 입주·정착한 자와 현재까지 입주치 않았거나 제3자에게 전매한 행위에 대하여 다음과 같이 조치하였으니 양지하시기 바랍니다.

1. 기 입주자에 대하여

가. 입주자가 본인인 자는 1970년 8월 30일까지 전부 분양 계약을 체결하여야 합니다.

나. 1970년 7월 11일 현재 건물이 건축되어 있고 전매하여 제3자가 입주하고 있는 것은 1970년 8월 30일까지 토지 매수 계약을 체결하여야 합니다.

① 토지 대금은 계약 시 시가로 일시불하여야 합니다.

② 매매 계약에 불응하는 자는 무단 점용으로 퇴거 조치합니다.

③ 단, 분양 계약 후 상환이 완료될 때까지는 여하한 형태로도 정당한 사유로 사전 승인을 득하여 주거를 이전할 때에는 예외로 합니다.

2. 미입주자에 대하여

가. 1970년 7월 11일 이전 입주 자격자 중 미입주자는 다음 ① ② 호에 의하여 본인이 입주하지 않을 때에는 입주 자격을 무효로 하고 해당 토지를 제3자에게 재분양합니다.

① 입주지 분양을 받은 자는 1970년 7월 25일까지 본인이 입주·정착해야 합니다.

② 현재까지 입주 분양을 받지 않은 입주 자격자는 1970년 7월

25일까지 주민등록을 이전하고 본인이 분양을 받아 입주·정착하여
야 합니다.

3. 앞으로 이주할 자에 대하여

광주 단지 철거민 분양에는 철거민 본인에 한하되 지정 기일까지
이주 및 주민등록을 필하지 않으면 이주 자격을 무효화합니다.

1970년 7월 11일

서울특별시장 양택식

(11권에 계속)

邊境

변경 10

신판 1쇄 인쇄 2021년 9월 17일
신판 1쇄 발행 2021년 9월 25일

지은이 이문열

발행인 양원석
편집장 최두은 **디자인** 김유진 **영업마케팅** 양정길, 강효경, 정다은, 김보미, 구채원

펴낸 곳 ㈜알에이치코리아
주소 서울시 금천구 가산디지털2로 53, 20층 (가산동, 한라시그마밸리)
편집문의 02-6443-8844 **도서문의** 02-6443-8800
홈페이지 http://rhk.co.kr
등록 2004년 1월 15일 제2-3726호

ISBN 978-89-255-7975-7 04810
     978-89-255-7978-8 (세트)